让乡村生活更美好

# 服务农村
# 最后一百米

Serve the Last Hectometer in Rural Areas

中和农信的成长之路

杨译杰 著

中国言实出版社

**图书在版编目（CIP）数据**

服务农村最后一百米：中和农信的成长之路 / 杨译
杰著 . -- 北京：中国言实出版社，2023.10
ISBN 978-7-5171-4603-2

Ⅰ.①服… Ⅱ.①杨… Ⅲ.①纪实文学—中国—当代
Ⅳ.① I125

中国国家版本馆 CIP 数据核字（2023）第 190462 号

## 服务农村最后一百米——中和农信的成长之路

责任编辑：曹庆臻
责任校对：王建玲

出版发行：中国言实出版社
　　　地　　址：北京市朝阳区北苑路180号加利大厦5号楼105室
　　　邮　　编：100101
　　　编辑部：北京市海淀区花园路6号院B座6层
　　　邮　　编：100088
　　　电　　话：010-64924853（总编室）　010-64924716（发行部）
　　　网　　址：www.zgyscbs.cn　电子邮箱：zgyscbs@263.net

经　　销：新华书店
印　　刷：徐州绪权印刷有限公司
版　　次：2023年10月第1版　　2023年10月第1次印刷
规　　格：710毫米×1000毫米　　1/16　印张27.75　插页8
字　　数：309千字

定　　价：88.00元
书　　号：ISBN 978-7-5171-4603-2

■ 1996年，原国务院扶贫办与世界银行联合发起的秦巴山区小额信贷扶贫项目在四川阆中开启试点。图为工作人员在为农户培训。

■ 2005年6月，中国扶贫基金会小额信贷项目部第一家直属分支机构——康平县农户自立服务中心正式成立。

■ 2008 年 11 月 18 日，中和农信项目管理有限公司正式成立。11 月 18 日也成为中和农信的司庆日。

■ 2014 年，荷兰王后马克西玛（右二）以联合国秘书长普惠金融代表身份赴中和农信涞水分支考察。

■ 2015 年 1 月，中和农信第一期公益小额贷款资产支持专项计划在深交所挂牌上市，这也是证监会公布资产证券化新规后的首单产品。

■ 2016 年 11 月，由世界银行集团倡议发起的"全球金融普及倡议 2020"在华盛顿签约，中和农信、蚂蚁金服和百度金融成为加入 UFA 2020 计划的第一批中国机构。

■ 数字赋能是当前中和农信开展服务的重要策略，2018年以来，中和农信陆续推出线上金融产品"中和金服"App及乡村综合服务平台"乡助"App。图为中和农信员工指导客户使用手机。

■ 在内蒙古、甘肃、云南等老少边穷地区，客户经理会为了发放一笔额度三五万元的贷款深入大漠深山，坚持上门服务。

# 序言　最后一百米的精彩

阳春布德泽，万物生光辉。今年恰逢改革开放 45 周年。45 年来，改革开放的春风拂遍神州大地，把党的阳光和温暖送到千家万户，14 亿多中国人民过上了越来越美好的日子。近 1 亿农村贫困人口实现脱贫，历史性地解决了困扰中华民族几千年的绝对贫困问题。中华民族迎来了从站起来、富起来到强起来的伟大飞跃，中国式现代化建设在新征程上扬帆起航。

自大学毕业后，我一直从事农村政策研究工作，亲身经历了改革开放的不凡历程，见证和参与了农业农村改革的很多方面，对我国农村的发展历程和政策演变过程记忆犹新，对农业农村面貌翻天覆地的变化倍感振奋。在我退休之前，有一个问题始终未能释怀，那就是"农村贷款难，农户贷款更难，贫困农户贷款难上加难"的老大难问题一直没能得到切实解决。

众所周知，贫困农户贷款难是一个世界性难题。主要原因在于贫困农户居住分散，单户贷款需求小，而且他们没有稳定的收入来源，难以提供财务报表和有效抵（质）押品，也很难找到合格担保人。国际上有一些比较成功的经验，主要是发展专门的小额信贷组织来解决这个难题。上世纪90年代初，我曾经去孟加拉国考察当时非常有名的扶贫银行——格莱珉银行。在考察的路上，送我们的司机就说，"这个机构很有钱，因为它放高利贷，利率在20%—30%"。我一听，这算是什么扶贫啊！当时在我的脑瓜子里和很多人的认识是一样的，既然说是"扶贫贷款"，肯定是要无息或低息贷款才行，怎么还收人家这么高的利息呢？这种认识使得我当时对此类小额信贷持有一些偏见，也没再过多关注。

2006年退休后，我担任中国扶贫基金会（现更名为中国乡村发展基金会）会长。当年4月，我去福建省考察基金会在福安市和霞浦县的小额信贷项目，发现这种扶贫小额信贷对解决贫困农户贷款难的问题确实有效。也是在2006年，格莱珉银行的创始人尤努斯教授因其小额信贷的扶贫成效获得了"诺贝尔和平奖"。这让我彻底改变了对扶贫小额信贷的认识。我们过去只是片面地认为它属于高利贷，显然是有问题的。实际上，小额信贷真的属于一种发明创造，它解决了传统银行"嫌贫爱富"的问题，解决了金融普惠性的问题，解决了低收入和贫困农户贷款难的出路何在的问题，是一条现实可行的路子。

2008年，在世界银行集团国际金融公司的推荐下，我带队去柬埔寨的爱喜利达银行（ACLEDA Bank）考察。这家银行当初是由扶贫小额信贷改制而来的，已经成为柬埔寨最大的农村商业银行。其主要服务客户就是柬埔寨的农村贫困人口。这次考察坚定了扶贫基金会将小额信贷项目改制转型成为商业可持续小额信贷机构的决心。2008年11月18日，扶贫基金会正式将小额信贷项目部转制成为中和农信公司，继续探索以商业化手段解决农村金融服务不足这一社会问题。

2015年，中和农信公司与格莱珉信托签署合作协议，将格莱珉银行在中国唯一直营的小贷机构——商都县格莱珉小额贷款公司交由中和农信全权管理。可以说，中和农信的小额信贷业务真正在国内做到了"青出于蓝而胜于蓝"，并已成功探索出一套适合中国农村特点、专为贫困农户服务且能实现操作机构可持续发展的信贷服务模式。

2020年，我国取得了脱贫攻坚全面胜利的历史性成就，农村发展的重心也由脱贫攻坚转向乡村振兴。正如习近平总书记指出的："脱贫摘帽不是终点，而是新生活、新奋斗的起点。"为适应新时期"三农"工作的需要，中和农信将主要服务对象调整为小农户。"大国小农"是我国的长期基本农情，解决小农户的发展问题是现阶段乡村振兴的重点和难点。千家万户的小生产和千变万化的大市场之间的矛盾日益成为制约我国农业现代化的关键问题。多年来，党和国家出台一系列政策加强面向小农户的社会化服务，推动小农户与现代农业发展有机衔接。在此背景下，中和农信无疑是一个很好的案例——至少在解决资金需求这方面。但仅仅依靠小额信贷，无法从根本上满足小农户的全部需求。单说农业生产，就需要包括从产前、产中到产后的一整套产业链服务，资金、技术、信息、人才等各要素缺一不可，更不用说农户其他生产生活需求。针对这一问题，国际上也有不少经验可以参考，比如日本综合农协。与中国类似，日本的农业也属于小农经济。经过二战后几十年的快速发展，日本成功实现了农业现代化，这主要得益于日本综合农协的发展和运作。其业务包括农业生产、信贷、保险和农产品销售等多个环节，专业化、规模化和综合性效应十分显著。

近年来，中和农信也在借鉴这种思路，寻找适合服务中国小农户的综合解决方案。中和农信的最大优势就是其已经建立起一支扎根基层的本土化队伍，再加上成熟的小额信贷业务基础，后续就是不断根据农户的需求叠加多元化服务。目前，中和农信在信贷之外相继推出了保险代理、农业服务和乡村电商等诸多业务板块，成为名副其实的专为小农户服务的综合性机构。这几年，我多次到中和农信的分支机构调研，感触很深。中和农信就是要深挖"有人在村里"的优势，在"综合服务"上下功夫，而这条道路在未来势必会为帮助小农户融入农业农村现代化进程、助力推动乡村振兴和实现共同富裕发挥更大作用。

中情于农，富民者以农桑为本；和美于信，诚信者其道大光。20多年来，中和农信积极响应党和国家号召，紧跟时代要求，紧贴农民需求，立足普惠金融，锐意改革创新，深耕农村服务，聚焦服务农村最后一百米的初心使命，乘着改革开放的浩荡东风，从小额贷款项目到专业小贷机构，再到现代化市场主体，每一次华丽转身都跟随着改革开放的脚步稳步前进，都与党和国家的战略部署和政策支持休戚相关，走过了一条极不寻常、极不平凡的路，每一步都不容易，但走得很稳健、很成功。

这本书用生动的语言、真实的事例和鲜活的人物，全景式记录了中和农信的前世今生，集中展现了中和农信人为服务农村最后一百米的各种努力尝试，有汗水也有泪水，但更多的是情怀和担当。

从脱贫攻坚时期荣获"全国扶贫开发先进集体"①，到新时期入选"农业社会化服务典型案例"②，这些荣誉与认可就是对中和农信助农惠农的最好证明。

东方风来满眼春，踔厉奋发新征程。今年是改革开放45周年，中和农信也将迎来市场化改革15周年。回顾过去，中和农信应改革创新而生，也因改革创新而兴；面向未来，中和农信也必将应改革创新而赢，也因改革创新而强。借此机会，我衷心希望中和农信人能够不忘初心，不辱使命，锐意改革，守正创新，在推动自身高质量发展的同时助力乡村振兴、促进共同富裕，进而在民族复兴、强国建设的新征程上行稳致远、绽放辉煌。

是以为序。

2023年8月

---

① 2011年，中国扶贫基金会小额信贷部（中和农信）凭借其以小额信贷助力农户脱贫的突出成绩，荣获国务院扶贫开发领导小组颁发的"全国扶贫开发先进集体"称号。
② 2022年，中和农信以"构建'金融＋生产＋赋能'综合服务体系，促进小农户与现代农业的有机衔接"的示范案例，入选农业农村部2022年度"全国农业社会化服务典型单位"名单。

# 目　录

第二篇　不停生长

第五篇　未来在脚下

## 第十九章　看·趋势

## 第二十章　追·技术

## 第二十一章　守·初心

# 第一篇

# 初心力量

---

有"穷人的银行家"之称的尤努斯博士倡导的小额信贷被证明是一种非常有效的扶贫方式。从上世纪80年代开始，他就积极向全世界推广格莱珉模式，希望通过小额信贷的方式，帮助更多的贫困人口摆脱贫穷。

1978年，我国实行改革开放，打开了国门。中国人好像第一次走出家门的孩子，对于外界的一切感到很新鲜，什么都想了解，什么都想学习。

不过，最迫切的学习任务还是怎么发展经济，怎么摆脱贫困。

尤努斯和格莱珉模式被发现了。

正因为如此，中国与小额信贷有了更多的交集。

---

# 第一章 万物伊始

## 1.1 尤努斯的竹凳子

说起小额信贷，就必须提一个人：尤努斯博士。

这位如今盛名响彻世界的孟加拉国人，全名叫穆罕默德·尤努斯，是一名经济学家，同时也是格莱珉银行（Grameen Bank，意为乡村银行）的创始人，有"穷人的银行家"之称。2006 年，"为表彰他们从社会底层推动经济和社会发展的努力"，尤努斯与格莱珉银行共同获得诺贝尔和平奖。

1940 年，尤努斯出生于孟加拉国吉大港一个富庶的虔诚的穆斯林家庭。尤努斯的父亲给了他良好的生活条件和对学习的热情，而他的母亲给了他善良的心。尤努斯提起自己的母亲总是充满深情，"她十分善良并充满同情心，总是周济从遥远的乡下来看望我们的穷亲戚。是她对家人和穷困人的关爱影响了我，帮助我发现了自己在经济学和社会改革方面的兴趣。"

尤努斯从达卡大学毕业时，仅仅 21 岁，母校就给他提供了一个经济学教师的职位。

达卡大学由英国人于 1836 年创建，是南亚次大陆最受尊重的大学之一，作为教师，尤努斯在那儿待了 5 年。1965 年他来到美国范德比尔特大学攻读经济学博士学位。

尤努斯在范德比尔特大学遇到了影响他未来生活关键的两个人。一位是他的导师尼古拉斯·杰奥杰斯库·勒根，一位罗马尼亚著名教授。他教给尤努斯精确的经济学思维模式，这些最终帮助他建立起了格莱珉银行。另一位是薇拉·弗洛斯坦科，一位美籍苏联姑娘，尤努斯和她一见钟情。1970 年他们喜结良缘后，尤努斯在田纳西州立大学教书。

当时，亚裔在美国生活大多很窘迫，很多人没有合法身份，也很难融入当地文化，只能做些低级的体力工作，收入微薄。而尤努斯在美国的生活却可谓顺风顺水。1970 年，尤努斯不仅拿到了美国经济学博士学位，留在了美国，娶到了白人高知的妻子，甚至还有一份让很多人羡慕的大学教职。


尤努斯之所以成为尤努斯，是有原因的。和大多数人不同的是——顺利的生涯和优渥的生活，并没有让他忘记自己的家乡和家乡的广大同胞，他一直在寻求能为他们做点什么。

机会很快就来了。

1972 年 12 月，孟加拉国正式成立。尤努斯激动不已，"我知道，我必须回去参与祖国的建设。我认为，我要为自己这样做。"中国人常说，"天下兴亡，匹夫有责"。这恰恰是一句跨越国度、跨越种族、跨越文化的至理名言。

当月，尤努斯就返回了离开 7 年的故乡，在吉大港大学担任经济学系主任，希望用所学帮助这个国家尽快富裕起来。

在学校附近，有一道山脉，每天早晨，尤努斯在教室里都能看到附近村庄的小伙子、小姑娘，穿过大学到山里砍柴。他决定做一个乡村调研。

在自己学生的帮助下，对乔布拉村经济状况调查的项目启动了。村里有多少家庭有土地、种什么庄稼，没地的人怎么活着，村民有什么技能可以谋生，全年的口粮够吃吗……

含着金钥匙出生的尤努斯没有经历过饥馑和贫穷。对他来说，正是这样的乡村调查为他开启了一个新世界，让他对贫困有了概念。紧接着，这位经济学家带着自己的学生教农民怎么科学种水稻，尝试和农民合作打深井，帮助他们选种子、化肥、燃料……几年下来，在乔布拉村的经历让尤努斯真正理解了农村，把注意力集中到没有土地的农民身上。

一个经济学家的本能，让他发现一个重要的现象：如果一个减轻贫困的规划被非穷人搭便车，那么穷人就会很快被挤出去，拿不到支持。除非在一开始就设立一些保护性措施，否则，非贫困者就会分走贫困者的资源，不那么贫困的人会分走更贫困者的粥羹。

锅就那么大，粥总是很有限。

长此以往，非穷人就会攫取所有以扶贫为名义所做努力的实际利益。

天下道理是相通的。2020 年，中国人完成了一件堪称人类历史上最伟大的事业——用了整整 8 年时间，让 9899 万同胞脱离了贫困线。

9899 万人，将近 1 个亿，是什么概念？如果这是一个国家的人口数，约在世界上排名第 13 位，仅次于日本 1.26 亿人和菲律宾 1.073 亿人，相当于 1.5 个英国或者 2 个韩国。

这个伟大事业最重要的措施之一，就是盘点所有的贫困县，为所有的农村贫困人口建卡立档，唯有如此才能保证扶贫政策、福利精确地支持到真正贫困的同胞——这就是精准扶贫。

1976年，尤努斯被2美分砸晕了。

在乔布拉村走访最贫困家庭时，他们一行几人拜访了一个叫苏菲亚·贝格姆的年轻女性，她和丈夫每天从早到晚劳作，一脸的疲惫。她光脚蹲在硬泥地上，手指满是老茧、指甲缝里是黑色的污泥，成年累月用竹条编织小凳子，换点口粮钱。

即使这样，她的家庭也很难过好，因为没有钱买材料，她需要从当地放债人那里借来很高利息的钱。忙碌一天，编好凳子，卖掉凳子，还了利息和本金，自己只剩2美分（不到人民币0.2元）。

2美分，也就是勉强饿不死。

他在大学里，每天面对学生、面对高管、面对官员，聊的都是成百上千万美元的事情。仅仅在一墙之隔的村子里，生与死的问题是以"分"为单位展现的。

现有的状况明摆着，如果不做改变，苏菲亚一家人永远攒不下钱，永远受穷，她的孩子也会继续贫困下去。

我该怎么办？尤努斯问自己。自己可以捐款给苏菲亚，但是经济学家的本能告诉他，仅仅乔布拉村应该就有好多个这样的家庭，那么吉大港呢，整个孟加拉国呢？有多少捐款才够？

回来后，尤努斯开始了小额信贷的尝试。

他委托自己的学生做了调研，发现乔布拉村类似家庭有42个，他们所有借款总额加起来是856塔卡（孟加拉国货币），折算约27

美元，平均每家 0.64 美元。

27 美元，多么微不足道的金额。尤努斯自掏腰包，贷给了这 42 名妇女，约定不收利息，但一段时间后要归还本金。

约定到期时，妇女都按时还回了本金，100% 的还款率！这给尤努斯教授以极大的鼓舞，他决心利用商业模式扩大规模，于是信心满满地拜访了当地一家银行。

结果令人沮丧，银行从没有贷过这么小的金额，从没有给不会签字的农民贷款，从没有给啥抵押物都没有的赤贫者贷款。尤努斯不得不自己担保，几个月后，贷到了 300 美元，开始给贫困的村民借钱。

显然，几百美元对于海量的需要来说是杯水车薪。1979 年，孟加拉国央行终于答应开展被命名为"格莱珉"的小额信贷项目，一开始由 7 家国有银行支行在一个省份进行试运作，1981 年增加为 5 个省份。

1983 年，经过尤努斯博士的不懈努力，专门给贫困人群服务的格莱珉银行正式成立了。效果是如此惊人，到 1983 年底，格莱珉银行的 86 个支行使 5.9 万名客户摆脱了贫困。尤努斯决定辞去学术工作，全身心投入这项对抗贫穷的事业中去。

在多年的摸索中，格莱珉形成了自己的独特模式：

◆ 小组贷款。5 个自主选择和意向相投的同性会员，组成小组互相担保，每个人贷款金额一样；

◆ 还款期是 1 年；

◆ 每周分期还款；

◆ 从贷款 1 周后开始还款；

◆ 利息是 10%（名义利率，实际利率约 20%）；

◆ 每次还款金额是贷款总额的 2%，一共还 50 次；

◆ 利息为：每 1000 塔卡贷款，每周付 2 塔卡的利息。

在尤努斯本人写的《穷人的银行家》中，提到格莱珉模式还有一个非常独特的要点，就是贷款一定要发给妇女（在中国，这种贷款被称为妇女贷款）。

原因很朴实。在孟加拉国，妇女地位极低，比男性面临更为严重的饥饿与贫困问题。"在天灾频频、饥荒连年的孟加拉国，如果家里非得有一个成员被饿死，根据不成文的法律，那必定是那个母亲。"（尤努斯）尤其是贫苦妇女的社会地位没有任何保障，丈夫随时可以把她们赶出家门。

但出人意料的是，历史数据证明，孟加拉国的妇女还款率比男性高。她们往往目光更长远，会为了孩子过更好的生活、为了家人能早日脱离贫困花更多的心思、付出更多的心血。

于是，贷款给她们，让钱通过一位女性而进入一个家庭，这会给家庭带来更多的好处。

尤努斯所倡导的小额信贷被证明是一种非常有效的扶贫方式：信贷额度小、无须抵押且偿还率高达 98%。尤努斯并没有止步于孟加拉国。从上世纪 80 年代开始，他就积极地向全世界推广格莱珉模式，希望通过小额信贷的方式，帮助更多的贫困人口摆脱贫穷。小额贷款目前已成为一种遍及全球、非常有效的扶贫方式。全球大约有数千万人因小额信贷而受益。

正因为如此，中国和小额信贷有了更多的交集。

信 言 *XINYAN*

# 中和农信与格莱珉的四次牵手

### ◆ 5万美元启动康平分支机构

中和农信与格莱珉的合作，要从2005年中国扶贫基金会小额信贷项目改制说起。

2005年，中国扶贫基金会提出由项目型小额信贷向机构型小额信贷转变的战略部署。改制具体包括两个方面，一是解决困扰多年的产权问题，将所有的服务社收归到基金会，在国内率先建立直属分支机构开展信贷业务；二是反思基金会小额信贷本身在治理结构和管理上的不足。

2005年6月，时任小额信贷部主任的刘冬文把当时仅存的四个服务社（福安、霞浦、左权、六枝）的主任请到杭州开会，明确告诉他们基金会小额信贷未来的发展方向，提前和服务社主任取得了共识。这次杭州会议后来被视作中和农信发展历程中的一个重要转折点。8月，中国扶贫基金会将各省、县扶贫办主任请来北京开会，由基金会成立独立机构，接收以往的服务社，地方政府从操作者变成了监督者，理清了治理结构和合作关系。当年，康平县成立农户自立服务社，这是第一家真正属于中国扶贫基金会的民办非企单位，也是辽宁省的第一家分支机构。就这样，基金会独立分支机构带着特殊的历史使命成立了。

要成立康平分支机构，钱从哪儿来？那时，我们的资金来源十分有限，全部依赖外部捐赠。幸运的是，来自格莱珉信托的 5 万美元种子基金捐赠，让我们在康平县沙金乡顺利开始了新的模式探索。再后来，在康平的成功示范和影响下，中和农信小额信贷业务逐步在辽宁省打开了局面，项目覆盖区域不断扩大。中和农信也从此翻开了一个崭新的篇章。

◆ 达能小额信贷基金

顾名思义，达能小额信贷基金是由国际知名食品企业——达能集团发起成立的。作为西欧最先倡导商业目标与社会目标并重理念的企业，达能在实现企业社会责任方面，最看重的是项目的可持续性效应。基于这一原则，达能集团与格莱珉银行创始人尤努斯教授合作，在孟加拉国开办了一家旨在改善当地儿童营养状况的乳品工厂，也是尤努斯创建的首家社会企业。

2008 年"5·12"大地震的灾后重建，社会各界，特别是众多企业以各自的方式参与其中。与很多企业采取传统的捐钱捐物方式不同，在地震灾区的援助上，达能集团选择了与中国扶贫基金会合作，运用小额信贷模式援助灾后重建，体现了达能一贯的公益理念。

2009 年 3 月，"达能小额信贷基金"在达能集团、国务院扶贫办、格莱珉信托的共同参与下正式成立，三方共同委托中和农信负责具体运作。达能集团为此项目投入了 2000 万元人民币的长期无息贷款，通过小额信贷的方式支持四川绵竹和什邡灾区的重建，以及河北万全、武邑、平泉，内蒙古库伦 4 个贫困县扶贫开发。

除提供贷款本金支持外，达能小额信贷基金项目还邀请格莱珉信托为中和农信的小额信贷项目提供技术援助，分享格莱珉在信贷操作、人力资源、风控等方面的经验与做法。

◆ 尤努斯：小额信贷需要"能够承诺于穷人"的人才

2014年12月16日，行程非常紧张的尤努斯教授挤出时间来到中和农信，与我们的一线从业人员座谈。依然是一身孟加拉国传统服饰的他非常高兴地表示："见到你们，才是我此行的高潮。"

当晚，中和农信能容纳百余人的会议室座无虚席。大家就自己心中对小额信贷的困惑与尤努斯进行了面对面的交流。交流中，尤努斯教授对中和农信小额信贷模式表示了肯定，他说："中和农信不仅仅捍卫了小额信贷的本源，同时也是在向全社会证明，小额信贷是能够成功的。其中最关键的，就是从一开始你们就做了正确的事情，并在做对事情的基础上把数字（业务规模）不断扩大。做到这一点真的很不容易，我深知当中需要多少努力，才能够把你们的触角伸到最偏远的农村。"

尤努斯教授认为，钱只是一个催化剂，最核心的还是激发贷款者的企业家精神。我们通过小额信贷，帮助他们自己把贫困的枷锁打开，客户发展了，机构的发展就是顺理成章的了。所以，在格莱珉银行的模式里，我们的工作是非常辛苦的，尤其是在打基础的阶段。但是，当达到一定层面的时候，再向上的发展就是飞速的，这也是为什么格莱珉银行能够覆盖全国的原因。

当有中和农信员工问道：小额信贷的工作辛苦，工资也不高，如何在市场上进行人才竞争？尤努斯先生认为，对投身小额信贷的人才，我们不需要他有多高的学历，我们需要的是他对穷人的认可和承诺，"有了这个前提，不管是什么人，经过我们的培训都会成为合格的格莱珉员工。"

◆ 中和农信接管格莱珉商都

2016 年 5 月 30 日，中和农信总经理刘冬文与格莱珉信托执行总裁拉提菲（H. I. Latifee）在北京签署合作协议，格莱珉信托将其在中国唯一直接参与运营的机构——格莱珉商都小额信贷有限公司交由中和农信全权管理。

这次合作是格莱珉商都与中和农信在 10 多年以来的第三次携手，而这一次显然更进了一步。合作之后，格莱珉商都的所有权仍然属于格莱珉信托，但在运营方面将借助中和农信的本土化管理优势和支持网络，以实现格莱珉商都的可持续发展。格莱珉信托则负责外部监测与监督，保证格莱珉商都的使命与目标不偏离。

格莱珉商都是格莱珉信托在中国唯一一家"直营店"，落地中国 5 年以来，经过不断的探索和努力，已经取得财务可持续发展。但是从更长远发展的角度，为谋求更大的发展，也是为了给更多的客户提供金融服务，格莱珉商都一直在寻求合作伙伴，希望共同建立农村小额信贷最优解决方案。正是共同的扶贫使命与目标，让中和农信与格莱珉信托在商都这个国家级贫困县相遇了。

本次联姻的"媒人"就是有"中国小额信贷之父"之称的中国社会科学院的杜晓山教授，正是他于上世纪 90 年代初将"格莱珉银行"这种扶贫模式引入中国。2013 年 7 月，杜晓山教授正式将社科院下属的小额信贷扶贫机构——扶贫社，交由中和农信进行管理。"无论是从扶贫理念上，还是从管理模式上，中和农信都是最适合的，而且扶贫社的实践已经证明，中和农信有能力在坚持扶贫理念的基础上把这个事情推向更高的一个发展平台，所以我第一个想到的就是一定要促成这次的联姻。"杜晓山教授说。

追本溯源，格莱珉模式是中和农信小额信贷的源起，格莱珉银行更是中和农信成长之路上不可或缺的一位"良师"。我们期待，格莱珉商都未来可以更好地掌舵前行，为贫困地区的老百姓带来新希望，为社会做出新贡献。

（摘自《和信》2017 年 8 月刊、10 月刊）

## 1.2　引入中国

1978 年，改革开放打开了国门。中国人就好像是第一次走出家门的孩子，对于外界的一切都感到很新鲜，什么都想了解，什么都想学习。

不过，最迫切的学习任务还是怎么发展经济，怎么摆脱贫困。对于处在扶贫战线的工作者来说，也是如此。大家四处搜集世界各地扶贫的经验材料，寻找可以支持中国扶贫的资源。但是当时懂英语的人太少，限于语言障碍，可以找到介绍国外的资料非常有限。

即便如此，尤努斯和格莱珉模式仍然被发现了。

因为一个叫杜晓山的人，他翻译了格莱珉小额信贷的专业资料。更重要的是，他不仅翻译了资料，还第一个引入了小额信贷模式。

1982 年，读商业经济专业的杜晓山终于在中国人民大学本科毕业了，当时 35 岁，是全班最大龄的学生。他成绩优秀，那显然不是因为考试太差延迟毕业了，而是因为考大学太晚。杜晓山1966 年在北京二中上高三，他选择重走长征路，沿着红一方面军的线路，从福建开始步行，途经古田、瑞金、井冈山、韶山。回到学校后，看到《人民日报》报道了北京 10 个知青下乡的信息，于是 1967 年 11 月与北京一批中学生自愿赶赴内蒙古锡盟（现锡林郭勒市）东乌旗满都宝力格牧场插队，一待就是 10 年。有了这 10 年生活经历，杜晓山熟悉了基层生活，真正体会了什么是贫困，对基层人民非常有感情。

上世纪 80 年代，杜晓山成为中国社会科学院的一名研究人员，在农村发展研究所做商业经济和贫困问题研究，主攻农产品的流通和物流及扶贫领域。

研究工作不是坐办公室就能干的，需要到全国农村跑来跑去，实地调研农村情况。作为研究骨干，杜晓山还有机会出国，看看别人是怎么做的。

走万里路后，他对贫困问题和如何扶贫产生了浓厚兴趣。整个80 年代，他比较多地走了国内中西部地区，去最偏远的地方，看最穷的村落。

作为一名经济社会研究人员，他能为这些贫穷的乡亲们做什么呢？这个问题无时不萦绕在心头。

心有所想，必有所成。就看能否坚持了。

世界为他留了一扇窗户。

在 80 年代，杜晓山参与扶贫事业的时候，发现国务院扶贫办有一些介绍国外扶贫的论文集或案例集，其中就已经有格莱珉银行的案例。

很多资料是英文，当时懂英语的人少，杜晓山是搞研究的，又是搞扶贫的，既懂得些英语，又熟谙农村实际情况，一看到相关资料就产生了非常深刻的印象。

杜晓山一直在寻找符合经济可持续规律的扶贫办法，毕竟单纯的捐款和财政发钱，是需要的，但是一不能解决农民的可持续发展问题，二也没那么多钱可发。扶贫贷款也是一个比较靠谱的选择。

知易行难，看似美好的扶贫贷款也遇到了实际问题。中国社科院农发所在研究中，发现我国农村扶贫贷款面临三个问题：

第一，贷款精准发放到需要的人群难。当地贷款总量有限，需要贷款的人太多，其他的资金需求也会想办法分一杯羹，精准发放很难做好，贫困群体获贷款难成了普遍问题。

第二，扶贫贷款的回收难。贫困人群或其他机构和人员拿到扶贫贷款后，因为没有好的贷后管理，导致还款率很低。贷款变成不良贷款，拖成了坏账。

第三，运作贷款的机构可持续发展难，很难自立。对于发放贷款的机构，也是有苦难言。贷款发下去了收不上来，能收回的贷款的利息没法填补这个损失，导致无利可图。再次发放贷款就丧失了动力，可持续性无从提起。

90年代初，当时中国政府和亚太地区几个国家共同出资成立了一个地区性的政府研究机构——亚太发展中心。机构常设马来西亚，会资助各种各样的课题，其中有很多是农村课题，也有扶贫课题，因此和中国社科院农发所合作很紧密，举办研究活动时，会邀请相关人员参加。在一次亚太中心的活动中，杜晓山近距离了解了尤努斯和格莱珉银行，证实了之前资料说的都是真的。

两相印证下，杜晓山和同事们有了一个想法。

尤努斯在 1976 年就试点解决了本国农村穷人市场化贷款的三个问题，但毕竟他是在孟加拉国，无论是文化习俗，还是农村经济，都和国内差异很大。在中国这个模式行不行呢？既然格莱珉模式在孟加拉国都这么奏效了，我们在中国要不要试试？

杜晓山和同事一边深入了解格莱珉模式，一边讨论和国内农村贷款模式的异同。大家发现，格莱珉模式和我们银行贷款的方式、做法都有很大的差异。例如，国内贷款是到期连本带息一笔还贷，格莱珉是专门只对穷人贷款，采用分期还贷方法；国内贷款还款周期是以年为单位，格莱珉是每周还一次贷款；我国常规贷款贫困人群占比低，还贷率低，格莱珉模式里，真实还贷率高达 98% 以上！

98% 的还款率高到可怕，第一次看到这个数字时，大部分银行从业人员都不敢相信，都以为要么是写错了，要么是造假。

大家都是爹生娘养，都是一个脑袋一双手。凭什么我们国家的人就还不上贷款，他们就能还上？90 年代的中国农民再穷，也比 70 年代的孟加拉国穷人经济条件好吧？我们的经济大环境也比孟加拉国好不少吧？人家能做好，我们可能也行。

没有调查研究，就没有发言权。杜晓山带着这些问题，边下乡扶贫，边搞实地调研。到甘肃、宁夏等地，杜晓山就把调研的老乡和干部请过来，详细讲一遍孟加拉国的做法，然后问："外国人那么做，如果咱们也学人家这么做，你觉得行吗？"大多数人说行。

当地干部和当地的贫困群众，看着这个北京来的"领导"聊起农村，比老把式还懂行，平易近人没有架子，就愿意多聊几句，说说掏心窝子的话。

很多农民对孟加拉国的贷款故事深有同感，他们现在也和那个编竹凳子的孟加拉国妇女一样，借的都是高利贷，利息极高不说，还是利滚利的，如果能有正规的贷款，哪怕比贴息贷款的利息高点也能接受。大家心中小算盘一扒拉，有了正规资金的支持，他们能挣到更多的钱，生活肯定能更好。

甘肃、宁夏的农村贫困地区，环境恶劣、气候干旱、土地贫瘠，甚至有些地区被联合国专家称为"不具备人类生存的条件"。连这里的干部群众都说能行，那就值得一试。


在很多影视剧中，遇到困难时，往往因剧中人的一个新发现、一个好点子就可轻松解决。回到现实世界，一个想法从纸面变为现实，是要付出艰辛努力的。

中国社科院此时是要钱没钱，要专业人员没有专业人员，要资源没资源。那点科研费用给工作人员报销路费还凑合够，搞金融扶贫小额贷款就捉襟见肘了。做小额贷款需要真正懂一线操作的人，但是国内哪里去找这样的人呢？单凭扶贫办那一两本格莱珉银行宣传册，是不可能复制格莱珉模式的。你见过谁看一眼汽车广告，就能造汽车的？

好在人心齐，时任中国社科院农发所的党委书记刘文璞、副所长张保民都是搞扶贫的，觉得杜晓山（时任科研处长）的想法值得一试。条件不够没关系，大家一起想办法。

真正自愿做扶贫的人都比较像，对追求个人利益兴趣不大，更关注做有意义的事情，追求让同胞摆脱贫困。"为党工作，为国工作，为人民工作，就是我们的理想。"当年重走长征路的老者，此时仍是那个热血少年。

我们虽然不专业，但是格莱珉银行专业啊，咱们可以联系一下人家，看看能够给点什么支持，最好能去实地学习一下。于是以农发所领导的名义，给格莱珉写了信，说了农发所的想法，希望对方能发邀请函。

结果令人惊喜，格莱珉发来一封信，说欢迎你们派一个人来学习，紧接着又发来一封信，说不仅欢迎你们派人来，还不用你们出钱，格莱珉正好有一期研讨会，所有费用可以全包。太好了，到嘴的免费鸭子不能让它飞了，外事部门马上批准。

技术有眉目了，还需要一个试点。副所长张保民信心满满地推荐了河北省易县。易县是国家级贫困县，符合小额贷款的初衷，而且离北京很近，出差方便、成本也低，加上他的一位大学同学正好在这里做副县长，便于合作。

于是三人出差易县，拜访当地主管领导，介绍了具体方案。当地政府人员一听项目介绍，中国社科院专家上门做金融扶贫实验，不需要县里财政出钱，只需要县里批准就行。天下还有这等好事，自然是全力支持。万事俱备，只欠东风。有了技术，有了试点地区，就差资金了。去哪里找钱呢？

当时，格莱珉模式在国际上已经深得人心，格莱珉银行信托基金专门负责在国内外推广，并为试点提供低息资金支持，信托基金的资金来自世界银行、联合国、多双边援助机构、大型企业和个人的捐款。于是中国社科院农发所准备了项目预案和信托基金会沟通，希望能给中国的试点一些资金支持。中国作为最大的发展中国家，还没有格莱珉模式落地。对方很欢迎：中国这么大，如果你们试点做成了，经验能够得以推广，那就太棒了。

几轮沟通后，1993年下半年，对方资金分批到位了，共5万美元。钱虽然不多，但也是好的开始，项目被命名为"扶贫社项目"。课题组成员由一批农发所从事贫困问题和农村发展的研究人员主持。

1994年初，扶贫社小额信贷项目正式启动前，中国社科院农发所和易县政府谈好了合作方式：

1. 政府发文，向全县说明扶贫小额贷款项目，请大家给予支持，政府支持但不干预。

2. 社科院在易县民政部门注册一个非营利组织——县级服务社，作为项目试点的主体。

3. 由易县推荐一到两位当地公务员作为项目的当地负责人，由农发所负责工作安排和考核。其他人员社会招聘。

一切谈妥，易县扶贫社项目终于正式启动。

从1994年初到1995年11月，扶贫社小额信贷项目和当地政府达成协议，先后在河北省易县、河南省虞城县和南召县民政局注册了社团组织，建立了三个县级扶贫社。扶贫社的资金来源主要是格莱珉信托基金低息贷款、台胞杨麟先生本人和他拉来的捐款以及一些国际机构等的资助款。

1995年，第四届世界妇女大会在北京举办。因为对妇女脱贫事业作出的巨大贡献，大会邀请尤努斯教授作为世界妇女大会国际顾问小组成员。这是尤努斯教授第一次来到中国。大会结束后，他专程看了易县试点，并予以肯定。

当时，尤努斯还没有获得诺贝尔和平奖，对于大多数中国人，包括金融部门、金融行业从业者，根本不知道这个皮肤黝黑、穿着民族服装的外国老头是干啥的。"1995年尤努斯在我国还不出名，出了我们这个圈子，大家还不认识他，所以日程不紧张。2006年10月他刚获得了诺贝尔和平奖，10月22日就来中国参加小额信贷国际研讨会，结果受到了咱们有关高层机构和官方媒体的热烈欢迎，日程一下就被塞满了。"杜晓山笑着说。

## 1.3 多方尝试

杜晓山将格莱珉模式引入国内后，小额信贷作为一种有效的金融扶贫方法变得广为人知。

90年代后期，小额信贷热开始在国内兴起，不少地方政府以行政手段推动小额信贷的发展。与此同时，中国公益慈善界也出现了不少推广和实施小额信贷项目的机构和组织。

联合国开发计划署（UNDP）/商务交流中心扶贫小额信贷项目、联合国儿童基金会小额信贷项目、中国扶贫基金会小额信贷项目、重庆开州区民丰互助合作会小额信贷、来源于NGO的宁夏东方惠民小额贷款股份有限公司、陕西西乡县妇女发展协会小额信贷项目、内蒙古乌审旗妇女发展协会小额信贷项目等纷纷成立。

恍惚间，当初的星星之火，已从易县一个小点蔓延开来。

几乎所有人都很乐观，小额信贷模式看来并不复杂，只要有资金、有地点、有管理，照人家格莱珉这个模式发展就没问题。

"小额信贷"概念持续升温,在 2005 年到达了一个高峰。

联合国为了促进千年发展目标的实现,2004 年 11 月 18 日,把 2005 年定为国际小额信贷年(International Year of Microcredit),在全世界范围内开展了小额信贷宣传活动。

2005 年 2 月,农村金融界的专家额手称庆 —— 中央发布的一号文件第一次把"小额信贷"写进了意在解决农民收入增长难题的纲领性文件之中。这在当时被看作小额贷款组织可能获得最终通行证的一个信号。

两个月后,央行、银监会、世界银行联合举办了微小企业融资国际研讨会。时任央行副行长吴晓灵首次详细阐述了对小额贷款的认识,指出商业可持续性是小额信贷和微型企业融资发展的基本原则,也是中国人民银行促进农村信用社和农村金融改革的原则。

2005 年 8 月,央行会同银监会、商务部等部门召开了"小额贷款组织试点政策论坛",山西、陕西、四川、贵州四个试点省分行行长厕身其中。

在 2005 年的高峰期,小额信贷项目就像是蒲公英的种子,大家轻轻一吹,便魔法般地飞遍了整个中国。据杜晓山教授统计,几年中全国有 300 多个县都开设了小额信贷项目。

当时,联合国儿童基金会在 50 多个县都有小额信贷的项目,联合国开发计划署和中国国际经济交流中心先后在 17 个省 48 个县(市)开设试点,仅这两家加起来就有上百个县,中国西部人力资源中心与中国扶贫基金会也在秦巴山区开展了小额信贷试点。

一个高峰后,是再创辉煌,还是进入瓶颈期?答案其实在当时早有预示。

以上提到的小额信贷，大多是金融扶贫的阶段性项目，资金来源单一、数量小、不稳定，且有明确的项目开始期和结束期。

也就是说，当项目结束后，小额信贷项目一般不会再继续。

据中国小额信贷发展促进网络（现更名为"中国小额信贷联盟"）提供的 40 多个成员组织的数据，初始资金 71.7% 源于国际援助，作为配套资金，政府投入占 19.6%，社会捐赠占 6.5%，商业资金仅占 2.2%。2005 年后，随着国际小额信贷年推广的结束，国际援助资金逐渐减少，加剧了公益性小额信贷机构的经营困难。

几乎所有在当时开展的小额信贷项目的主体，都不是营利性机构。要么是像联合国开发计划署、联合国儿童基金会这样的国际机构，要么是商务部、妇联、社科院、农业部等这样的机关单位或学术机构，要么是公益慈善组织，要么是由当地政府主导。

显而易见，以上部门、机构本身有自己的主要职责所在，商业性可持续问题并不是首要考虑的因素，更多要考虑的是公益性。

几年后，随着各个小额信贷项目到期，大多数项目县陆续退出，只留下少数几个县还在坚持。

回到扶贫社项目，它最终的结果如何呢？

除了转交给陕西省丹凤县政府部门管理的项目几年后停办了以外，扶贫社项目基本都实现了项目试点的目标：服务于贫困地区农村中低收入和贫困群体，并实现机构自身的保本微利和可持续发展。

然而，后续发展中还是存在资本金不足、管理机制不健全、监管缺失等诸多问题，还有一个天然的局限——毕竟社科院农发所是一个研究机构，缺乏长期监督小额信贷机构发展的条件。

幸运的是，扶贫社项目没有水过无痕，还是找到了好归宿。

为了扶贫社的长期可持续发展，也因为和中和农信对小额信贷理念的理解以及宗旨的一致性，中国社科院农发所课题组决定和中和农信合作。

2013 年，在征得中国人民银行同意后，农发所与中和农信签署协议，将原来由其直接管理的部分——河北省涞水县与河南省南召县的两家扶贫社移交给中和农信管理。还有一些县的项目机构不愿意移交，就按照中国人民银行总行要求，交给了当地相关部门监管，同时，北京市农发扶贫基金会与社科院农发所脱钩。

就这样，社科院农发所移交了对扶贫社的全部监管和服务工作，完成了 20 多年小额信贷行动研究的使命。

2014 年 11 月 26 日，一位优雅的女士到访了河北涞水。

荷兰王后马克西玛·索雷吉耶塔（Maxima Zorreguieta）结束了上午在北京大学的演讲后，马不停蹄，直接奔赴距北京 90 多公里的河北省涞水县娄村满族乡安阳村。到达村子，已经是下午 2 点。王后的目的只有一个——考察中和农信小额信贷的客户。

这不是泛泛的嘘寒问暖，而是工作考察。王后有着银行工作背景，谙熟金融工作，是联合国秘书长普惠金融特别代表，并在全球范围内积极倡导金融普惠的重要性，以使包括低收入群体及中小企业在内的所有人都能够获得金融服务，还曾担任 2005 年"国际小额信贷年"联合国顾问小组成员。她早就对中国农村金融和中小企业融资情况表现出极大关注。

此时的安阳村累计有 46 位农村妇女成为中和农信小额信贷扶持的客户，其中有 28 名客户正在使用贷款，一共 27.2 万元，大多用于种养殖业发展。

王后马克西玛考察了其中两位客户。一位是养羊客户 42 岁的张桂娟，贷款 1 万元；另一位是温室大棚种植西红柿的客户 41 岁的周国芝，贷款 1.2 万元。马克西玛仔细询问了农户家里资金的主要来源、还款压力、贷款渠道等问题。

张桂娟家里的主要收入来源是夫妇俩跑运输赚来的钱，筹钱养羊是为了改善家里的生活，已经是第二次从中和农信贷款，之前从未成功地在其他金融机构贷过款。

而周国芝刚刚从中和农信申请了贷款，尚在宽限期内，等到正式还款时，栽种的西红柿都已上市，没有还款压力。

周国芝的例子在当时很有代表性，她当时正在申请贷款，但还没有批准下来，远水不解近渴，幸亏中和农信贷款便捷及时，两三天就放款，否则新建大棚的塑料薄膜就无钱购买了。

马克西玛认真地听了她们的回答，还给了周国芝一个典型的规模经济建议：想办法扩大大棚规模，甚至可以将周边的大棚也收购下来。

考察结束，中和农信送给王后马克西玛一份珍贵但不贵重的礼物——河北蔚县剪纸——来自中和农信客户之手。


河北涞水，一个小地方，在小额信贷领域，这次也算是中外闻名了。

河北涞水和河南南召没有辜负大家的期待，实现了机构可持续发展，一路走来，虽然也有磕磕绊绊，但仍然平稳发展至今。

一腔热血，两肩重担，赤子之心未变，薪火从此相传。

国内很多公益小额贷款项目在扶贫方面做得非常成功，但是绕不过一个坎儿，那就是如何实现小信贷机构的可持续发展。在行业摸索过程中，中和农信董事长、总经理刘冬文总结出两个最缺乏的东西，一是缺乏企业化行为，二是缺乏企业家参与。

缺乏企业化行为，小额信贷本身就无法盈利，需要依靠外来资金维系。一旦公益项目到期，停止输血，只能按下终止键。缺乏企业家参与，项目主体的责任就很难明确，群龙治水也会难以为继。

企业化行为好比剧本，企业家好比演员，但有剧本和演员还不够，还需要一个舞台。这个舞台就是小额信贷机构。

小额信贷机构的可持续发展，需要满足两个条件：

◆ 一个条件叫合法性，做事情不违法。

一家企业，如果经营不善陷入亏损，可以通过提升管理来挽救；如果是从事非法业务，那么轻则没收财产，重则相关人等锒铛入狱。

这是任何人都不能承受之重。

小额信贷属于金融行业，资金需求量极高，相信任何资金提供方和从业者都会认真考虑金融监管和合法性问题。

2005 年，中央发布一号文件，其中明确说明"有条件的地方，可以探索建立更加贴近农民和农村需要、由自然人或企业发起的小额信贷组织"的问题，由银监会牵头，会同人民银行、农业部等部门提出实施意见。

这个一号文件，让小额信贷有了一个明确的身份，但是当时还缺少一个明确的操作性文件或者管理办法。大家需要知道：如果成立一家从事小额信贷的商业机构，有什么具体的要求，哪些事情可以做，哪些事情不可以做。

该怎么做才是合法合规呢？

扶贫社合法地位的解决，方案异常高大上。

初期与地方政府签订协议，政府支持试点工作，并在县民政局注册为社团法人。

从 1999 年起，中国社会科学院向国务院提交报告，国务院、中国人民银行和国务院扶贫办批准中国社会科学院贫困问题研究中心开展小额信贷扶贫试验。

2004 年，经北京市民政局批准成立北京市农发扶贫基金会，代替中国社会科学院贫困问题研究中心开展小额信贷试验。

说心里话，有几家机构可以拥有这么强大的背书呢？

◆ 另一个条件叫营利性，做事情不赔钱。

即使小额信贷的合法性得到承认，金融监管单位允许小额信贷商业机构成立，那么就会涉及另一个核心问题——利率价格。

早在 2003 年初，在联合国开发计划署的基金援助下，中国人民银行、商务部等部门就中国当前 300 多家小额贷款组织的状况进行调研，并于一年后发布了《中国小额信贷发展研究报告》。然而，这份报告并未提出商业性可持续发展的道路方向，也未涉及利率价格等核心问题。

有时候，没提到的往往最重要。

从国际经验看，允许吸收公众存款，是小额贷款机构这样的微型金融机构能够可持续发展的必要条件之一。无论格莱珉银行模式，还是印尼人民银行（BRI）模式都具备这一特点。能够吸收公众存款，小额贷款机构的资金成本才能降低，贷款利息才能降低。

但在我国，怎么防范金融风险才是首要考虑因素，所以吸收公众存款是一个非常值得警惕的问题。

小额贷款机构是否能够盈利，关键在于利率定价要覆盖贷款成本。如果小额贷款不能直接吸收存款，只能从市场上获得资金，还要实现商业可持续的目标，那么对外的贷款利率就会远远高于一般商业银行的贷款利率。客观上，要求小额信贷机构对贷款定价和成本管理的水平极强，进一步提升了行业门槛。

以上种种，一环扣着一环。粗粗一看都是机会，细细一看都是问题。

究竟如何破局呢？

**信 言** *XINYAN*
∙∙∙∙∙∙∙∙∙∙∙∙∙∙∙∙∙∙∙∙∙∙∙∙∙∙∙∙∙∙∙∙∙∙∙∙∙∙∙∙∙∙∙∙∙∙∙∙∙∙∙

## 突破定式思维

刘冬文

当我们给穷人贷款，而且还强调要收取利息的时候，几乎所有人都会想起杨白劳的故事。而当我们把小额信贷部转型成中和农信公司的时候，更多的人则以更加疑惑的眼神表达出对于公司因逐利倾向而可能远离贫困群体的担忧。

当国际社会在不断为格莱珉银行、印度SKS、柬埔寨ACLEDA银行等成功小额信贷机构欢呼雀跃之时，中和农信也在国内奋力探索建立真正为穷人服务，且可持续发展的农村小额信贷机构。不料稍一露头，即招来如此多的质疑与困惑。为什么呢？

这都是定式思维惹的祸！有人把六只蜜蜂和六只苍蝇装进同一个玻璃瓶中，然后将瓶子平放，让瓶底朝着窗户。结果蜜蜂不停地想在瓶底上找到出口，一直到它们力竭倒毙或饿死；而苍蝇则在两分钟之内，穿过另一端的瓶颈逃逸一空。这是由于蜜蜂基于出口就在光亮处的思维方式，想当然地设定了出口的方位，并且不停地重复着这种合乎逻辑的行动，结果却始终无法走出囚室。而那些苍蝇则对所谓的逻辑毫不留意，全然没有对亮光的定式，四下乱飞，却成功走出囚室。

人们对于小额信贷也存在定式思维的问题。按照普通人的逻辑，穷人是最值得同情的弱者，给他们贷款一定是最优惠的（最好无息）；按照银行家的逻辑，穷人家底薄、能力差、不讲信用，根本不能给他们贷款；于是大家形成共识：给穷人贷款一定是慈善行为或政府补贴行为，他们是不可能享受市场化的贷款服务的。

这种逻辑没有问题，因为大家都是基本对现行金融机构理念和行为的理解与判断。而真正的小额信贷机构却有自己的逻辑：穷人有权利更有能力享受市场化的信贷服务，关键是必须突破定式思维。

金融机构必须改变他们的服务意识和方式，或者说有既能满足小微农户需求，又能可持续发展的新型金融机构出现。

其实，每个人都应该有获得信贷服务的权利和机会，就像他应该有吃饭和穿衣的权利是一样的。但每个人的需求是不一样的，应该有不同供体来满足。打个不是太恰当的比喻，有钱人可以穿国际品牌的衣服，中产阶级可以穿国内品牌的衣服，即使最底层的贫困人口也应该是要穿衣服的，不过可能是更便宜的、没有品牌的衣服。按照上述人们对于穷人贷款的定式思维，穷人穿的衣服就应该是靠慈善捐赠或政府提供，否则他们就得光着屁股四处游荡。

　　事实并非如此，穷人也从市场上以市场价格自己买衣服穿。更重要的是，那些为穷人生产衣服的服装企业或作坊也不是国有的或享受政府补贴的，它们是盈利的，而且利润还不低。如果这些为贫困人口提供产品的企业无法盈利的话，那还有谁能持续经营呢？

　　走不出囚室的蜜蜂因为没有正确的方法，势必会在重复中遭遇更多的陷阱。而中和农信，则像那只充满理想、充满激情的苍蝇，正在突破思维定式，找到出口，享受未来更加畅意的飞行！

（《和信》2009 年 10 月刊）

# 第二章　凤凰涅槃

## 2.1　始于善良

善良是一种力量。当做一件事情不再只是为了经济利益、不再只是为了回报，而是为了他人时，参与者就会拥有一种内在力量的支持，无畏艰难困苦。

小额信贷源自善良，自诞生那一天起，就和扶贫扶弱密不可分。中国人向来有兼济天下的情怀，在小额信贷试验和推广中，虽然遇到了很多现实困难，但从业者仍然百折不挠，试图闯出一条适合中国国情的道路来。

1995 年 6 月，世界银行"扶贫协商小组"（CGAP）成立。该小组由世界银行发起并经过多方资助者的努力而建立，目的是系统地增加用于小额信贷的各种资源。扶贫协商小组推动了世界小额信贷运动进入了一个新时期，推动了小额信贷走向国际化、规范化。一些曾在"扶贫协商小组"工作过的专家，后来还组建了咨询公司（如 IPC 公司），参与小额信贷事业。

世界银行是世界银行集团的简称，国际复兴开发银行的通称，也是联合国的一个专门机构。世界银行是全球最大的多边开发机构，其宗旨是帮助发展中国家消除贫困、促进可持续发展，总部设在美国首都华盛顿，包括 5 个成员组织：国际复兴开发银行、国际开发协会、国际金融公司、多边投资担保机构和解决投资争端国际中心。

中国是世界上最大的发展中国家，世界银行对我国提供了很多资金、技术和人才支持。1996 年，在世界银行的贷款项目中，有一部分资金可以用来发放小额贷款，支持当地发展，由中国本土机构负责实施。项目支持地，就是位于秦巴山区的陕西省安康市和四川省阆中市。

秦巴山区，"秦"指秦岭山脉，"巴"指大巴山脉。秦巴山区就是指长江最大支流——汉水上游的秦岭大巴山及其毗邻地区，地跨甘肃、四川、陕西、重庆、河南、湖北六省市，其主体位于陕南地区。

秦岭、大巴山沿线景色极其壮美。秦岭被称为"中国脊梁"，群山毗连，峰峦重叠。大巴山也是危峰如林，千崖万壑。

但是，壮美的群山也带来一个难题，就是限于地势，当地道路崎岖，土地稀少，经济落后。有一句话形容这里的贫困地区的广大，叫"集中连片特困地区"，听起来就觉得穷得可怕。

当时，秦巴山区的贫困超乎常人想象。

工作人员到一个村子调研时，老乡们的饭就是锅里的糊糊，看不清楚到底煮的是什么东西。

如果你和当地老乡闲聊，问起谁家日子好些，老乡的回答是村东头那家，因为"他家的（米）粥稠"。

有的人家全家几口人只有一床被子，早已破烂不堪，补丁补了一层又一层，大大小小竟然有 100 多块。

此情此景，人何以堪？

安康市和阆中市就在秦岭、大巴山脉的重重包裹中。

安康景色绝美，被称为"西安后花园"，但在陕西省 11 个深度贫困县区中，仅安康一个地级市就占 4 个县区。

阆中是个县级市，拥有 2300 年的悠久历史，唐代诗人杜甫曾在这里写下"阆州城南天下稀"的千古名句。不幸的是，在国家级贫困县的名单中，阆中市赫然在列。

上一章已经提到，当时中国还没有很多的小额信贷案例可以参考，仅有中国社会科学院杜晓山教授的河北易县项目，还有联合国开发计划署资助中国外贸部国际交流中心 4000 万元人民币在 48 个县进行试点。作为小额信贷项目实施机构的中国西部人力资源开发中心能参考的同类项目太有限。

西部中心的项目管理人员专门研读了尤努斯教授的著作、贺尔康教授的著作以及世界银行扶贫协商小组的有关报告，还对陕西安康市和四川阆中市进行了实地调研和需求评估。

说心里话，研读资料和实地调研都是做项目的常规操作。与众不同的是，他们做了一件前无古人的事情，就是这件事情彻底改变了本书故事的走向。

西部中心是为了执行世界银行扶贫项目中的劳务输出和小额信贷分项目而设立的项目管理机构。为了研究可持续性，西部中心专门建立了一个农村信贷的商业模型（当时叫"机构的管理模式"）。

然后，利用各种商业分析工具和指标对商业模型进行推演，寻找打开可持续运转之门的钥匙。

如今看来，这个举措平淡无奇，那是因为我们站在了前人的肩膀上，视其为常规操作。在当时，用商业模型分析公益项目可持续性，对于小额信贷扶贫来说，其意义不亚于人类祖先第一次摩擦木头取得光明与火焰。

思路不同，思考结果自然别有洞天。有五点很重要的发现：

一是小额信贷扶贫是一项专业性极强的社会扶贫公益经营活动，必须保证有长期稳定的机构和专业人士来从事这项工作。所有工作人员必须全职，不能兼职。

二是发现了机构可持续发展的生死红线。经过测算，保证一个最小规模机构（8人／县）的可持续运转，项目规模底线不能小于500万元。也就是说，可发放小额贷款的资金不能低于500万元，否则，项目运作产生的收益没法支撑机构运行的费用，就会越做越小，直到没法维持。

根据这条红线，当时西部中心有个非常超前的判断：如果不增加可以贷款的金额，中国社科院的易县试点项目和联合国开发计划署的试点项目实现可持续发展的可能性很小。因为每个县资金规模只有100万元，产生的利息收入没法养活工作人员。

三是管理一定要集中，人员一定要统一管理。县机构只能作为执行机构，设计、管理、监测中心必须放在西部中心，才能保证项目标准、规范并可以复制。

四是改变了项目的商业模式设计的经济学基础。小额信贷既然叫信贷，就不能当成一个送钱下乡的任务，一定要找对细分市场。

当时中国已经有农村信用社。信用社可以给有条件的农民提供贷款，但是为了降低成本和贷款风险，有两个特点：愿意增大单笔贷款规模以节省费用提高效率，运用抵押担保工具以降低逾期风险。

简单地说，一笔500万元的贷款和一笔5000元的贷款，其实费用是一样的，但是前者的利息收入是后者的1000倍！换成我们当农村信用社主任，肯定也会愿意给贷大钱的客户服务。借钱时，要求必须有抵押物，即使对方借的钱还不了了，信用社把抵押物卖掉也能收回借款。

很显然，需要贷大钱办大事也有昂贵抵押物的人肯定不是低收入人群，就不是小额信贷的客户。

合适的客户应该是这样的：没有抵押能力，有创业机会或赚钱能力，能承受较高利率。

五是工作人员管理必须以业绩为导向。业绩导向的方式就是考核，考核的方法是定量指标为主、定性指标为辅，指标基于对不同岗位的责任定义、工作量定义、工作流程定义及工作交付物或绩效定义。不搞固定薪酬，不吃"大锅饭"。

这样才能保证足够的工作动力、责任明确和保持职业操守。


有一句俗语，路看得准，走得才稳。

项目人员后来总结，安康、阆中小额信贷项目开展的最初几年，最重要的收获之一就是初步建立了项目实施的理念、操作规则、技术方法和流程，摸索出了一些宝贵的经验。

最初几年的收获，给了项目管理团队启示：要想在中国做好小额信贷，就一定要因地制宜，最终完成小额信贷模式的中国化、管理的专业化。

有收获，有经验，自然也有很多教训。草图不会自动建为高楼，理念不会自己变成现实。真正着手打造一个可持续且健康的项目时，每个环节都要躬行践履，每个相关的政府部门、公益机构、基层试点都需要花很长时间持续沟通、协调、管理。

可惜，岁月流转，已经一步步迈入新世纪，6年期的世界银行项目很快就要结束。留给项目管理团队的时间不多了。

真的要丢下秦巴山区的种子吗？

2000年，秦巴项目中的小额信贷分项目及其管理队伍全部并入中国扶贫基金会。时机刚刚好。

那时候为期6年的世界银行项目的执行（1996—2002年）已接近尾声，西部中心的功能已面临"寿终正寝"的结果。以此为契机，相关项目通过合约形式转移到了中国扶贫基金会。

这次转移，改变了公益小贷项目一旦到期就只能遗憾撤离的命运，翻开了小额信贷的新篇章。

不过新篇章的曲谱有点一波三折。

从小额信贷项目移入中国扶贫基金会的2000年初开始，到2005年初的5年时间，小额信贷项目经历了由飞速扩张发展到收缩消减的两个时期，项目区先大踏步拓展到10个，然后又缩减到4个。

2000年2月，中国扶贫基金会与华夏银行签订了合作开展"农户自立能力建设项目"协议书，在华夏银行的对口扶贫县贵州省晴隆县实施小额信贷项目。9月，中国扶贫基金会与国务院扶贫办外资项目管理中心及中国西部人力资源开发中心签约，将西部中心管理的四川阆中、陕西安康两个小额信贷项目区移交中国扶贫基金会管理；2000 年底，启动了四川通江县、广西东兰县项目区。

此时，中国扶贫基金会管理的小额信贷项目达到了 5 个，其中阆中、安康两个项目区属于接管，项目已在运作；晴隆、通江、东兰 3 个项目区属于新启动的。

看起来，小额信贷也没什么难度嘛！那就继续复制。

2001 年 1 月，重庆开县项目区启动；

2001 年 11 月，山西左权县项目区启动；

2001 年 12 月下旬，福建福安县项目区启动。

整个 2001 年，中国扶贫基金会共启动 3 个项目区。

8 个项目区的建立，标志着中国扶贫基金会小额信贷项目初期发展阶段的形成，一切都充满着生机。

转眼就是 2002 年。情况发生了改变。从 2002 年 2 月到 2004 年底，整个项目只增加了贵州六枝和福建霞浦两个项目区，总数却降到了 4 家。像是过山车，到达顶点后，开始连续下滑。

2002 年 10 月，终止与陕西安康市汉滨区（原项目区是安康地区下属的县级市安康市，2000 年安康地区撤地区设市，变为安康市，原来的县级市安康市更名为汉滨区）的项目合作；

2002 年 11 月，解除与重庆开县的项目合作；

2002 年 12 月，终止与广西东兰县的项目合作；

2004 年 8 月，终止与四川阆中市、通江县的项目合作；

2005 年 6 月，调回中国扶贫基金会投入的贵州晴隆项目区资金，结束项目。

3 年时间，项目区从 10 个腰斩为 4 个。元老级的安康和阆中项目区无一幸免。

仅剩的 4 枚果实也有问题。其中左权、六枝是"带病"运行，只有福建的福安、霞浦两个项目区是健康的。

开设项目区，像是新人结婚，总是憧憬满满，有困难以后可以慢慢解决。终止项目区，就是夫妻离婚，一切利益是非必须当堂有个说法，不然就纠缠到至死方休。多年后，很多人回忆下滑期这几年的工作，都是不堪回首。

问题出在哪里呢？

中国扶贫基金会遇到了四大历史性难题。

第一个大问题就是没有钱。

如果没有足够的资金，很难支撑小额信贷的良性发展。当时根据测算，一个项目区，至少要近千万的资金用于发放贷款，才能养活机构的员工，而且这些资金必须长期留在项目区，持续不断周转。如果想发展壮大，就还要持续增加项目区，就需要更多资金。搞慈善是一个不断支出的事业，对于依靠爱心募捐的中国扶贫基金会，着实捉襟见肘，没法独自承担小额信贷业务。

第二个大问题是没有权。

中国扶贫基金会，虽然听起来是一家中央级的机构，但归根结底是一家公益慈善组织，和各地扶贫办并没有隶属关系。它肯定不能给各省、各县的扶贫办发文件，说你们都要支持我的工作，也不能要求扶贫办拨款来实施小额信贷。如果出现双方意见不统一、谈不拢，项目决策就会悬置或者出现各自做主的情况。这就引发了第三个大问题。

第三个大问题是体制先天不良。

按照当时的《基金会管理办法》，基金会不可以在各地设立直属分支机构，要想在某个地方做事，只能在当地注册一个独立的机构。

中国扶贫基金会也是这样做的，在各地成立了很多家独立机构。

多说一句，这个机构全名是"××县农户自立能力建设支持性服务社"，是我听过的有史以来最长的机构名称之一。直到现在我也没法脱稿把全称背下来，那就简称它为"服务社"好了。

服务社的体制先天就有问题。按照协议，服务社由中国扶贫基金会来运作，当地政府配合就行，不参与具体事务。

按照法律，服务社和中国扶贫基金会没有隶属关系，反而因为其归口在当地县里面，要受当地政府领导。

这就出现了双重管理。

不怕婆婆多，就怕婆婆们都要管事。

中国扶贫基金会和地方政府毕竟都有自己的职责使命，基金会希望可持续优先，贷款之前先想能不能收回来。县政府希望资助优先，钱发出去是第一位，收不回来也能接受，给服务社的工作安排和监管要求往往大不一致。

有个很有意思的例子。

某县扶贫办当时推广扶贫项目是养长毛兔，但是在推广项目上出现了困难，于是扶贫办要求服务社在农户贷款时，把长毛兔折换作贷款发给农户，当作农户的小额贷款。

这样的做法，就违背了小额信贷"谁做决定，谁承担责任"的原则，大大增加了农户因项目经营失败而欠款不还的风险。

最后，县扶贫办实现了推广项目的目标，成为唯一的赢家，但是服务社亏损了一大笔钱，可怜的服务社负责人也丢掉了工作。中国扶贫基金会心在滴血，却无可奈何。

还有情况更复杂的——世界银行的项目县更特殊。

起初世界银行的小额信贷项目是隶属于更大的世界银行扶贫项目的，所以要求贷款的农户、范围、期限都听世行的。于是，三个婆婆齐上阵，服务社这个媳妇直接躺平。

做过金融和管理的人都知道，这种不一致会带来严重的后果：责权利划分不明，机构监管变成盲区，资金风险很难把控，无人对贷款质量负责，无人对资金流失担责，同时有了巨大的套利空间，员工不听管理，监守自盗就难以避免。

好几家机构都折戟于此。

第四个大问题就是机构管理不强。

当时中国扶贫基金会正在进行转型升级，小额信贷项目被看成一个重要的项目契机。所以，从基金会领导到项目管理人员都亲力亲为，筹措资金、沟通政府、起草制度、考核机构、培训员工、监管项目……

前期是全体总动员。到了新项目区的项目启动阶段，每到人员招聘和培训时，中国扶贫基金会几乎是全员出动。

后来专门成立了小额信贷部，按照职能和项目区进行分工，划分为服务社人员管理、世行项目区、福建项目区等。当时人员少，工作多，不少工作都是大家一起做。尤其是项目启动培训和实地监测两项工作，每个人都要参与。

2001年起，小额信贷业务开始爆雷，且大有蔓延之势。

小额信贷部每天忙得一塌糊涂，除了正常的工作外，还要应付、处理各种突发事件。有同事在两年的时间里，没有休过一个完整的休息日，身心俱疲，压力甚大。

2002—2003 年，中国扶贫基金会对小额信贷部进行改组，对外停止扩张，下大力气做基层人员培训和质量管理，但是局面未能扭转。2003—2004 年，中国扶贫基金会下了大决心，所有不按照基金会的宗旨、目标和规则运作的项目区就坚决终止合作、撤出项目区。这是"自我断臂"的治疗手段，过程痛苦、鲜血淋漓。

2003 年，一个噩耗传来，贵州晴隆县服务社的主任在游泳的时候意外溺亡了。晴隆服务社是中国扶贫基金会最早成立的几个小额信贷项目之一。大家在悲痛之余，安抚了去世主任的家人，新主任和总部工作人员也随即赶赴晴隆，计划让服务社的工作继续下去。

几天后，出差的同事传回了一个重磅的坏消息。晴隆服务社出大问题了。

2000 年 2 月 1 日，中国扶贫基金会与华夏银行签订了合作开展"农户自立能力建设项目"协议书。该项目计划投资 2500 万元，首期 500 万元：华夏银行以无息贷款形式出资 200 万元，基金会出资 100 万元，贵州省财政配套 100 万元，贵州省农行提供信贷资金 100 万元。实施地点定在华夏银行的对口扶贫县：贵州省晴隆县，由基金会负责项目的具体实施。

晴隆服务社运作初期，获得了很好效果，成为示范点。很多国内外机构和同行想了解小额信贷项目时，都会参观访问晴隆。

满招损，谦受益。当所有人都在夸奖时，恰恰可能要出问题。好景不长，服务社的主任（溺水的那位）和会计利用手工报账的漏洞，勾结起来，做假账，挪用了资金。

信息系统缺失是重要原因，之后小额信贷部才咬牙上了信息系统。

人员操守出问题是直接原因。毕竟同样有"机会"犯错的服务社不止晴隆，只有晴隆出现了这么大的问题。

不过，人员操守出问题不可怕，只要及时发现就行。但是当时基金会的管理能力欠缺，加上到服务社一线实地监测的频度和力度也都不够，于是，项目区的原始信息得不到真实反映。基金会总部不能掌握项目区的真实情况，就无法形成有效的反馈机制，也就失去对项目的有效控制。

在服务社主任发生意外之前，所有人都蒙在鼓里。意外发生后，当盖子被揭开，问题暴露以后，造成的损失已经无法弥补了。2004年，经过了几番痛苦交涉后，贵州晴隆服务社关闭了。

3年努力，一个漏洞，几个疏忽，瞬间坍塌。晴隆服务社最终成为服务社主任的陪葬品。如今，我们也只能从中和农信的历史档案中去找寻晴隆服务社的那段记忆。

2004年，整个小额信贷项目已经到了生死存亡的关键时刻。

怎么办，难道真的是不行了吗？

以上这一切昭示，资金不够、产权不清导致双重管理，双重管理导致职责不清、业务方向不清，然后就乱了。

管理体制问题是这一阶段最主要的问题。

这是大病，一定要治。

## 2.2 成事秘诀

晚清重臣曾国藩一生功绩显赫。

论文，他同进士出身，十年七迁，连跃十级，既是儒家理学大家，也是清代中后期文坛正宗——桐城派的执牛耳者。

论武，他是湘军的创立者和统帅，11年时间屡败屡战，最终围安庆破南京，击败了太平天国。青年毛泽东曾评价："愚于近人，独服曾文正。"

身处晚清乱世，还能有如此多的成就，并不是偶然的。在时机、天赋之外，其特有的气质也为其带来了巨大助力。

用9个字总结，就是：

吃得苦，霸得蛮，耐得烦。


想做好小额信贷，想在中国做好小额信贷，想在中国的广大贫困农村做好小额信贷，就得有点这样的气质。

小额信贷的立足之地在贫困地区。这里偏远贫瘠，交通落后，各个项目地之间动辄数百公里甚至上千公里，人文风俗相差极大。

一旦选择了这样的事业，就必须做好吃苦的准备，掐灭驻扎首都遥控指挥的奢望。长期出差，频繁奔波，以项目地为家，才能真正了解实地情况，理解当地市场和员工。

只有这样，才能克服理想主义者的傲慢和过分理想化，制定出真正让业务可以顺利运行的规则。只有这样，才能建立与一线员工的情谊，才能时刻听到服务社一线的脉搏声，避免机构塌方式沦陷的重演。

革命不是请客吃饭。无论是服务社，还是梦想中的独立小额信贷机构，都必须面对社会和人性的复杂，承认不同机构有各自利益。

面对复杂的现实，能否直面困难，能否扛得起责任、顶得住压力，就看有没有霸蛮的洪荒之力了。

上，能建立与中国扶贫基金会、上级主管单位通畅的沟通机制。赢得支持和理解，争取一切能争取的资源，还要说服领导们放弃不切实际的想法做法。

中，能建立与当地政府、各机构的合作关系。要持续不断地进行沟通、影响、说服。既要坚持可持续发展的原则，又要经常据理力争，维护自己合理的权益，还得让合作关系得以健康持续。

下，能建立与支持服务社全体员工的管理关系。雇用、培训、管理、监督、纠错、奖励、惩罚、解聘才能真正落到实处。这种管理关系，不是单纯依靠职务高低就自动形成的——哪有这么容易。如果专业上没有两把刷子、心态上没有一颗大心脏、格局上还在办公室格子间里，大家根本不会服你。

如果以上皆有，就一定要耐得烦了。当时小额信贷格莱珉模式看似非常简单：小组联保、妇女优先、分期还款。短短 12 个字就能说清楚，但是实际上极其专业，因为面临本土化的问题。

没有专业性，空有一腔热情，也会被现实"冷冷的冰雨在脸上胡乱地拍"……什么人是优质客户，怎么识别风险客户，什么利率是合理的，风险控制怎么做最合适，员工监管怎么做，怎么避免负责人监守自盗，怎么进行员工激励，工资系数怎么设计……

魔鬼就在细节中，如果你搞不定细节，细节里的魔鬼就搞定你。

更要命的是，这样的工作是无止境且漫长的。

改革开放后，中国变化日新月异，农村也是如此。去年很好的方法，今年就不灵光了；今年的新政策有效，明年可能就得改进。管理者根本没法坐而论道，垂拱而天下治，必须做到"苟日新，日日新，又日新"。而且，小额信贷管理中，最核心的评价标准之一，就是还款率是否达标。今年管理制度下放出的贷款，明年回收后才知道制度改革好不好使。所以，评价一个管理改进需要至少一年以上的时间。

不过在"吃得苦，霸得蛮，耐得烦"之外，还得再加一句：看得准。如果方向感不行，就会选错路、做错决策。吃苦、霸蛮、耐烦只能保证把事情做正确，看得准才能保证做正确的事情。

吃得苦、霸得蛮、耐得烦、看得准。

自己做人，以此为参考；集体做事，以此为标准。

小额信贷部在煎熬中努力，也在煎熬中等待。在痛苦的煎熬中，并不是毫无收获。

2004年3月8日，《基金会管理条例》经国务院第三十九次常务会议通过并颁行，该条例在第十三条至第十七条以及第四十条至第四十二条明确规定了基金会直属分支机构的设立条件、登记程序、法律责任和注销前提与程序。

这对于深陷管理泥沼的中国扶贫基金会小额信贷项目来说，犹如一根从岸边深入泥沼中的坚实缆绳。《基金会管理条例》从法律角度解开了中国扶贫基金会无法在项目区设立独立管理机构的症结，让彻底告别双重管理的困境成为可能。

　　在解决项目资金来源过程中，中国扶贫基金会几年来一一拜访
各地扶贫办主任，在介绍项目需求和资金需求的同时，也期待着遇
到理念一致的同行者。

　　2004 年底，小额信贷部重新整合人马，决心再战。

## 2.3　杭州会议

　　2004 年底，中国扶贫基金会小额信贷部再次改组。本次改组
已经是这个小部门 5 年之内第 N 次调整了。刘冬文被委任为部门
负责人，2005 年 1 月 1 日新年元旦这一天，正式走马上任。

　　在他之前，小额信贷已经至少有过 3 位负责人。5 年来的反复
折磨，人们对他上任并没有什么特别的激动，大家想法很类似：让
他试试看吧，总得有人干。

　　古人说过，穷则思变，变则通。路走通了，才能走得久、走
得远。

　　刘冬文是个很有想法的人。上任之前基金会的主管领导就和他
聊过几次，讨论小额信贷的发展问题。讨论的结果，就是小额信贷
业务需要有不同于一般公益慈善组织的模式。

　　小额信贷本就有强烈的慈善属性，而中国扶贫基金会本身就是
公益慈善组织。小额信贷部本来就是中国扶贫基金会的一个部门，
小额信贷部从组织定位、部门设置、工作岗位、考核标准都是按照
公益组织来设置。

　　刘冬文认为需要大刀阔斧调整，回归本质——这虽然是积德
行善的好事，但毕竟只要是谈起可持续发展，就一定要从商业的角

度来考虑。

一句话，想真正做好，就必须按照企业的方式来做。


记得金庸名著《天龙八部》中，西域高僧鸠摩智用逍遥派的小无相功催动内力，强行修炼少林寺的七十二绝技。最终走火入魔，险些丧命。

如果内功不对，招式再规范，照样出问题。

2004 年底，几番沟通后，中国扶贫基金会终于拍板，同意小额信贷部的整体改革方向，而且给予了保证项目资金的承诺。

改革第一步是解决管理体制的问题，如果没有这个关键时点的体制改革，就不可能有后来的市场化和商业化了。


按照常理，新官上任三把火，新的主管人员就职后，应该奔赴一线、四处考察、沟通交流、商谈对策。而刘冬文哪里也没有去，花了几个月时间起草改革方案。

这不是闭门造车。

刘冬文加入中国扶贫基金会之前，在国务院扶贫办外资项目管理中心多年。到了中国扶贫基金会后，负责农户自立能力建设支持性服务社培训工作，对一线情况非常了解。长期与国际金融机构的合作，还有自负盈亏的国际项目咨询业务，让他对商业的直觉异常敏锐。

还有一点，2003—2004 年间，他花了两年时间翻译并整理了法国沛丰协会的两本操作手册。

法国沛丰协会是国际领先的非营利性机构，主要通过发展小额信贷业务来消除贫困，核心业务为咨询业务，主要为银行、非银行的金融机构和包括小额信贷的其他利益相关方提供咨询建议服务。

沛丰操作手册的信贷技术极为先进，比中国扶贫基金会当时采用的方法好很多。

这点很重要。当我们只知道尤努斯和格莱珉银行时，很多格莱珉模式的做法就成了金科玉律，不敢改动分毫。沛丰的手册让刘冬文认识到，格莱珉模式虽然负有盛名，但是远不完美。小额信贷技术有巨大的提升空间，普通人员通过培训也可以非常专业。

所以，历时4个月写好的方案，虽然从治理结构、管理体系、信贷操作到技术系统面面俱到，但是重点直指解决小额信贷业务的核心路径——改制。

改制，最理想的情况就是一步到位，将小额信贷部剥离重组为一家企业，所有项目区的服务社，从资金到产权再到人员管理都汇集到企业，从根本上彻底解决问题。

限于当时条件尚不具足，经过基金会讨论，采用了模拟企业化运作的方式。

从此，小额信贷部虽然不设独立报表，但开始了模拟独立核算。


听起来很美，是不是？

不过，设身处地想一下当时情况。小额信贷业务陷入困境长达几年，项目区损失大半只剩4个，其中2个还有问题。项目别说盈利，能健康活下去都可能是奢望。

这个时候搞独立核算，简直自断生路。

刘冬文希望利息收入覆盖所有支出，但是那个时候还没有多少利息收入。于是请求基金会提供一些募捐的支持。为此在重组小额信贷部时，还挖了一名专门募捐的同事。

这 4 个月起草的改制方案"效果惊人，立竿见影"。

本来小额信贷部有 8 个同事，立马跑得没几个人了。

情有可原，毕竟，很少有人愿意在"泰坦尼克号"上跳最后一支舞，更愿意找个救生圈离开。

服务社的负责人也偶然得知了改制方案，因为方案里有更换所有负责人的建议（其实没有实施），变得异常愤怒。

这就是人类的有趣之处。旅客可以下船，船员可以离开，船长们都会选择坚守，哪怕自己的船可能要沉没。

无论北京总部还是服务社，船长们都铁了心。

不过，困难归困难。大家还是看到了一些希望。2004 年底到 2005 年初，在经过一系列惊心动魄的交涉后，当时的主管领导王行最和刘冬文带着几位同事，从即将关闭的贵州省晴隆县服务社，一分不差地取回了属于中国扶贫基金会的项目款（晴隆事件对中和农信影响重大，后面我们会讲到）。

王行最 2001 年 4 月调任中国扶贫基金会，任副秘书长。到基金会的一个重要任务，就是怎么样收拾小额信贷的烂摊子。当初也是他推荐刘冬文负责小额信贷，晴隆之行让他对自己的推荐有了更多信心。

真金不怕火炼，困难方显本色。

当改制方案被基金会通过之后，并没有大刀阔斧地马上实施，因为时机未到。

当时，4 个服务社（山西左权、贵州六枝、福建福安、福建霞浦）由于之前的模式已经运行很久，当地政府和负责人马上接受改制并不现实，需要一个过程。

为了加速这个过程，也为了证明改制的效果，基金会以及小额信贷部当时决定要在全国开辟一个新的试点。

在辽宁省扶贫办的支持下，他们选定了改制方案的试点：辽宁省沈阳市康平县。

康平县不大，2020 年常住人口不到 28 万人，号称"一水二草三林四分田"，距离沈阳市区仅仅 138 公里，却经济落后，直到 2017 年才正式退出贫困县。中国扶贫基金会在当地单独成立了一家民办非企业单位，取名为"康平县农户自立服务中心"。

这次名字短多了。

不过，大家更喜欢把各地区名称不一的服务中心、服务社统称为"分支机构""分支""机构"，把机构负责人称作"主任"。

康平是采用新模式正式注册的第一家分支机构。

凡是吃第一只螃蟹的，吃起来都不容易。康平经历了一波三折的注册之后，才终于挂牌。刘冬文也亲自"督战"康平，与员工一起并肩战斗。

康平的独特性在于走通了一条路。

"康平注册是试验性的一步。因为当时我们主要目的是走通机构注册的流程。也就是证明这个机构能够注册、法人代表可以是我们自己人，理顺体制问题。"刘冬文评价道。

简单地说，之前的"××县农户自立能力建设支持性服务社"并不隶属于中国扶贫基金会，而现在的康平分支，机构是由中国扶贫基金会独立注册的，机构法人代表由扶贫基金会工作人员担任，从主任到一线员工，所有工作人员都是直接管理的。

康平分支成立后，辽宁新宾分支、辽宁清原分支如雨后春笋陆续成立，形成了辽东半岛的早期铁三角。

有一句话叫"小额信贷起辽东"，之所以这么说，就源自于康平分支代表了全新的机制。

新的机制理顺了基金会与地方政府的关系，终于不用再"双手互搏"，使小额信贷业务在当地开展起来更加顺畅。

咳嗽好治，遗传的病难弄。分支机构终于从基因上告别了双重管理。

2005年6月，康平分支刚刚成立没多久，小额信贷部在杭州组织了一场闭门会议。

左权、六枝、福安、霞浦的负责人，还有康平分支的负责人齐聚杭州。中国扶贫基金会时任领导批准召开了整个会议，王行最作为基金会秘书长和作为小额信贷部负责人刘冬文主持会议。

开会主要目的有3个：最重要的是沟通改制方案，其次是争取他们的理解，第三是尽可能留住他们。

方案对了，理解有了，人员稳了，4家机构稳住了，才能开始改制。

会议内容对分支机构的负责人是保密的。他们只是被通知：有个总部会议，需要出差来杭州。

聪明的人总有办法弄清形势。两位分支机构的负责人张云德（山西左权）和金鹏飞（福建霞浦）是好朋友，在会议开始前，就成功地推理到这次会议非常重要，而且肯定和改制相关。

推理过程非常简单。

中国扶贫基金会的作风之一，就是做事情不讲排场，只讲省钱。

省到什么地步呢？这次会议在杭州找了一个极便宜的"假日酒店"安排住宿。这家酒店因为便宜，自然没有会议室这种"高端"的配套场地，会务人员又在距离假日酒店十几分钟的地方用低价租了一个很小的会议室。

即便如此，这么抠门的基金会，在住宿普涨的旅游旺季，竟然舍得在杭州开会，还加钱租了会议室，太不正常了。

而且更"离奇"的是，基金会有史以来第一次给4位分支负责人每人安排了一个单独的标准间。

要知道，这么多年，为了省钱，他们出差从来都被要求两人住一个标准间的。

负责人私下分析，这么"奢侈"的安排，肯定是要搞大事情。小额信贷部，当下最大的事情，莫过于改制了。

其实还有一层，大家心领神会，没有点破：那个改制方案，我们都偷看了，白纸黑字写着负责人大换血。单独的标准间待遇，是不是在解雇我们之前"鳄鱼的眼泪呢"？

猜对了开头，猜错了结局。

会议开始。

果不其然，在标准的开幕流程后，王行最代表主办方肯定大家的辛勤付出，同时介绍改制的背景和必要性，安稳人心，水到渠成。

刘冬文担任硬核的改制方案讲解工作。他直奔主题，热血沸腾，发挥了自己有史以来最高水平的口才，分析了机构问题的根本原因，剖析了双重管理的黯淡后果，讲了改制后的好处，还画了一张美丽的大饼——改制不仅能让我们活下去，还能真正地涨工资。

也许主任们当时心中尚存疑惑，但是大家通过会议，都理解和认同了一件事情：改制是大势所趋，不改制绝对没有未来，改制虽然有风险，但只有改制才能找到新的出路。

支持改制的共识由此而生。

这次杭州会议意义极为重要。与分支主任们取得共识后，中国扶贫基金会终于能全力与各地政府沟通。

8月份，中国扶贫基金会召开了4家机构的政府会议。邀请4个县的扶贫办主任、主管副县长来北京开会。经过这次会议，顺利做通了地方政府的工作，进一步厘清了治理结构和合作关系，同意由基金会成立独立机构。

中和农信[①]人把杭州会议称之为中和农信发展历程中的"转折点"。

对中和农信而言，杭州会议用全新改制理念，使当时所有项目区机构能够统一思想，真正成为基金会直属独立机构，为小额信贷机构发展指明了方向，成为中和农信小额信贷项目的重要转折点。

改制的重要性无论多么强调也不为过，这是中国扶贫基金会小额信贷项目区别于国内其他300多家小额信贷项目的分水岭。

---

[①] 中国扶贫基金会小额信贷部，后来还是完成了改制，成为一家独立的企业，简称为"中和农信"。

## 2.4　否极泰来

随着改制的进行，中国扶贫基金会把各项目县的小额信贷机构一一重新注册，变为基金会在地方的分支机构。相应地，各县的管理团队全部成为中国扶贫基金会的正式员工。

管理上，各地区分支机构全部纳入了中国扶贫基金会的管理体系。人、财、物，天下一统，由总部统一管理。

统一管理的背后，有一套完整的体系做前期铺垫。

中国扶贫基金会与省扶贫办、县扶贫办签订三方协议。服务社法人由基金会的人担任、理事长为基金会秘书长、副理事长由省里选派。

分支机构主任的招聘：人选采用县扶贫办推荐、中国扶贫基金会考核认定的方法。也就是说，地方政府有推荐权，但是没有决策权。这是一条非常巧妙的做法，县扶贫办更熟悉当地，拥有最全面的人才库，而且为机构提供了背书。事实证明，推荐的人员不仅数量多，而且综合素质很高。如果一时找不到合适人选，总部会派人负责或者暂缓启动。

分支机构负责人全部由中国扶贫基金会来决定，只对基金会负责。各分支机构在当地设立账户，资金终于实现全国联网。

体制理顺了，但这并不是结束。体制好比是碗，可持续发展的目标好比是一块红烧肉。肉是不会自动到碗里来的，需用筷子夹。

这双筷子，就是管理。

在总结过去近 10 年小额信贷经验的基础上，小额信贷部借鉴国际成功的小额信贷机构管理经验，并结合管理需要，重新制定了小额信贷业务操作手册、财务管理手册和人力资源手册。

刘冬文几乎承包了当时的信贷操作流程、产品设计、利率计算等方方面面的工作，终于，形成了成熟的小额信贷业务操作、财务管理和人力资源管理等制度。

同时，在法国沛丰的推荐下，他们还购买了美国 TDS 公司专业的小额信贷贷款追踪系统——Kredits。

信息系统建设值得大书特书，因为小额信贷早年出的各种问题，要想避免再发生，两件事少不了：第一是管理体制要理顺，第二就是信息系统要跟上。直到如今，中和农信仍然极重视信息系统技术问题，跟当年的这段经历有很大关系。

新系统的安装大大提高了贷款的管理水平，有效降低了贷款风险。

日子以肉眼可见的速度一天一天好起来。

第二年，辽宁新宾、辽宁清原、湖南双牌、河北怀安和海南昌江农户自立服务社都顺利成立。

截至 2007 年底，中国扶贫基金会在全国共成立了 13 个分支机构，管理贷款本金高达 7000 万元，有效贷款客户超过 2.4 万人。

从 2003 年的 7 家，到 2005 年的 5 家，再到 2006 年的 10 家、2007 年的 13 家。数字变化的背后，是浴火重生。

小额信贷部，活了。

## 2.5　中和农信

2005 年改制后，小额信贷部一直在筹备成立独立企业，只等政策允许。

2008 年 5 月 4 日，中国银监会和中国人民银行发布了《关于小额贷款公司试点的指导意见》，允许成立商业小贷公司。

这是中国扶贫基金会小额信贷项目公司化的大好历史机遇。

如果说，杭州会议的改制，让中国扶贫基金会小额信贷告别了双重管理，从生死边缘拉了回来。那么，成立公司就是第二次改制，让小额信贷业务真正规范化，排除了机制隐患，开始了漫漫征程。

在成立公司前，小额信贷部是中国扶贫基金会的一个部门。无论是商业化合作，还是筹集贷款的资金，都首先要考虑公益机构的属性，然后才能考虑可持续发展问题——而这往往需要像企业一样做事。

随着小额信贷的合作伙伴日渐增多，小额信贷的运营越来越成熟，业务上的合规要求也越来越高，在扶贫基金会下的小额信贷部的非独立性，已经制约了业务发展，对业务发展产生了很多桎梏。

对于中国扶贫基金会来说，更多的是愿景牵引的自我约束。

中国扶贫基金会的愿景是"构建最值得信任、最值得期待、最值得尊敬的国际公益平台"，并一直为此奋斗。

想成为一家最值得信任、期待和尊敬的公益机构，一定是值得公众信赖和经得住审视的。为此，中国扶贫基金会异常看重自己的职业操守和声誉。

扶贫基金会的操守一直靠谱，外人看起来油水颇多的小额信贷业务，对领导层没有啥好处，反而可能引来公众的无端猜测：基金会会不会挪用我们的捐款发大财？

普通人可能选择明哲保身，反正这个项目对我个人没好处，而且各种麻烦事不断，还不如一关了事。

中国扶贫基金会的领导层此时显示出了远见卓识，完成改制后，并没有故步自封。基金会主动剥离公益性资产和经营性资产，坚定地支持小额信贷向企业化方向发展，促进管理规范化。

剥离小额信贷，让它真正地公司化，由虚拟核算变成独立核算，由内部制度监管变成国家法律监管，有独立的财务报表，经得起外部审计，更符合合作伙伴和监管部门的要求。

2008年底，将小额信贷部独立成一家公司的条件成熟了，"实乃意料之中，水到渠成"（刘冬文，中和农信10周年致辞）。

在世界银行集团国际金融公司的支持下，2008年11月18日，远望楼会议召开了。

当时会议阵容非常豪华。

时任国务院扶贫办的王国良副主任出席会议，中国扶贫基金会段应碧会长主持会议，各个项目省的扶贫办主任和主管县长尽数参会。

有人问，为什么有这么多领导呢？

这次大会，本质上是与当地政府的沟通协调会。沟通中国扶贫基金会小额信贷部改制的具体情况——成为一家独立核算、独立经营、企业化运作的公司。

机缘巧合，这家公司的营业执照恰好也在 11 月 18 日当天办了下来。于是，这一天成了名副其实的司庆日。

> 致中和，天地位焉，万物育焉。
> 生于农村，为了农民。
> 人有信则立。

这就是中和农信项目管理有限公司。

**信言** *XINYAN*

## 不辱使命，不输时代

刘冬文

今年是中和农信公司成立 10 周年。

回想 10 年前，中国发生了很多重大事件。中国的小贷行业在当年也迎来重大转机，中国人民银行和银监会联合发布了 23 号文件，从此各地小贷公司如雨后春笋般竞相出现。对于中和农信来说，2008 年更是具有历史意义的一年。因为就在该年 11 月 18 日，中和农信终于有了属于自己的身份证——营业执照。

10 年时间似乎并不遥远，但变化巨大。

那时智能手机还没有出现，而如今农村都已普及智能手机；那时移动支付也没有出现，可现在我们出门都基本不带现金。包括在这期间井喷般涌现出来的网购、快递、外卖和共享单车等，无不说明在过去的10年里，国内经济和社会等各方面都发生了翻天覆地的变化。

作为探索既符合国际惯例，又适合中国国情的普惠金融先行者，中和农信在过去快速发展的10年时间里，也算是历经风雨，沧海桑田，爬坡过坎，屡攀新高。

2005年，扶贫基金会在小额信贷项目面临生死存亡的关键时刻做出了改制决定，从此开始探索可持续小额信贷之路。

2006年，我在一次业内研讨会上斗胆豪言："扶贫基金会的小额信贷项目，不是启动最早的（中国社科院比咱们早3年启动），也不是规模最大的（当时商务部交流中心有51个项目县，而基金会只有7个），但我希望未来我们是活得最长的、规模最大的、中国最成功的小额信贷机构！"

当初之所以敢说此话，是因为我们确信已经找到了可行之道并率先变革。此后两年，基金会小额信贷项目成功改制，顺利转型，市场化融资和企业化运营能力基本具备，至2008年底将小额信贷部独立成中和农信公司实乃意料之中，水到渠成。

一般中国中小企业的平均寿命不到3年，大型企业的平均寿命也不超过8年。中和农信能在最不被人看好的农村小微信贷领域存活10年，并逐渐成为该领域最大的非银行类金融机构，也可算是中国企业界的奇迹之一。

回首来时路，中和农信取得今天的成功，应该归功于我们的"变"与"不变"。过去 10 年，是中和农信坚守使命绝不偏离方向的 10 年，更是坚持创新但万变不离其宗的 10 年。10 年来，不变的是我们的目标——打通农村金融最后一百米，不变的是我们的客群——农村中低收入农户。

除此之外，我们确实也变了不少。

首先，我们的身份变了。过去我们是代管扶贫基金会的小额信贷项目，现在则是公司全资注册小贷公司，合规经营，稳健发展。其次，我们的规模大了。分支机构由 2008 年底的 17 家变成了 312 家，员工人数由不足 300 人变成了近 5000 人，贷款余额由 1 亿多元变成了 86 亿元，活跃客户由 2 万多户变成了近 40 万户；更重要的是，我们的服务变得更加方便快捷。

过去给农户的收放款全部是现金，现在则基本实现了无现金交易。过去农户申请贷款至少需要 3 天后才能得到贷款，如今通过智能手机可实现 10 分钟内放款，且无须人工干预。所有这些变化，都得益于公司在过去 10 年不断推陈出新更新换代转型升级。

这是一个充满变革的时代，任何机构的故步自封都会自断前程，而伟大的企业则都是在巨变之中抓住机遇顺势而为。试想一下，腾讯如果没有微信和微粒贷，阿里如果没有淘宝和支付宝，它们还能成为伟大的企业吗？

中和农信过去 10 年的成功，一是坚守了服务农村中低收入农户的底线，二是顺应了时代的发展更好地满足了客户需求。

回看射雕处，千里暮云平。

在中国最大的连锁超市大润发被阿里并购时，其创始人说："我战胜了所有对手，却输给了时代。"当我们回顾中和农信的第一个 10 年之际，我们可以自豪地说："中和农信不辱使命，无愧时代。"

（《和信》2018 年 11 月刊，中和农信成立 10 周年）

# 第三章　青葱岁月

## 3.1　太行山中的革命圣地

很多人常常会有一种误解，从书上读到一些知识后，就认为自己真的明白了。错把从真实世界中总结出的文字当成现实。

我一直以为太行山是一座南北走向、绵延 400 公里的大山，实际上，它是密密麻麻的群山，是由群山组成的海洋。

从天空望去，无数座高山像是波浪一样，峰峰高耸，座座相连，一望无际，直到大地尽头和天空交界处，仍然能看到锯齿一般的山峰边缘。

站在山下，每一座山头都高耸入云，每一道山壁都是刀削斧切，每一座山都和旁边的若干座山就像是深井的井壁，把井底的视野遮得严严实实。

到太行山前，你想象不到一块石头会有多大，到了太行山，你才知道，原来整座山都可以是一块寸草不生的石头，原来无数山脉都可以是同一块巨石表面的褶皱。

在大自然面前，我感慨生命的渺小。太行山有多巍峨，人类就有多渺小。

左权县就在太行山里。

在电视剧《亮剑》里有一段著名的剧情：日本侵略军对根据地展开了无情"扫荡"，李云龙被困砖窑，差点丢了性命。骑兵连长孙德胜喊着"骑兵连进攻"独臂挥刀，直到战死马下。这段剧情就发生在左权及周边地区。

山西省晋中市左权县，原本在历史上叫作辽县，这座默默无闻的穷县城，因为 1942 年抗日将领左权的牺牲而改名。

8 年全面抗战，左权县有 5 年是八路军总部所在地。哪怕是最艰难的 1942 年，日本鬼子围绕左权县展开重点"大扫荡"，八路军总部也没有撤离。

有人会奇怪，是什么让左权县这么顽强？直到我到了左权县，亲眼看到太行山中的左权县，谜团才慢慢破解。

这样的山区，对于脆弱的碳基生命来说，是不适合生存的。茫茫的山地、坚硬的表面，不适合植物生长，只有山脚下、沟谷边，有点平地，可以种点庄稼养点牲口。离开大路，随便去某个地方，哪怕只有一两公里的距离，抬眼就见，也要兜兜绕绕、翻山越岭，走几个小时。

只有真正以此为家的人，才能坚守这片土地。

2001 年 11 月 29 日，"左权县农户自立能力建设支持性服务社"正式成立。

这不是中和农信成立的第一家分支机构，但它是坚持运营到现在最老的分支。一块 0001 的机构序号牌，光荣地挂在门口。

刚刚成立时，左权县政府出资 300 万元，中国扶贫基金会用香港嘉道理基金的 250 万元善款出资。开始为当地农民发放贷款。

按组发放贷款，集齐 5 家有资金需求且互相信任的农户，就发放一次贷款，每户 1000 元。

前文提到的困难，左权没有幸免，不到一年，2002 年 5 月，在项目区监测中，发现了"垒大户"（一组之内只有一个真实贷款人，其他组员贷款拿到后都会给这个人。会增加贷款风险），8 月又发生了员工违规放款给私人，还不辞而别。

一波刚平，一波又起。2003 年 4 月，县政府要抽回配套项目资金，对于服务社，这无异于雪上加霜。扶贫基金会领导亲赴一线，进行谈判后，终于解决了资金回归问题。

众人好不容易松了口气，哪知在监测中，又发现存在严重的贷款逾期问题。贷款发出去，收不回来，550 万元可能就此永别！

大家一番检讨后，感觉一系列问题指向一件事情——负责人是否称职。蛇无头而不行，鸟无翅而不飞。和当地县里沟通后，小额信贷部决心更换负责人，再次尝试。

县政府和中国扶贫基金会广撒大网，张云德从 22 个候选人中最终胜出。

张云德自我要求极高，是一个好强的人，性格倔强，自诩人生没有败过，当时担任一个乡镇的副镇长，分管农业，年富力强。县委书记很聪明，为了说服他顺利上任，忽悠这是个美差，能坐在办公室里工作，而且是"一把手"岗位。

等张云德上任了才知道服务社的困境。除了晚上回家睡觉，基本都得去农村。办公室成了海市蜃楼中的蓬莱仙境，总是可望而不可即。

当地农民在申请贷款时，态度很好，在还款时就出了问题。很多当地人的印象中，只要是扶贫的钱，不还不会有啥大问题。

超脱地想，这种想法是农村老百姓对于政府的表扬。回到现实，这种想法对于贷款机构来说，简直是灾难。

改变思想是极难的。哪怕到了 2021 年，哪怕中和农信大于 30 天的风险贷款率（PAR30）为 1.36%，用还款率的标准去衡量，超过 98%，今天也有大量国家发放的扶贫贷款难以收回。重要原因之一，除了贷款人本身资质不好，就是"扶贫相关的钱，不还没有啥大问题"的心理作祟。

唐僧肉一旦免费，全世界都会想办法吃下去。

左权的同事们一户户地拜访，从早到晚。当时汽车和柏油路都是奢侈品，大家就骑着摩托奔驰在农村的土路上。

不怕日晒风吹，就怕天下雨。一下雨，土路变泥路，不要多久，就全身是泥壳。土路到处是炮弹坑，一下雨就都被泥水掩盖，看不清深浅，一个不小心就泡了"黄泥浴"。

精诚所至，金石为开，在持续不断的引导下，农户们的思想渐渐发生了改变。几个月下来，贷款收回不少。


小额信贷的终极目的不是黄世仁般的大发横财。

小额信贷从诞生第一天起，就是为了消灭高利贷和吸血者对农户的盘剥。

金融行业的人都明白，小额信贷运营成本高得离谱。银行一笔贷款上百万都算是小单子，客户需要去银行办理。中和农信一笔贷款千把元，还要求在农村一个电话就上门服务。

想发财的人疯了才会去干这个。

农户、小手工业者、煎饼摊阿姨、捡瓶子的大爷大妈，他们是这个世界上最了不起的人群。这不是鸡汤，而是事实。

他们也是企业家，自己采买原料、自己加工、自己销售、自己承担一切风险，从天灾到人祸，都需要一力承担。

赔了，哭一场；累了，叹口气。抹去眼泪，生活还得继续。他们顽强、坚韧、吃苦，却总和贫困纠缠。

我们有责任为自己的手足同胞做点什么。

用可持续的贷款业务促进低收入人群自我发展。

有了资金的支持，有了到时间需要还款的承诺，农户们会精打细算每一分钱，会积极谋划，让汗水洒在自己的泥土里。

国家给予的扶贫支持，是甘霖普降，是爱的奉献，用巨量的转移支付，移山填海、战天斗地，让每一个贫困的同胞都能获得生存机会和发展资源。

小额信贷的支持，是精准滴灌，扎根低收入群体中，用少量资金可持续运营，找到其中可以依靠自己力量改变命运的同胞，给他们支持，帮助他们走出困顿的泥沼。

2003年底，机构情况好转很多，虽然还有一些款项没有收回，好歹机构可以运转了。

按照传统金融机构的做法，贷款发放后，大家就没啥事了，干等着一两年后连本带息收回来。但对于当时分支的同事们，贷款发放只是一个开始。

大家每月要两次进村组织活动。

村委的大喇叭高喊着，召集贷款的客户们坐在一起，地点可以

是在村委办公室、村里小学的教室或者就是一个露天院子里。服务
社给大家讲解卫生、健康知识，然后由专门聘请的农业专家做各种
技术培训。

这就是中心会议。

中心是什么意思呢？若干贷款农户组成一个小组，3 到 5 个组
组成一个中心，如果客户多，一个村里会有几个中心。

2000 年初，这样的技术培训在村里很稀缺。

令人意外的是，农户们起初对中心会议并不感冒。一开始大
家思想都不解放，不重视农业技术，"我家祖祖辈辈都是这么种的，
凭什么要按你说的做"。

最有力的说服来自事实。

有一次，一位核桃树修剪专家到村子里培训，在核桃园现场演
示怎么剪枝。为了让客户们都有机会学习，工作人员找了个车子，
磨破嘴皮，说服客户，一车一车把大家拉到核桃地里。即便如此，
只有一部分人愿学愿做，一大部分人不去不学不做。

第二年，核桃树差异显著，照着做的农民明显收益更多。

老百姓切身地感受到这个事儿是好事儿，积极多了。

忘了说了：这个培训，包括专家费和车钱，都是免费赠送的，
不需要农户出一个铜板。

所有的苦难都是有意义的，从左权县走出了很多中和农信优秀
的管理者。很多年里，当外界想了解中国小额信贷，想了解中和农
信的时候，必定要来的地方中，一定有左权。

左权项目区坚持住了。一年后的 2004 年，项目区运作状况明

显好转。2005 年，左权项目区就发展成为优秀项目区。

如同希腊神话中的大力神安泰，只有和大地接触得最紧密的人，才能坚守在太行山上。

## 3.2 祖国东南的海上农场

有人戏称我们的种族天赋是种地，也许这是无奈之举。游牧的生活倒是简单粗犷，可是产出实在有限。我们只有以精耕细作的方式，用有限的资源产出更多的产品，才能让中国人吃饱吃好，过上好生活。

霞浦县曾经是闽东（福建东南部）最古老的县，当地县志里记载："县境西南有霞浦江，东流入海。又有霞浦山，海中有青、黑、元、黄四屿，日出照映，江水如霞彩，这是山以江名，县以江名。"听起来就是一个景色秀美的地方。

在霞浦，我第一次发现中国人的种地天赋是如此之强，强到"出圈"。

霞浦拥有 505 公里长的海岸线，占福建全省的八分之一，海岸线长且曲折，滩涂面积达到 104 万亩。霞浦人以大海为土地，种植海带和紫菜，形成了独特的"海上农耕"。

站在海岸线边，放眼望去，清澈的近海海面被切割成一块块，每一块由缆绳、浮球、小网箱或深水大网箱构成，中间留有过船的水道。

很像是被田垄隔开的一块块田地。

海中的田地中，是一片片的海参、大黄鱼、鲍鱼、牡蛎、海蟹、南美对虾。播种，养护，收获……也是严格按照天时进行。

这哪里是渔民，根本就是农民好不好。

精耕细作的付出是值得的。霞浦是"中国海带之乡"、"中国紫菜之乡"、中国大黄鱼和鲍鱼的主产地之一、中国海参最大的产地。

霞浦人是勤劳纯朴的，只要给些资金的支持，就能在大海上种出甜美的生活。

2003 年 8 月，霞浦县农户自立服务社正式启动。

为了照顾各位读者的心情，我就不放全称了，因为全称比较长——中国扶贫基金会霞浦县农户自立能力建设支持性服务社。

当时已经在福建省福安县有了一个服务社，效果很好。于是中国扶贫基金会、福建省扶贫办和县政府就把霞浦作为了第二试点。

服务社主任金鹏飞，是县里力荐的人选。据说当年霞浦县县长和中国扶贫基金会说，如果不是金鹏飞当主任，这个项目宁肯不做。

很显然，敢这么明晃晃且硬气地推荐人选，肯定不是有说不清道不明的关系（有的话，谁敢这么硬气），而是出于对其人品和能力的信任。

金鹏飞来农户自立服务社之前，一直负责体制改革工作，很擅长用机制设计来推动工作。

霞浦服务社很重视对客户的能力培训。工作人员制定了年度培训计划，建立了县、乡镇、项目中心三级培训网络，三级网络各司其职：

在县里成立了技术培训顾问小组。顾问小组有十几位小组成员，长年累月给客户提供技术咨询、技术培训服务；

乡镇里由项目指导员和中心聘请的"农博士""田秀才"组成培训网；

每个中心内部也会找两到三名经济能手，作为培训的骨干和带头人。

三级培训网络不是形式主义，每级都有明确的培训内容和指标，会定期组织客户学习技术、交流信息、谈市场和项目。


对于今天的中国人，尤其是 1990 年后出生的移动互联网一代来说，获取信息是一件非常简单的事情——上网查一下就行。

这并不是天然就如此的，简单背后是中国经济增长后在基础设施上的巨大投入，把电力送到每个人家里，把网络信号覆盖到更多的角落。

但在十几年、二十几年前，这真的是天方夜谭。阻碍贫困地区经济发展的重要原因之一，就是信息闭塞。没有信息，大家就只能被困在穷了无数代的陈旧生产模式中，无法自救。

也许有人生来就比较懒惰，但没有任何人天生就应该贫穷。越扶越贫困，一定是一些要素还不具备，信息就是要素之一。

因此，当时服务社的工作人员就成了重要的信息传播者。他们走进每个村子，带来的不仅是小额信贷的宣传单，还有各种"值钱"的信息——种植、养殖技术的光盘，政府惠农政策的说明，其他村子里赚钱达人的诀窍，市场上的行情信息……


每个地方有每个地方的人文风俗。福建人能吃苦、肯挣钱，得到了资金支持，再加上三级技术网络的支持，如虎添翼。

霞浦也是贫困的山区，2017 年才整体脱贫。早些年，很多地方都没有通路，分支员工们上门服务和宣传靠双脚走路，原生态的烂泥路加上盘山路，一走就是一天，晚上回不去，只能寄宿在农户家里，条件很是艰苦。

对于金鹏飞来说，头半年最大的苦恼来自落差。

之前自己好歹是县扶贫办副主任，下到农村工作可以坐公车，别人都非常尊重。有饭吃，有烟抽，有酒喝。

到了自立服务社以后，下乡只能坐班车、骑摩托。到村子里，角色变了，不再是领导了，又不会给人发钱，自然也不会有那么多人自愿支持。

半年后，情况好多了。

因为自己习惯了。

城市里的人很难体会乡村工作的艰辛。

2003 年，3 位同事去盐田乡发放贷款。因为路况很差，只能步行。

当时还没有移动支付，3 人提着一大包现金，晚上八点还在奔波。天上没有月光，地下漆黑一片，大家小心翼翼。

走到最后一个村口时，村子里一条狗可能是闻到了陌生人的味道，开始狂叫，随后全村的狗都开始狂叫。犬吠声由远及近，恐惧的本能，让 3 人不敢前进半步，随手摸起一根木棍防身。

3 人一根棍子，根本不够用，估计最大的功能也就是壮胆了。

幸亏村里的中心负责人闻讯赶来，大家才躲过一劫。

给村子里的几十个农户发放完贷款，离开时已经是深夜。一想起出村又要被狗咬，3 个人心有余悸，于是热心的农户戴着自制的安在头上的手电筒送大家出村。

好不容易出了村子，走到公路上，想要搭个陌生人的顺风车回县城。可能因为天太晚，路过的车都不敢停下来。

情有可原，伸手不见五指的深夜，如果是你我开车，突然看到路边有 3 个人拦车，你敢停吗？

大家苦等半天，最后只好联系同事。

要不是真的没有办法，谁都不愿意深夜吵醒同样劳累一天的同事。

不幸的是，电话拨不出去。

在这个偏远的小村庄手机信号差得要死。

关键时刻，一位叫林峰的同事发挥了小时候上树偷桃子的特长。他爬到电线杆上，才打通电话，联系到了其他同事。

终于，好久以后，一辆农用三轮车远道而来，把他们接回了家。

那一夜，对于这 3 位同事来说，农用三轮车"突突突"的马达声，是世界上最温暖的声音。


山区的工作是艰辛的，常年下乡，危险变成了日常。很多次，他们骑摩托车下乡，要么是摔倒在悬崖边，要么是挂在悬崖边的一棵树上而命悬一线，要么是掉到悬崖下但幸运地捡回一条命。

一份工作而已，值得吗？最初我听到这些时，疑问丛生。

当亲自看到他们的工作为乡村和农户带来的改变时，我理解了。

工作之外，生命另有意义。

## 3.3　入乡随俗的东北岁月

沈阳以北，138 公里，便是康平县。

康平隶属沈阳，东隔辽河与铁岭市昌图县相望，西邻阜新市彰武县，南接法库县，北与内蒙古科左后旗毗邻。康平历史悠久，约7000 年前已有人类在此繁衍生息。

初到康平，满目绿色，这个景色秀美的地方，直到 2018 年才摘掉贫困县的帽子。现代生产方式的双刃剑，真是让人两难。

前文已经说到，中国扶贫基金会小额信贷扶贫试点项目在摸索了近 10 年后，终于在康平县成立了第一家直属机构——康平县农户自立服务中心。

在康平，你能看到时代变迁带来的无奈。贫困，多年来一直是萦绕不去的苦痛。

康平服务中心来了。听起来很浪漫、很雄壮。其实，浪漫也好，雄壮也罢，最怕的就是日复一日艰苦异常的折磨。

下乡基本靠摩托，很多地方靠双脚。

气候变化，在康平是如此真实。夏天这里最高气温三十五六度，工作人员要顶着烈日到地头上与农户宣讲，突然一场雷雨浇成透心凉，还得继续工作，直到衣服自然风干。

雨后的黄泥路泥泞得令人发指，一路走下来，满身都是泥浆，糊得连眼睛都睁不开，狼狈的样子被戏称为"兵马俑"。

冬天康平最低气温接近零下 30 度。

零下 30 度是多冷？相信很多人没有概念。抖音、快手上可以看到一类视频，在严冬中，有人拿起一杯开水向天空用力泼去，滚烫的开水瞬间就变成了冰雾。

滴水成冰。寒风成了刀子，切割着身体。

没有什么带着暖风的汽车拯救自己，有的只是两个轮子，还有苦命的双脚，还有遥遥无期的目的地。厚厚积雪，一踩一个深窝，让下乡之路变得无比漫长。

手和脚一开始是疼，后来是麻，然后就没有知觉了。

高艳国于康平服务社成立的第一天就在这里，是康平服务社的负责人。一次在其他县协助工作时，住过一个没有暖气的房间，一床被子。屋子里没有厕所，夜里实在太冷，为了不去室外的厕所方便，就尽量不喝水。高艳国硬生生地挺过漫长冬夜后，天亮继续进村工作。

有句古话，吃得苦中苦，方为人上人。这句话不是放之四海而皆准的。起码对于小额信贷的工作人员不是这样。他们吃的所有苦头，不是为了成为什么"人上人"，自己高高在上，而是只有一个目的：把钱贷给真正需要的贫苦同胞，帮助他们自己和家庭改变命运，过上好日子。

但光吃苦还不够，还要方法得当，比如入乡随俗。

农村是一个熟人社会。想在东北农村里做好工作，就一定要和老百姓吃一样的饭、说一样的话，就得把小额信贷这些高大上的金融语言变成老百姓的语言跟他们去交流。

在中国方言里，东北话有一种特别的魔力。只要东北老乡一张嘴，马上幽默值拉满。东北话实在是太形象、太接地气、太好玩了。

当初，如果和东北老乡说："你需要贷款吗，需要多少资金？"人家就觉得你的话听着就"闹听"（让人心烦），啥玩意儿不好好说，你可别（biè）在那儿吭哧瘪肚地浪费我时间了。

专业术语必须得翻译成大白话，让老百姓理解，感觉到亲民：大姐你需要多少钱，买一头牛多少钱，地里苞米能卖多少钱，头年前能收回多少钱……

说白了，工作人员费劲巴拉地到了那嘎达，和老百姓沟通，文绉绉做工作，人家接不上，肯定白瞎。

入乡随俗，除了语言，还有生活上的各种接受。

常年和土地打交道，很多人家里环境很差，不管怎么打扫，从炕上到地上都是一层层灰。老乡请你进到屋子里，往炕头一让，你就得别管白裤子还是蓝裤子，勇敢地一屁股坐那儿。

屁股下沉的动作必须流畅，中间不能有停顿和犹豫。否则，就显得见外了。

老乡给你热情地倒上茶，你就别管茶缸子有多厚的垢，也别管水里漂着的是茶叶末子、干草叶子、炉灰炭渣，端起来就得开心喝一口。还得说一句，"可算是喝上一口热水了"。

入乡随俗，还得一起干农活儿。

工作人员几乎是天天都得进村入户，宣传小额信贷政策，给自己项目区的客户做普及宣传。

到了田间地头，如果赶上客户正忙，收大葱、掰苞米、摘豆角、装拖拉机什么的，你跟人家说我宣传来了，没人听你的。

能做的事情，就是一起干活儿，抱一捆、摘一堆、扔车上。帮了半天忙，都装完之后，才有时间一起唠唠，讲讲小额信贷的事情。

工作了一天，回到家里，带回的不仅是腰酸背痛的疲惫躯壳，还有一身的泥巴和大葱味道。

但有一点不能入乡随俗——不能迷信。

中和农信的工作，要一个村子一个村子地挨个走过，村与村之间会有很多坟圈子（当地人对墓地的叫法）。

如果不是清明节、中元节，这里从来都人迹罕至，哪怕是大中午也一个人都没有。普通人哪怕白天路过，甭管男女、甭管多长的头发，都竖了起来。

等到夜里，简直是乡村恐怖故事。

惨白的月光，照在惨白的树皮上，也照在惨白的坟堆子上，信贷员的脸色也是惨白的。喉咙发干，心提到嗓子眼，腿肚子在转筋，双眼直视路的前方，不敢往旁边的土堆看一眼。

惨白归惨白，害怕归害怕，下乡的路还得继续走。有家属调侃，自从对象进了中和农信，麻将不打了，烧酒不喝了，干活手脚利索了，收入变多了，胆子贼大，脾气还变好了。她哪里知道，这都是找客户、跑农村和走夜路练出来的。

康平这样的直属分支机构，辽宁还有很多。我有幸拜访了其中几家。这次拜访让我重新审视了东北同胞。

他们聪明，反应奇快，口才极佳，吃苦耐劳，行事磊落，热情大方，富有正义感，天然具有一种乐观的感染力。有这样一批东北同胞坚守家乡，为了家乡的其他人，披星戴月、踏雪卧冰。有如此优秀人民的黑土地，未来可期。

## 3.4    尤努斯的火种

2016 年 5 月 30 日，是一个重要的日子。

这一天，中和农信总经理刘冬文与格莱珉信托执行总裁拉提菲在北京签署合作协议。

协议约定，格莱珉信托将其在中国唯一直接参与运营的机构——格莱珉商都小额信贷有限公司交由中和农信全权管理。

很令人吃惊，格莱珉作为公益小额信贷最有名的品牌，在世界各地都成功运营了很多自己的直管机构，在中国这个世界上最大的发展中国家，竟然没有扎下根来。

2010 年 11 月 19 日，商都县格莱珉商都小额信贷有限公司完成了公司注册，2011 年开始正式运营。到 2021 年，正好 10 周年。

商都县位于内蒙古自治区中部，乌兰察布市东北部，总面积 4353 平方公里。和大多数内蒙古地区一样，商都地广人稀。2020 年时，户籍人口 32.9 万人，实际上，经过人口普查，常住人口只有 19.65 万人。

也许是当地留不住太多人。

作为一个农业县，商都县自称为"马铃薯之乡"，也有蔬菜种植和畜牧业。但不幸的是，商都每年降雨量只有可怜的 350 毫米，蒸发量却达到了惊人的 2020 毫米，严重入不敷出。平均海拔 1400 米的商都，全年无霜期只有短短的 105 天，全年平均气温只有 3.1 摄氏度。

对于严重依赖水分和温度的农业来说，商都绝对不是一个理想的地方。也许不是商都选择了马铃薯，而是商都只能种像马铃薯一样生长期短的农作物。

这里曾经是扶贫的重点战场，曾经同时拥有"国家级贫困县"、"深度贫困县"和"燕山—太行山扶贫攻坚片区县"三顶帽子，戴到了直到脱贫攻坚的最后一站地，最终才在 2020 年 2 月 24 日退出贫困县序列。

也难怪格莱珉信托会选择商都，11 年前的商都和商都人，无论怎么看，都非常符合格莱珉模式服务对象的要求。

为什么格莱珉信托最终把这个在中国唯一的机构托付给中和农信呢？也许，从官方报道里，能看到一些端倪。

> 合作之后，格莱珉商都的所有权仍然属于格莱珉信托，但在运营方面将借助中和农信的本土化管理优势和支持网络，以实现格莱珉商都的可持续发展。格莱珉信托则负责外部监测与监督，保证格莱珉商都的使命与目标不偏离。

很明显，格莱珉信托并不认为格莱珉商都使命和目标出了问题，而是需要拥有更好的本土化管理和支持网络。回过头来看，很多事情都有迹可循。

当初的格莱珉商都，在商都县城租了一个二层的商铺，来自孟加拉国的侯赛因负责整个机构，他和 1 位会计在二楼办公，4 位客户经理在一楼办公。

对于 4000 多平方公里的商都县来说，4 名客户经理，人数也未免太少了。

虽然按照格莱珉模式一贯的做法，商都有业务发展的计划。但是它的薪酬体系，不像中和农信那样经过市场化的打磨，并没有采用绩效考核工资。

说白了，就是所有人员都在吃"大锅饭"，无论每个月工作成果有多少，大家一个月工资都是固定的。这让所有人都渐渐地丧失了日拱一卒的动力。

2011 年是中国移动互联网元年，中国大踏步地走向移动办公时代，中和农信早已在 5 年前就实现了对信贷业务的电子化管理。

但是，直到中和农信接管格莱珉商都的那一天，格莱珉商都仍然在使用原始的手工记账方式，不管录入客户信息还是财务单据，全部是纸张化的，费时费力且耗人工。

随着中国经济的发展，小额信贷客户之间的差异变得越来越显著，资金需要也各有不同。人人借款相等的小组联保贷款方式也变得不合时宜。

经常是有人只需要几千元，有人需要几万元，这家要贷款三四个月，那家需要贷款一年。认识且信任的亲朋好友不一定都需要用一样的贷款，需要用一样贷款的客户又不一定互相信任。

几年后，脱贫攻坚战打响。随着当地商业银行带着海量资金下沉农村市场、进入农村小额信贷领域，局势就变得更艰难了。

作为一位职业经理人，侯赛因孤身一人，从南亚的孟加拉国来到数千里以外的中国，适应全新的气候、人文风俗和生活习惯，本就比较吃力。

既要理解最下沉、最有区域性特色的农村市场和低收入群体，又要跟上日新月异的中国改革开放形势，就好比看着埃及文字学习希腊语一样艰难且不可思议。

格莱珉商都无论是人员配比、薪酬模式，还是手工记账、信贷政策，都是典型的格莱珉模式，都是和孟加拉总部一致的。侯赛因其实做不了什么。

当船只随着河水前进时，河岸边的一切都在后退。

为了谋求更大的发展，为了给更多的客户提供金融服务，格莱珉信托一直在寻求合作伙伴，希望能托起格莱珉商都。

火种不能就此熄灭。

共同的扶贫使命与目标让中和农信与格莱珉信托在商都这个国家级贫困县相遇了。杜晓山教授成了"媒人"。

2013年7月，出于对中和农信的信任，杜晓山教授正式将社科院下属的小额信贷扶贫机构，交由中和农信进行管理，如同亲骨肉托付给了中和农信。

看到格莱珉商都的困境，杜晓山第一时刻又想到了中和农信。

"无论是从扶贫理念上，还是管理模式上，中和农信都是最适合的，而且扶贫社的实践已经证明，中和农信有能力在坚持扶贫理念的基础上把这个事情推向更高的一个发展平台，所以我第一个想到的就是一定要促成这次的联姻。"杜晓山教授说。

事实证明，格莱珉信托与中和农信的携手非常成功。格莱珉商都活了下来，而且茁壮成长着，每年贷款金额都在持续健康地增长。2021年，格莱珉商都为农户和中低收入群体提供了3000多万元的资金支持。

2018 年时，中和农信组织几位同事远赴孟加拉国，拜访了小额信贷圣地——格莱珉总部，也顺道看了格莱珉总部附近的信贷项目区。

马永昌和杨晓庆也去了。

马永昌，商都分支负责人，同时管理着中和农信商都分支和格莱珉商都。杨晓庆是格莱珉商都的元老级员工，一直工作至今。

他们惊讶地看到，在孟加拉国项目区的办公地点，有一间屋子，里面全是铁皮柜，满满地存放着纸质业务档案，而且竟然都是手工填写。

从 1974 年发放第一笔小额贷款到 2018 年，44 年过去了，格莱珉还是用了这种最原始的信贷管理方式。

非不想也，实不能也。格莱珉做不到啊。

做不到的背后，是当地基础设施、资金实力、人员素质、管理观念的限制。


时也，大势也。不同的背后，是中国 40 多年来经济社会的快速发展，让我们有机会不再重复前人的苦难。

# 第二篇

# 不停生长

---

中和农信公司成立后，面对的并不是坦途，而是一路艰辛，一路挑战。十几年走下来，当初从事小额信贷的同行们，大多已经悄无声息。少数能够坚持到现在的公司，也只是在尽力维持。像中和农信这样能持续发展的，屈指可数。我总是和中和农信人开玩笑，你们一家企业几乎就是一个行业。

究其发展背后的一个重要原因，就在于中和农信成立以后的不断管理革命。知人者智，自知者明，自知又能自我革命者则是智勇双全。

---

# 第四章　管理升级

怎么评估一家公司的质地好坏呢？

肯定不能只看商业计划书。精美的商业计划书里，总是试图告诉读者：我们团队所在的行业是朝阳的，我们的客户是众多的，我们的竞争对手是不行的，我们自己绝对是很牛的。最终目的，当然是希望说服投资人，相信自己就是命中注定的投资对象，值得投资人撒下大把大把的钞票，换取未来更为丰厚的回报。

要看的，是真实的世界。行业、客户、团队、管理、技术、对手……到底真实面目是什么，才是极关键的要素。

见多了企业的起起落落后，富有经验的投资人发现，最终决定企业存亡兴衰的，除了以上提到的要素之外，还有一点，就是企业能否随着行业、时代而不断自我更新、自我迭代。

做不到的企业，也许一时踩对了历史的鼓点，被风吹上了天空，但终会降落到尘埃之中，最终被对手超越、被时代遗忘。而能做到的企业，哪怕一路艰辛，也能在不断的升级进化中，逆天改命，打下一片江山。

2008年11月18日，中和农信作为一家公司正式成立。2008年成为中和农信发展史上的一道分水岭，我们可以用"前中和农信时代"和"中和农信时代"来划分总结形容。

前中和农信时代，指的是从 2005 年改制到 2008 年中和农信正式成立前。而中和农信时代，指的是从 2008 年 11 月 18 日中和农信成立后的变迁。

我们一起翻开中和农信的历史，回溯中和农信总部的组织架构变迁。

一句话，眼花缭乱的机构分分合合。

## 4.1  组织调整

中和农信的前身是中国扶贫基金会的小额信贷部，作为一个专门负责小额信贷项目的部门而存在。2005 年杭州会议后经过改制，当时部门最大的官就是部门主任，二把手是主任助理。

项目部内部设有 4 个部门。分别是信贷处（负责新产品研发、业务培训及监测）、人力资源处（负责总部及分支机构人员招聘）、财务信息处（负责财务相关工作及分支机构业务信息录入）、筹资开发处（负责开发更多资金来源），这几个部门就是北京总部，负责管理当时仅有的 5 家分支机构。

光看部门构成，还是比较"高大全"的，但实际上所有部门成员加起来也只有寥寥 10 个人而已。就算加上当时所有分支机构的人员，在 2005 年 7 月的时候，最高纪录也不过 70 人。

在 2005 年到 2007 年的三年间，小额信贷部一直是以这种部门构成运作小额信贷项目，没有调整过。

随着业务规模不断扩大及对业务监管的需要，小额信贷部第一次进行了部门构成的调整。在 2008 年 7 月，为优化总部岗位设置及人员配置，提高总部管理能力与水平，便增设了内审处，强化并接手原信贷处的监测职能，以加强内部审计，防范风险。还增设了客户服务处，与当时中国扶贫基金会旗下的北京中扶利民经贸发展有限公司合署办公（所谓的"一套人马两块牌子"），负责为小额信贷客户提供非金融服务，以发展项目区的非物质文化遗产为目标，为项目区老百姓亲手制作的一些手工艺品寻找销路及需求方。

随着新部门的成立，还对已有部门进行了一次调整，将财务信息处更名为"财务处"，信息录入职能由信贷处接管。这里要解释一下为什么当时叫财务信息处。2008 年以前，在各分支机构设有信息员的岗位，专门负责将机构业务相关信息进行录入、上报。信息员与财务人员统一由财务信息处来管理。在 2008 年 7 月进行部门调整时，考虑到专业化管理的因素，决定将财务信息处的信息录入职能转给信贷处一并负责。

此时，小额信贷部的部门构成已基本成型，共设有 6 个部门。分别是：信贷处（负责新产品研发、业务培训及信息）、人力资源处（负责总部及分支机构人员招聘）、财务处（负责财务相关工作）、筹资开发处（负责开发更多资金来源）、内审处（负责机构监测及内部审计）、客户服务处（负责为客户提供非金融服务）。

可以说，这是前中和农信时代，在摸索中点滴总结，在发展中慢慢沉淀，蓄势待发。这一切，只为了中和农信的到来！

2008 年 11 月 18 日，基金会的小额信贷部升级换代，注册成为一家独立法人公司——中和农信项目管理有限公司。

当时总部员工数量达到 20 人，在全国拥有 14 家分支机构。机构及员工数量也均实现了翻番增长。

当初改制的最核心目的，一是求可持续生存，二是谋更大发展。项目化管理模式最初是源自于公益项目，有很浓重的短期化特点，明显已经不合适了。一场轰轰烈烈的部门调整战开始了。

在此期间，除了内审部、财务部始终屹立不倒外，其他有的部门"历经生死"，有的部门"分分合合"，有的部门"满血升级"，有的部门从此消失，有的部门身兼多职，有的部门"分裂成长"，还增设了很多因时所需的新部门成员。

部门升级，是一场自我改造。这样的改造也发生在职能部门外，作为连接总部与分支机构的桥梁，区域办公室应运而生并不断调整变化。

公司成立之初，在全国的分支机构不足两位数的时候，所有的分支机构都是总部直管，但是随着分支机构数量增多，总部已经管不过来，一个承上启下、具有管理能力的管理层级亟须产生，于是区域办公室就应运而生。

然而，在最初分支机构只有个位数时，其实并没有区域办公室一说，基本就是全国大统一。随着分支机构数量增多，管理半径增大，总经办审时度势，在2010年，开始陆续成立区域办公室，负责管理辖区内的分支机构。从此，开始了区域化管理模式。

2010年3月，随着华北区域办公室的出现，开始了中和农信区域化管理的纪元。同年，中和农信最初的四大区域办公室形成，中和农信开启了矩阵式纵向管理的管理模式。

当时的区域办是"四胞胎"，东北区域、华北区域、西南区域、华南区域。经历了4年的区域管理后，各个区域不仅规模逐渐扩大，而且有些区域进行了"分裂"，形成了新的区域办公室，同时还增设了甘肃区域。

区域办公室作为连接总部与分支机构的桥梁，负责管理辖区内的分支机构。然而，随着中和农信项目区与日俱增，管理半径不断变大，"四大区域"的局面在 2012 年被打破。华北区域划分为华北一区和华北二区，东北区域划分为辽宁区域和内蒙古区域；2013年成立甘肃区域；2014 年内蒙古区域因管理需要，划分为内蒙古一区和内蒙古二区；德阳小贷"吞并"了六枝，成为名副其实的"西南区域"；直辖区域统领了之前的华南区域及其他尚未划入区域办的新开独立分支机构。

可以说区域化管理，中和农信经历了"四平""八稳"的管理模式，中和农信人亲切地叫它"小总部"，因为它具有管理职能，负责管理分支机构；我们也可以叫它"大分支"，因为它在第一线，接触着我们的生命线——业务线。

◆华北区域 = 华北一区 + 华北二区

2012 年 8 月，华北区域的分支机构超过 27 家，管理半径从河北延伸至山西，为了增强区域管理力度，华北区域"分裂"为华北一区和华北二区，分别对不同市县进行区域化管理。

◆东北区域 = 辽宁区域 + 内蒙古区域（一区、二区）

2012 年 12 月，随着内蒙古地区新开分支机构不断增多，加之内蒙古地域广阔，更增加了区域办管理难度。为了使区域管理力度保持不变，东北区域"分裂"为辽宁区域办和内蒙古区域办，分别负责辽宁地区分支机构日常管理工作和内蒙古地区分支机构日常管理工作。

2014 年 6 月，因管理需要，内蒙古区域办"分裂"成内蒙古一区和内蒙古二区，实施分区管理。

◆西南区域＝四川＋贵州

西南区域在前期非常稳定，始终只有 3 家分支机构，然而从 2013 年开始，西南区域历经磨难，终于厚积薄发开始扩张，2014 年 6 月，随着贵州六枝并入，西南区域办公室成为名副其实的西南区域。

◆甘肃区域

2012 年 10 月与甘肃省签署小额信贷全覆盖合作协议后，中和农信开始在甘肃地区开疆拓土。在 2013 年 7 月，总部成立了甘肃区域办，专门负责甘肃地区分支机构的日常管理工作。

◆直辖区域

2014 年，随着运营管理部的成立，华南区域及其他尚未划入区域办的新开独立分支机构一并归由运营管理部负责管理，统一称为直辖区域。2015 年后，华南区域又"分裂"为海南区域、广东区域。

以上只是 2014 年的区域分布，随着中和农信小额信贷的快速发展，总部及区域一直在进行着调整，但基础架构已经渐渐成熟，这就是"三级四线"。

所谓"三级四线"，是指从总部，到区域办公室，再到县级分支机构三级管理体系，业务线、风险管理线、内部审计线和职能支持线的四线管理体系。

这一套体系，是相互协调、相互制约、相互促进的。区域办公室与总部职能部门交叉，但又分工明确，总部各个部门负责管理政策制定，协助区域与分支机构，区域办公室管理具体的事务性工作和业务，主要是执行。

通过"三级四线"架构，可以更清晰地了解整个中和农信团队的运作和队伍建设，认识中和农信公司化转型的清晰定位与发展目标。

虽然"三级四线"架构有效支持了中和农信的业务扩张，但绝不是最终形态。

在中国，一家发展中的企业几乎无时无刻不在变化，甚至有人说公司永远不变的主题只有一个就是不停变化。

没有人不喜欢静水深流拱手而治，省心又省力，不停变化源自大势所趋。一家在急剧发展中的公司，好比巨人，边吃边长边前进，往往是巨人的脚已经大步迈出去了很远，身躯还在后面徘徊。巨人为了保持自身平衡，适应成长，只能一路小跑，必须自我革新、自我改造。

从诞生伊始，中和农信就在不停地变化。变化是因为公司还在发展，变化是因为管理层希望做得更好。在变化的过程中，中和农信从能者多劳的小作坊作风逐步发展为做专做精的企业化管理模式，一个 200 人的团队扩张到 6000 多人的大团队，贷款余额从最初不到 1 亿元到 2021 年末的 150 亿元。在整个行业，这样的发展速度可以称得上绝无仅有。那么，它是如何一步一步发展壮大到如此规模的？

## 4.2 摸索前行

2013 年 4 月，中和农信对外发布了机构 2012 年报，这份年报，激起了小额信贷领域的关注。

央行数据显示，截至 2012 年 12 月末，全国共有小额贷款公司

6080 家，贷款余额 5921 亿元，全年新增贷款 2005 亿元。一夜之间，似乎中国成了全世界小额信贷最发达的国家。但大多数都是发放大额贷款的小贷公司。相比之下，发端于公益扶贫的小额信贷则完全被边缘化，大有鸠占鹊巢的凄凉与苦楚。整个扶贫导向的小额信贷行业都面临困境。

在这样的背景下，中和农信作为国内小额信贷领域的代表，它的年报备受瞩目。

2009 年、2010 年、2011 年，中和农信经历了连续 3 年 50% 以上的快速成长。高速的发展，并没有冲昏管理层的头脑，而是让管理层变得更谨慎。

公司发展不是池塘中的睡莲。睡莲的扩张是简单的复制，只要池塘足够大，睡莲就永远可以指数级地成长。公司发展到一定规模，综合管理成本和难度会陡增，越来越复杂，于是公司规模往往会止步不前。中和农信在保持一定发展速度的同时，更重视强本固基、提高效率、提升质量。

2012 年末，中和农信有效客户达到 13 万户，放款笔数达到 13.75 万笔，贷款余额达到 8.56 亿元，贷款总额达到 13.56 亿元，平均单户贷款额度为 6552 元，市场以及监管机构最关心的大于 30 天的风险贷款率仅为 0.23%。

当中和农信成为一家亿元级规模的公司后，市场扩张的挑战才刚刚开始。为低收入农户提供小额信贷服务、致力于提升客户的能力、追求机构的全面可持续发展，这创立之初就确定的三大目标又一次证明了其前瞻性。

首先要做的，就是坚持区域集中的原则，分区整体规划，逐年实施，以降低交易成本、降低间接费用，使区域扩张模式逐步定型成熟。

"我们希望中和农信成为麦当劳那样的企业，模式能复制，快速开遍各地。"刘冬文很久之前就有了这样的设想。

但是，中和农信毕竟不是麦当劳。麦当劳能够快速复制的背后，很重要的原因，就是麦当劳对管理、员工素质、风险控制、资金量的要求与中和农信相比，完全不是一个量级。

中和农信最宝贵的资源就是一线员工队伍，众所周知，人是最难标准化和复制的。一切都需要摸索。


1972 年，张斌出生在河北保定易县。

他高中毕业后做了 4 年铸造工，不幸的是后来工厂倒闭了，之后跑了半年旅游业务却颗粒无收。26 岁那年，他终于找到了一份稳定的工作，在杜晓山老师负责的一家扶贫经济合作社里工作。那时他的心里只有一个念头——好好干。

这一干就是 7 年。7 年，他从一个门外汉成长为分社负责人，对小额信贷也有了很多思考，其中很重要的一部分，就是小额信贷经验需要本土化。

"那几年，总会感觉迷茫。虽然是小组联保，但是不知道怎么操作才能控制风险。格莱珉模式的小组会和培训，也越来越走形式，不是真正自发的。分支基层管理也跟不上，导致逾期越来越多，员工流动也比较频繁，而且员工非正常的流动基本都出在经济问题上。我们有很多经验需要总结。产品手册也需要改，看了仍然不知道怎么操作。需要上一任客户经理指导时，因为上一任就没有学好，导致现任客户经理学来的东西就是错误的……"

2006 年，张斌加入中和农信。昔日的思考成了财富。

刘冬文和他交流后，让他加入中和农信下设的信贷部，负责一项重要的工作——作为中和农信极早期的运营经理，和信贷部同事一起，开设新分支，扩大中和农信的服务覆盖范围。这份工作重要，也很漂泊。入职后，张斌就被安排在辽宁新宾，跟着分支主任迟云曦学习，从做出纳开始。

有一件事情，他记忆犹新。到新宾分支前，他学习了一周中和农信信贷手册，发现了一些不同："我印象最深的是在原单位按周收款，在中和农信已经改成了按月还款，而且我们的手册很薄，真的是很简洁。虽然在操作上，我当时有很多不理解的地方，但已经没有那么多纯理论的内容了。再后来我们直接参与手册修订，一点点地改变。"

张斌在新宾工作了4个多月，渐入佳境，一个电话打断了当下的幸福。"电话打来的时候，我们正在下乡放款，当时还用现金，所以我背着一袋子钱接了电话。"张斌回忆，"刘总在电话里问我，张斌你在哪儿？我说我下乡了。他说你赶紧买票到河北怀安柴沟堡吧，我正在这筹备开设新分支。"第二天，张斌赶赴河北怀安，当了一年半新分支的主任。接着又去河北尚义分支做了3个月负责人，同时遵照总部要求注册平泉和武邑分支。随后又回到了辽宁，负责朝阳、北票、绥中3个新分支的注册，注册完成后，就地变为督导，提供支持……

"我们信贷部总是在外面跑，专门负责开设新分支，扶持一段时间后再交给当地主任。从武邑开点、平泉开点，再到后来甘肃舟曲、云南阜宁、内蒙古兴和。好多省份的第一个点都是信贷部启动的。等新分支启动了，扶持一段时间后，我们就离开了。一直是这样。"

信贷部有点像"接生婆"。新分支"接生"下来交给"亲爹亲妈"——当地主任和员工。

这样的工作，让张斌获得更广阔的视角，有一个机会去思考，到底在操作层面，哪些工作内容是普适的，哪些工作是有区域特殊性的。

"贫困一点儿地区的老百姓，获得贷款的渠道特别少，你对他的要求他都愿意遵守。而且他的时间成本很低，可以安安静静地坐在那儿，听你聊，听你培训，听你组织。

"而经济发达一些的地方，因为当地人能打工、能上班、能做生意，他们彼此之间的认知和社会参与度都不一样。这就导致我们当时做小组贷款时，对方就会抵触，不愿意和别的借款人组成小组。"

此时，张斌对刘冬文关于小额信贷终会走向个贷模式的判断，才有了认同。

因为有着在原国务院扶贫办的工作经历，刘冬文对于穷困问题和发展趋势有着清晰的认识，很早就意识到被小额贷款领域奉为圭臬的"多户联保模式"在中国很快就会不适应。于是，早在2007年，就已经安排湖南双牌开始尝试个贷模式，一个农户只要找到一个担保人，就可以独立贷款。同时，定期组织公司的骨干到双牌学习个贷技术。

普通的个人贷款业务，是基于你有稳定的收入和足够的外部条件来证明你有偿还能力。比如，银行可以很方便地查到你的工资流水、你的房子、车子等资产状况，甚至你所工作城市的平均收入水平、你的高学历、你年富力强的年龄，都是你申请贷款时的资本。而且很多信息都是能够交叉验证的，比如你的工资是不是造假，看你的消费记录（刷卡、微信、支付宝）就知道了。如果你说自己年收入100万，但记录显示过去5年里，你每月入账1800元，每天只在面条店买2块钱的主食，那这个收入肯定造假了。

而中和农信面对的客户，特点非常不同。他们几乎没有银行的流水记录。几年前，很多乡村里微信、支付宝的使用都还不普及；他们大多家境贫苦，没啥资产。耕地和宅基地看起来很值钱，但因为国家不允许买卖，所以没法作为信贷抵押；他们所在的农村，很多都是全中国收入水平最低的地方，教育水平也不好，很多人甚至不识字。

工资？如果有工资的话，人家还贷款发展生产干吗，但凡一个月有800元的工资，就幸福死了，不用干活了（当时许多地方的村支书工资都没有800元）。

而且，中和农信的不少客户年龄偏大，五六十岁，早就超过了普通银行贷款人的年龄限制。

有人可能会想，这些都没有也没关系，能不能估算下客户明年收入，不就知道贷款能不能还上了？但这个建议超级难实现。种地，你能知道今年种什么不赔钱吗，能知道今年是旱是涝？养鸡，你能知道鸡肉的行情吗？能预判鸡蛋的行情波动吗？能估算出今年有没有禽流感的野鸟路过你所在的县吗？……

据亲历过这段业务调整的张斌回忆，2008年底，他在四川绵竹新设分支，帮助灾后重建，开始直接采用个贷的方式。

"在绵竹有一个非常大的挑战。个贷不是要讲资产嘛，可是绵竹的客户都是灾民，他们一指身后废墟，说这底下都是我的资产，我这把三条腿的凳子，就是从废墟里扒出来的。他们的被褥、锅碗瓢盆是政府发的，很多花花绿绿的衣服是志愿者给的，哪有资产？

怎么弄？当时真的很紧张，生怕贷款收不回来。"

经过摸索，依据小组贷款的核心技术，大家找到了比较好的软信息调查的方式，绵竹分支开始高速运转。所有的客户经理都是绵竹人，都是地震灾民，他们对这份能够帮助家园重建的工作高度认同，也被救灾工作深深感动。那一年里，全员几乎连轴转。

"我当时还搂着（控制）放款，不敢太激进。刘总告诉我，别搂着了，符合条件就放款，尽快扶持尽量多的灾民过冬。"2019年，绵竹成立分支的第一年，放款量1680万。"而且，一年后贷款到期时，人家都准时还了。"

"经过这几轮下来，我才坚定了自己的信心。我们小额信贷有非常大的市场，不管是南方、北方，不管经济条件怎么样，也不管是救灾也好，还是其他项目也好，你只要愿意做，就能做起来。"张斌说。

中和农信经过几年耐心的摸索，终于形成了一套行之有效的个贷技术，并孕育了合适的信贷产品。在控制风险的前提下，还能让普通的客户经理经过培训后学会怎么使用。也积累了中和农信最宝贵的资产——一线分支负责人和工作人员。这成为中和农信茁壮成长的撒手锏之一。

我们小时候，经常会遇到一类数学题：一个池子有进水管，有出水管，然后问几小时后，池子能装满。如果进水管是公司健康扩张，出水管是公司管理事故。那么中和农信最大的出水管就是一线分支机构员工的职业操守问题。这根出水管威力巨大，可能一夜之间就能让一家分支几年的努力瞬间归零，甚至关门大吉。

赵彬和梁景国，他们的工作就是和出水管作战。

2012 年，赵彬从会计师事务所离开入职中和农信，在内审部工作。

中和农信的分支遍布各地，给内审带来了很大挑战。他带领的内审队伍，每年几乎全部都是在各地出差和加班的路上："我们常常把临近的三家机构安排到同一批内审，你要在 15 天完成，除了在路上的时间，一家机构也就 4—5 天的时间。无论这一家机构复杂与不复杂，你都要按时完成，到时候要交报告。这是审计跟其他部门完全不一样的地方。从每天早上 8 点半去机构工作，等到结束当天工作交日志时，晚上十一二点钟是常事。"

工作虽然艰辛，但是给赵彬带来了成就感："相对于外审，我们的内审其实要求更高。内审有三部分最主要的职能：第一，有问题，你要及时发现出来，既定事实的问题及时发现出来，能及时止损。第二，未来可能会发生的问题你能不能提示出来。这个要求比第一项要求更高。第三，未来随着部门的不断转型，可能还有另外一个要求——这些问题怎么产生的，产生的根源落到内控上是什么样的原因，需要什么风险管理政策和措施，让管理层修改这个内控，让这个问题未来不发生。"

中和农信的重要业务是小额信贷，直接和钱打交道。这就意味着一线工作人员天天都有可能面临着犯错误的诱惑。怎么降低犯错的风险呢？

赵彬首推的是中和农信的企业文化："我们不只是为了钱干活，而是认同公司向善的理念和价值观，这样就会有一种责任感。如果一个团队是正能量的，新人进来之后，想翻车都翻不了。如果只是为了挣钱，单纯强调商业化，那人员风险就会增加很多。"

"企业文化是上限，而我们内审就是代表公司最低的底线。之所以不断地查，就是反复强调、反复提醒，直至立起了规矩。在这个基础上，员工的理念更容易健康地培养起来，慢慢走向成熟。"

中和农信的发展史，从来都不是一帆风顺的。"每年都是最难的一年。"刘冬文在年底总结时，总是会感慨。分支发展也是如此，时刻要拓展新机构，也时刻要保持警惕。

如果说贵州晴隆是中和农信早期最深刻的教训，那么辽宁省锦州市义县则是迄今为止中和农信最大的痛。

2013 年，内审发现了端倪。辽宁义县分支的所有贷款人几乎都来自一个乡镇，很多客户经理和借款人的合影中的穿着和季节不符，再查纸质档案，所有人的签字一模一样，都一个人签的，还有一些档案干脆找不着了。出大事了。公司总部、区域都派出专人，了解情况，解决问题。法务的梁景国也去了，在当地驻扎了两年。

梁景国，大家都叫他"梁律"，曾在地方法院工作多年，后来做律师，2013 年加入中和农信。

入职头 3 个月，除了编写了 20 多套公司合同模板，梁景国无事可做。再加上工资不高，就计划辞职。正在这时，一家中和农信的分支出现了违规情况，员工涉嫌犯罪，他被派往处理相关工作。出差刚回来，梁景国接到刘冬文的电话，得知义县出了问题，火速赶往当地。

当时已经有总部团队在当地，经过 1 个多月的工作后，大家处理了暴露出来的问题，以为已经到了尾声，开始回撤，只留下梁景国和一位区域督导收尾。

然而，事情远没有想象中的简单。当地客户经理见状，力邀梁景国和同事一起吃饭，想探探底，看总部到底掌握了多少真相。

梁景国自带两瓶"金门大高粱"，和客户经理们互相探底后，心里一凉。

"我给刘总打电话说，这个问题比原来想象的大，基本上所有的客户经理都参与进来了！"

盖子被彻底揭开。

义县分支成立于2009年。成立后，义县分支的发展并不像周边的彰武、阜新分支那么顺利，于是在成立后仅仅一年，在时任分支主任的带领下，义县开始了违规操作，采用垒大户的方式，把小额分散的贷款集中起来，发放给了贷款大户，冲刺业绩。

上梁不正下梁歪。义县开始了集体溃烂。

先是一位客户经理违规放贷给好友，结果100多万元颗粒无收。

随后，分支主任被两个当地人成功"公关"，落下了水，大量贷款难以收回。

后来，一位督导将违规推向了高峰。如果说之前的违规操作好歹还有真实借款人，这位督导直接靠关系捏造了全部假资料，开了假户籍证明，进行骗贷。

这样的集体违规，带来了灾难性的后果，几乎所有人都放弃了自我要求，开始各种骗贷。到了2012年，义县分支几乎没有真客户了，几乎都是造假。新贷款进来之后，做出假资料，把钱从中和农信搞出来，一部分填补收不回来的那些大户的钱，一部分就自己揣自己腰包里了。

如此猖狂，终有暴露的一天。2000多万的余额出了问题。

对于历来从严控制风险贷款的中和农信来说，这就是天文数字。

经过司法系统的支持和所有人的努力，2000万的贷款陆续追回了1800万元，多名员工被判刑。这件事情，对于义县分支的打击是沉重的，后面经历了三次重组，才艰难恢复元气。

派往义县的工作团队当时一边处理法律事务，一边小心提防当事人打击报复，一边因为当地乡亲需要，还维持着小额信贷工作。

梁景国回忆，"我们去义县稍户营乡梨树沟，这是个非常封闭的村子，因为四周都是山，只能种点梨树，靠卖梨为生。当地手机没信号，我们到的时候还停电了。村子里的小孩子们站在村头等我们。领到贷款后，老乡们欢欣鼓舞，一路把我们送到了村头。我突然感到了中和农信的那种情怀。"

"还有一次。当时义县发大水，河水把来路冲垮了，那几天正好是还款日。当时只能现金还款，我们过不去，他们过不来。常理说，还款人没法准时还了。但一位女客户硬是和家里人一起冒险蹚过河，准时给我们送了953块钱还款。当时她穿的裤子都是湿的。

"说实话，我们当时都很感动。在义县，每天都要应对骗贷和假客户的事情，没想到还有客户这么守信准时。如果没有这些点点滴滴，我待不了22个月。"

梁景国彻底下决心留在中和农信，不走了。

多年的努力，中和农信坚韧地成长起来。

2012年3月召开的中和农信年会，回顾上一年的"双十"成绩：在贷客户破10万，放款量（当年累计贷出的贷款总量）破10亿。

对于那时的中和农信来说，已经很了不起了。

大家都期待，我们什么时候能实现放款过百亿呢？

这份期待在 6 年后有了答案。

2018 年中和农信旗下小额信贷业务，放款量突破 100 亿，紧接着 2019 年，贷款余额（某一节点日期，借款人尚未归还放款人的贷款总额）破 100 亿。

2016—2017 年，河北魏县分支、福建霞浦分支、内蒙古科左后分支成为最早单年度贷款破亿元的分支。

可惜的是，内蒙古扎鲁特第一个破亿，比魏县早 3 天，但是贷款出了风险，无奈退出了前三的角逐。

截至 2021 年 12 月 31 日，已经有 57 家分支贷款破亿。

河北魏县更是在 2021 年 4 月成为中和农信第一个贷款余额超过 2 亿的县，在贷客户近 6000 户，逾期超过 30 天的风险贷款率仅0.45%。这家 2013 年成立的分支，已经累计发放贷款近 6 万笔 10亿元。

听起来，10 亿元是个大数字，用 6 万笔平均一下，单笔只有不到 1.67 万元。中和农信把高大上的金融业变成了"体力活"。

2021 年 12 月，农民日报社发起的 2021（第五届）中国农业企业 500 强榜单公示。农业企业 500 强榜单聚集发布粮油、畜牧、奶业、水产、食品、流通、农资等领域头部企业，得到了各级政府、实业界、金融界、新闻界等积极关注和广泛好评，并已成为社会各界观察农企改革发展和乡村产业振兴的重要窗口。

中和农信荣登榜单，居第 338 位。

此时的中和农信，正努力向综合助农机构转型，已在全国 20 个省开设分支机构 400 余家，拥有员工 6000 余人，其中超过 66% 员工来自农村一线。很多老少边穷、条件艰苦的地区，如富宁、额尔古纳、阿拉善等地都有中和农信人的身影，为农户提供包含小额信贷、小额保险、农资农技、农产品上行在内的多元化服务。

## 4.3　商业化转型

随着国家"精准扶贫"政策的逐步深入，使中和农信原来一直从事的扶贫业务面临重新定义的巨大挑战。

刘冬文敏锐地觉察到有两个挑战要应对：

第一个是近在眼前的挑战。

国家通过农村商业银行、地方银行等金融机构为贫困县注入了大量的低息无息扶贫贷款，有效支持了当地贫困农户的事业发展。

这是天大的好事情。小额信贷当初建立的初衷，就是因为全世界范围内"穷人贷不到款"是常态。2015 年开始，随着中国脱贫攻坚战略的展开，中国农村的贫困人群，不仅可以贷款，而且没有利息（这就是著名的"530 贷款"，即 5 万元额度、贷款期 3 年、0利率）。农民，尤其是贫困地区的农民，获得了全世界最好的小额信贷支持。

近乎无利息的国家贷款必定会让中和农信失去很大一块客户群体。作为一家拥有数千名农村员工的小额信贷机构，它要现实地考虑下一步到哪里去。

第二个是未来的挑战。

党中央明确提出，到 2020 年要消除绝对贫困。在中国历史上，中国人第一次有希望摆脱贫困的折磨。一旦实现，在人类历史上，也是从未有过的奇迹。

在当时看来，6年后，当绝对贫困成为历史，无论是中国扶贫基金会还是中和农信，都存在机构重大角色变化的可能，甚至工作使命都要重新定义。

历史性的变化，对于中和农信，可能是机遇，但一定是挑战。

在这重大的机遇和挑战面前，中和农信公司董事会和中国扶贫基金会理事会一致赞同要加快公司的市场化进程，尽快提升公司的运营效率和互联网科技水平，早日成为一个真正商业化的农村小微金融服务机构。

为了适应外部政策环境的变化，在2015—2017年这三年间，中和农信进行了坚定的转型。

自古改革的道路都不轻松。对于中和农信来说，市场化的改革尤为不轻松。

中和农信来自秦巴项目，打出生那天起，就有着慈善组织一般强烈的社会责任感，为贫困人群服务的使命感已融入血液。访谈中和农信的一线员工时，总能感受到老员工从内心中流露的对于助贫扶贫的使命感和热忱，对工作的深深认同。

但是，大家已经习惯了当下的工作方式，很难正视大环境将发生巨变的可能。很多人有一种奢望：现在这样就很美好，我们最好不变化就更好了。

正因为如此，当形势需要，中和农信开始市场化转型的时候，很多人会本能地抵触。继承和改革，在学者看来，是理念之争，在中和农信看来，则是必须要调和的二元一体。

员工的抵触，很能理解。大环境的变化，在6年以后，现实的市场化改革压力则在眼前。

商业化转型及进化是一个永续的过程，中和农信自转型开始就没有停歇过。不过刘冬文看得很清楚，随着中和农信规模的迅速扩大，商业化转型必须尽快开始，否则，行业环境变化后，不仅不能实现服务农人的初衷，自身的存在都将是一个问题。

这不是危言耸听。在访谈中，笔者曾请教过段应碧会长一个问题：如果未来中国经济发展到一定程度，在所有县级以下市场，大多数中低收入群体都能从银行借到超低利息的政府扶持贷款，而且放款周期也很快的话，在您看来，中和农信将何去何从？

作为曾在中央农村工作领导小组办公室从事农村政策研究工作的段会长，经历了农村改革开放的全过程，看事情的维度早就超越了一家公司的兴衰。虽然他对中国小额信贷业和中和农信居功至伟，感情极深，但回答这个问题时却毫不拖泥带水："如果这样的话，到时候，中和农信就不开门了呗。小道理要服从大道理。干不下去就干点别的。"

相比较很多人的敝帚自珍，刘冬文作为一家企业的掌舵人，对自家企业有清醒的认识。现在日子能过得去，不意味着未来也能过得去。必须提前准备。他内心很笃定。一直以来，他都有一个极好的习惯：一旦看准趋势，会提前多年做准备，坚持尝试，直到成功为止。

公司的市场化转型，牵一发而动全身。究竟从哪里开始，先做哪些调整，是一个非常重要的抉择。

刘冬文想得很清楚，最核心的点，就是公司的可持续性。

无论是应对竞争环境变化还是商业扩张，一切转型的逻辑起点就在于可持续。如果只是满足一时之需，做出的事情可能容易，但事后带来的影响和弥补成本更高。

在和管理层的反复商讨中，一系列调整和变革的方案陆续产生。其中就包括了优化流程和产品，调整分支组织架构和进行薪酬体系改革三项。

◆ 第一斧：流程优化。

首先是调整协议文本，简化票据。客户需要签字的票据大幅减少，协议内容完全由系统生成，避免人工填写错误，取消收款票据，降低票据管理风险。

接着是改变放款模式。由分支自己取现发放贷款，变更为总部与银行系统直联，通过系统自动将款拨付到客户账户，提高了贷款发放效率，也降低了现金风险。通过系统识别身份证和银行卡，提高客户经理的录入效率。

建立风险审核中心，由总部对每笔贷款进行合规检查，防范可能的操作风险，这个在当时是遇到了极大的阻力，分支和区域抱怨了一年之久才真正认可这个风险审核。

◆ 第二斧：产品优化。

在产品优化方面也进行了大量的变革。以前按照小额信贷的习惯做法，客户必须完全按借款时的还款计划表的金额还款，如果提前还款也必须按计划全额付息。改革后的还款计划灵活度大大提高，客户可以提前还款，按日计息。

在还款方式上，可以根据客户的现金流情况选择适合的还款方式，不再要求等额本息还款。

在还款途径上，改良了财务系统和流程，客户可以自主转账款，不再一定由客户经理中转。

中和农信在这个时期，引入了更加互联网的做法，推出了在线授信业务，客户可以随借随还，按日计算。在产品的灵活度方面，很短时间里中和农信就已经与银行和互联网巨头没有差异。

◆ 第三斧：薪资结构调整。

这一斧头被公认为中和农信历史上最痛的斧头之一。

在 2015 年下半年，分支组织架构调整，财务核算全部集中到总部，原有的分支会计出纳转岗为督导或内务。顿时分支后台人员工作性质发生根本性变化，当时大部分转岗人员都不适应，甚至直到 2018 年，还有些转岗人员的能力与优良督导的能力要求存在差距。

紧接着，中和农信在 2016 年初实施新的薪酬制度。原来的会计出纳等后台的人员工资被降了一半，一线客户经理也下降了将近 20% 左右。

薪酬制度调整背后最大的因素是公司所处大环境的变化。扶贫进程的加速，国内经济的发展，金融资源可获得性的提升，移动互联网的普及，综合成本越来越高，贷款利率越来越低，注定让小额信贷行业成为红海。薪酬制度背后，是中和农信业务的多元化拓展。单一依赖小额信贷收入的员工，受到薪酬调整的冲击最大，有多种业务收入的员工，薪酬相对冲击有限。

所有人都知道，员工，特别是分支一线的员工，是中和农信最宝贵的资源、是公司的核心竞争力所在。为一线员工提供在当地具有竞争力的薪酬待遇是中和农信业务发展和风险控制的根本之所在。

第三板斧，一下子砍蒙了一线，几乎没有人不受影响。很多人，包括一些中层管理者，找到了刘冬文，表达了对薪酬改革的不认同、对员工待遇下降的担忧。

作为改革的决策者，刘冬文很清楚：当下的困难是暂时的，而且从全局看，是必须承担的代价，一旦改革完成，对于公司的生存和发展都意义重大。

当务之急，是坚定推行直到成功，而不是浅尝辄止。否则，未来如果遇到系统性风险，皮之不存，毛将焉附？

那个时候是分支最苦和最不被理解的时候。很多一线客户经理一肚子的委屈和怨气。

整个 2016 年，刘冬文和管理团队最大的工作之一，就是解释。每到一个区域和分支，会不断向一线同事解释改革的意义：改革以后，通过优化流程和产品，提高效率和产品竞争力以扩大业务规模，大家的薪酬会不断增长。

中国扶贫基金会领导和公司负责其他条线的高管也给予了坚定的支持，四处出击，纷纷下到一线向大家解释。

到了 2017 年，解释的工作量少了很多。经过漫长的适应，分支的客户经理和督导的平均薪酬开始爬坡，实现一直持续增长。业绩提升了，收入也自然会水涨船高。

从 2015 年到 2017 年，一年一个阶梯。中和农信的机构能力得到了很大提升，拥有了更加专业的金融管理和更加先进的数字金融技术。

但是，三板斧并不是进阶蜕变的终点。

无论是产品、流程，还是考核激励方案，中和农信一直都在持续调整变化。但有些没有变化，使命没有变化：服务农村最后一百米；愿景没有变：让乡村生活更美好。

## 4.4　再次升级

2019 年，中和农信到了新的关键时刻。刘冬文的精力更多地投入到公司运营之中。

公司规模变大，带着管理工作量变大。分支机构越来越多，2018 年就已达到了 300 家，人员已达 5000 人。原有的"三级四线"管理渐渐跟不上变化。大量的管理工作与一线工作密切相关，如果都归于总部来一一回应，并不现实。随着国家金融监管日趋规范，中和农信积极响应监管要求，很早开始，就在各省分别注册独立法人的小额信贷公司。无论是注册公司时的工作，还是注册成功后的维护，都需要在当地有专人。

公司业务线不断拓展，管理系统需要顶端梳理。上面千条线，下面一根针，业务线的几大业务部门同时发力，风管线、内审线、支持线要求越来越严格。此时管理不只是科学，也是一种艺术。需要管理者成为优秀的"导演＋制片人"，既要拍一部好看的电影，更要组建一个能拍好片的金牌制作队伍。

公司经营方向也需要掌舵。公司业务之外大事连连，国家脱贫攻坚马上结束、金融行业监管越来越严格、公司股东发生了重大调整，诸多事宜叠加，需要公司经营做出果断抉择。日本经营之圣稻盛和夫说过："真理往往就在工作现场。"想做出最好的抉择，经营者离现场越近越好。

于是，一个背着黑色双肩包、穿着简朴的中年男人，长期穿梭在各个区域办和分支机构之间。

从 2020 年初开始，中和农信建立了以事业部制为中心的业务管理架构。

首先，将信贷业务按区域划为 7 个大区业务部，并将与信贷业务密切相关的营销、信审等工作下沉至大区业务部，缩短决策流程，提高运营效率。

其次，将小额保险业务和中和农服业务独立运营，分开考核，形成以信贷业务为核心、小额保险和中和农服为辅助的"一体两翼"战略。

变化总是比计划快。

业务部很快改为事业部。

小额保险业务和中和农服业务也变为事业部之一。

# 第五章　系统诞生

2016 年 5 月，中和农信做了一次统计。当时中和农信服务的有效客户数达 36 万人，农村一线信贷员 1600 多人，也就是平均一个信贷员要维护 200 多个客户，在中国幅员辽阔的农村，如果没有互联网和信息技术，这是很难想象的。

随着互联网技术在中国的飞速发展，中和农信在互联网领域也积极探索，力求通过互联网和 IT 信息技术来提升效率、降低成本、控制风险。面对农村市场，要想很好地生存和发展，要想为更多的农户提供金融服务，就必须不断地提高效率、降低操作成本，IT 技术无疑是最有效的支撑手段。

通过几年的积累，中和农信基本实现了无纸化操作（协议仍需要打印让客户签字）和自动化（身份证和银行卡的自动识别，网银流水的自动解析，征信报告的数据解析与评分等）。

信贷员接到客户借款申请以后，拿着手机即可完成所有贷款申请工作，后台人员通过手机获得信贷员提交的客户借款申请，用手机 App 完成审批和核查工作，将协议打印出来，后台人员和信贷员一起到客户家完成签约工作，现场将签约信息（协议和现场放款照片等）上传云端，经过总部风险审核后，贷款即自动打到客户账户并通过短信通知客户，最快可实现农民当天申请，贷款当天到账。

6年后的2021年，中和农信的技术能力更进一步。多元化经营（小额信贷、小额保险、农资服务、乡村电商等）和内部管理系统全部实现了IT化作业，各个系统之间相互打通，开始向智慧农村服务的愿景进军。

在同业者中，中和农信在技术领域站在了前排。

冰冻三尺，非一日之寒，中和农信花了很多年一步一步才走到今天。

## 5.1　手工作业

小额信贷作为金融业，虽然比起银行来说，市场更下沉，业务规模更微小，但是一样有严格的操作规范。无论是格莱珉银行的操作模式还是法国沛丰的操作模式，都对信贷操作有细致的要求，需要分支完成一系列的客户档案、贷款手续、贷款协议，还有就是各种财务单据和财务报表。我们在《青葱岁月》一章中提到过，小额信贷最早是用手工记账的。

各地分支都有专门的办公室，里面置办了铁皮柜，专门用来存放大批的纸质业务档案。

缺点很明显。如果只有几家分支机构，客户数不多的时候，用手工记账和管理的方法就足够了，但是随着分支机构越来越多，每家分支机构积累的客户量越来越多，纯手工的方法明显跟不上形势了。

首当其冲的是信贷系统的工作。手工记账的方式效率低不说，一旦出错后查找错误和改正的过程也很麻烦。从风险控制的角度来看，纯手工记账的方式让总部很难迅速跟进和核对每家分支机构，一旦出现违规违纪行为，很难及时发现和整改，有很大隐患。

幸好当时电脑渐渐普及了，大家开始用 Excel 表格辅助管理，勉强可以凑合。

最早的系统升级，发生在中和农信公司成立之前。

想发展小额信贷，信息系统是刚需。

刚需的原因之一，就是风险控制。当时的小额信贷部是吃过不少大亏的，事后复盘，最大的问题就在于失去了对分支的有效控制——尤其是业务方面。于是内部人员放松要求甚至监守自盗。

根本之道，不在于强制要求每个人都是圣人，而是努力做到风险控制尽量不产生漏洞。信息管理系统成了必选项。

除了风险控制之外，业务发展也对信息管理系统产生了需求。

2005 年，小额信贷业务以小组贷款的方式为主。当时业务体量发展到了一定规模，小额信贷部的负责人刘冬文敏锐地发现了一个趋势，随着中国经济整体水平的发展，小组贷款作为经典小额信贷模式，在中国农村可能会渐渐不适应。

于是，在刘冬文的带领下，小额信贷部开始拿出一部分精力，慢慢尝试个贷业务。

小组贷款是几位到十几位贷款人结成小组，组员之间互相担保，贷款整组发放，每个组员借款数额都相同，一般来说金额不大。个贷业务则是每个客户单独向小额信贷机构贷款，可贷款金额根据客户自己的实际资金需要、赚钱能力、信用口碑、资产及担保人等情况综合确定。

简单比较后，就能看出来，个贷业务模式比小组贷款模式要求更高。原有的手工记账及 Excel 表格的方式，无论是流程，还是规范性都不够了，势必需要尽快推动升级。

升级的方向，就是系统 IT 化，用科技手段当作业务的火箭助推器和防洪坝。

## 5.2  信贷系统

最初小额信贷部决定自己开发，做一套自己的 IT 信贷系统，但经过几番尝试后，又果断放弃了自主开发的计划。

原因是多样的。一部分原因是技术人才不足，开发力量极其有限，不能满足需要。但最主要也是更深层次的原因是因为小额信贷部本身的流程还不专业，也不够规范，在开发过程中，需求一直在变化，让 IT 信贷系统的开发没法进行。

既然自己开发有难度，那么找专业研发财务系统的第三方公司外包呢？

一交流，小额信贷部的同事发现，第三方公司确实在财务上比他们更专业——对方工作人员说的话，往往大家都听不懂。其次，第三方公司要价太高，而且不好管控，会提各种要求，然后变着法加预算。小额信贷部虽然顶着金融行业的帽子，但是个地地道道的村头穷小子，袖子里除了清风就剩泥土了，哪可能有那么多预算。经过几次三番和第三方公司交流后，外包开发的想法也无奈告吹了。

暂时遇到的困难，并没有打散刘冬文上马 IT 信贷系统的坚定决心。

因为上马 IT 信贷系统有两个好处：一是正向加速，当小额信贷业务操作很规范的时候，IT 信贷系统可以提高效率；二是反向规范，如果采用成熟专业的 IT 信贷系统可以规范小额信贷的流程，也就是说，当现在的小额信贷流程不好的时候，有一个更专业的软件，就能顺着软件的要求改进现有的流程，这不就进化速度更快一些吗？

自己开发不行，找外包公司开发也不行，那有没有其他道路呢？小额信贷部和法国沛丰关系不错，就和沛丰中国（法国沛丰在中国的分支）的负责人商量，给一些实际支持。对方答应了，邀请一位富有经验的墨西哥专家帮助小额信贷部挑选 IT 信贷系统。经过一番比较后，最终选择了美国的 Kredits 信贷系统。

不怕不识货，就怕货比货。Kredits 信贷系统果然更专业，它的系统开发人员对小额信贷理解也很深，不仅是提供了一个系统，而且也能对小贷业务的流程和模块进行梳理。这点其实对当时的发展最关键。于是，大家根据系统的要求，迅速调整了原有的流程。

引入系统时，有一个小插曲。由于 Kredits 软件是国外公司开发的，当时并未推出中文系统界面。为了方便分支机构顺利使用该软件系统，当时还在外联部的李琦就担负起软件翻译的重担，除了一开始将系统固定功能翻译成中文外，还要定期将系统导出的数据进行中英文核对。

电脑中的信贷系统安装好后，为了顺利运行，第一件重要的事情，就是录入数据。大家对着信贷系统，试着把自己当初亲手填入

Excel 表格中的数据录入系统，结果发现根本对不上。很多都是因为业务流程不太规范，无法对应。

典型的例子出现在贵州六枝。六枝分支的数据填入系统后，大家惊讶地发现，在信贷系统里，账根本平不了，有的客户贷款的余额（此刻在贷款的金额）竟然是负数。什么意思呢？系统显示六枝分支还欠贷款客户的钱。很明显，过去的数据肯定是不准确的，填入系统后被暴露了出来。除此以外，还有很多其他的错误。

怎么去修正这个错误？国外专家给出了很多比较好的经验。专家们帮助规范了业务流程，教大家怎么调整票据，帮助设计新的贷款票据样式。经过上系统、做培训，终于大家拥有自己的系统了，使用情况还不错。

经过一番试验，到 2006 年 1 月，当时所有 6 家分支机构已全部顺利上线 Kredits 信贷系统。

有一说一，Kredits 信贷系统在当时是非常先进的，在全世界几十个国家都得到了广泛应用。不过，按照今天我们的标准看，这套系统就比较老土了。为什么老土呢？当时 Kredits 信贷系统是单机版的，每台电脑需要一个账号，每个分支的数据都是独立的。

没错，单机版，没法联网，更不要提几个异地分支机构和总部之间的在线数据同步。为了实现异地管理的目标，大家还需要用人力弥补，2008 年以前，在各分支机构都设立了信息员岗位，专门负责将机构业务相关信息进行录入，上报总部。信息员与财务人员统一由总部的财务信息处来管理。等到 2008 年 7 月时，部门进行调整，考虑到专业化管理的因素，将财务信息处的信息录入职能转给信贷处一并负责。

举个例子，某个分支的客户经理到村子里给客户发放和收回贷款后，回到分支办公室，把台账相关的票据（客户签字的收款收据、放款收据等）交给信息员，记入台账，再由信息员把信息录入 Kredits 信贷系统。每个月的固定时间，信息员要把分支系统中的数据刻成光碟，寄到北京总部。1 年至少寄 12 次。

当时快递行业还不发达，有些分支机构地处偏远地区，寄出的光碟在路上要走很久。当北京收到时，财务数据快晚 1 个月了。

现在看起来也许挺慢，但是当时已经很牛了，比起上系统以前的"刀耕火种"，实现了革命性的进化。

不过 Kredits 信贷系统毕竟是单机时代的产物，渐渐跟不上形势了。

第一，最显著也是最令人头疼的问题，就是时效性差。Kredits 系统不是网络版，这款软件的运行方式是每月各分支机构先把上次数据报到系统，然后导出、刻盘、邮寄，总部收到并导入所有数据包后，再进行汇总，这样才能看到所有业务数据。数据的滞后，也就意味着总部每月的月初才能知道上月各分支机构还款情况等财务数据，无法实时掌握项目进展情况。

第二，运行速度差。造成这个问题的原因是由于当时 Kredits 软件系统内的各项功能并不是专一针对某一个企业客户使用的，也就是说，Kredits 软件系统是将多个小额信贷机构的系统使用需求合并在同一个平台上进行开发使用的。在这套软件系统中，还有部分功能是其他小额信贷机构在使用的，因此才会出现运行速度差的问题。

第三，系统需求修改难。当时 Kredits 信贷系统在使用过程中，如果使用者想要对系统内的功能进行调整、增减等修改，是非常麻烦的一件事。因为其并不是仅针对一家用户来开发的整套系统，很难在现有系统的基础上，结合你的使用需求进行再次开发。如果要修改系统，会对其他正在使用该系统的用户造成影响。但是，中国的业务调整很快，国外开发商开发速度慢，明显效率跟不上。

第四，费用高，需要花"大价钱"。由于在当时仅有 Kredits 信贷系统是国际上最为适合小额信贷机构使用的软件，因此每年仅管理费就要 2 万美元，中和农信每开一家新分支机构，上线该系统的话，就需要一次性支付安装费 8000 美元。这对当时还不是很富裕的公司来说，确实是一笔非常大的支出。因为它要一个账号一个许可证去付钱，中和农信的网点越开越多，成本高得不得了。

第五，落后了。不断发展的小额信贷业务，变得越来越规范，也渐渐有了自己的特色，功能固化的信贷系统很难跟上发展，使用的分支越多，功能越捉襟见肘。

终于，2008 年，总部在对信贷市场进行了充分调研及预测评估后，决定参照 Kredits 软件系统，结合自身的实际需求，开始着手开发真正适用于中和农信的信贷系统。


刚开始自己开发时，中和农信找了很多大的厂商，甚至还联系了 IBM。IBM 给了一个 200 多万元的初步报价。刘冬文瞅了瞅公司账上的费用，全公司盈利也没有这么高，实在不值得（买不起）。真选了大厂商，如此高的报价，再加上一些定制化的开发，估计最后肯定是一个天价了。

大厂不行，小厂行不行？大家又开始招标。结果发现，同时满足价格低廉、技术过硬、服务态度好的供应商太少了。

刘冬文决心独辟蹊径，走一条中和农信自己的路。

他找到了外联部的李琦，就是翻译软件的那位同事。李琦的丈夫张怡勋是一名软件工程师。刘冬文希望李琦丈夫可以为公司开发一套自己的信贷系统。

李琦有点犹豫，在她的观念中不希望家人掺和到自己的工作里，而且万一干不好怎么办？不过，在当时看来，也不太容易找到更合适的人。开发系统的预算很少、要求很高、功能很杂，又得花时间学习信贷知识，基本没有 IT 公司和开发人员愿意蹚这趟浑水。

张怡勋倒是比较愿意，当时他在 IT 公司里只做一个固定模块，现在能做整个系统，是一个很难得的机会。

他答应了，接下了开发工作，条件只有一个——只能用自己下班后的时间开发。

一个好汉三个帮，一个篱笆三个桩。虽然张怡勋技术过硬，但还需要同伴。于是，他拉来了自己读大学时上铺的兄弟吴育群，负责搭建系统架构。后期到了写代码阶段，又找来一个朋友写代码。

万事开头难，完成更难。仅仅是搭建完整的架构，就花了 1 年多的时间。1 年多里，每天晚上 9 点下班后，张怡勋直接赶赴中和农信公司开发系统，干到深夜 12 点，再和李琦一起，开车几十公里回到北京郊区的家里。

李琦因为害怕开车，从不敢摸方向盘，但是看到老公几头奔波实在太辛苦，也不安全，后来就考了驾照，硬着头皮充当起司机的角色。

这位家属吭哧吭哧干了 1 年多后，信贷追踪系统的最终成品还没有完工，一边是急等米下锅，一边是自己实在没有时间，事已至此，又绝对不能半途而废，真真地要逼死老实人张怡勋。

当时杨涛（现中和农信副总裁）直接负责系统开发工作，和张怡勋经过几轮直率且激烈的沟通后，大家达成一致，化繁就简，再次确定了新系统的要点。但即便如此，按照之前的进度也是远远跟不上的。

一咬牙一跺脚，张怡勋不干了！他炒了老板的鱿鱼！事实证明，比起老板的事业，还是老婆的事情更重要。

白天黑夜盯在电脑前，全力开发信贷系统。经过 6 个月的艰辛劳作，硬是把信贷追踪系统整了出来。为了支持老婆的工作，张怡勋辞了报酬丰厚的工作。背后既有对妻子的爱，也有对于妻子所在公司的认可。

2010 年初，系统模块已初现雏形，信息技术部将所有分支机构的后台（信息员）召集在一起，首次对新系统静态页面进行展示，将系统各个界面及功能一一介绍，收集大家的反馈意见。随后，根据大家提出的问题及反馈对系统进行修改调整。

系统雏形渐成后，需要找个地方试验一下。公司选择了一家地处河北怀安的老分支机构做试点。

为什么选择怀安分支呢？

各个分支的 Kredits 系统需要专门的信息员录入信息，新系统完工后，公司希望所有客户经理都能自己录入，因此对系统操作的简易化程度要求非常高。怀安分支成立时间比较长，同事普遍都是四五十岁的大姐，对电脑操作很不熟悉。如果她们都能学会新系统，其他分支的同事更应该能学会了。

真到试用的时候，杨涛发现自己给自己挖了一个坑。

事前能想象到怀安的同事电脑操作水平有限，但没有想到这么有限——好几位同事是零基础。

零基础是什么概念呢？她们从没有接触过电脑，认知为零，连开机、关机都不会，登录 WINDOWS 都是大姑娘上轿——第一回，更不要提什么"登录 VPN"了。

打开电脑后，开发团队做的第一件事情，不是教大家怎么进入新的信贷系统，而是教拼音，然后学习怎么用拼音打字。

怀安的"大姐们"，一根手指如重千斤，一脸迷惘，双目恍惚，半天才颤颤巍巍在键盘上戳出一个拼音字母，结果因为口音的缘故，戳出的拼音还是错的。

系统中有很多地方，需要怀安同事自己输入新系统的文字内容。看到这里，杨涛想死的心都有了。

经过这一次之后，再改进系统时，就对系统做了调整，尽量让客户经理少手动输入内容，尽量一步一步引导，增加很多直接可选择的选项。

为了解系统在实际使用中的问题反馈，信息技术部开发团队在 2010 年七八月的时候，再次开展了系统试点工作。

综合考虑后，决定在河北万全、北京门头沟、辽宁康平 3 家分支机构进行系统试用。当时这 3 家分支机构虽然业务繁忙，但非常配合，也非常辛苦。因为在自主开发系统期间，Kredits 软件系统仍在使用，分支机构每天都要将当天的数据录入系统。作为试点机构，这 3 家分支机构不仅要和平时一样录入 Kredits 软件系统，同时还要在试行系统中再录入一次，以便开发团队能够对比两套系统的运行情况及功能使用情况。

在试点期间，这 3 家分支机构不仅提供了很多使用反馈，还为开发团队提供了具有建设性及可操作性的意见和建议，为系统修改作出了重要贡献。结合试点机构提供的反馈，开发团队对系统功能进行了部分修改和删减，使之更加贴合一线员工的使用习惯。

一轮又一轮的系统测试，持续了整整 5 个月，是一个不断地发现问题和解决问题的过程。所有人都干劲十足，一定要拿下，自主开发的第一套系统决不能失败。工作人员几乎没有休息的日子，有时候太晚了，就直接用气垫床在公司睡一觉。

直到 2010 年 10 月，经过不断调整和试点的信贷追踪系统终于面向全员揭开了神秘面纱，开始了上线试运行。

新系统有了一个名字——信贷追踪系统。中和农信终于有了真正属于自己的信贷系统。

## 5.3　征程再起

新系统除了是根据中和农信的业务模式量身开发以外，还实现了联网的功能。新系统能够自动联网上传数据并汇总，北京总部每天能拿到所有分支"热乎乎"的经营数据。从此，各个分支就再也不用每个月刻光盘寄到总部汇总了。

新系统开发好后，并没有一劳永逸，也遇到了和 Kredits 一样的挑战：需要不断增加功能，不断和其他的模块嫁接。

一开始，三人开发团队不忙之余帮助打补丁，但终究要靠自己独立走路，不能一直靠别人帮忙，需要信息技术部自己的力量。

信息技术部是一个年轻的部门。2009 年，为了应对未来系统化发展的需求，信息工作从信贷部剥离，正式成立了信息技术部（IT 部）。2010 年由杨涛直接负责时，只有 3 个人。后来，信息技术部变成了北京总部所有部门中人数最多的，承担着信贷系统开发、维护的重任。

杨涛补足了人马，把信贷追踪系统的后续工作都接了过来。

技术部的同事们让系统实现了价值的最大化。

2011 年，信贷系统与财务软件实现了"联姻"。为了避免两个系统之间的数据差异，财务信息接口全面上线，实现了信贷系统直接生成 EAS 系统会计凭证，使财务核算更加及时、准确、透明。

2013 年，中和农信上线了移动 App，成为中国第一家全流程移动端操作的小额信贷机构。

越来越多的业务背后，都是 IT 的支撑，IT 技术成了公司的命脉与核心。信贷追踪系统诞生后六七年的时间里，系统打了无数的补丁，增加了无数的功能，接入了极多的接口。一会儿要接入财务系统，一会儿要联结征信系统，一会儿想接个手机功能，再一会儿又得实现银企直联的功能……

信贷追踪系统的潜力被彻底榨干了，浑身都是补丁的系统已经跟不上中和农信的业务需求。运行速度越来越慢，哪怕是转换一个报表也常常需要半天时间。系统再也没法挂载更多内容了。

新的历程，只能交给新一代的信贷系统了。

**信 言** *XINYAN*

中和农信对信息系统的重视，背后是有底层逻辑的，这就是对管理的重视，尤其是对精确管理的重视。经过多年一线作战，经历了自己和同行的血泪教训，中和农信把管理能力视为决定小额信贷机构成败的核心能力。下文是刘冬文的一篇文章，阐述了中和农信当年践行精确管理的年度蓝图。

## 2014，精确管理年

### 刘冬文

很多人经常问我：中国自上世纪 90 年代初期从国外引进小额信贷扶贫模式，经过 20 年的发展，小额信贷机构由当年的 300 多家缩减至目前的不足 20 家（不包括现在社会上的小额贷款公司）。为什么中和农信能一枝独秀？

我对没有存活下来的小额信贷机构归纳的原因只有两个：

一是缺乏企业家投入。当年的小额信贷基本上是由研究人员、慈善人士和政府官员实施的小额信贷项目，而不是由企业家或按照企业家思维来运行的小额信贷机构。

二是缺乏管理技术。当初引进小额信贷的时候，基本上是依葫芦画瓢照搬格莱珉模式，但主要是学会了人家的信贷技术。比如说五户联保、中心会议、按周还款和妇女客户等。这些信贷操作层面的活，只要你认真去做，或者再做一些本土化的改进，基本上可以保证客户按期还款。

但关键是如何让小额信贷从业者严格执行这些信贷操作流程？我们经常会看到很多机构在初期运行得非常好，客户选择很准，贷款质量很高。但慢慢地却出现目标偏离、质量下降，其中最根本的原因不在客户，也不在信贷技术，主要是因为员工和机构的管理不到位，执行不力。

中和农信之所以能够延续至今且古树发新芽，最主要得益于自 2005 年以来的改制转型：

一是实现由项目型向机构型转变，为未来的发展提供组织保障。二是采用企业化的运营模式和管理方法，逐步实行市场化运行。

实践证明，中和农信的转型是成功的，不仅完善了信贷技术，更重要的是形成了一整套行之有效的适合中国企业运营管理模式。通过建立完善的人力资源、资金财务、信息系统、品牌营销、绩效考核和风险控制等各项运管制度，确保了"三级四线"连锁经营管理体系的通畅运行。

中和农信未来能否发展得更好，最重要的是看中和农信能否在管理方面做得更精准、更到位、更有效。就如一辆行驶在马路上的汽车，当负重不多速度不快的时候，零件质量不好，或磨合不到位，或新手驾驶，勉强还能前行风险不大。当负重越来越多速度越来越快的时候，对驾驶员的水平、汽车零件的精密程度等要求就越来越高。否则的话，只能车毁人亡。

随着我们的业务规模越来越大，发展速度越来越快，对管理的精准性和有效性就要求更高。只有不断提升我们的管理能力和水平，才能持续地提高效率、降低成本、控制风险。为此，我们提出了 2014 年的工作主题——精确管理。

精确管理就是通过信息技术和数理方法等实现管理手段信息化，从而建立科学的、动态的管理机制和考核评价体系，以便对机构运营中的关键节点进行有效管控。从中和农信的实际情况来看，我们的精确管理主要分为四个层面：一是前台精确管理客户；二是后台精确管理前台；三是区域精确管理分支；四是总部精确管理全局。

2014 年，中和农信将在总部和区域办公室层面实现 KPI

（关键绩效指标）管理和考核。目的就是要尽可能地通过一些可量化、可采集的数据指标，对总部各职能部门和区域办公室的工作过程和工作结果进行全流程全方位的客观公正考评，从而保证总部和区域能更好地为分支机构提供服务支持，同时控制风险。

在分支机构层面，今后也应该逐步建立和执行 KPI 管理和考评体系。比如说，在评估前台管理客户效果时，咱们能否对客户选择、营销管理和客户维护等工作有具体可量化的评价指标？比如说，客户覆盖率、入村入户率、营销投入产出比、新客户占比和老客户续贷率等。在评估后台管理前台的工作绩效时，是否也能找到一些关键性评估指标？比如说，贷前调查入户率、客户回访比例、前台满意度调查、所辖前台的风险贷款率等。

当然，精确管理是一种理念、一种文化和一整套体系，其建立和成型绝不是一蹴而就。我们必须在实际工作过程中不断地去摸索、去实践，从而逐步建立中和农信的精确管理体系和精确管理文化。只有这样，中和农信才能继续驰骋前行，基业长青！

# 第六章　信息革命

在小额信贷领域，中和农信的系统已经是全行业最先进的。但随着中国商业环境的飞速发展，赛道改变了——行业生态发生了根本性的变化。小额信贷不得不面对互联网巨头的冲击。在分析市场前景和竞争对手时，和中和农信一起提及的是百度、是腾讯、是京东、是蚂蚁，中和农信要想有下一步的发展，仅行业内第一是远远不够的。

新系统必须得站在山巅，超越过去，一揽子解决过去绝大多数问题。想爬上山巅，是需要实力说话的！技术开发，不是请客吃饭，需要真刀真枪的实力。当时的中和农信，还没有这么强的本领。

## 6.1　新的契机

此时，新的契机出现了。2016 年 12 月 20 日，中和农信又迎来一重磅股东，蚂蚁金服（现已更名为"蚂蚁集团"）宣布正式战略投资中和农信，成为中和农信仅次于中国扶贫基金会的第二大股东。

蚂蚁金服的入股，带来了真金白银的投资，带来了蚂蚁的品牌效应，也带来了中国互联网界 TOP 开发力量的注入。

2017 年 8 月，余波从蚂蚁金服人工智能部赶赴中和农信，担任高级副总裁，主抓技术部门。

余波是中科院计算技术研究所的博士，在阿里工作多年，是人工智能领域的专家。余波的到来，意味着强强联合。人工智能部需要一个场景来实践自己在数据领域的技术突破，而中和农信则需要利用更智能的技术能力完成业务和管理能力的升维。

从一位人工智能专家的角度看，中和农信原来的系统到底有什么缺陷呢？

第一，不掌握核心代码，无法在原有系统开发新功能。原系统技术框架陈旧，稳定性和扩展性较差，无法支撑业务快速发展。

第二，缺乏移动化的能力，智能手机已经普及，员工日常工作地理活动范围大，还只能在 PC 上开展贷款业务和做信息查询。

第三，链接客户的能力差，客户只能通过客户经理和公司联系，不能直接自助申请贷款、查看还款等情况，公司在获客能力和对客户经理的道德风险把控能力都需要提升。

第四，内部办公管理系统陈旧，运营平台、融资、人力系统大都依赖手工操作，效率较低。

第五，在信贷业务之外，中和农信还开拓了很多新的业务，比如说小额保险、农业服务、农资电商等，这些东西都需要信息系统的支持。

很明显，纯粹买一个系统，是不可行的。购买的任何系统，别人都不可能给你定制这么多的东西。

在系统之外，中和农信的技术人员也不足，当时只有 30 多人。如果想推出一些新产品，没有自己强大的队伍支撑也是不行的。

解决方案显而易见：中和农信要开发属于自己的、技术领先的整套信息系统，同时必须拥有自己更强大、更专业的信息技术人才队伍。

于是，技术部一边开发新系统，一边开始广招人才。在两年多的时间里，技术部从 30 多人发展为 100 多人，而且还在持续扩大。

2018 年春季，中和农信全新的信贷系统基本完成。

## 6.2　极速贷战役

随后，技术部开始了一项中和农信期待已久的尝试——开发一款全新的信贷产品，用人工智能在线完成对信贷的评审。一旦尝试成功，公司的放款成本会大大降低，宝贵的客户经理资源可以完成更有价值的工作。

世界上任何了不起的事情，都不是一蹴而就的，在成功前，大都有一番艰辛的历程。人工智能的应用也是如此。

本次尝试，让余波印象深刻。

2018 年 8 月，极速贷正式上线。

极速贷，是一款利用机器学习、人工智能等金融科技开发的信贷产品，有效地优化流程、提高效率、降低成本，同时与中和农信线下信贷业务相辅相成，提高了中和农信农村普惠金融业务的服务能力和效率。

简单说，极速贷可以让中和农信的客户通过手机 App 申请贷款，从申请到资金到账，最快只需要 10 分钟。

对于大多数城市人来说，极速贷的功能可能并不稀罕。支付宝、财付通、京东白条、各大银行的手机端都有类似功能。但是，极速贷的服务群体和以上友商是很不一样的。

极速贷的很多客户没有任何信用记录，没有正式工作，在使用极速贷前，从没有接触过移动互联网，没有官方可查的收入流水……

所有人工智能都需要各种数据，才能为客户画像，才能提高客户筛选的准确度。面对缺乏各种数据的中和农信的客户们，从一开始，技术部门需要结合业务，建造一个全新的专属中和农信的风控模型。

部分区域和分支机构当时不太愿意接受极速贷。极速贷会分流一部分客户经理的业务，会对员工的薪资有一定的冲击，很多人担心自己的工作会受到影响。后来，经过刘冬文和各个公司高管的大力推动，大家开始齐步走，很快极速贷业务量进入了上行通道。随着业务势头转好并开始往上走，贷款风险也慢慢冒头，但还在可控范围内。

在信贷领域，最核心的能力是风险控制。在此之前，中和农信没有人工智能控制风险的能力，也自然没有相关的经验，所以在极速贷业务早期，风控由蚂蚁金服人工智能部在背后提供支持。

也就是说，中和农信的数字化能力还是在蚂蚁金服的支持下建立的，很多核心能力并不由自己掌握。

从公司自身角度来讲，需要逐渐减少对蚂蚁的依赖，毕竟中和农信是一家独立公司，从公司发展及监管角度，都需要中和农信培育自己的技术能力。

此外，中和农信主做农村市场，而蚂蚁的数据和模型主要参考城市市场，到农村市场也不完全适用。

中和农信需要慢慢建立自己的模型，建立自己的数据采集、数据分析、数据运用和客户样本建模能力。

2018年11月，极速贷刚刚扭转趋势，蚂蚁金服人工智能部内部战略就发生了调整，不能持续为中和农信提供技术支持，客观上需要中和农信加速技术自主的进程。

此时，极速贷已经全面推广，所有的区域和分支机构都已经动起来了，如果中途停止，之前的投入会功亏一篑；但是如果继续极速贷，现实的困难就是需要数据和风控能力的支持。好比两军对垒，大战已经开始，紧要关头时，自己的铠甲和盾牌一定要完整坚实，不然会被不良贷款的箭雨射成刺猬。

经过协商，人工智能部承诺提供技术人员的留守支持，但是只到2019年1月。2019年1月之后，极速贷就完全要靠中和农信自己了。

此时已是2018年11月中，留给中和农信技术部的时间只有2个多月，哪怕是大罗金仙也不可能在2个多月里开发出一套独立风险控制系统。

革命不是请客吃饭，也没有什么水到渠成。2019年1月很快就到来，中和农信必须在战争中学习战争。按照余波的估算，至少还需要8个月时间才能初步完成开发。

这是余波压力最大的8个月。

当务之急，是组建中和农信自己的技术风控团队。技术风控是极其重要的岗位，对团队成员的专业性要求很高。风控技术人员本来就比普通的技术人员更难招，再加上中和农信的技术部门位于湖南长沙，比起北上广深，更不容易找到合适的人。

他需要和人力资源部想方设法四处招聘，用各种手段挖人。中和农信在 IT 技术人员的世界中默默无闻，大家必须使出浑身解数说服对方加入公司。

中和农信的社会责任和愿景、众多明星股东、金融行业更高大上、团队技术氛围好、能学习到新东西、工作不怎么加班、每年春节两周带薪假、长沙房价更便宜、当地中等偏上的工资薪酬水平……一切能想到的优点都变成了试图让合格应聘者留下的理由。

与此同时，还不得不面对部门成型期人员的不断流失，前期工作打了水漂不说，还得重新招聘。

有了合适的人，才能开始干活。接下来，余波的技术交流集中于怎么解决技术难题。毕竟，解决问题才是招人的首要目的。

自主研发的风控系统草创上线，远谈不上完善。风控系统对于借款人资质的评估并不全面和精确。很多本来按照公司标准拿不到小额贷款的人拿到了小额贷款。其中很多人要么没有还款能力，要么就没打算还款。有些人心存侥幸，拿到贷款后，就直接卸载 App，认为这样就不用还了。不少分支机构发现，一些极速贷的贷款人并不是当地人，之前和客户经理从不认识，通过 App 贷款几千元后，就人间蒸发了。

随之而来的，就是不良贷款率的陡增。

各个区域和分支机构炸开了锅。

极速贷带来的不良贷款，让区域办和分支机构承受了巨大的考核压力。长期以来，不少分支结构的不良贷款率都控制在 1% 以下。结果短短几个月内 PAR30（30 天以上风险贷款率）飙升数倍，同事们薪酬受到了影响，还得承担不良贷款的催收工作。

此刻管理层的态度至关重要。

刘冬文是典型的长期主义者，习惯于提前几年布局新业务，一旦看准趋势，往往是不达目的不罢休。

关于行业未来，他想得很清楚：如果不尽快采用互联网技术，面对银行下沉和互联网巨头跨界打劫，管理成本极高的小额信贷早晚会被联手干掉。真到那时候，就不是薪酬下降和催收欠款的事情了，而是几千人能不能活下去的事情。

既然知道极速贷的开发是一道难关，既然已经决定要闯关，那就坚决搞下去，直到做成为止。公司绿灯大开，技术部要人员编制就给人员编制，要兄弟部门支持就给支持，要高管站台就高管站台，一点也不含糊。对一线业务人员，在管理和考核上也迅速进行了调整，为大家减压鼓劲。

余波不需要腹背受敌，技术团队可以全力迎战。

8 个月后，熬到 2019 年 9 月，风控系统的开发有所小成。大家心里的石头算是落下来了，觉得研发工作基本上已经靠谱了，情况慢慢会稳定下来，开始触底反弹。工作只会越来越好，不会越来越差了。

到了 2019 年 11 月，风控系统的关键问题都得到了解决。虽然当时贷款指标还在恶化，但是大家知道这是数据的滞后性，只代表了过去极速贷的问题，新增的极速贷业务风险已经不高了。心里不慌了。

树欲静而风不止，磨难并没有结束。

恰好从 2019 年 11 月开始，中和农信陷入短暂的"用钱荒"。因为市场原因，公司用来发放贷款的资金不够了，没法保证有足够的资金给所有合规的客户发放贷款。

经过权衡，公司做了决定：优先保证线下贷款，极速贷排后。原因很简单，必须保证一线客户经理的收入，让大家能安心生活、踏实工作。

原本大家希望用好客户代替原来"坏客户"，一点点改善极速贷的贷款质量。结果，当时极速贷有一两个月没法发放新贷款。没有新贷款，好客户就没法进来，"坏客户"却还滞留在里面，贷款的指标就变得越来越难看。

你以为苦难到此就结束了？没有。

2020 年 1 月，新冠疫情开始肆虐。客户还款压力增大，极速贷的不良贷款数据在 2020 年三四月份到达了顶峰。

娘要嫁人，天要下雨。疫情和天灾一样，只能依靠全国人民齐心协力，共克时艰。

之后，一个积极的趋势显现：随着业务部门对极速贷的熟悉，随着业务流程的改善，不良贷款率终于开始稳步下降。

还有一个好消息，公司的技术人才队伍基本成型。


## 6.3  不负韶华

余波其实可以不承担极速贷这些压力。

在极速贷各项指标都不好、技术部门很艰难的时候，蚂蚁金服的人告诉余波，他已经外派中和农信两年整，按照之前的约定，可以回归蚂蚁金服了。

在蚂蚁金服庞大的业务体量前，中和农信是个小公司，两者差距就像航空母舰和小舢板船一样。回归蚂蚁，对于个人来说，能够拥有更大更广阔的平台，能有更好的机遇。但如果此时回归蚂蚁，可能会让极速贷项目无法继续，就此谢幕。

自己的责任心和刘冬文的认可，让余波选择留下，熬到了云开见月明。2020 年下半年，一切已经走上正轨，余波才安心返回。

整个公司的 IT 系统变化非常大，除了更稳定、更好用以外，也更先进。信贷系统让客户经理能够用一部手机完成绝大多数工作，同时还可以非常智能地给出下一步操作建议。

"最初我们的 App 叫中和金服，后面改称为乡助，能很大程度上提升同事们的工作效率"，罗君是项目早期的参与者，当时担任项目经理，专门开发面对客户经理的产品。

乡助 App 及其背后的 IT 系统，丰富了中和农信的业务类型。公司大量的管理经验和业务数据能够收集和呈现，让公司可以更好地监控和管理。技术部为公司各部门开发的办公、财务、人力系统也都保持了极先进的技术水平，显著提高了工作效率。

有心人对比后发现，在技术上，中和农信比其他小额信贷的同行领先好几年，而且领先是全方位的。

一个先进的系统背后，是一支专业团队的支撑。

中和农信的 IT 系统人员分几大类：

第一类是软件开发人员，负责核心系统开发（各个专业系统）和外围系统开发（对接各种应用的接口）。

第二类是需求规划人员，其中还包括测试人员。

第三类是数字金融人员，专攻数字风控。

兵欲善其事，必先利其器。现有的 IT 团队足以支持中和农信的业务规模稳定运行，满足增长到数百亿的规模。而且随着规模越大，单位效益会越高，单位成本也越低。

一个每天在乡村间行走和农户打交道的公司，站在了技术革命的最前线。历史给了他们机遇，也给了磨难，他们抓住了机遇，挺过了磨难，终于不负韶华。

---

## 信 言　*XINYAN*

## 中和农信长远发展的"三大法宝"

### 刘冬文

毋庸置疑，中和农信正在逐渐由一家单纯的项目管理公司向市场化农村金融机构深化转型。当头顶上的公益光环逐渐淡化甚至全部褪去的时候，中和农信还能否继续在农村小微金融服务市场中站稳脚跟，是公司内外都非常关心的问题。纵观过去 20 余年的发展历程，中和农信之所以能取得今天的成就，主要得益于咱们有自己的"三大法宝"。

第一，始终扎根农村市场。中和农信 22 年来始终坚守农村市场，特别是为农村那些无法充分享受传统金融服务的客户提供服务。这不仅填补了农村金融服务的市场空白，更是为机构的自身发展找到了非常适宜的非充分竞争市场。在别人看不懂或看不上农村市场的时候，中和农信已经积累形成了一整套适合中国农村的小额信贷模式，并打造了一支特别能战斗、会战斗的本土化队伍，并在农户信贷市场竞争中占得先机。

　　第二，量身定制产品服务。中和农信始终坚持以目标客户的实际需求为中心，量身定制适合他们的产品和服务。近些年来，我们根据客户的需求变化，不断优化信贷产品和服务流程，并在此基础上开展保险和电商等方面的尝试，力争为目标客户提供最贴切的金融服务，尽力满足客户的多样化需求。只要能持续得到客户的认可与肯定，中和农信就自然会有自己的生存空间。

　　第三，精益高效的运营管理。要做到精益高效的运营管理，主要做好三个方面的工作：

　　首先，科学合理设计制度。制度设计必须做好四个步骤：一是评估问题。即找到所面临的主要困难和问题，并进行相应的技术评估。二是设计规则。在设计过程中要充分听取各利益相关方的意见和建议，绝对不能纸上谈兵、独断专行。三是传达解读。针对形成共识的管理制度，一定要进行充分传达与解读，让大家在认知理解上达成一致。四是贯彻执行。制度一旦确定并下发，则必须不折不扣地执行。也就是我们常说的："理解了要执行，不理解更要执行。"此后，还应该在执行过程中不断地发现问题并持续改进，形成制度设计和优化的闭环。

　　其次，适时改进管理工具。工欲善其事，必先利其器。中和农信在过去的 20 多年时间里，不断改进管理工具和手段，特别是近年来加强了对先进信息通信技术的应用，使我们的管理效率和水平得到很大程度的提升。比如，我们目前正在推广使用的钉钉办公系统、信贷系统 App、中和金服微信服务号等，就是希望借助这些先进的管理工具，不断提升我们的运营管理水平。今后，我们还要充分利用大数据、云计算等互联网工具，探索适应农村地区的数字金融模式。

最后，行之有效的执行力。有好的制度、好的工具，再加上高效的执行力，则完全可以造就非常精益高效的运营管理。没有令行禁止的执行力，再好的制度也只能是空中楼阁，再先进的工具也只能是空摆设和花架子。

实事求是讲，中和农信就是靠着这三大法宝一步步走到今天。我们由当年的政府扶贫项目，改制成公益组织运营的专业小额信贷组织，直至向市场化运营的农村小微金融机构继续转型。在未来的进阶蜕变过程中，只要咱们继续坚守这三大制胜法宝，就一定能在农村小微金融服务市场中立足生存，并实现长远发展。

# 第七章　风险控制

风险控制是金融机构最核心的能力之一。一家机构如果风险控制不好，即使其他方面都近乎完美，也早晚会香消玉殒。中和农信能够20多年来持续发展，和优秀的风险控制能力密不可分，其小额信贷业务的整体还款率常年能够保持在98%以上，在信贷领域，可以说是万里挑一。

长安城不是一天建成的，也不是一次建成的。中和农信的发展历程中，在风控领域有很多经验，也有极多教训，正是对经验教训的分析总结，让风控工作日趋完善。

## 7.1　本土优势

一个真实的故事。一位中年男士走进中和农信某地的分支机构，我们姑且叫他张三。张三告诉工作人员，自己想贷款买羊来养。虽然交流时对方应答得滴水不漏，但是客户经理总感觉不对劲，男子走后，几个同事就嘀咕："这个人肯定不是真想要借款买羊。"

当天晚上分支主任和客户经理一起到张三家调查。张三指着身边的男子说是自己的弟弟，专门从外地赶回来给他做担保。

按照操作规范，张三所有手续都已齐备，大多数金融机构都会通过贷款申请。

但是，一切都瞒不过福尔摩斯附体的两位同事：张三的一身西装早已暴露一切——当地哪有养羊的人穿这么讲究的？为了进一步洞察真相，主任连夜看了据说要养羊的院子，发现里面没有一棵草料，一看就是假的。

类似的真实案例，在各地有各种不同的版本，甚至我还听到过升级版——李四号称自己要扩大养殖规模，需要贷款。为了骗过客户经理的上门调查，李四专程从邻居那里借了几十只羊，放在自己的羊圈里。哪知道客户经理技高一筹，看了一眼羊圈就判定李四在说谎。

为什么呢？羊群看见李四就躲开，完全不像是看见主人后应该有的反应，而且羊圈里的羊粪太新太少了。

羊群肯定是"临时工"。


"我们的风险控制，最重要的就是依靠一线的同事。只要一线同事没问题，贷款哪怕出问题也不会大。"不止一个人和我强调。

中和农信所有的客户经理都要求是本乡本土，负责哪个项目区就必须是常年在项目区里生活的本地人。一个优秀的客户经理，对自己项目区的客户情况可以做到烂熟于心，即使是遇到不熟悉的人想贷款，也很容易从其他人那里得到对方的情况，比如在亲友圈里口碑如何、经济收入情况、种地养殖做生意做得好不好等。意向客户靠不靠谱、一笔贷款能不能发放，客户经理最有发言权。

我们前文说过，做小额信贷的人和做普通银行的人有不同的逻辑。

做商业银行的人看重的是客户现在的财产和现在的偿还能力。为什么银行贷款要求有抵押或者供应链担保呢？就是为了让贷款更保险。如果贷款人做的事情不挣钱，还不了款，银行可以拍卖他的抵押物，也可以找当初的担保人替他还钱。银行更看重的是现有资产和贷款人现有的能力。

小额信贷不一样。小额信贷看重的是贷款人未来的现金流和未来能力的增长。哪怕现在穷得响叮当，只要你能证明干这个事能挣钱，就能贷到款，只是贷款给你多少的问题。

小额信贷的金额不大，但很会认真调研贷款人做事情的决心，本身也让风险降低。比如你要开一个小餐厅，如果你借5000块钱，自己投了5万块，小额信贷机构就不怕。但如果你自己投5000，需要小额信贷借给你5万，那机构就很谨慎，可能就不贷了。

今天中和农信有大量的信用审核工作是通过IT系统来实现的，但是即便如此，贷款是否能发放，大多数仍然是由一线的工作人员来评估的。人工贷款，需要各个分支机构的工作人员开贷审会进行审核，其中最核心也最重要的人员就是一线的客户经理。

第一次听到是由客户经理来评估贷款时，我感到匪夷所思。中和农信的客户中各行各业的都有，从种玉米、种土豆、种果蔬、养猪、养鸡到卖包子、开货车，每个行业都有自己的道道，没有实际干过是很难搞明白的。客户经理又不是财务专家，更不是神仙，靠什么来判断贷款能不能发放呢？

本乡本土的客户经理，最大的优势和秘密武器就是对贷款人的了解。首先对贷款人进行各种调查和了解，就有一个"能不能贷款"的基本判断，剩下的工作就是去论证判断对不对了。

在小组贷款时期，几户联保，贷款人之间都知根知底，不会让不靠谱的贷款人加到自己组里。随着国内经济发展，小额信贷以个人贷款为主以后，主流的贷款金额依然很小，可以保证即使贷款人一时遇到困难，还款也不会很艰难。

如果贷款金额较大，比如三五万元以上（在很多同行看来，这个金额真的太小了，无论如何也算不上"金额较大"），中和农信会粗略估算贷款人的现金流，验证对方所说的和真实经营状况有没有出入。如果每月还款金额让对方难以承受，客户经理宁愿少贷一点款，也会保证客户贷款后每月能还得上贷款。

每一位客户经理在做贷款决策时，都会近乎本能地问自己一句："如果对方贷款的对象是我，或者贷给对方的钱是我自己的，我敢不敢贷？"

从某种意义上讲，贷款的钱，真的有一部分是客户经理的——因为如果贷款收不回来，最后注销的话，信贷员承担40%的损失（承担损失不是无限制的，有一个金额封顶）。

一旦某位客户经理的风险贷款超过3%，就会被中止发放贷款，等你风险贷款率回到3%以下才能恢复。

也就是说，100笔贷款，你有3笔逾期，就不让你发放贷款了。

所以，他不会瞎做决策，更不敢把贷款作为人情乱发给自己不靠谱的亲友们。今天，送别人的是"人情"；明天，留给自己的可能就是各种麻烦、经济损失，甚至牢狱之灾。

客户经理还需要学习各种信贷技术。客户经理每年要经历无数次专业培训，而且要参加资质等级考试。比如信贷技术的资质，就分为初级信贷员、中级信贷员、高级信贷员、MSE 专家几个等级。只有通过考试，才能有更高级的资质，才能有资格给客户提供更丰富的产品，才能有更多的收入。

在分支机构，从主任、督导到客户经理，都有强烈的学习动力。学得越多，贷款才越安全，收入才越高，形成了良性循环。

## 7.2　情系六枝

2005 年，刘冬文刚刚接手小额信贷部，当时人员流失严重，继续补充新鲜血液。

龚自珍的一句诗写道：我劝天公重抖擞，不拘一格降人才。

从那时开始，小额信贷部形成了一个传统：只要是有志于小额信贷事业且素质过硬的人，都双手欢迎。

2005 年 5 月，一位在房地产公司上班的小伙子主动应聘，表示对小额信贷非常感兴趣，希望能加入小额信贷部。

这位小伙子并不是心血来潮。他在大学时，跟随中国社会科学院的王晓毅老师做过小额信贷方面的调研，对行业和中和农信有所了解。在毕业时，他论文的主题选了村庄公益，有机会再次了解到中和农信的情况。

毕业后，小伙子到房地产公司工作了两年，始终感觉房地产不是自己的归宿。刘冬文面试他后也觉得很满意，商定 5 月底报到后直接去辽宁康平县开点，并担任康平分支负责人。

当时这位小伙子因为个人原因，有些犹豫，在预定出发的当天早上临时改变主意，没有出发，想再考虑一下。

理想之所以叫作理想，就是因为它植根于内心，时刻魂牵梦绕。1个多月后，刘冬文突然收到他的短信，表示铁了心还想继续加入，能不能给机会？

刘冬文回信：来吧，不过这次不是去辽宁，得去更偏远的贵州了。

贵州就贵州，去！这次，没有任何犹豫。

于是，这位中国农业大学学社会学的小伙终于加入了当时的小额信贷部。他叫苏配柚。

入职没有几天，经过1天的紧急特训，7月6日，苏配柚就跟随一位同事到了贵州六枝，住到了一个苗族村里。

苗寨条件艰苦。睡觉的隔壁就是牛圈，中间只有一个木头栅栏（其实就是和牛住在一起）。

当时的六枝，整个分支机构的贷款余额约有300万，风险贷款近100万。苏配柚的核心任务是协助催收，后来又逐渐介入分支机构的管理，前后待了一年半。

六枝，可以说是消失了的扶贫小额信贷项目的缩影，乃至是所有扶贫小额信贷项目的所有类型问题的集中者：

治理结构不合理；客观上的业务不精；主观上的操作不规范；侵占和挪用等刑事案件；政府干预；员工闹事上访；媒体负面报道；等等。

如此"重病缠身"，小额信贷部已经在认真讨论是否要关闭六枝分支。

严重的逾期只是问题的一个表现。因此，仅催收逾期，根本解决不了问题。六枝，必须全面整顿。

首先进行机构改制、理顺管理，其次调整人员、提升能力，再则规范操作、严控风险，同时，应对各种危机，解决老问题。

正是因为小额信贷部不抛弃、六枝不放弃，最终六枝分支机构渡过难关，没有遭遇其他扶贫小额信贷项目一样消失的命运，逐渐步入发展正轨，并于 2014 年获得"优秀团队"称号。至今依然稳健发展。

六枝，是苏配柚除了老家江苏连云港、学习和工作地北京之外，持续待的时间最长的地方，成为了第三故乡。

对于苏配柚而言，六枝的日子艰难且美好。

出生于苏北贫困地区的苏配柚，对六枝艰难的生活条件没有太多抱怨。唯一难以适应的就是当地无辣不吃饭的习惯——所有的菜都很辣，而他从不吃辣。最初的 3 个月，到了村子里只吃米饭，到了宿舍才自己做点不辣的菜。有一次下乡到折溪彝族乡，到了饭点，饥肠辘辘的苏配柚发现，饭菜都被深深地埋在一堆红辣椒下面，只能忍住开吃。

吃辣椒技能从此被解锁。

等到他离开贵州时，觉得这里没有不好吃的东西——除了折耳根以外。

苏配柚家境贫寒，对于贫困家庭有着天然的同情心。一年冬天，他去催收一笔之前造成的逾期贷款。到了客户家里，发现客户一家实在太穷了。真的是家徒四壁，房子其实就是四根木棍支起来的，冬天贵州又阴又湿又冷，屋子正中的火盆是唯一的取暖工具。他穿着冬装都冻得受不了，而客户家的几个孩子都只穿着一条单裤，没有鞋光着脚。

苏配柚没有提任何贷款的事情，反而现场捐给客户 50 元钱。

"没有不好的客户，只有不好的员工和不好的机构。"多年后回忆起来，苏配柚心情复杂，"这笔逾期的主要原因不在客户。逾期，是因为我们选错客户，是因为我们没把好关。这样的穷人你凭什么要给他贷款呢，他就应该受救济。"

苏配柚在贵州六枝一待就是一年半，直到 2007 年 12 月才彻底返回北京总部。从最初的单纯催收逾期，到一边当副主任代管分支一边招聘分支负责人，再到追逾期和整顿队伍，工作忙碌充满挑战。工作闲暇时，苏配柚把能找到的小额信贷的资料和书籍，无论国内国外，细细研读一圈。

返回北京后，苏配柚担起了另外一项重任，担任信贷处负责人。一路走来，已经 10 余载。信贷、财务、风险法务、业务、保险、农品……苏配柚经历了中和农信几乎所有重要业务。

处理过六枝当年的问题，你便不会觉得其他分支机构的问题难处理。走过六枝当年的山路，你便不会觉得其他地方的路难走。

有一次他到某地的分支机构，分支机构负责人带着下乡时，120 公里的路，开车 4 小时，也仅到达乡政府所在地；然后换车，再步行约 1 小时，才到达客户家里。后来听说是想让他体验一下基层的艰难而选了一个最远最难的乡镇。

而这，也仅与六枝当年的山路差不多。

"入职 17 年，我时刻感恩中和农信，感恩小额信贷；时常感动于那些为美好生活而辛勤努力的客户；感动于各位专业且敬业的同事，我有幸与大家同行。"

## 7.3　东北岁月

张冬梅从没有想到，自己会成为辽宁区域的负责人。

2004 年，张冬梅就加入了中和农信康平分支，十几年来，几乎转遍了所有一线岗位。先是做信贷员，2007 年成为第一批督导，随即转岗做录入员，负责每天把分支的业务数据及时录入 Kredits 系统，每月汇总报给总部，之后公司信息员岗位职能调整，又先后做过会计和出纳，几年后因为工作需要，又转回了督导岗位。2016 年，张冬梅想辞职换个环境。康平分支高艳国主任和辽宁区域负责人张斌反复劝说后，张冬梅成了少有的女性区域督导。

从此，张冬梅开始接触问题机构这根硬骨头。

世界上没有完美的东西。月亮有圆有缺，天气有冷有热，都是自然规律。中和农信的管理制度、技术系统再好，也不能保证没有问题发生。发生问题，及时整改才是最关键的。

2018 年 1 月，张冬梅被任命为辽宁昌图分支临时负责人。

区域督导兼分支负责人，这个任命绝对不是一个肥差。前一任主任已经有一年时间没怎么管理分支。当地员工构成复杂，有员工兼职大队书记的，好几位是当地公务员的爱人，还有人在外面有兼职生意，甚至有员工偷摸放私贷。每次开会，员工都到不齐，会后的聚餐也没人吃。

根据中和农信的经验（教训），类似这样的分支机构，极容易出问题。一旦处理不好，轻则一堆不良贷款，重则关张倒闭。

张冬梅身形瘦弱，说话细声细语，语言平和舒缓。每次和张冬梅交流时，我总会有一点焦虑——她声音太小了，怕录音笔没法录清楚。

就是这样一个看起来弱不禁风的人，实际上是个非常刚强的女性，很有胆识。在昌图干的第一件事情就是啃最硬的骨头。经过一个月细致巧妙且极有耐心的沟通工作，黑社会背景的员工心悦诚服，自愿离职，不仅没有闹事，还妥善地做了客户交接工作。"后台督导当时不敢相信，问我，谁谈的，你谈的？我说我不谈，你谈的？督导不吱声了，感慨了一句，哎呀妈，可算送走了。"

瞬间，所有昌图分支的员工都对新的分支负责人刮目相看。

接下来，张冬梅发现分支的风控很差，或者说几乎没有风控，瞬间"后背发凉"。张冬梅花了一年的时间，一点点换掉了所有问题员工，重建了昌图分支，还从新招聘的员工中，选出了新的分支负责人。

昌图终于平稳着陆。

下一站是西丰。

西丰分支有一些历史遗留问题需要解决，大批员工长期低效，此外，因为贷款质量不高，员工怕被发现，就有个人垫款，个别员工甚至还有大量挪用客户资金的行为。

一家机构的健康程度好比大坝，问题好比大坝上的蚁穴。蚁穴只要及时处理，就不会出事，一旦管理不到位，对问题听之任之，当大坝开始崩坏，再去修复已然艰难。

每个问题机构都有各自的特点。当公司要对西丰分支进行整改时，问题员工开始抱团闹事，拉开架势，动辄要求 20 万的赔偿。当时辽宁区域负责人张斌决心处理，带着富有经验的张冬梅和几位区域督导组成工作组，开始啃硬骨头。

首要解决的，是员工严重违法行为。对挪用客户款项的员工，收齐证据后，让警察带走。工作组连夜下乡核实客户，挨个落实客户真实性和贷款真实用途，摸清具体损失。

接下来是磨炼意志环节。有员工带着全家上门，说自己干了多年，没有功劳也有苦劳，要求补偿20万元，不给钱就不走。有员工带着一大帮人到办公室示威。有的胡搅蛮缠，有的哭哭啼啼。所有问题员工在离开时，无一不闹腾。

乡土社会，优点是有情有义让人暖心，缺点是很难坚守原则按章办事。管理者想渡过难关，首先要有胆识。吓破胆的人根本不胜任。其次要有耐心，有谋略，有原则。最后要会沟通，还得懂人性，会做人的工作。

张冬梅发挥女性的优势，主攻沟通。经过一系列艰苦的沟通，终于把有问题的员工一一辞退。

使命完成。

"我们西丰的新主任曾庆海是西丰当地人，有天他对我说，因为分支员工离职的事，他自己都对西丰人有看法了。"

随着新主任曾庆海的就位，西丰开始了重启工作，清欠不良贷款，招聘合格员工，慢慢地复苏了。

经过多年的摸索，中和农信的分支机构每个岗位都有了最佳的胜任力画像。分支负责人、主任，据我的观察，最核心的工作有两个：

一是当地资源的协调。有足够人脉招聘到优秀的员工（互联网招聘公司在县里作用不大，县里最好的招聘渠道还是熟人介绍），善于和主管部门以及司法部门打交道。此外，在机构初创期，如果负责人在当地有威望且小有名气，对机构也是很好的背书。

二是对分支人员的管理。这点很有意思，分支负责人可以不太懂业务，但一定要待人公平，尤其是要勤快。中和农信通过区域督导、产品线督导和分支督导来指导客户经理工作，降低了分支管理人在业务方面的管理压力。分支管理人只要腿脚勤快，多下乡、多入户，细心观察员工，就能避免管理掉链子，否则就容易出现风险。

还是那句话，只要管理跟上了，分支就不会出大问题。

2018年5月，张冬梅赶赴辽宁彰武县，兼任彰武分支主任。

一个纪录就此产生，当时所有辽宁最难问题机构，她都管理过。

当时的辽宁区域总经理是张斌。之前张冬梅就向张斌表达过不想去彰武，"所有问题机构我都弄一遍，我全都弄一遍这也不合适，你也不能搁我一人造啊"。

但，她还是去了。

一个问题机构一个特点。彰武的问题不在内部，而在外部。彰武分支很多不良贷款本来应该向法院提交诉讼材料的，原来的主任不知什么原因一直没有处理，眼看就要过诉讼时限了。

当张冬梅被张斌连哄带骗地"拐"到了彰武，发现诉讼材料已经积压快两年，诉讼时限只剩一个半月多的时间。

作为小额信贷机构，利润像是喜马拉雅山上的空气，非常稀薄，对不良贷款的承受能力很低。想控制风险，就要和当地的司法机构保持良好而清澈的关系，及时处理不良贷款，这是分支负责人非常重要的工作之一。

张冬梅带着同事，用尽浑身解数，经过一番努力，彰武终于赶上了末班车。当年 7 月，第一批拖欠许久的贷款，经过法院执行追回。员工孙玉鹏从法院取回贷款时，双手都在发抖，"主任（张冬梅），你不知道，这些年一直没有回来钱，我从法院拿出这些钱，手都哆嗦，咱们终于开始回钱了。"

从 2017 年到 2018 年，在张斌带领下，辽宁区域终于啃掉最难的几块骨头，解决了问题分支，还培育了一批优秀的分支负责人和区域督导。完成阶段性使命。

2019 年 3 月，张斌奔赴珠三角，负责广东区域。公司副总裁窦华茂临时接任半年。随后，时任华北二区负责人王德一接过辽宁。

在之前的描述中，可以发现，出现问题机构，很大程度上和机构原负责人管理不力或者不愿管理有关。在当时，有一个现实的矛盾，就是老分支机构负责人和区域办公室之间关系比较紧张。

王德一赴任辽宁后，待了近一年时间，花了大量精力和老分支机构负责人沟通，解释公司政策，建立感情，稳定人心，然后根据对方情况给予相应的支持，避免再有机构出现问题。

防患于未然，永远成本最低。

2019 年末，公司管理架构调整，副总裁兼内蒙古区域负责人杨涛接过了辽宁区域（2017 年后，杨涛由管理公司 IT 业务转换为管理信贷业务）。

从 2012 年开始，辽宁区域的分支就陆续出现问题，经过七八年的低谷和努力后，在几任区域负责人接力棒式的努力下开始复苏。杨涛的到来，为复苏中的辽宁区域带来的是公司的众多资源，让辽宁康复之旅更加平坦。

到了2020年，辽宁终于大局已定。随后，中和农信要选拔一位运营经理专职管理辽宁地区的分支机构。张冬梅通过了述职后，走马上任。

在中和农信历史上，张冬梅不仅是有史以来第一位女性区域老总，也是从最基层的客户经理一步一步走上区域老总岗位的第一人。中和农信是一家对于女性极为友好的企业，不仅一线女性员工和分支负责人比例极高，在总部女性高管的比例也很高，而且都身居要职。不过，相比基层和高管，在事业部或区域担任中层管理者的女性比例要低不少啊。

最重要的原因，就是中层管理者需要频繁出差。无论是区域负责人还是区域督导，常年在外，不是在各分支机构就是在去分支的路上，家里几乎就是客栈，和家人、孩子相处极少。

对于女性来说，这样的工作方式太不友好了。

对于女性的苦衷，张冬梅深有同感："我们这工作，尤其是像女同志出来做区域，如果家里不支持，这活没法干，很难。无论女同志也好，还是男同志也好，做区域，因为成天在外边跑，没有多少在家的时间。家里要不支持，真的没法干。"

她是幸运的："我们家里我啥心不操，不用我管。我爱人很支持我的工作，儿子几乎不用我操心，他们都支持我的工作。"

## 公开透明，利民利己

刘冬文

前段时间，我在微信朋友圈发了4张图片，并配发了4句话：仰望星空，月影朦胧；脚踏实地，淡定从容。山雨欲来，风未满楼；毒草鲜花，日见分晓。友人看后似乎有点不解。其实，这只是我当时的一种心境写照而已。

目前，党和国家对扶贫工作高度重视。政府与金融机构合力推动的特惠金融扶贫似乎一夜之间席卷全国。此长彼消。有人断言，在不久的将来，中和农信在农村根本无法生存，因为农户贷款难、贷款贵的问题将成为历史！仰望星空，似乎中和农信的未来有如雾霾重重、月影朦胧。但身处金融扶贫一线的中和农信人，因为脚踏实地，对扶贫贴息贷款的过去和农村金融服务的现状了然于心，故而依然可以淡定从容。金融扶贫浪潮似山雨欲来，但农家小院却未见春风满楼。中和农信究竟是鲜花，抑或是毒草，终将不以人言推定，日后自见分晓！

中情于农，和谐于信。中和农信一直致力于以市场化的方式来解决农户贷款难问题。因此，最终决定中和农信存亡的并不在于社会舆论，而在于客户的认可与选择。只要咱们的目标客户坚持认为中和农信是他们的最佳选择，咱们依然可以和而不同，笑傲江湖！那咱们该如何去做，才能持续获得客户的信任呢？坚持客户保护原则，特别是对客户秉承公开透明的行为准则将成为我们的重要法宝！

前段时间发生的两件事情，让我对坚持公开透明的行为准则更加坚定。一是某分支机构的少量客户在个别不良员工的蛊惑下，诉告公司隐瞒贷款实际利率涉嫌欺诈。尽管此事已得到妥善处理，但如何向客户清楚地解释咱们的贷款利率的确非常重要。由于中和农信主要采取整贷零还的还款方式，客观上使我们的贷款出现了名义利率和实际利率两种不同的说法。名义利率只是简单地计算客户还清贷款时的利息本金比，因此比年化之后的实际利率要低得多。如果我们在发放贷款时，不能明确地告知客户关于名义利率和年化实际利率的差别，则很有可能在未来带来纠纷和隐患。因此，公司一直强调要求分支机构员工一定要清清楚楚地告知农户贷款的实际利率，让客户明白判断，理性选择。

二是个别信贷员提前收取客户还款蓄意不上交并据为己有，涉嫌违法犯罪。公司在调查过程中，询问客户为什么不及时告知公司其已经提前还款？客户回答说该信贷员向客户提供了还款收据或手写收条，因此客户以为信贷员已经及时足额上交给公司。试想想，如果公司在每收到一笔贷款时，都能及时地以短信的方式告知客户收款的时间和金额，那信贷员的恶劣行径是否可以更早地得以发现呢？这就是为什么公司最近一直在推动向客户发送还款通知短信的主要原因。

从上述两个案子可以看出，如果中和农信能坚持对客户实行公开透明的行为准则，不仅是在保护客户，更重要的是在保护员工，保护公司！因此，中和农信要想维系客户的持续信任，保持公司发展基业长青，就必须坚持在整个公司运营过程中公开透明，绝不隐瞒欺骗客户，并尽量减少公司员工触犯道德风险的空间和机会。

　　坚持服务农村最下沉市场客户，是中和农信的机构使命，也是我们保持持续竞争力的重要因素。只要我们的目标客户还在，中和农信就有存在的必要。只要目标客户依然信任和选择中和农信，我们就有持续发展的机会！公开透明，利民利己。善待客户，善待自己。

（《和信》2015 年 11 月刊）

# 第八章  人是关键

## 8.1  培训体系

2010年3月，入职公司仅仅一周的孙晓琳，跟随同事到了南京，参加中和农信的年会。一起参加年会的，是来自各地的300多名同事——中和农信当时所有的员工悉数到场。

一年一度的公司年会是中和农信的重头戏。

近二十几年间，从草创期的几十人发展到数千人规模，凡事简朴的中和农信每年都会花费重金让所有公司成员相聚一地。直到最近几年因为公司员工数量众多，大型会议报备、报批手续办理较难，改为新员工、优秀员工、优秀团队等部分人员现场参会，规模限制在3000人以下。

哪怕业务再繁忙，到了年会那几天，全国各地的同事都会放下手中的一切工作，千里迢迢赶赴会场，欢聚一堂。嘉宾高管主题分享、星耀中和颁奖典礼、节目演出抽奖环节、新友相识老友重聚，大会结束后的分部门活动，各个环节让大家对中和农信和自己的工作都有了更多的认同。

11年时间里，负责人力资源的孙晓琳见证了公司的壮大。中和农信从她入职时的300人发展成为2021年近6000名员工，人数增长近20倍。

工作人员增长背后，是对人力资源工作的更高要求。

最初的中和农信对人才吸引力不大，尤其在公司云集的北京总部，招人的主要途径是内部员工推荐，说白了只能通过内部忽悠才有人愿意加入。

随着公司队伍日益壮大，招聘完全依靠内部举荐已经行不通了。大批进入公司的员工需要内部培训来适应不断进化的公司业务，天然小而分散的组织形态也需要更合适的绩效考核方法。

于是，中和农信逐步建立起专业化的人力资源管理能力，包括人才招聘、培训、管理和绩效考核等。人力资源部组建了专业的人力资源管理团队，丰富了人力资源管理的具体职能，特别是建立和完善了分支机构人力资源管理制度和流程，助力公司从1到N的大规模复制和扩张。

随着机构扩张与业务发展速度不断加快，中和农信区域和分支分布越来越广泛。中和农信先是成立区域业务伙伴中心，帮助区域解决人力资源相关问题，推行公司人力资源管理策略，同时也从业务的角度思考区域的人力资源管理需求，将人力资源的工作触角从职能延展到为业务团队发展服务。随着公司架构采用事业部制，人力资源的职能也渐渐下沉到各地的事业部，实现了更有针对性和及时性的人力资源管理。

中和农信致力于"服务农村最后一百米"，聚焦于中国县域市场和农村场景，在乡村振兴的时代背景下，有着更为广阔的发展前景。对中和农信来说，无论如何变化，不变的是对人才的渴求。人才难得，英才稀罕。

2021 年，中和农信以产品为分类依据，将职业类培训分为四类：小额信贷、小额保险、农服、农产品（农产品上行）。小额信贷的培训历史悠久，非常完善和全面；小额保险、农服、农品作为新业务，培训还在完善中。

中和农信内部所有的信贷业务都有相关的资格考试。员工的资格高低和其业务技能、放款额度是相关联的。

个人贷款业务分为初级、中级、高级三个大层级。

在整个全流程里面，初级比较注重对个贷产品和业务规定的理解，以及受理申请。进阶的培训，要获得中高级资格的时候，比较注重调查。更高级的 MSE（大额调查专家）资格发放贷款额度更大，要求就更高深一点，在实操和行业上面的要求也会更高。

假设一位叫张三的朋友刚加入中和农信，成了一名客户经理。

他刚刚入职到公司，需要参加针对新员工的启航培训，需要考取初级信贷资格。考试通过后，只能放单笔 5 万元以内的贷款额度。

在公司工作 6 个月到 12 个月左右，张三的业务技能随着实操和培训，发展到一定程度，就可以参加进阶培训。

张三参加公司组织的进阶培训之后，就可以去考中级和高级的信贷资格。如果张三勤奋且聪明，最快可以在 12 个月内拿到初中高级所有资格，最差也得通过中级资格。

如果中级和高级都考过后，就意味着他的单笔放款额度可以一直提升到 20 万元。额度提高，意味着张三的收入也会随之提升。

如果张三希望在资质上更进一步，可以考取 MSE 资格，这是目前中和农信小额信贷最高资格，难度极高，通过率低，通过后还要完成工作指标才能保留资格。

中和农信信贷员资格，初级信贷员资格，5万元以下；中级信贷员资格，10万元以下；高级信贷员资格，公司规定的各类贷款上限；MSE是大额调查专家。

如果张三成为他所在分支的督导，还需要考取贷审资格。有了贷审资格，才能审核他所负责的几位客户经理的贷款。贷审资格分为初、高两级。更高的资格是独立审批人。独立审批人也分为初、高级。

中和农信贷审资格，初级贷审资格，5万（含）以下；高级贷审资格，10万（含）以下；初级独立审批人，15万（含）以下；高级独立审批人，公司规定的各类贷款上限。


分支机构中的督导是一个很重要的岗位，要负责管理团队中的客户经理，还要对小额贷款的质量负责，营销管理、贷后管理、专业技能上都得过硬。

在过往，分支督导往往是直接从社会招聘，培训部门需要同时培训新加入督导的管理、专业能力。2020年开始，中和农信所有分支的督导都要求从客户经理中内部晋升，综合考虑候选人的能力、业绩、个人意愿等因素。

能晋升上来，就意味着新督导自己本身的个贷业务技能都已经没有问题。在培训上面就不会专门培训相关业务，但是因为从一个客户经理转到督导，至少要带着4—6个人的客户经理小团队，所以中和农信第一个阶段会给新督导管理方面的培训。管理培训非常有针对性，比如从客户经理到督导的角色怎么转变、怎么辅导客户经理、怎么带队做业务、怎么更好地管理团队，甚至会培训督导如何招聘员工和搭建团队，等等。

如果张三做客户经理很优秀，转为督导后也表现不俗，再经过主任助理的锤炼，就有机会升职为一家分支机构的主任，独自撑起一摊。

中和农信的分支主任来自社会招聘和内部选拔。新主任加入公司后，也有专门的培训体系。首先要参加新员工培训，即领航计划，2 年后参加远航培训。培训包括一部分团队管理的能力，更侧重与业务相关的管理，比如主任数据分析能力、数据化管理能力、解读业务报表等。

中和农信的管理架构是"三级四线"。三级，简单地说，就是总部—事业部 / 区域—分支机构。在事业部 / 区域一级，有一个非常重要的岗位就是区域督导岗。截至 2021 年，中和农信有 13 个区域，每个区域都有人数不等的区域督导。

区域督导一直都有相关比较系统的培训。2020 年中和农信架构调整后，对于区域督导岗位职责和要求有所变化，所以 2021 年公司重新梳理了新的培养方式。

区域督导的学习压力是巨大的，需要学习公司所有业务。除此之外，还需要学习数据分析等极为专业的内容。

中和农信有专门的风险数据管理部门，会即时跟踪公司所有区域和分支的业务，出具相应的风险报告，通过报告分析出风险点。作为区域督导在经过数据分析培训后，要能够解读报告，理解报告中所有的指标，此外，还需要通过数据查到真实的业务的问题所在。

在一些公司，培训常常作为一种福利。于是，近水楼台先得月，常常是总部员工培训众多，外地员工双手空空。但在中和农信，培训是极为重要的公司战略资源，一定要用在刀刃上，所以一线员工培训众多。总部员工的培训每年会组织一到两次，主要围绕通用能力展开。

除此之外，和信学苑的平台还有大量线上课程，相关员工可以随时学习。

如此复杂完善的培训体系，所有培训内容都是由中和农信内训师来完成的。中和农信有专门的 TOT 培训（内训师培训）并有资质认证，帮助内训师掌握教授标准课程。

张三需要接受培训的所有课程，都有标准课程。内训师需要接受 TOT 培训，学习讲授标准课程。TOT 培训有严格的流程，一次 5 天，每年两次。培训结束后，需进行认证考核，考核对方讲课是否符合标准，内容表达是否清晰，等等。

截至 2021 年底，公司已有近 200 人的内训师团队，团队成员来自总部各职能部门和区域督导等岗位。

中和农信每年定期组织 1—2 次大规模的课程开发，由总部相关部门带领内训师团队一起，开发新的课程，修订原有的课程。

课程开发团队由产品业务部门人员、各区域的资深督导、运营经理组成。他们了解业务，熟知区域运营，知道怎么把内容落下去，清楚各分支对业务的关注点是什么，在开发课程时能够真正对症下药。

随着最近几年公司业务越来越多，要求越来越高，中和农信的一线员工几乎把学习变成了生活的一部分。开会时学习，晚上回家时要学习，资格认证或复审时还要学习。学完了要考试，考不过还得再学再考。

"我上学时都没有现在这么下辛苦学习。"很多人都和我说过类似的话。

衷心祝愿各位中和农信的朋友逢考必过。

中和农信副总裁孙晓琳，分管整个人力资源和法务。10 多年前，正是她带着同事们开启了搭建中和农信培训系统的大幕。

做过人力培训的人都知道一个道理，让一群人变傻很容易，让一群人变聪明太难。

想让大家变聪明，光说不干假把式可不行，需要扎扎实实做出艰苦的努力，设计体系、设计课程、优化教学、传递干货，让学习者的能力真正地在现实生活工作中有持久的提升。

和信学苑是中和农信为员工提供培训的部门 /App/ 网站，可以说是中和农信的企业大学。

中和农信 5000 多名员工分散在全国近 400 个县，而且学历高低不一、人员背景多样、年龄普遍较大，对于员工培训本就挑战重重。而和信学苑还需要以在线为主的方式教会大家专业性极强的信贷、保险等内容，还有各岗位技能培训，且需要做到学以致用。

工作难度，可想而知。

张晶晶启动了中和农信培训系统 0—1 的历程。2009 年，在经过 4A 级广告公司和一家 IT 公司市场部的历练后，张晶晶对社会公益事业产生了兴趣，于是加入中和农信。当时想法很简单，在这家公司短暂待一段时间，了解下行业特点，然后挥挥手离开，不带走任何云彩。

刚刚入职没多久，她领命带着媒体去了四川绵竹，任务是报道新成立的绵竹分支——专为灾后重建而成立。地震一年后的绵竹，仍然有无数余震，她看着绵竹分支同事们的奔波，看着为当地同胞带来的帮助，突然找到了内心的归宿。

这就是我要的工作。

半年后，张晶晶加入了市场部。当时中和农信有 32 家分支，虽然小额信贷产品是总部统一的，但是有很多内容还是各自为政。于是，市场部开始了制定营销制度，随即开始了系统化培训：怎么样推广产品，怎么培养销售技能，话术怎么使用……还要跟着各个分支的同事们下乡见客户，听人家怎么说话、怎么做业务，然后及时总结成销售培训的话术和教学素材，这段经历成为她后来搭建培训体系时重要的财富。

2017 年，张晶晶接任培训部。当时培训部已经有入职的体系和比较重要的培训项目，张晶晶在加强对业务团队进行培训的同时，进行体系化的搭建，搭建课程体系，完善线上线下的培训机制。这一年，和信学苑正式上线。

创始之初，和信学苑被定义为：中和农信的人才培育基地，通过系统、专业、持续的人才培养体系，为中国微型金融行业培育优秀人才，推动企业创造优异价值。

随着中和农信业务多元化，和信学苑早已不限于微型金融行业，但不变的仍然是希望自己的员工成为所在领域的优秀人才。

2021 年，刘冬文让张晶晶负责信贷部，专门研究公司信贷产品和信贷技术——给什么样的人发放贷款，放多少额度，期限是多长，用什么方式，怎么控制风险，采用什么产品，产品如何设计，运营政策是什么，哪个地区适合什么样的贷款，不适合什么样的贷款……此外，还需要把基层的好经验、好方法发掘出来，形成公司化的制度或者推广的方案，把一线业务和客户需求发掘出来，推进相应的业务政策、产品做相应的调整。

"可以说，张晶晶是在北京、长沙两地总部职能部门里，最懂一线业务且真正实操过的女性管理者。这份使命确实很适合她。"一位同事评价。

2015年，刚刚结婚一年的米兰入职中和农信，加入和信学苑的课程设计与员工培训中。

作为在首都北京出生、成长和工作的地道北京人，想胜任这份工作的第一件事，是想办法让同事们能无障碍地听懂培训内容。

中和农信的总部位于北京，而分支遍布大江南北。培训人员和分支同事之间、不同分支同事之间，无论是生活习俗、语言风格、工作环境、整体学历，还是对事物的认知，都有较大差异。

于是，和信学苑在组织老师录制课程时，需要更接地气，必须考虑同事们能不能听懂。不能用培训人员自己的沟通方式去简单套用。

比如，互联网界觉得很简单的"复盘"一词，就有可能很多人不理解什么意思。你需要先很明白地解释到底复盘是什么意思，然后才能用复盘这个词来讲课。

于是，课程中不仅需要同步知识，还要同步很多颇具时代场景的词汇。

有趣的是，米兰发现，最近几年，随着抖音、快手等短视频普及，让大家更容易实现词汇的同步，沟通时，更容易听懂对方讲的例子，也能体会对方的情感表达。

米兰刚加入公司的时候，分支机构数量有 200 多家，重要的工作内容之一就是出差去给各个区域的同事培训。

多年的员工培训经历，让米兰对员工的热情没有太大期待——很多受训者对培训其实并不重视，可有可无，会感觉是个负担。内卷严重、重视学习的首都尚且如此，地处偏僻、相对落后的地方又能好到哪里去呢？

结果很出乎她意料：各地的同事们参加培训时都很热情，并没有觉得是为了公司才去培训，参训的积极性特别高。学员们整个状态都特别活跃，和她之前工作的经验很不一样。

后来才了解到，对于每天行走于乡间的同事们来说，有这样的机会参加培训，是很宝贵的机会。所有人都很珍惜。

恐怕身处一线拥有各种教育资源的朋友很难体会到，公司培训其实是一种值得珍惜的机会。在县域以下，除了政府机关以及银行等少数机构，很少有企业愿意下这么大的力气去培训所有一线员工，更不要说形成完整的培训体系了。

在一线访谈时，你能明显感到，在各个分支和区域，大家一方面被培训和考级"折磨"，一方面又特别自豪公司有这样的安排。

"我们是一家正规公司，我们不一样。"

其中，最受大家欢迎的就是通用能力的课程。

沟通课程需求最大。跨部门怎么更好地沟通、在线沟通怎么做更好、同理心沟通……都是最受瞩目的议题。时间管理也很受欢迎。大家会觉得自己时间不够用，安排不好，就会在和信学苑"进补"各种时间管理技巧，四象限法怎么使用，番茄钟的运用，等等。一线的分支同事们业绩压力大，压力管理必不可少，如何发现压力源，如何自我疏解压力，如何使工作生活平衡……都很必要。

不过，如果一个企业大学，只有通用技能的培训，那其实价值不大，毕竟这些信息上网都能找到一些，对不对？

实际上，和信学苑最精华的部分，是在业务培训领域。

自从创立之初，和信学苑就非常注重理论联系实际以及行业优秀经验分享。经过总结，有三大特点：

一是理论联系实践的精品课程。这部分课程定位极高——国际视野、本土实践。课程内容传承了国际微型金融的理念，同时结合中和农信多年本土实践而开发。在不断的内部培训中，精品课程不断完善和提升，更容易让学员掌握，也更具备实践操作能力。

二是实战经验丰富的讲师团队。和信学苑的讲师都是在中和农信工作多年的员工，具有丰富的小额信贷实战经验，也更懂公司的特点。讲师们都接受过和信学苑各种授课技巧的培训，而且还要接受认证考核，具备了完整知识体系以及授课技能后，才可以出山培训同事们。

三是国内领先的培训教学方式。课程有了，老师有了，接下来就是更先进的培训方式了。和信学苑积极与国内外培训机构合作，引进各种培训方式，能够有效地调动学员的积极性，尽量让学习成为一种乐趣。

除此之外，中和农信传承了扶贫基金会时期的开放和慈善的基因，组织了很多场对外的针对公益小贷机构转型与管理能力的培训，展示国际小额信贷同行的做法，分享彼此操作经验，帮业内机构厘清国际、国内成功小额信贷机构的成长轨迹，启发寻找适合自身的扶贫小贷转型发展之路。

经过多年摸索后，今天的中和农信已形成更为系统的培训体系。

培训体系分为四部分，分别是管理培训、职业培训、新人培训和培训支持。

第一，管理培训体系，分为通用管理和业务管理两部分。前面提到过，通用管理中课程时间管理、沟通管理、压力管理最受欢迎。管理培训项目根据员工的岗位和职能定制，包括：秋实计划（总部职能及区域潜力骨干员工）；新羽、展翼、鲲鹏计划（新晋管理者、中高级管理者）；远航计划（分支主任级别，2年以内司龄）；船长计划（分支主任级别，2年以上司龄）；星锐计划（分支督导）。

第二，职业培训。这部分是中和农信最为复杂和日常的培训，与公司业务密切相关，因此包含内容众多。包括岗位专业技能：信贷培训、保险培训、农服培训、农品培训等；行业专业技能：信贷行业、保险行业、农业服务行业、电商行业等；通用培训：职场通用技能培训等。其中最主要的项目是个贷及MSE培训、星云计划、业务专项、TOT培训、在线大讲堂等。

第三，新人培训。针对新员工，中和农信制定了完善充实的入职培训计划，从分支员工到分支主任，到总部的新员工，各个层级都有相关的新人培训。课程体系针对不同岗位定制，培训时间一般为新员工入职后的半年。新人培训主要项目包括启航（分支员工）、领航（刚入职分支负责人）、扬帆（1—4个月分支新员工）及蔚蓝计划（总部新员工）等。

特别提一句，中和农信在新人培训上非常有耐心，哪怕是最基层的客户经理的新人培训也长达2年时间。

第四，培训支持。和信学苑还制定了一系列规章流程及相应的培训计划，保障公司培训的开展，包括讲师、课程、平台、制度流程等。

在中和农信能做内部讲师是一件光荣的事情，而且可以领讲课津贴。不过，为了保住资格，讲师们需要及时更新讲课内容，定期接受考核认证，保证了内训质量。

从培训专业知识到传播企业价值，课程体系无一不包。"助推业务、孵化人才、传承文化、驱动发展"成为和信学苑的新目标。

## 8.2　薪火相传

在中和农信，有一条经验。

优秀的地区、优秀的员工，做什么业务都能做好。无论是亿元分支辈出的河北省，还是常年业绩雄踞前二、号称"南北二陈"的陈惠（福建霞浦分支）和陈彦芬（内蒙古商都分支），各种业务都有着傲人的成果。

"南北二陈"，在中和农信都是传奇式的人物。中和农信客户经理年度业绩排名榜，他俩多年来雄踞榜一榜二。

陈惠是土生土长的福建霞浦人，对家乡和家乡人有发自内心的热爱。身材并不高大的他，似乎拥有一种独特的魔力，所负责的项目区有7个村子2000多户，乡亲们几乎都认识陈惠，而且知道他的电话——对于营销人来讲，这是非常难以达到的成就。

于是，当他走进自己的项目区，一路上都会和街边的乡亲们互相打招呼，时不时还会闲聊几句："我心态特别好，项目区很多人也很喜欢和我合作，所以下去营销特别轻松，当作旅游一样，这边逛，那边逛。反而回家才感觉像是工作。"

现实世界并没有魔法。

陈惠心态虽然轻松，但不走捷径。从2004年入职中和农信，他绝大多数时间都泡在项目区的村子里做营销，即使是偏远海岛上的小村落，也从不嫌弃。除了每月固定时间的调查、做资料、放款，其余时间他都在项目区。

早上五六点出门后，陈惠在村里待到晚上七八点，经常会一天跑几趟。到了传统的业务旺季，更是连续几个月每天都要工作16个小时以上："我们能够多做就尽量多做，尽量多去客户那里营销。我个人的感觉是，我是真正为客户服务的。你有需求，我就帮你。"

不过，岁月不饶人。"我从年轻时就不留头发，过去客户都叫我'光头强'。结果，这么多年后，大家都改叫我老陈了。我和同事说，现在跟以前不一样，2020年前加班到凌晨1点钟还可以，2020年10月以后，加班到晚上10点钟就受不了了。"陈惠有点遗憾。

勤奋是优秀的保障，但并不是优秀的全部。

陈惠总结自己的秘诀就在"为了他人、服务他人"八个字里。既然在这样一个平台，能够到农村去工作，就应该对村民们抱有善意，考虑周到，服务周到。"我的定位就是让自己做得更好一点，不要让客户听话，要为客户多想一点。你能为他们尽可能地排忧解难，他们是会感激你一辈子的。"

真心对待他人，他人是能够感受到的。偶尔陈惠收款遇到困难，周围的居民都更理解他，站在他的立场帮他说话。他喜欢下乡，喜欢和人交流、为他人提供方便，觉得"即使不能成为我的客户，也可能会变成我的好朋友，我为别人服务，别人可能也为我服务，我对他们好，他们会对我更好"。

"服务客户"这几个字说出来简单，但做出来却不简单。霞浦号称"海上牧场"，有独特的海水养殖产业。中和农信原有的信贷产品以及保险代理公司的保险产品并不完全适合霞浦。在陈惠的建议下，公司专门设计或者代理了更适合霞浦的产品，紧接着还会把新的产品在全公司广泛推广。这样的例子，在陈惠十几年的工作生涯中，已经出现过多次。

2012年开始，中和农信每年会根据工作业绩、风险控制等指标评定客户经理的星级，其中最高级是五星级。陈惠每年都被评为五星级。

介绍得通俗易懂一点——陈惠的放款量每年都在全公司名列前茅，而且贷款质量依然极高。

中和农信董事长刘冬文在一次事业部的会议上，说起陈惠："我看他到项目区，一路上都有村民在跟他打招呼。要是客户经理们都能做到这样，中和农信何愁规模和人效！"

2014年，如果不是远在千里之外的福建霞浦的陈惠，可能内蒙古乌兰察布市商都县的陈彦芬刚刚入职就要离职，也就没有机会成为"南北二陈"中的一员了。

在加入中和农信前，陈彦芬专职给商都县的小超市和商店推销某公司的清洁产品，业绩优秀，早在2010年，每个月平均工资就已经有5000元。这在当地已经是妥妥的高收入了。每月一度的公司区域会议上，陈彦芬发现，像她一样在县城跑业务的该公司员工很多，工资平常也就是 3000 左右，最高的时候也就是 4000 多，自己工资是他们里面最高的。

2014 年，陈彦芬的一位亲戚告诉她有一家叫中和农信的公司正在商都招聘人才。"商都是小地方，就业机会并不多。虽然当时这家公司的工资挺高的，但是这是挺好的一次机遇，应该把握，于是决定换一个岗位。"

把握机遇的后果有点惨。最初的几个月，她每个月只有 1500元工资。

不过陈彦芬咬牙挺住了。

"公司培训很到位，我们工资怎么算的，工作做到位能挣到多少，会有什么待遇都说得很清楚。而且我知道兴和分支（也在内蒙古）一位同事工资能挣到七八千。"这让陈彦芬有坚持下去的动力。

然而，最大的吸引力来自陈惠的示范，"在我入职的前一年，五星级客户经理年底以后还去国外旅游呢！当时他们去了泰国普吉岛，陈惠不仅自己去了，还带着客户去了！我特别向往，有了一个信念，我要拿高工资，我要出国旅游！"

当时中和农信的新员工试用期 6 个月，6 个月内，严格审核通过后，发放贷款 60 万元就可以正式入职，每月最多发放 30 万元贷款。

入职第一个月，陈彦芬发现自己似乎没有啥客户资源，绞尽脑汁去找。

入职第二个月，她继续加大营销力度，客户剧增，当月发放28 万元。

入职第三个月，顶格发放 30 万元。她意识到，如果不是公司为了避免贷款质量问题，限制新员工每月的发放额度，她肯定能超额完成。

入职第四个月，顶格发放 30 万元。

入职第五个月，顶格发放 30 万元。

入职第六个月，30 万元。正式入职。

第七个月，中和农信正式员工陈彦芬，当月发放贷款 100 万元。

全部线下、小组贷款、户均 8000 元到 1 万元的极小金额，一个新员工第一个月就完成百万。这在当时的中和农信，极为少有。

陈彦芬的名头一炮打响。

黄金本无种，出自勤俭家。比起海产养殖发达的福建霞浦，商都经济落后，客户贷款量更小且分散，需要陈彦芬付出极大的精力维护客户。她需要同时维护 400 多个在贷客户，还必须继续扩大客户来源。为了做好客户维护工作，陈彦芬会用纸笔简要计划所有客户维护工作，几年下来，已经厚达几百页了。

"推销产品首先推销的是你自己。各个行业都是这样。你销售任何一种产品，其实一开始销售的是你本人，只要人家把你认可了，就对你的这些产品绝对认可。"

2018 年，中和农信开设一个千万大咖讲师俱乐部。

俱乐部成员可以说是中和农信的最强者。督导，要求管理贷款余额 3000 万元以上，且必须亲自参与放款；客户经理，要求贷款余额 1000 万元以上。

数千人的公司中，第一批只有 25 人。陈惠、陈彦芬就在其中。

成立俱乐部的目的，在于优秀经验的分享和传授。

千万大咖们从此多了一份使命，传道授业解惑，他们会为新员工和低效员工分享自己的经验：如何维护客户，如何营销，如何做客户工作，如何扩大业绩，如何渡过事业最低谷……

陈惠、陈彦芬的故事成为新同事们的榜样。

他们是真正的榜样，也是照亮前路的灯火。

早期的中和农信像是一名家长，温和包容，关爱每一个成员，不疾不徐地发展。组织文化是家文化，只要员工有心干好本职工作，有强烈的意愿，即使掉队了，也有时间帮助和等待他成长。

甘肃天祝的柴永峰，一名业绩优秀的客户经理。"他是标准的中和农信人，有一次教客户用手机操作，对方不熟悉电子设备也不识字，他就耐心教了整整一个小时，终于教会了人家。当时我就在旁边。那个客户真的是怎么都教不会，作为旁观者，我都快急了，柴永峰还细致温和地一遍又一遍教。"一位熟悉中和农信的专家对柴永峰的印象极深。

即便这么好的客户经理，在面对中和农信的快速信息化和市场化变革中，也面临着艰难，也需要努力跟上步伐。

随着公司的发展，区域机构不断增多，外部市场竞争加剧，企业开始了艰难转型。转型过程中，随着绩效管理权重的增加，企业文化也发生了变化。

转型后的中和农信更看重高绩效，变得更像是一支奥运参赛队伍，领导风格更像是比赛领队。队伍雄心勃勃，积极向上，崇尚力量和胜利，以强者为尊，员工的选育用留汰主要看工作业绩。

组织文化从家文化变为高绩效文化，员工培养除了情怀以外，更多的是要职业化，讲究专业、效率和结果的达成。

在变化中，有一点始终没有变，就是中和农信人的薪火相传。

我们之前提到的山西左权分支就是一个例子。

左权分支作为一家老分支，为中和农信源源不断输送了人才。

第一任分支主任张云德，早已是公司负责一方业务的高管。他严于律己、对人要求极高，凡事都要力争第一。

在他的努力下，他所负责的地区每天上午9点前通报截至前一天所有经营数据，所有分支主任、督导、客户经理都会看到自己的经营状况。

数据的力量是巨大的，成为每个分支和每一名员工前进的动力。

张云德热爱这家公司，他2014年查出了肺癌，2015年1月6日做了开胸手术，切除了1/3的肺部，他4月28日回到山西，5月16日就出差石家庄和刘冬文、王德一一起，为河北省招聘新的分支主任。

与《功夫熊猫》里类似，左权分支的传承是典型的师父带徒弟的方式。在一位优秀老师严格、耐心的辅导下，当初懵懂的学生成长起来，独立支撑一片天空。

左权分支的第二任主任王云平就是张云德的优秀学生。几年后，王云平担任山西区域的运营工作，程海军成为左权分支第三任主任，担起了重担。其他的业务骨干张美玲、张叶华、王志东也同样出自左权。

在2年多前，张云德再一次回到家乡山西省，一是公司照顾他身体，可以离家稍近些；二是肩负改善山西地区分支治理和增开新分支的重任。

"我从 2020 年 10 月到 2021 年 6 月，9 个月成立了 10 个机构，已经很快了，需要控制速度。"张云德事事争先，但很理性，"刘总说我没问题。咱们还得有章法。一个分支没有 3 年的时间，规范不好。如果说 3 年以后塌了，你只能重新整合，3 年搞好了，你就不用怎么管了，规范着它发展就行了。"

在公司规范治理的框架下，师父带徒弟的方式，怎么看怎么像现在非常流行的企业导师制度，富有经验和责任心的企业老人，指导高潜力的员工，通过传帮带，实现人才的快速成长。

师父带徒弟的模式，在中和农信的各个区域和分支，都是非常普遍的。一位优秀的管理者，不仅需要选对人才，更需要在选拔后"扶上马，送一程"，完成毛毛虫到蝴蝶的华丽蜕变。

河北巨鹿分支也是一个典型的代表。2012 年，中和农信巨鹿分支成立，但首任分支主任由于身体原因而离职，巨鹿县扶贫办将董达民推荐给了中和农信，刘冬文亲自面试了董达民，二人一拍即合，就这样，董达民成为中和农信的一名新员工。2017 年，他还兼任了隆尧分支主任。

考虑到自己年龄已经不小，董达民很清晰地将自己核心任务设为两个，一是管理好分支，二是解决接班人问题。在认真选拔和精心培养下，巨鹿分支新主任张建磊、隆尧新主任李会勇都顺利完成了接棒工作，甚至成为独当一面的片区负责人。不仅如此，分支的孟增龙、马锋雷等员工也成长为区域督导。

董达民是老分支主任的代表。他们热爱自己的工作，爱护自己的员工。除非是操守问题，否则会对每一个员工不抛弃、不放弃，坚决不让任何一个人掉队。

　　想实现这个目标，其实很难。巨鹿作为一个老分支，老员工比较多。2015 年后，中和农信进化很快，高度信息化和无纸化办公、层出不穷的新产品给老员工带来了很多困难。像马恒思、韩瑞国等同事或者年纪偏大，或者学历不高，他们对用手机、用电脑、新业务都是困难重重，稍不留神，就可能因为不达标被淘汰。在老董的带领和周围同事帮助下，大家终于跟上了队伍，没有被淘汰，一直坚持到现在。

　　坚持下来的结果是丰厚的，当新技术和新业务不再是拦路虎的时候，老员工的优势就凸显出来。他们工作勤勤恳恳，在项目区人脉发达，也多有威望，业绩实现了稳定增长。

　　内蒙古的哈斯也是一位优秀的导师。

　　2008 年奥运之年，哈斯来到内蒙古库伦分支，开启了新的篇章。这是中和农信的第 18 家分支，内蒙古的第 1 家分支。来中和农信前，他是当地农牧局局长，熟知当地情况。7 年的分支主任之后，他开始担任区域经理，一干又是五六年。

　　哈斯还是一名好老师，带出了一批胜任的主任，比如库伦、开鲁等分支的主任，他们当年都经过了哈斯的悉心培育。

　　"当初和他聊的时候，虽然他年龄有点大，但交流起来感觉很好，一看就懂农村牧区。他的脸当时红扑扑的，我心里想可惜了，又是个爱喝酒的人（没法招聘）。"刘冬文回忆起面试时的场景，画面感很强，"结果一问，他是骑摩托车来的，冬天库伦天冷，脸是被冻红的。"他和哈斯两个人相视大笑。

　　哈斯重视应聘主任岗位的人选在入职前的家访，这也是中和农信传统的面试流程。家里井井有条，说明这个人管家管得很好，如果家里乱七八糟，你管个家都管不好，怎么管理好一个队伍。还有一个重要的细节，客厅里桌子上摆了什么。如果水果摆满了，说明家属非常支持。如果冷冷清清的，啥都没有，只能喝水，等大家离开时，家属也不礼节性地送一下客人，就不能通过了。

分支主任是磨人的工作，不仅需要自己性格顽强、能力过人，还需要家人的积极支持，否则，很难做好。

哈斯管理的区域里，主任们性格各有不同，但共性是都喜欢研究事。"研究透了再做，想的都是怎么能做成。"

哈斯对下属的成长总是如数家珍，充满了自豪："尤其我们库伦白斯古冷，他以前是信贷员，后来当督导，再后来当主任。镇里人都认识他。他当督导以后，干得有声有色，他所在的库伦镇有几任前书记、镇长找我，要进来。我说不行，我们招满了，不缺人了。"

地处祖国西北的甘肃省，师徒制的故事则有了新版本。

故事先从甘肃舟曲说起。

2010年，山西汉子张培科告别了酒店经理的职务，决心离开这个已经干了十几年的行业，决心"做点有社会地位的事情"。于是，他经过应聘，加入了中和农信华北区。

当年8月7日，甘肃省甘南藏族自治州舟曲县因为特大暴雨突发泥石流，损失惨重。中和农信接受中国扶贫基金会委托，紧急派遣同事赶往灾区，组建临时分支，帮助灾后重建。

刚刚入职2个月的张培科就在其中。

舟曲分支实实在在地促进了当地百姓的重建工作，这点让张培科对新工作很满意。

张培科和同事在舟曲坚守了 1 年多时间，直到 2011 年底，舟曲项目完成使命，他才被调回华北区。

2012 年上半年，中和农信决心在甘肃拓展，设置了甘肃区。公司领导一致想到了意志坚韧、熟悉甘肃地区且有管理经验的张培科，派他奔赴当地，整体负责甘肃区的工作。

这次一去就是 7 年，在总部的支持下，他完成了甘肃区域的从 0 到 1，建立了甘肃区域，招募了甘肃团队，业务快速发展，做得风生水起。

2017 年，他开始兼管华北三区。华北三区是问题区域，和华北一区、二区有不小差距，在公司 KPI 的年度综合排名中，它是当之无愧的倒数第一。

刘冬文期待张培科能治好华北三区的病。结果，华三解锁了他一项极为少见的能力——拯救问题区域。

于是，一段眼花缭乱的工作履历出现了：

2017 年主管华北三区，并行管理甘肃区域。当年完成了华三的整改工作。

2018 年主管华北三区，放下甘肃区域工作，并行管理河南区域。这一年，华三区在公司排名中上升显著，于是，公司安排他接手了同样排名垫底的河南区域。

2019 年主管华北三区，放下河南区域工作，兼管山东区域。这一年，华北三区排名上升为公司前三，河南区域从垫底杀入公司前八，于是，公司安排他接手了另一个老大难区域——山东区域。

2020 年，主管山东区域，放下华北三区工作，平行管理江苏业务。山东区域的整改基本完成。

2021 年，主管山东区域，放下江苏业务。虽然仍有问题出现，但山东业务明显有了起色，出现了临清等明星分支，进步可观。

不过，个中酸苦，只有张培科自己知道。

虽然家安在北京，但是每年 330 天以上的高强度出差，让他极少能陪伴家人。连续多年应对公司的问题地区，处理各种棘手的问题，也影响了他的身体健康。"这么多年，每天都在熬夜，每天都在奔跑，特别的疲惫，特别的煎熬，实话实说，我觉得自己得少活3 到 5 年，一点不瞎说。"

不过，辛苦并不是成功的必要条件。

成功的经验有 3 点。

一是刘总跟我说过，你得沉下去才能浮上来。无论是业务还是管理，基础要打得扎实，而且要从吃苦受累开始，要身先士卒，以身作则，带动大家一起干。这是基础。二是要敢于按照目标和设想去大刀阔斧地实施，不怕失败，敢于从头再来，不要把之前的光环看得太重，要有这种决心和魄力。三是擒贼先擒王。堡垒都是从内部攻破的，问题也出在内部。我们最大的风险就是在员工而不在客户。处理问题地区时先从问题最严重的分支开始，选择地区、分支负责人时要选能够胜任的。这样的经验，让他培养出了寇元勋，并成为了甘肃区域的接班人。

2000 年，寇元勋毕业于中南财大投资经济管理系，2003 年起在兰州一家老牌会计师事务所干了 10 年，从审计助理一直干到副总——在这家企业中，已经是打工者的顶点。

2013 年，尝试改变的寇元勋主动来到中和农信甘肃区域，想成为一名财务方向的区域督导。在这里，他遇到了自己的伯乐——

分管甘肃的张培科。

张培科招聘寇元勋时，很担心对方是不是心血来潮，故意夸大了这项工作的难度，想让他知难而退：这份工作每月出差25天以上，没有节假日，要行走乡间，而且挣得还少，只有3000元，你这年薪十几万的高管能待得住吗？

在2013年的兰州，年收入十几万，妥妥的高薪了。

寇元勋见招拆招：自己老家也在农村，不怕吃苦。工作十几年，知道自己的能力，只要选择了，相信能干好。至于工资嘛——寇元勋微微一笑——我天天和数字打交道，早看过你们年度报告中的财务报表，所有员工的平均薪酬超过七八万。我应聘的是一个管理岗，薪资起码也应该在中上水平，干好了肯定比七八万更高，何况中和农信还是少有在当地全额缴纳五险一金的企业。这么一算，其实差距并不大了。

所有在场的面试官都笑喷了。终于遇到一个较真算账的。

接下来的3年里，寇元勋先是做区域督导，陆续兼任分支主任，再到当3家机构的主任，一路走来，证明了自己。2017年元月，就任区域经理助理，成为张培科的助理。1年后，张培科赶往新战场——华北三区，寇元勋接棒上任。

张培科本人其实也有类似的经历，他的老师是张斌。当初，他跟随着张斌一路成长，完成了从士兵到将军的蜕变。几年后，同样的故事再次发生，只不过这次，张培科自己成了老师。

而张斌，当初是杜晓山老师服务社中的一名员工。

万事万物，冥冥之中，总有说不清的联系。


朱杰，中国传媒大学新闻专业，毕业后在北京闯荡了几年后，思乡心切，回到了甘肃兰州。一路闯荡，做过人民网编辑、跑过记者、开过服装店、攒过旅行社、当过餐厅老板、入职一家甘肃小贷公司，发现公司实在是不正规，及时卷铺盖走人。一番试错后，笃定地报名加入中和农信。

"我提前调查过中和农信，做农村小额信贷，而且扶贫办和中国扶贫基金会都做了背书，口碑也好，五险一金，很正规。"被社会打磨过的朱杰做了很多背景调研，自认为很了解这家公司了，但还是少算一步。"去面试时，我穿得板板正正，结果发现面试我的领导们因为要天天下乡，全穿着冲锋衣……"

尴尬。面试结果，三位面试官2人同意，1人反对。少数服从多数，朱杰涉险过关，入职区域督导。

入职后的朱杰，开始了历练提升之路。

一开始就是下乡驻村，先学习和农民讲话，脱去北京都市的话语风格，沾上甘肃土地的味道。接着，在张培科和寇元勋指导下，学习开设新分支，招聘、装修、建立财务制度和开通计算机系统，再到学习做人员培训，工作图谱一步步展开。"我作为区域督导，第一个阶段开新点是基本职责；培训是第二个阶段；监督指导正常运营是第三个阶段；去分支机构区域督查问题，这是第四个阶段；解决问题机构是第五个阶段。五个阶段就是五个模块，现在总是来回切换，工作基本上排得满满的。"

朱杰最终完成了蜕变，担任甘肃事业部的运营经理，成为寇元勋的左膀右臂。

新一代的中和农信人，很多都非常年轻、有见识、文化素质高，但是有天然的劣势：要么在家乡之外待了很多年，不了解家乡；要么一路读书，对乡土非常陌生。而上一代中和农信人，本就是乡土生态的一部分，谙熟乡土文化和地方关系，甚至还有政府工作经验。

越来越多的朱杰们如何培养呢？如何能胜任呢？如何让他们人尽其才呢？

寇元勋有自己的想法："我没有政府机关工作的经历，我看不准有政府工作背景的应聘人员，所以不知道对方来了以后，将来能不能干中和农信。所以，我用我的长处，选社会上工作过的、职业化的年轻人，他们有特长和优势。我把他们选进来，招进来，培养一下。他们的执行力更强。"

于是，甘肃区域有了独特之处。

在中和农信的绝大多数地方，分支主任——公认的重中之重的核心管理层——在分支当地，大都招聘年龄稍长、成熟可靠、能力突出、人脉较广的人直接担任。当然，有公职经历更好，而且一定是本乡本土的。甘肃在这种模式之外，还采用了培养的方式，先期招聘年轻的区域督导，培养1—2年后，等区域督导对公司的运作体制非常了解之后，下派去当分支主任，很多时候是异地上任。

肯定有人会说，这个有什么了不起的？很多公司都这么干啊，总部培养，地区就任。

是的，模式没有什么了不起，甚至中和农信之前也尝试过，但是，效果不佳。原因是区域督导当主任，在上任后很难同时完成三件事：打开局面，有效管理员工，做好与当地监管方的沟通并获得支持。业绩上不去、风险下不来、监管方不认同，那肯定做不好。

甘肃特殊之处就在于，它做成了。

这个模式的成功背后，有 4 点很重要：

第一点，和当地监管单位良好而健康的关系。分支主任因为年轻、职业背景、异地上任等原因，很难快速建立联系。事业部、区域会及时给予支持，甚至会聘请顾问，建立好沟通机制，和当地监管单位完成手续提交，做好顺畅的沟通。

第二点，人员素质。沟通能力一定要强，公关能力强。做事特别果敢、比较坚决。

第三点，抱负远大。一定要有特别强的信念："我想挣年薪（机构管理层是年薪制），我想当领导，我想将来达到一定的高度。"

第四点，人品过硬。上进，自律，有职业道德，不混日子，重视家庭，对家人态度好。

2021 年，甘肃省的 18 家分支里，有 13 位主任是通过新的模式培养的，其中只有 1 位主任是在家门口任职，其他 12 位都是异地工作。

甘肃靖远分支的戴浩天就是典型的例子。戴浩天原本是一家电器店内主管，而立之年，踌躇满志却没有施展的条件。甘肃区域先是把他招聘为区域督导，培养了大约 1 年后，派他到靖远县当主任。2 年时间，分支累计放款已经过 2 亿了。像戴浩天这样的 "85 后"主任，仅在甘肃就有 6 位。

"这个还不够，我们要提供更多的晋升空间、更大的工作空间，这是年轻人需要的。比如多一些管理型的事务，多提供培训的机会。我们还有一个叫作片长的中间层，优秀的年轻主任如果有精力有意愿，可以担任片长，管上 3—4 个机构。他的事业又做大了，范围也更广，就更能接受这份工作。"

为了让区域督导尽可能地专业化，他们的岗位做了细分，从财务、行政到贷后催收甚至谈判专家都有。与此同时，也会特意安排区域督导去各个分支老老实实地做工作，如果有好想法、好思路也可以大胆尝试。

当区域督导完成了 2 年的训练，如果因为没有特别专长被留在事业部，就会被派到分支开始主任的职业生涯，实现职业生涯的跳跃。

寇元勋还有裁判的一面。无论是区域督导，还是分支主任，如果出现品行问题，一票否决。如果对方执行力不够，布置工作没有行动，两三次后，这位候选人就可能出局了。

甘肃采用了 KPI 的方式进行管理，针对分支主任的要求被细化为 13 项指标（甚至还有员工离职率的考核）。13 项指标会定期评价，全部公开，并和薪酬、年终奖、职业前景密切挂钩。

裁判的角色是冷静的，风轻云淡之中是对年轻的分支主任无处不在的鞭策。

"通过这种模式，能够锻炼培养一批年轻人。如果他们在中和农信认真踏实干上 10 年、20 年，最后在中和农信退休，对我来讲是比较有成就感的一件事情。"

## 8.3　标准化与本土化

以上种种所见所闻中，你能感受到一种冲突。

中国人重乡重土，越接近乡间，越富有乡土文化。

乡土文化源于农业社会，通过长期的沉淀和传承，在不同区域形成了浓厚的地域色彩。不过，岁月流转间，随着城镇化的快速发展带来农村人口大量转移，许多农民在市民化的过程中，生活方式和价值观都发生了巨大改变，乡土文化在与现代社会的碰撞中面临着一系列问题。更不要提众多管理者的风格有别，各分支机构当地的人文生态、经济环境的巨大差异背后，是乡土文化和现代企业制度的激荡，是本土化与标准化的激荡。

当它们激荡时会发生什么呢？这正是中和农信自成立以来始终面对的。

中和农信400家分支机构几乎都是县域及以下市场，广泛分布于大江南北，几乎所有一线员工都是当地招聘。对公司治理提出了很高要求，既要照顾到个性和当地特点，又要重视专业化、标准化和体系化。

面对这样的情况，中和农信层次分明地给出了一份不错的答卷。

◆ 价值观牵引力。价值观是把所有人拧成一根绳的源动力。优秀的管理层对价值观的践行，让公司稳步发展，也让大家心向一处。

◆ 信息化和标准化。用技术手段，增加了透明度，降低了沟通成本，提升了效率，降低了人为风险。用规范且体系化的管理，让大家的工作有的放矢。

◆ 本土化和个性化。在此基础上，中和农信充分利用了本土化的优势，让机构管理者独特的禀赋气质得以施展，调动了员工的积极性，最终实现了企业的发展。

如果说，信息化和标准化代表着令行禁止、整齐划一，那么本土化和个性化，则代表着八仙过海，各显神通。如何掌握其中的平衡，考验着每一位管理者的道行深浅。

2008 年 7 月，河北平泉农户自立服务社成立，这是中和农信的第 17 家机构，也是河北省扶贫办和平泉县扶贫办的产业扶贫项目。王德一作为一名扶贫干部，成为第一任主任。

王德一在平泉做了 6 年主任。2012 年，平泉分支成为中和农信历史上第一个放款破 5000 万元的机构。很多新分支的同事也会到平泉学习。

2014 年，他开始担任华北区经理助理。几年后，华北区拆分为华北一区、二区、三区。他成为华北一区区域经理。

担任区域经理两年后，辽宁区域出现了机构波动。王德一临危受命，兼管辽宁区域，花了一年时间，安抚辽宁区域人心，理顺管理机制。

2020 年，河北小额贷款公司正式成立，华北一、二、三区合并为河北事业部，王德一任事业部总经理，终于可以全身心投入河北的工作中了。

长期在区域工作的经验，让王德一对"平衡"有了深刻的体会："你得理解公司制度，还要根据地方特色，用你的办法来落实公司制度，这是区域最大的特点。"听起来很好懂，做起来其实很玄学，对不同的对象，采用不同的方法，真的是"一只猴子一个拴法"。

就拿辽宁区域举个例子吧。

辽宁的部分问题很有趣。按照国家规定，公务员必须返回原岗位。中和农信的老机构是和政府合作的，很多主任其实都是公务员派驻到分支机构的。当时，有些本来隶属于政府的主任就回去了。

于是，东北好几个机构都乱成了一锅粥。几位留守的老主任也焦头烂额，不干活吧，对不住自己的责任心，干活吧，也干不踏实。再加上当时还有一些机构在整改历史问题。于是，所有区域工作人员都冲到这几个问题机构的事情上。结果，其他分支机构就无人问津了。

把好脉后，王德一调整工作重点。他调整了区域一级的工作重点，从集中全部力量攻克问题机构，转变为优先发展健康机构。消化问题机构，王德一并没有强压任务，而是先做通了分支主任的工作，充分利用了德高望重的分支主任们的本土优势，加速了问题机构的消化。

这样一来，就有了一点点的变化。辽宁的人心，很快稳定住了。

一年的辽宁工作，让王德一发现了新的管理方法——在原有的分支／区域架构中，增加了片长这个层级。

原本中和农信的管理层级是偏向于扁平化的，公司总部——省级区域——分支机构，只有三个层级。

管理理论里，扁平化有很多好处：不官僚主义、更适应市场变化、提升决策效率、优秀人才容易成长等。

不过，理论终归是理论。在辽宁的工作，让王德一发现省级区域和分支之间，有必要增加一个层级。

这个层级就是片区。以辽宁为例，辽宁区域被划分为两个片区，每个片区设一位片长。片长来自片区内的主任，在管理片区的同时，还需要管理好自己的机构。

这样做的原因有几点：

首先，精力有限。中和农信的管理工作，自刘冬文往下，历来强调扎根到基层，重视现场主义，再加上总部的各项经营指标要求严格且细致，区域管理者必须长期出差深入现场。省级区域面积极大，每个分支都绕一圈，哪怕走马观花，也得少则一周，多则一个月。随着新开分支机构越来越多，如果还是"区域——分支"的做法，区域负责人根本无法管理到位，反而降低了管理效率。

其次，人才具足。辽宁地区，优秀的分支主任已经管理分支机构多年，已经理顺机构，自己又富有经验，有足够的余力面对更多的管理机遇。如果能够提供制度支持，让他们走出来，就可以输出成功经验和管理支持，且能够和区域督导形成合力。

第三，事半功倍。很多时候，区域和分支管理矛盾的症结在于站位不同。分支主任习惯于从分支的角度考虑问题和工作重点，很难理解公司总部和区域的管理初衷。而片长制度，让分支主任有机会在更高的层面来看管理问题，就会发生态度的自然转变。片长往往是从相邻几个分支主任中选出，比较有威望，片长转变后，会主动和片区内的分支主任做好沟通和解释，工作效能瞬间提升。

片长制度的推出大受欢迎，既提高了管理水平，又让分支主任们有了实现抱负的机会，很快在全公司得到了推广。各个区域还因地制宜，对片长制进行了微调。

片长制，四两拨千斤。王德一也成为这次创新的最大受益者之一。2020年，华北3个区整合为华北事业部，他担任总经理。随后华北事业部迅速扩张业务，短短2年内，整个华北事业部的分支机构就达到100个，被划分为13个片区进行管理。如果没有重要问题，他只需要面对13个片长就可以。

如果是按照老办法，1个总经理面对100个分支主任，王德一就别想休息了。

## 8.4　印象·刘冬文

虽然有种种理由能说明小额信贷在中国是有存在意义的，但并不意味着这个行业之中每一家公司都能活下来，都能发展壮大。实际上，这个行业中，无论你背景多么金光闪闪，过往事迹多么璀璨夺目，都逃不过绝大多数机构走向消亡的命运。只有极少数机构能够活下来，成为真正的"孤勇者"。

我在宁夏银川市访问了一位元老级人物。

"我们和中和农信发展到现在，确实不容易！"说话的人是龙治普，在小额信贷领域资历非常。他1996年就在宁夏盐池开启了扶贫小额信贷项目，2008年改制成立宁夏东方惠民小额贷款公司，担任董事长。与中和农信在全国发力不同的是，惠民公司专注于宁夏当地，拥有180名员工。

惠民公司采用的模式被称为"盐池模式"，由格莱珉模式经过本土化改良而成，要点被总结为"六个一"①。其中，最具本土特色的就是推广员。推广员是最基层的全职工作人员，全部由妇女组成，就在村子里办公。一个推广员要负责20个村子、300个左右

---

① 盐池模式"六个一"：一个长远的、富有社会责任的发展战略，一套自动瞄准贫困人口的制度安排，一个以农村社区熟人圈子为基础的信贷网络组织，一支以基层推广员为骨干的农村业务团队，一套参与式农村工作方法，一系列基于小额信贷的管理制度。

的客户。

龙治普很欣赏刘冬文。2020年9月，为了制定惠民公司的未来五年战略规划，龙治普还专程去北京和刘冬文深谈一番。这也是我在访谈中常常遇到的情况，不管大家来自何方，当初都是为了扶贫济困，彼此间更多的是善意和支持，少有"同行是冤家"的执着。

作为最早一批公益小额信贷践行者之一，龙治普见证了整个行业的变迁，早已宠辱不惊："过去有几百家小额信贷机构，联合国资助的、各个部门成立的、各级政府启动的、各地自发组织的，太多了。这么多年过来，只剩下中和农信和我们三四家了。这个行业一路上坎儿太多，如果走不对，走着走着公司就没了。"

中和农信不仅活下来了，还成为中国小额信贷领域的领头羊，规模远远领先于其他友商。

只能说，真的是个奇迹。

特例背后的原因，有一个人必须提。

"中和农信如果没有他，走不到今天。"3年的访谈中，极多人都和笔者说过类似的话。

一开始，我总是礼貌地笑笑，客气附和几句，心里是另一番心思：访谈者多是公司员工，毕竟都是靠公司恰饭（湘赣等地方言，意为吃饭），当着一个外人的面，给公司董事长捧捧场，这么说也无可厚非。至于公司外的官员、专家、同行，他们的表态，可能只是客气吧。

随着访谈的深入，以及对行业、市场的了解越来越多，我最初的想法有了变化。也许，大家的说法是对的。这行很不好干，如果不是刘冬文，可能中和农信就没有今天。

于是，我对刘冬文有了兴趣。

本节记录了对刘冬文零星的印象。片鳞半爪，供君参考。

1973 年，刘冬文出生于湖南省的一个农民家庭，经过千军万马过独木桥的高考和研究生考试，最终取得中国农业大学农产品加工专业硕士学位。

1996—2001 年间，刘冬文在国务院扶贫办外资项目管理中心工作，主要从事外援扶贫项目管理。他在外资项目管理中心的工作很出色，也深受大家认可。不过，他还是希望到更广阔的天地施展才华。程恩江，刘冬文的好友，同时也是国际小额信贷专家，对他说："你要干就干小额信贷吧。"

经过一番思考，他下了决心。

2002 年 6 月，刘冬文结束了以色列本古里安大学访问学者的经历，回国后，加入了中国扶贫基金会。最终在 2005 年，他开始正式负责小额信贷项目，才有了后面一系列的故事。

现实中，中和农信一路充满各种难关和挑战，需要面对种种困境，对管理者有着极高的要求。

刘冬文每年会写一篇年度寄语，很多年的文章都在说：过去一年真的难。

这不是矫情，而是真实写照。中和农信所在的行业特殊，受天（政策环境）、地（各地方政策、人文风俗）、人（内部管理）等影响极大，常年都需要应对剧烈动荡和解决棘手问题，但凡意志不够坚定的管理者，根本没法胜任。

"做事情我愿意去闯一把，而且只要做，我就把它做成。我骨子里是一种愿赌不能输、愿赌不服输的人。要么就别做，要做一定要把它做成。"刘冬文说。

实际上，这其实就是湖南人霸蛮的精神。"干任何事情不可能一帆风顺，不可能一干就成功，只要你还没有被一棍子打死，还可以继续往前走。"

有人不服输只是口头说说，但刘冬文的不服输是认真的。他大量的时间都安排在了一线分支，基本上常年都是出差状态，"我们没有花时间去旅游、去爬山，没干那些事。一天到晚就是做这一件事。"

有一点非常有趣。虽然刘冬文自认是个"骨子里很刚硬的人"，但这只是方向的坚持，做事时他并不霸道。刘冬文情商极高，对下属的想法非常看重。"我最大的一个优点就是谁都可以来说，有什么想法、有什么建议都可以来提，我们一起商量这件事。"

中和农信的很多决定，尤其是早期的产品、流程、规矩、制度，都是由他来牵头、组织相关员工一起讨论后的结晶。随着公司的迅速发展，规模越来越大，很难简单照搬以前的讨论方法。于是，2020年，刘冬文建立信贷技术委员会，把各个分支机构以及区域和事业部的那些技术好的人组织起来，形成一个跨部门小组。大家一起探讨，共同完成设计和流程研发。

不过，工作只流于探讨的话，是没有办法成事的。当探讨工作完成后，刘冬文就进入了新的阶段："等我们经过集体智慧形成的东西规定出来之后，就必须强制执行了。理解的要执行，不理解的更要执行，讲的就是这个意思。这样才能保证你的执行不走样。"

中和农信赖以为傲的执行力，正源于此。

工欲善其事，必先利其器。刘冬文从小额信贷部开始，就重视引入先进的技术，不光包括IT技术，还有财务工具。从最早翻译法国沛丰的信贷手册，然后手把手教员工，到现在海量投入扩充

IT 队伍，对先进技术的重视一以贯之。

事后看，正是技术的不断升级，真正帮助中和农信降低了大量运营成本和经营风险，让中和农信能健康发展与扩大。

在处理各种冲突或者各种矛盾的时候，因为有自己的准则，刘冬文在找原因找办法和执行时并不很煎熬。

"首先，我们对特定的群体要有清晰的方向了解。了解客户的需求是什么，要尽可能去满足客户的需求，并提高他的满意度。其次，保证公司的利益不要受到伤害，要可持续发展。所以，既要保证公司利益不能受到伤害、不能有太多的风险、利率不能太低，又要保证公司流动性。最后，关注员工的诉求。员工到公司来工作为了有收入、为了开心，因此对为公司作出贡献的人要有一个合理的回报，才能开心起来。当然，员工还要保证对公司忠诚。一味从客户角度考虑也不对，一味从公司角度考虑也不对。我们最后总能找到解决方法。"

还有一点不得不提，就是公开透明。

最初接触中和农信时，我就感慨，这家公司透明得"不像话"。后来发现，这也是刘冬文本人的风格。"我们的价值观是诚信守正、公开透明，我们干什么事情都是公开的。我跟投资人谈、跟媒体交流、和同事开会，说的东西都是一样的。真实是一种最简单的沟通方式，最直接，成本最低。你要想隐藏什么东西的时候，成本肯定是最高的。所以，为什么很多投资人愿意跟我聊？因为投资人觉得我跟他们说的东西都是实在的，他们心里踏实。"

刘冬文还有一个我很欣赏的特点，就是长期主义。一旦方向看好，他会耐心地反复尝试，屡败屡战，直到做成为止。在下文的创新业务部分会详细讲述，这里就不赘言了。

我曾经问过刘冬文："刘总，您常说中和农信一路走来都很艰难。那么在你心里，最难的一次是啥时候，因为啥事儿呢？"

他说："2020 年 8 月 20 日，当时我有个会议，突然有同事把我叫出会议室，对我说，最高人民法院当天发布了一项规定，对于民间借贷的利率大幅调整。"

"调整对你们有什么影响吗？"

"影响大了。我之前预料到（国家）早晚会要求贷款利率下降，所以我们一直在降低成本和扩大业务范围，就是为了应对这天的到来。只是没想到一次性下降这么大。"

"会有什么后果吗？"

"按照规定，我们年利率要砍掉不少，扣除资金、运营费用等以后，是赔钱的，公司会干不下去。"

此时的中和农信已经是年贷款量上百亿，突然到来的消息对于刘冬文的冲击可想而知。

"那你肯定很着急吧。"

"确实是。我在会议室外待了十几分钟，平复一下心情。然后，拉门走进会议室，告诉在座高管这条消息，组织大家开会讨论怎么应对。"

"十几分钟就平静了？"

"嗯。"

# 第九章　企业文化

## 9.1 《和信》

如果不是因为每天要蹲实验室，还要面对化学试剂，自己因为鼻炎无法忍受，从中国农业大学硕士毕业后，孙亚青应该会成为一名科研工作者。

机缘巧合下，2004 年她加入了中国扶贫基金会，次年进入小额信贷部，负责江西项目，一干就是 3 年，2008 年转入中和农信，直到今天。

2009 年，孙亚青和其他两位同事组成了中和农信最初的人事部。说起来有点好玩的是，这三位同事之前都没有做过人事工作，谁都不懂，完全靠琢磨。

"开始觉得要做个什么花名册，就开始买来一堆书做花名册，研究是不是要做个内刊。弄完之后是不是得做个培训？培训就需要培训材料，从那会儿开始琢磨，是不是得有培训的手册？……"孙亚青回忆。"我们工装其实也是一代代过来的，最早 2009 年是 T 恤衫，随后变成一整套的冲锋衣、西装、衬衣，直到现在我们仍然还在进行升级。"

2010 年，人事部拆分为行政和人力资源两个部门，孙亚青留在了行政部，职责中包括企业文化的工作。"当初公司小，人也少，企业文化强调得没那么多，现在人多了，才觉得这个东西真的非常重要，"孙亚青回忆，"尤其是公司市场化改革后，企业文化变得越来越重要，公司也会升级企业价值观和企业使命，让我们所有人把力使在一个方向上。"

随着公司的发展，孙亚青的工作岗位也在变迁，从行政部经理到公司事务部经理，再到综合管理部总监……但始终不变的工作重点之一，就是企业文化的宣导。

她长期工作的领悟之一就是，企业文化不会自动走入企业人的脑子里，需要一个系统进行宣导。

系统中重要的一环就是《和信》。

《和信》是中和农信的内刊，每月 1 期。

2009 年 2 月创刊时，只是一张公司小报，正反两面，内容倒是齐全，公司政策和技能培训都有一些。

随着办刊人员越来越有经验，《和信》的内容越来越丰富，从一张纸的小报扩充为了一本杂志。

《和信》很受同事们欢迎，每个分支机构每一期都会有存档。很多员工手里都会拿着一本。最重要的原因是栏目众多，任何一名同事都能在《和信》上找到和自己息息相关的内容。

总部层面，会邀请总裁办的领导，从负责的不同业务角度写专栏文章。专栏的专题方向，与中和农信当时的发展息息相关，千里之外的员工能从上面得到启示，能够紧跟发展的节奏。各个职能部门也会写文章介绍公司政策、规章、预警、科普等内容。各个事业部及区域会推荐比较优秀的分支负责人分享管理经验。

此外，还有丰富的副刊内容。副刊主要是搜集员工比较接地气的文章，去做编辑处理，会刊登诸如区域的地图、各地特色介绍、幽默故事、温馨提示等内容，让内容趣味性更强，幸福感更强，跟员工互动更多。

近年来《和信》更多纳入基层员工的文章，文章里有个人感悟，有工作方法，也有经验分享。员工们踊跃投稿，投稿之后发现自己的文章在上面，同事们读到后交流互动，感觉好极了。员工文章刊登后，会把刊物拿到家里，给自己的孩子看。家人会为员工骄傲，员工也很有自豪感。

而且还有稿酬。

《和信》刊物的编辑工作，也有中和农信不急于一时、踏实精进的风格。

以栏目的调整举例。每年《和信》栏目设置都会调整，不仅让员工更有收获，也能满足员工的阅读需求。怎么调整栏目，并不是编辑们拍脑袋决定的。

对于员工阅读的兴趣点，编辑们每年都会和员工交流，并做问卷调查和满意度调查。了解大家对栏目的调整需求，对于内容的调整需求，包括版面的设计。编辑们也会从读者的角度，以客户为中心，从读者角度出发，考虑他们想读什么，想要得到什么。

一路走来，《和信》栏目越来越丰富，内容上越来越接地气，而且有指导性、有交流性，成为员工心目中非常具有权威地位的刊物。

《和信》有一个非常受欢迎的"长寿"栏目——刊首语。

几乎每一位中和农信人都会提到刊首语。每月一篇的刊首语是大家最喜欢读的栏目之一。

刊首语的作者正是刘冬文。

2009 年 2 月创刊时，刘冬文非常支持，当时就立下了 flag[①]："以后《和信》每一篇刊首语我要亲自写。"于是，从 2009 年 2 月开始，每月一篇文章，每篇的的确确都是他自己亲笔写下的，十几年从未"跳票"。

最初一位行业专家和我聊起她喜欢刊首语时，我的态度有所保留——毕竟刘冬文是公司负责人，也许专家只是出于礼貌的恭维。后来，很多人都和我提到过喜欢读刊首语。而且看表情，他们应该说的是真话。

刘冬文的刊首语篇幅不长，行文用字和他本人说话风格一致，直爽流畅，不卖关子。每篇千余字内容总和当时最密切的发展主题相关，政策、行业、公司动态无一不包，信息量充足，却不难读，我一个外行读起来也不晦涩。文章里常谈到公司面临的困难，从不避讳公司的问题，甚至经常分享公司的决策过程，讲解重大变革的前因后果。

比起很多公司内刊里大而无当、套话连篇、时刻不忘炫耀管理层优越感的文章，《和信》的刊首语真诚太多了。

如果你是公司一员，很难不喜欢这样的刊首语。

每月的写作，让刘冬文很有压力，每次到交稿前几天，他都会苦思冥想，想到底写点什么。

---

① 网络用语，词义多样，本文中指"树立目标"的意思。

"去年（2020年）年底，我还跟刘总说，刘总近几年的刊首语没有以前写的那种感觉。"曾经负责《和信》编辑工作的王彩虹回忆，"刘总问，是我写得越来越不好了吗？我回答那倒也不是。以前的刊首语写得非常接地气，也很有新意，现在不是说写得不好，感觉不像以前那么接地气了，战略的高度可能更不一样了。"

有一段时间，刘冬文有点后悔当时许下"我每一篇都要自己写"的诺言了，但是还在坚持。而这种坚持，慢慢成为习惯。

**信 言** *XINYAN*

## 正风肃纪，令行禁止

### 刘冬文

上期刊首语的末尾，我卖了个关子，让大家猜猜2017年的年度工作主题。其实，我在11月底召开的深圳会议上已经公布了2017年的工作主题，不少参加会议的同事回去后也传达了会议精神，因此我相信大家此时早已知道了答案。没错，2017年的年度工作主题就是：正风肃纪。

也许有人要问，在中和农信的事业蒸蒸日上的时候，为什么要提出这么个异常严肃的工作主题？一般来说，年度工作主题往往是公司在该年度必须特别重视或强调的工作重点。那是否意味着中和农信的工作作风或纪律执行方面存在严重问题或隐患？按我说，问题倒不严重，但隐患却不小。应该说，中和农信目前的发展进程还算顺利。员工队伍迅速扩大，业务规模持续增长，机构品牌初具影响，特别是蚂蚁金服入股公司的消息公布后，社会各界一致看好中和农信，各种赞誉之词扑面而来，不禁令一向低调纯朴的中和农信人也有点飘飘然的感觉。在此关头，许多人（特别是媒体记者）在羡慕赞许咱们的同时，也不约而同地抛出一个问题：中和农信面临的最大挑战是什么？

对于这个问题，每个人可能会有不同的答案。在我看来，中和农信目前正处于历史上最好的发展时期，所谓逢天时，处地利，得人和。但是，机遇和风险是一对孪生兄弟，最好的机遇往往会伴随着最大的风险。比如说，当中和农信的社会知名度越来越高的时候，必然会面临更多的外部风险，如政策风险和舆论风险。其实这也很好理解，所谓"树大招风""人怕出名猪怕壮"也。当你规模很小的时候，没人关注你。但一旦你规模大了、名气大了，则会有很多人拿着放大镜来看你，任何一点瑕疵都可能成为他人攻击你的机会。当然，苍蝇不叮无缝的蛋。只要咱们自己能坚守使命，并依法合规经营，这些潜在的外部风险还是比较容易化解的。

我认为，真正可能导致我们出现重大损失乃至全面溃败的还是内部操作风险。在目前的机构运行过程中，我们主要存在以下操作风险。

1. 劳保合规。随着员工队伍越来越大，近年在劳动关系管理方面出现的问题也越来越多。比如，有些分支机构因没有及时足额为员工缴纳社保福利，被当地监管机关通报整改，或被员工投诉甚至诉讼于法庭。其实，公司一直严格要求各分支机构一定要依法合规为员工缴纳社保福利，但总有极少数分支机构负责人不以为然，认为农村地区对于劳动法的要求不严，为图省事或省钱拒不遵照执行，结果出现问题造成损失。

2. 信息安全。所谓信息安全主要包括两个方面：一是系统运行平稳，不崩溃；二是信息保护得当，不外泄。稳定高效的信息管理系统可以帮助我们提高效率，稳健运行，但一旦出现系统崩溃，则会对我们的机构运营出现灾难性影响。此外，如何确保大量的客户信息和交易数据不外泄也是当务之急，不容忽视。

3. 员工欺诈。如何防范员工欺诈，是全球小微金融机构防控风险的重中之重。纵观中和农信近几年出现的分支机构重大案件，无不与员工欺诈有关。在过去20年时间里，中和农信累计发放贷款近200亿元，坏账注销仅3000万元。虽说总体坏账率很低，但其中95%以上的坏账却都是因为员工的不良行为或不法行为造成的。在制定2017年的工作目标时，我们除了研究确定新开分支机构数、放款量、贷款余额、客户数和风险贷款率等数据指标外，还特意提出了一个定性指标：不出大事！中和农信无法做到不出事，但一定不能出大事！即不出大案，不出窝案。

如何规避或减少上述风险，与我们的专业水准和职业操守息息相关。我一直认为咱们的最大风险或挑战主要来自我们自身。只要咱们自己不出问题，不犯错误，则中和农信一定能取得更大成功。过去两年，我们主要是在技术和制度等方面进行了升级转型。2017年，我们要把工作重点放在人的转型升级方面，即不断提高中和农信人的专业水准和职业操守。把"正风肃纪"作为2017年的年度工作主题，就是要端正我们的工作作风，严肃我们的工作纪律，提高我们的工作执行力。在方向正确的前提下，只要员工不乱来，机构就不会出大事。

2017 年，我们要"正风肃纪"，做到"令行禁止"，确保"基业长青"！

（《和信》2017 年 1 月刊，刊首语）

## 9.2  党支部的成立

2018 年 5 月 18 日，一个看着就很吉利的日子。

中和农信党支部成立大会成功召开。这是继 3 月 28 日中和农信党支部成立的申请得到上级党委的批复之后，中和农信党支部迎来的又一个重要时刻。

和很多企业党支部不同的是，这是一家"村级的党支部"——北京市怀柔区长哨营乡下的党支部。

很有中和农信的味道。

怀柔区工商分局局长任江云、怀柔区组织部副部长金文领、长哨营满族乡党委书记于德利、中和农信总裁刘冬文出席了成立大会。在成立大会上，长哨营满族乡党委党建办主任邓伯奎宣读了同意成立党支部的批复以及党支部书记、委员的任命。中和农信副总裁苏配柚被任命为第一任中和农信党支部书记。

几年之后，白雪梅继任了党支部书记。

党支部成立并不是形式主义，刘冬文在大会上就提到一个重要的功能："随着公司的发展壮大，员工越来越多，党员也越来越多，我们的党员也会更好地发挥先锋模范作用。中和农信也将会继续在中国共产党的坚强领导下，继续扎根农村，做好小微金融服务工作。"

重点在于扎根农村，做好服务。

2019 年 9 月，成立刚刚 1 年多的中和农信党支部，正式启动了"不忘初心、牢记使命"主题教育。

这次主题教育对于中和农信意义重大。

中和农信的前身是中国扶贫基金会小额信贷部，主要宗旨就是要为县域农村那些没有充分享受金融服务的中低收入群体提供可获得、可承受的金融服务，破解"融资难、融资贵"，"服务农村最后一百米"，支持他们发展产业，改善生活。

"服务农村最后一百米"，是中和农信的宗旨，与我党立志"为中国人民谋幸福"的初心高度一致，也是中和农信安身立命的根本所在。

随着公司的市场化改制，会有中和农信人疑惑：我们还会继续为他们服务吗？还是说，我们现在也和那些纯商业企业一样，只要考虑经济收入和利润就可以了。

这次主题教育，就是要告诉所有人，中和农信无论如何变化，初心都不会变！

南京农业大学的专家被邀请来做了专题讲座，向公司党员和领导干部讲解了专家团队对中和农信的 6 个覆盖省、60 个项目县、180 个村进行小额信贷情况的调研分析结果，并提出了工作建议。

两周后，刘冬文和所有公司高管全员出动，分别带领 5 个调研组，到内蒙古、湖南、四川、云南、甘肃等 5 个省区，10 个县，40 个村，近 700 户农户，了解农户生活现状，收入与消费水平，金融需求情况。

1 个月后，公司党支部召开了调研成果汇报会，对调研成果进行了分享。调研与分享，让整个团队的信念更坚定。中和农信的起源是 20 多年前秦巴山区的世界银行贷款扶贫项目，从那一天起，它的根就从未离开过这片土地。

## 不忘初心、牢记使命

刘冬文

2017 年 10 月 18 日，习近平总书记在党的十九大报告中指出，在全党开展"不忘初心、牢记使命"主题教育，用党的创新理论武装头脑，推动全党更加自觉地为实现新时代党的历史使命不懈奋斗。2019 年 5 月 13 日，中央决定从 2019 年 6 月开始，在全党自上而下开展"不忘初心、牢记使命"主题教育。目前，中央部委机关、事业单位和社会团体等都在积极开展主题教育，就是要践行十九大精神，按照党中央的要求和部署，将理论学习与工作实践相结合，切实做到"守初心、担使命，找差距、抓落实"。

"七一"期间，中和农信党支部组织全体党员认真学习党的历史和最新文件，牢记党的初心和使命，即"为中国人民谋幸福，为中华民族谋复兴"。9 月 3 日，中和农信党支部组织公司党员及领导干部召开专题会议，正式启动中和农信"不忘初心、牢记使命"主题教育。公司开展此次主题教育的目的不仅是要牢记党的初心和使命，更重要的是要贯彻党的重要指示精神，继续坚守和践行中和农信的初心与使命，即"打通农村金融最后 100 米"，为农村的中低收入群体提供方便快捷、经济实惠的金融服务。

1. 守初心。中和农信的前身是中国扶贫基金会小额信贷部，主要宗旨就是要为县域农村那些没有充分享受金融服务的中低收入群体提供可获得、可承受的金融服务，支持他们发展产业，改善生活。这与中国共产党立志"为中国人民谋幸福"的初心高度一致，也是中和农信安身立命的根本所在。近年来，虽然公司实行了市场化改制，但无论如何初心不能变！

2. 担使命。中和农信的使命就是要"打通农村金融最后 100 米"。针对农村中低收入群体的金融服务严重不足，导致农户"融资难、融资贵"成为多年未解决的老大难问题。为此，党和政府出台了很多政策，采取了很多措施，困境有所缓解，但尚未彻底解决。中和农信学习借鉴国际经验，充分结合中国农村实际，并通过市场化可持续的方式进行了 20 多年的探索与实践，已经基本形成了一套成熟的经验与做法。未来，公司将继续坚守使命，攻坚克难，将这些经验做法不断优化和提升，并将业务拓展到更多农村地区，使更多的中低收入群体能够享受金融服务。

3. 找差距。作为主题教育的第一课，公司邀请南京农业大学的专家做了专题讲座。专家向公司党员和领导干部认真分析了当前农村金融的需求及供给现状，以及中和农信服务中低收入群体的实际效果，帮助公司搞清现状，查找差距，研究未来的改进建议。接下来，公司全体高管将会分为 5 个小组，分赴不同的项目区进行实地调研，以进一步增强大家对于农村客户金融需求的感性认识，找到现行服务的差距所在，从而有针对性地提出改进措施和办法。

4.抓落实。初心明确了，使命清晰了，差距找到了，接下来就是要按照改进建议抓落实。中和农信要始终坚持公司的初心使命与党的初心使命保持一致，积极主动查问题，找差距，并提出切实可行的改进办法后，抓执行，抓落实。行胜于言。一切的思想认识提高，最终还是要靠行动效果来验证。公司将在10月份组织各小组认真交流研讨，形成公司的整体改进建议，并在接下来的时间认真抓落实，出成效。

作为典型的使命驱动型企业，中和农信要借助此次的主题教育，在全体员工，特别是中高管队伍中强化为"农村中低收入群体服务"的共识，找到问题与差距，并不断完善和提升运营能力，为更多的农村中低收入群体提供合适的金融服务。

（《和信》2019年9月刊）

# 第三篇

# 创新的长征

2020 年，中和农信开始提出了"一体两翼"战略——小额信贷为体，小额保险和农业服务是两翼。仅仅几个月后，2021 年春天的时候，我惊讶地发现，中和农信的战略改成了"四驾马车"，小额信贷、小额保险、农业服务和农产品上行。

从"一体两翼"到"四驾马车"，中和农信的业务拓展紧紧围绕一个熟悉的客户群体逐步延伸。一个客户，一根主线，业务在自然延伸。延伸使多方受益，客户有了更多的保障，也有了更多的收益，企业收入有了新的增长点，小额信贷的风险也降低了。

# 第十章　以技术服务"三农"

中和农信业务的拓展，是沿着以后的业务一点点延伸的，新业务尽量围绕同一个熟悉的客户群体，对原有业务也要有补充或者增强的作用。

在农村，中和农信的客户是小微群体，他们凡事都需要自己亲力亲为，而且大多数是体力工作，非常容易因为各种意外造成受伤甚至死亡。从服农助农来讲，中和农信顺理成章地为客户提供了各种保险，提供更多的保障。早年间，中和农信就意识到农户风险高的特性，在提供信贷产品的同时，就给客户赠送意外保险。随着业务的扩大，赠送保险的花销越来越大，送不起了怎么办？

于是保险业务诞生了。

中和农信的客户中，至少一半客户都是种植户和养殖户。一个典型的中和农信客户，最大的风险已经不是个人信用风险（中和农信在信用审核上非常有经验）。大家担心的是，万一农户买到假化肥怎么办，万一买到劣质饲料怎么办？如果农户没有很好的种植、养殖技术，他的生产成本太高，市场没有竞争力怎么办呢？如果人工越来越贵，农户自己忙不过来，又雇不起人，让农活儿错过了时间怎么办？

于是农业服务业务诞生了。

　　客户没有意外发生，种植和养殖搞得很棒，是不是就万事大吉了呢？并不是的，如果农户没有很好的销售渠道，和市场也没有有效的对接，容易遭受市场风险又该怎么办呢？如果能帮助农户直接卖一些东西，农户就能再增收一些。

　　于是农产品上行业务诞生了。

　　一个客户，一根主线，业务在自然延伸。延伸的过程中，客户有了更多的保障，也有了更多的收益，企业的收入也有了新的增长点，小额信贷的风险也降低了。

　　不过，实话实说。中国的聪明人很多，而优秀的企业家，是聪明人中的聪明人。相信我们能看到的打法，企业家们看得更清楚。类似围绕主线拓展业务的方法，估计他们都知道，也都会用。

　　不过，我相信，即使如此清晰的路径，也不是每个企业家都能做好的。大把大把在拓展业务时的拓荒者，会死在业务黎明前的黑暗中。

　　背后，是对于人性的考验。

　　我们都喜欢马上开工，马上见效，延误等待。但是，很多时候，我们需要有一颗长期主义的心。我们要忍耐，要忍耐时机的成熟，要忍耐尝试中的挫折，忍耐岁月的磨损。

　　在历史书中，能被记录的只是少之又少的一鳞片爪。在读了以后，会让我们有误解，好像各种事件是一一相连的，而且是有且仅有一条时间线。

　　实际上人类社会极为复杂，任何一个时刻，都有无数个事件在发生，无数部人生之剧在上演。在现实世界中，哪怕是普通的一个个体的历程，很多事情也是交织在一起。对于个人来说，极其重要的变化或者极为重要的一个抉择，并不来自昨天或者前天，而可能是 3 年前的某一个抉择，也有可能是某年遇到的一个人或一句话。

对于公司来说，也一样。

## 10.1　迷茫的我遇到谜一样的中和农信

2015 年一个阳光明媚的下午，窦华茂又一次接到了好友的电话，约好晚上一起吃饭。几个月来，窦华茂被请了好几次客了。

醉翁之意不在酒，请客之意自然也不在饭。

好友的目的是说服他加入中和农信。

窦华茂没有答应，他是有顾虑的。初为人父的窦华茂，有了女儿，人生却更加迷茫。当时热钱涌动，风口论盛行，社会整体都充斥着浮躁的氛围，窦华茂身边的朋友都在追逐 O2O、互联网金融、共享经济等新概念，拿着 PPT 就感觉已经完成了整个项目，开始估值，融资；再估值，再融资，然后从投资者到 PPT 写手开始同步梦想上市的那一天。

窦华茂坚信一句话"仰望天空，更要脚踏实地"，但在那个时候，他很艰难，一直希望找到真正脚踏实地的人和机构。

当时，中和农信成立已经 7 年，虽然是独立法人，但中国扶贫基金会在当时是大股东、机构创立者、小额信贷行业的呼吁者，也是密切的合作伙伴。

因为工作经历，窦华茂对各种基金会的态度比较谨慎。过去的工作经历，让他见多识广，既看到了公益慈善领域的动人之处，也确实见识了一些以"公益"的名号，借助各种名头的关联公司，争取到拨款和善款后，或者大手大脚或者中饱私囊。

"说实话，那个时候，我对公益基金会普遍没有好感，并不是说只针对中国扶贫基金会，对所有基金会我都没有好感。"

中和农信人没有辩白，只是说"这家公司不一样"，建议他来看看，和公司负责人聊聊。

百闻不如一见。

没有高大上的办公楼，只有一座简陋的小楼（扶贫基金会的办公地）。总经理办公室局促得很，除了一张电脑桌和一把椅子，剩下的空间最多只能放下第二把椅子和一个小沙发。窦华茂见到了穿着朴素的刘冬文。屋子实在太小，大家只能借用稍大点的会长办公室。

第一次见面只有一个多小时。随后又交流了几次，窦华茂决心"先试试"。

一周后，开始下乡。他对农村没概念，对农村业务也没概念，跟着客户经理一家一户地去走客户。那个时候他不知道跟客户聊什么，完全是两个世界的人，聊不到一起去，没法对话。但是，当时给他印象最深刻的，是见这些客户的时候，他们的眼睛。

"眼睛欺骗不了你的。那个时候客户还是小组贷款，都是妇女，额度都比较低，一户来讲就是不到1万块钱，而且是现金放款。她们经济水平真的很差，也没有智能手机，家境也真是不好。看她眼睛对你的感谢，那是真实的，那是骗不了人的。"

最终，窦华茂决定留下，负责乡信业务和品牌工作。


有一年公司年会上，他分享了自己对中和农信最初的疑惑——这帮人究竟是图个啥？

为了省事？成年累月，翻山越岭，给农户一个个放款，再一个个收款做这个业务，做这个事情可是不容易做。

为了挣钱？如果挣钱的话，不可能挤在基金会的小二楼里，还是那么简陋的环境。哪怕到现在，也不怎么挣钱，一线员工工资还行，管理层对比金融业的同行，那就太一般了。

为了名气？到底中和农信是公益还是商业呢，用小额信贷助农，在社会公众中又能有啥名气呢？

很长一段时间他没想明白——"刘总他们坚守的是啥？"

答案就在问题里，只不过是相反的。

"后来我才明白，其实不叫坚守。如果是坚守，说出这个词的时候，就说明你从心里是抵抗的，是艰苦的，就像我现在做农服似的，有人说很辛苦，实际上我不觉得辛苦，也不觉得是坚守。觉得这个事情就是应该你干，而且你干的过程当中，你说很难吗，很累吗，很苦吗？这个事情就跟呼吸一样，跟吃饭一样，就是自然而然在做这个事情。"

当一件事变成呼吸，变成吃饭，就和生命同在了。

"真正把这个事情能做20多年，没有做垮，而且越做越大，可能就是他（刘冬文）没有把它当成一个事业，或者是当成一个责任或者使命在去做。这些东西太大了，对人、对企业都压得太大，他很轻松。"

这是窦华茂的发现，也渐渐变成了自己在中和农信的活法。


中和农信人有自己独特的风格，他们相信自己就是做这个事情的人，自己能解决一部分人的问题，同时也能解决自己的问题。他们没有好高骛远，也不想去做过于远大的规划，就是一步一个脚印、一步一个脚印走下去。

## 10.2　创新就是不停地撞南墙

2015 年起,刘冬文发现,整个市场和监管都在发生剧烈的变革,公司必须得多元化发展,否则在未来某一天,一定会受到抑制或者遇到瓶颈。

他决定成立一个新部门,专门探索新业务。新部门名字就叫创新业务部。新部门需要合适的负责人。

2016 年,刘冬文和窦华茂交流,需要他做个决定。二选一,一个是专门做品牌,一个是做创新业务,选择哪个?

窦华茂做了多年品牌,觉得没有什么挑战性,他决定专门负责创新业务。

这个工作,让他几乎或主导或见证了公司所有团队的各种创新尝试。

如何依托中和农信多年的业务基础,与信贷业务有机结合,利用互联网思维和技术优势,延展多元化服务,打通新的农村市场,成为首要攻克的难题。

当今几乎所有企业都会认同创新的重要性,不过不是每家企业都能真正地去创新。创新,就是不断地试错,试错后,可能是成功,也可能是失败,还可能是成功后的失败。

创新业务的特点就是不断失败。

早在国内 P2P 平台火热之前,中和农信就成立了自己的 P2P平台——乡信。向社会募集资金,以小额信贷的模式提供给乡村和县域市场里的客户们。中和农信严格且高标准的小额信贷业务让乡信平台从成立开始，就极为平稳。后来，因为政策环境发生变化，乡信最终还是平稳下线了。

此外，中和农信还尝试了互助保险，提高小额信贷用户的保障，高峰期每年有几十万单的业务量。后来因为政策原因最终也终止了。

如果说乡信和互助保险，因为政策和行业规范的原因，不得不终止或转型。那么，农产品上行业务，则是另一种情况。

农产品上行，就是把村子里的农产品卖到城里去。乍一看，很适合中和农信，真到实践的时候，发现这是一个经过千锤百炼的行业。行业从业者们已经异常成熟，农产品上行几乎成了价格红海，利润稀薄。农产品流通的要求也很高，稍有不慎就会挤压变质带来损失。一番努力后，遗憾告罢。

几年后，农产品上行业务又重新启动，换了打法后，才有了进一步的发展。

我们在农品一章会讲到。

在创新业务的实践中，在尝试农产品上行的同时，商品下行也在同步做着实验。中和农信的一个小团队推出了自助货架业务。具体做法和城市的自助货架类似，在货架上摆着各种零食、小商品，农民可以自己扫二维码支付，然后自己拿走相应的东西。大家找了几个试点，把货架铺到农村里。

很快，大家发现效果不太理想，就忍痛放弃了农村自助货架业务。

在我的访谈过程中，发现中和农信很多新推出的业务，常常在四五年前就开始做准备和尝试。中和农信管理层对于创新业务失败的耐受度也极高。在不偏离主线的前提下，允许新业务团队成年累月地反复尝试。

实际上，不光是新型业务，在公司发展方向上，也是如此。"刘冬文是个很有耐心而且很有远见的人。"一位熟知中和农信的专家分享。刘冬文会提前几年预判，并很早就开始主动调整。在大方向上的超前预判和积极调整，让中和农信总是占据着先机，为企业的发展获得了巨大的空间。

管理者的支持，让各个团队可以踏实安心地不断实践各种奇思妙想。

自我发育之外，中和农信还在通过对外合作，寻找新的商业机会。通过阿里的牵线搭桥，一家叫作"金粮满仓"的公司找到了中和农信。

金粮满仓是一家农业技术服务公司，希望可以嫁接中和农信的金融服务。他们为农户提供技术服务和化肥，农户不需要现钱去支付技术服务、化肥等农资的费用，而是转由中和农信提供小额信贷支持，信贷利息由金粮满仓提供贴息。

合作地点设在陕西洛川，当地没有分支机构，于是中和农信专门在洛川设置了一家虚拟分支，一个三人小组在当地为金粮满仓的客户提供信贷服务，顺便观察人家是怎么做的。

第一年合作，洛川的虚拟分支就为当地农户提供了 1300 万元的小额信贷支持。不过，噩耗传来，金粮满仓要倒闭了。金粮满仓当时理念比较超前，很像现在的社区团购模式。它在当地搭建了一个庞大的服务体系，在当地招站长，招村级代理，由专门的农业技术老师宣讲，告诉意向客户怎么施肥，用什么农资产品。如果客户没有现钱购买，需要贷款的时候，金粮满仓就会联系中和农信。中和农信会给客户培训信贷知识，签订贷款合同，不过发放贷款时，发的不是现金，而是直接发放农资。

快速的业务扩张，让金粮满仓的资金链非常紧张，严重依赖各个合作伙伴的支持。最终，资金链还是断了，金粮满仓辛辛苦苦培养的员工四散离析。这个过程造成一部分客户逾期，中和农信花了很大的精力去回收逾期的贷款。

很多人在事业没有起飞时，会觉得最难的事情是跑通商业模式，是拓展业务，但是当你成为商业老鸟时，会发现，最难的是保持平衡，积极发展与风险控制的平衡。保持平衡的背后，是稳定的心态和长远的考虑。

不过，对于中和农信，和金粮满仓的合作，虽然遗憾很多，麻烦也很多，依然收获颇丰。中和农信以此为契机，随后孵化了"中和农服"项目组。几年后，中和农服发展成为全公司的主要业务之一。

在中和农服的基础上，公司还发育了"中和商服"。农服是农业服务，那么商服就是商业服务了。中和农信的客户除了农户以外，还有不少是经营户，所从事行业从农用车司机到小商小贩，范围很广。在贷款业务之外，大家还想能给经营户更多的支持，比如说提供进货与销售渠道，帮助他们改善经营。

想法很好，做起来有点难。百行百业，各有各的秘诀，想帮助所有人提升经营，是非常难实现的。做生意更像是一种艺术，抑或一种技能，靠听讲是学不会的，必须在事上打磨。

想来想去，有一件事可以做。窦华茂联系到了中国连锁加盟协会，希望对方可以推荐一些靠谱的小型加盟项目，让经营户能用有限的资金启动自己的事业。加盟项目品牌可以不大，但是一定要承诺给中和商服提供的加盟商导入成熟的经营理念。一个没有经验的人，加盟以后，品牌方要有能力教会对方，能把生意做起来。

中和商服也采用了小项目组的方式，由两三个人负责对接，筛选了不同金额的加盟项目，选择了几个项目区做试点。

可惜的是，中和商服提供的服务，是高度专业和细分的，对于中和农信来说，并没有独特的优势。和收入稳定可预期的农业生产不同，商业经营的不确定性更大，没法复制"贷款买化肥"的小额信贷业务。也就是说，中和农信的小额信贷以及其他已有业务很难和商服嫁接，而靠商服自己又没有商业可持续的撒手锏。

中和商服的尝试暂时告一段落。

以上，只是中和农信在长期不断创新中的一小段旅程。实际上，在此之后，农业服务、保险业务、农产品上行业务都经历了更多的磨炼。


## 10.3  终于开花结果了

在艰难的摸索过程中，窦华茂最终在农业服务上开花结果："中国农业发展的趋势越来越强调技术服务，尤其是完整的农业技术服务体系。这正是我们可以做的。"

这一块并不是中和农信的传统强项，甚至可以说，这一块是缺失的。屡战屡败、屡败屡战的窦华茂并不畏惧，拉起了一众骨干人马。

　　说是一众，其实也没多少人，但每个人都精明强干。负责业务拓展的邓玮是一位女士，之前在翼龙贷工作，现在担任农服市场拓展中心负责人，回忆那段岁月，她几乎大半时间都在给分支做培训，讲业务。短短一个月，把偌大内蒙古跑了大半。另一位同事，钱海山，来自辽宁彰武，是资深的分支主任，拥有和分支机构配合的丰富经验，当时担任区域顾问，他在业务落地到分支的过程中发挥了巨大作用，同时也推进了新业务在辽宁地区的落地。在负责整体业务之余，窦华茂负责供应链中心，担起了整合供应链的重担。

　　"我们把重点战场设在了内蒙古。"窦华茂开心得很，"大家很欢迎农服业务。"

　　内蒙古的两位区域高管——高永利和哈斯，都是农服业务的坚定支持者。尤其是哈斯，最早支持农服业务，给了摸索期的窦华茂极大的鼓舞。

　　内蒙古地广人稀，很多地区的人均耕地面积远超内地，而且都是连片耕种，天然适合重视规模化、科学化的农服业务。

　　通辽区域片长、原科右中分支主任吴祥瑞，当了将近19年的老师和6年小学校长，然后进入政府部门工作，55岁时响应号召，加入了中和农信。

　　这是一位工作极其扎实的前辈，善于见微知著，能从一支烟、一双鞋上看出客户经理是不是有违规行为。客户经理对他既敬畏也喜欢，因为吴祥瑞会想方设法推着大家往前走。农服业务中，最适合当地的是化肥销售。吴祥瑞让客户经理提前做好功课，充分了解化肥知识和配套的信贷政策，在2020年的春季取得了极高的销售成绩。

　　"我们的一个客户经理，3个月时间，靠化肥业务就拿到了2

万元的收入。"吴祥瑞很自豪。

2022年,科右中实现了新老交接。吴祥瑞培养多年的原主任助理蒋志香接过了担子,成为新一任主任。

内蒙古喀喇沁分支,是2021年农服业务的冠军。在总部的支持下,喀喇沁搭建了完整的农资队伍,包括厂家的技术服务人员、多名"村级代理"以及中和农信的客户经理。村级代理基本都是村干部或者农资经销户,他们本就在村子里生活和工作,更便于农资业务的推广。为了在自己的项目区发展更多的村代,客户经理们也进行了农业技术补课。

如果纯粹自生性发展,培育速度太慢,跟不上现实需求。

随着中和农信企业规模的变大,公司领导层半惊讶半开心地发现,公司现在的资本情况,似乎可以做一件以前敢想但做不了的事情——直接收购成熟业务。

这个方式为农业服务板块打开了一扇重要的大门。在经过和公司股东、高管们的反复沟通和权衡后,一向稳健的刘冬文下了决心,决心采用收购或入股的方式,直接借力成熟且优秀的农业服务企业。

2021年,中和农信和成都天杰有机农业发展有限公司正式达成战略合作。成都天杰成为后者旗下农业技术服务公司,与此同时,中和农服技术服务中心也宣告成立。成都天杰的负责人张小川是典型的技术出身,他同时也负责技术服务中心的工作。

两家"深耕农村市场20年"的"三农钉子"机构在四川什邡正式"牵手"了。

成都天杰成立于2000年,和中和农信一样,将服务"三农"视为天然使命。这家机构最强领域是技术,拥有多个产学研与推广应用战略合作平台，拥有农业农村部登记的九大系列百多个品种规格的产品以及成套种植解决方案，通过了 ISO 质量管理、环境管理体系认证，并在四川省 8 个地市州设有 20 多个农业综合服务中心，在德阳什邡建立土壤污染治理和植物营养技术中心，是目前中国唯一一家以植物营养技术服务为主、以独自开发、生产全套植物营养产品相匹配的农业技术服务企业。

借助这次战略合作，中和农信依托成都天杰的技术服务体系，可以建立示范园，并以此为切入点，为农户提供更系统的技术服务。

多年来，中和农信人一直期待小额信贷与技术服务能真正结合，变成推动农村和农民增收的双引擎，实现 1+1>2。现在离目标更近一步。

不过，到底怎么做才能真正打通全产业链服务，一切都需要摸索。

"我们一直希望搭建起一个多层次的、能够满足不同规模与类型客户需求的能力建设体系。中和农服天杰技术服务中心，正是这一服务体系中的至关重要的支点，为中和农信的农业服务注入了崭新动力。"

刘冬文保持着一如既往的乐观和信心。

# 第十一章 农产品的旅途（农品）

## 11.1 漫长的旅途

各行各业中，总有一些词汇听起来不明觉厉，比如说农产品上行业务。

农产品上行业务，简单地说，就是把农村的产品直接卖到城市里。上和下是一个约定俗成的说法。下乡，是城里人到农村，上行，是村里产品到城市。

从理论上说，中和农信做农产品上行业务是顺理成章的。有无数小额信贷的客户从事农产品生产，中和农信能够以一手的价格拿到优质的产品，然后只要运到城里，签约几个大的商家，每天定期送货，就可以坐着数钱了。

真正一干起来，发现这事太难了。中国的农产品上行行业，成熟的流通方式已经存在了几十年时间。以北京新发地为例，整个流通链经过残酷的市场竞争，已经实现了优化。产地的菜贩、集中批发商、经纪人，每个角色能够存活，都是有内在价值的。他们承担了整个流通环节里所有的风险。任何一个企业或者说一个平台横空出世，切入农产品上行，想打通所有环节的时候，如果你的模式不发生翻天覆地的改变，是替换不了所有角色的。各种角色经历了市场竞争之后，沉淀下来的是最经济的一种模式或者一个组合体。

大家想尽办法，考虑怎么能够规模化地把农产品卖到城市里。最初的尝试是卖香桃和卖一些农产品，to C 需要大量人力和客户资源，暂时没有条件，大家就做 to B 业务，想给超市、电商平台供货，但结果做得不是很顺畅。

直接供货不行，那换个方式行不行？

中和农信想用视频的方式"带货"，自己做电商。各个分支机构员工拍了不少农产品的小视频，放到网上去传播，但效果不太好。效果不好，有多种原因，最主要的原因有两个。

一个是没有钱。如果你不采取烧钱的模式，在第三方网络平台上买流量，商品传播肯定很难成功。

第二个是选的农产品大多数是生鲜，对于电商来说，生鲜难度很高，本身就不容易做成功。

在过程中，出现了标准化的问题、产量的问题、价格的问题等一系列问题。最后，归根结底，找到一个症结所在：在当时，中和农信的供应链没有优势，也没有非常专业的人才选对突破口。从源头上，拿货价格不一定有优势；在流通链条中，因为业务不成熟，操作成本不够经济；和超市合作中，单品控制、档期的要求又很难全部满足……

问题如山，堵住了进一步前行的道路。于是农产品上行业务，只能暂时偃旗息鼓。但是，中和农信的努力并没有白费。

## 11.2　疫情之中有真情

2020 年 1 月 23 日，农历大年二十九，眼看着第二天就是除夕夜了——全体中国人一年一度最重要的日子，代表全家的团圆和新一年的到来。

可是因突如其来的新冠疫情，让这一年格外不同，深深铭刻在我们所有亲历者的心中。这一年的春节，出京人数比往年大幅减少。北京城一下子比往年同时期多了百万人口，蔬菜需求量大增。

面对这样的情况，京内三大生鲜超市及其他销售企业通过京津冀农产品行业联盟联系到了中和农信农产品上行中心。

2019 年，中和农信的尹作丰和这几家商超已经有过合作，共同帮助河北崇礼的农户们销售彩椒。由于这段经历，这几家大型商超的采购方对中和农信已经非常熟悉，在合作中结下了深厚友谊。尹作丰曾经是北京最大的农副产品集散地——新发地市场的管理者，对农产品业务非常精通。

这次遇到困难，大家首先想到了中和农信强大的农村市场资源。

获悉此情况，中和农信农产品上行业务中心立刻积极响应，与河北、内蒙古下辖分支机构取得联系，统计库存蔬菜资源信息，整合供需双方资源，确保蔬菜供应。

效率是惊人的。1 月 30 日，中和农信已经有滦县、康保、宽城、定兴 4 家分支机构"参战"，保卫市民们的菜篮子。他们整合当地蔬菜资源，平价收购大白菜 37 万多斤、胡萝卜 1 万斤、土豆

1万多斤、白萝卜1万斤、黄瓜2000斤，随后40多万斤蔬菜火速运抵北京，连夜验收合格后，在超市上架销售。

随后，中和农信还有许多分支机构陆续加入平价蔬菜供应序列。

"其实面对疫情我们也会害怕，但是保障蔬菜供应是一种社会责任，所以接到农产品上行中心的通知，我们就开始全员备战。大家都在积极想办法，找货源。最后联系到了我们本地的蔬菜基地，答应平价为我们供应蔬菜。"中和农信康保分支主任乔彬如是说。

位卑未敢忘忧国，作为一家具有公益基因的企业，疫情到来时，不会吝惜每一份力量！对于这家年业务量在百亿元以上的企业来说，能完成这份工作，最重要的动力还是那份使命感。

## 11.3　一粒大米背后的故事

对于中和农信一线的同事们来说，2020年经历的不只是疫情，还有公司各种业务线的扩张。

现在早已经不是自给自足的时代了。农民种地最主要的目标是赚钱，于是会选择种植最适合当地以及最有市场的农作物。如果自己家所在的地方不是水稻产区，偏要种水稻自产大米，其实是一件费力费钱且不讨好的事情，倒还不如直接买大米省事省钱。

有趣的是，即使是南方的水稻产区，也一样有客户会购买中和农信的大米。原因倒也简单。中和农信销售的大米来自东北黑土地，做熟米饭后，无论是口感，还是米香都远远好于南方的籼型杂交水稻产出的大米。

不过，中和农信还想走得更远。毕竟农产品最大的市场并不是在乡村，而是在城市。

农业是一项艰苦的事业，不管你是种植户，还是养殖户，都很辛苦，每天灰头土脸，整年汗水洒地，即便如此艰苦，也不一定赚钱，甚至有时候还会亏损。一旦天旱洪涝，歉收了，没有钱。一旦大丰收了，供大于求，农产品不好存储，只能贱卖，一样没什么钱。

"一个农民对我说，他干了这么多年，总希望下一年会好起来。听得我很伤心。"一位业务负责人回忆，"中和农信得做点事情，帮他们过好，至少不要老亏钱。"

有一个善良的愿望是容易的，让愿望实现则很复杂。在突发的自然灾害之外，最重要的因素是市场交易环节。农产品首先要种类符合市场需求，其次是品质要好，再次是有销售通路的保障。

说来说去，直指一个方案："现代农业＋订单农业"。这正是中和农信在农产品领域的重点方向。

农产品想做好，需要超级多的配套要素，相互链接成为一个链条。从某种程度上讲，农业要素难度远超过一般工业。

农户、合作社、城市销售方，需要大量的协调工作。基础配套设施、农业技术、运输、良种、化肥……每一件都需要用心。

时至今日，农业已经和我们过去大不相同。哪怕是一辈子都在种地的农民，以现在的标准看，他的种地技术也不一定合格，必须引入更先进的种植技术。单枪匹马的小农生产，抗风险能力差，成本也高，果腹尚可，难提致富，规模化、集中化、集约化成为必然的方向。

大米的业务虽然比较喜人，但是中和农信只是采购成熟稻米、粗加工、转卖，只负责了商品的销售和流通环节，和自己从源头开始帮助农民的初衷并不契合。

2021 年起，中和农信决心做更深入的尝试。

如何尝试呢？方向直指订单农业。中和农信很务实，在农业服务领域多年踏实摸索，不徐不疾，不一蹴而就。同样，这次中和农信也没有画下漫天大饼，而是决定一步一步来。

# 第十二章　农民的保护者

## 12.1　从地板厂的对话谈起

如果不是中和农信有返聘的政策，辽宁新宾分支的郝明莲早已经退休 4 年多了。2021 年我见到她的时候，根本看不出她已经 55 岁了，思维敏锐，口才极佳，非常有黑土地特有的亲和力。

出于礼貌，我叫她郝大姐。只有新宾分支的主任迟云曦还叫她"小郝"。这也难怪，迟云曦比她长几岁，当初也正是迟云曦把郝明莲招了进来。

2002 年，迟云曦刚见到郝明莲时，郝明莲家里条件特别困难。两个女儿都在读高中，家里还有一个 80 岁的老公公需要照顾，还欠着外债。郝明莲必须走出来做点事情增收。

为人仗义的迟云曦招聘了她。刚开始时，郝明莲很害怕当众说话，当着所有同事的面介绍小额信贷流程时，会紧张到头发丝都直哆嗦。经过培训、鼓励和自己不懈的努力，郝明莲的潜能被挖掘了出来，到了乡镇上，面对 100 多人侃侃而谈，变化大到所有人都不敢相信。

　　郝明莲热爱自己的工作，这份工作改变了她和家庭的走向。工作这些年，她顺利地支持自己两个宝贝姑娘读完了大学，结婚生子。她是自己村子里第一个考了驾驶证的女性，顺理成章地成为村里第一个有自己汽车的女性，还买了自己的房子。

　　在一家木地板厂里，我们和郝明莲一起拜访了她的客户——地板厂的女老板。

　　不经意间，郝明莲聊起了一位共同的熟人。这是个可怜人，家境很不好，利用农闲的时间去给同村的一位村民做零工，因为突发的事故撒手人寰，丢下了老妈妈、妻子和孩子，却没有留下什么财产。

　　农村的乡亲们总是互相之间沾亲带故。郝明莲和女老板刚好也认识雇用这位熟人的村民。事故的发生，让他付出了很多医药费，还要承担人死后的赔偿。全程下来，恐怕这位村民也要一贫如洗了。

　　看着自己简陋厂房里的五六名工人，地板厂的女老板心有戚戚焉，但只能叹一口气。能怎么办呢？除了更强调安全，除了嘱咐大家小心一点，除了给工人们安排足够的休息时间，你让这个小工厂还能做点什么呢？

　　得之我幸，失之我命。这个当下，厂子还得开，工人还得靠这个吃饭。听天由命吧。真要发生这样的事情，只能认了。

　　就在这个当口，郝明莲提了一句，其实我们还有小额保险和工伤险，一个人花个百八十，这一年里如果受伤，凭着医疗单据能报销一大部分。如果真的最不愿面对的死亡发生了，会有一笔赔偿，一份 100 元的意外保险能赔 10 万。

10 万，在很多富裕起来的中国人看来，可能不算什么。但对于一个痛失家庭顶梁柱的农村家庭来说，真的是太重要了。

女老板接受了这份建议。

## 12.2 农民需要保险

2021 年在内蒙古调研时发现，当地农牧业为主的生产方式造成意外事故特别多。

有一次，我们访谈一家乡镇的联社（一种农民经济合作组织），联社负责人对我们说，2020 年时他们本来是盈利的，大家都盼着年底能多分点钱。结果当年出了事故，给联社送货的一名司机送货回来的时候，在路上车祸去世了。事后，一直打官司，联社可能最多要赔偿 80 多万。

他声音低沉，说我们联社一年利润就没了，得破产了，估计明年你再来调研时就看不到了。

第二天早上下乡调研前，当地分支的同事过来，和我们聊起这件事，这才知道，那位离世的司机竟然是这个分支里一名内务的老公公。

大家唏嘘不已。

因为工作环境和工作性质，农民远比城市里的人们有更高的工伤率和意外死亡率。因为工作环境和工作性质，一旦受伤，农民远比城市里的人们更加难以获得收入。

事实上，早在 2008 年，中和农信就开始考虑如何用保险为农户提供保障。很快，2009 年就开始给农户送意外保险。几年的摸索后，2016 年采用了互助保险的形式，成本低保额高，大家都很满意。平稳运行了几年后，2017 年，因为行业监管的要求，中和农信开始收缩互助保险业务。2019 年，彻底主动终止了互助保险项目。

农村需要保险，农户需要保险，既然互助保险的道路不通，那就换个方式——和保险公司合作，宣传小额保险。

实际上，2015 年，中和农信就已经和人民财产保险公司等保险公司合作，为农户提供保险。保险公司业务的主战场大多都在城市，在农村市场存在着空白，很多保障较好、保费低廉的业务，由于农户不知道而无人问津，因为成本原因，保险公司也没有动力推广。中和农信恰恰可以为农户降低风险，同时又解决保险公司自己开拓农村市场的成本压力。

因为乡助的下线，中和农信的保险业务主航道进行了转型，重点从互助保险转为保险代理业务，和保险公司合作，为客户推出了各种小额意外保险。

随着保险业务的发展，中和农信组建了新的部门——中和农保事业部，专门负责保险业务。


中和农信做保险业务，真实倡导了"保险"这个理念，以小额保险产品——意外险和健康险为主。每一单保费金额都很小，却是这家公司一直最强烈推荐的险种。

小额保险产品，对于穷人来讲太重要了。举个例子，云南省或其他落后地区，当地农户收入很低，买一个普通保险花费上千块，是很难承受的。但拿 100 块钱来做意外险的话，他们是可以接受的。

中和农信人延续了小额信贷业务里培训客户的传统，努力宣传健康消费、健康生产、不要酒后开车、留爱不留债、为家人保险等生活理念。

这样的工作是很磨人的，是一个逐渐教育客户、逐渐让客户产生认同的过程。不过，中和农信人淡然地接受了这份工作。因为它确实对农民有帮助。毕竟，最需要保险的人，就是不那么富裕的人，相对来讲有钱人是不需要买保险的。

说句心里话，笔者对于保险的态度也是矛盾的，一方面感觉确实有保障作用，另一方面又老担心保险的可信度。

中和农信在农村里也经常遇到类似的情况。很多农民对员工们说，保险是骗人的，只管收钱，出事就不管了，担心保险公司卷钱跑掉。

实际上，在中国，保险监管越来越严格，任何公司每一款保险都在保监会要备案。任何一家保险公司，首先第一点要有足够的注册资本，而且是现金形式足额实际投入。第二点，任何一家保险公司如果真的经营不下去了，是不能随意破产赖账的。第一时间中国银保监会会接管这家公司，再把它交给别的有资格合适的公司。这样，所有在这家公司投保的人，已经投保保单的效益是没有改变的，不受任何影响，保护所有的客户。

所以正规的保险只有划算和不太划算的问题，没有骗人的问题。重点是产品本身是否比较划算，如何搭配购买更合适。

奢望客户对所有保险产品都如数家珍是不现实的，只能要求中和农信员工一定要了解公司代理险种分别适合什么样的人群。经过培训以后，中和农信的一线员工基本都掌握了。

保险口碑好不好，还有一点也很重要，那就是理赔。理赔是不是及时到位，范围和金额是否与当初承诺的一样，也同样重要。

陆艳，之前在中国财富杂志社工作，2011年4月入职中和农信。从2012年开始，陆艳就开始接触团险理赔业务，专门负责和分支对接，处理客户的理赔事宜。高峰期时，每年要处理几百单。

理赔工作，让她接触太多生命的逝去。按照习俗，农村盖楼都要去吃喜宴，一位客户被邀请吃喜宴。当时楼房还没有围栏，晚上客户吃完了没看清楚，一不小心就摔死了，"说走就走了"。

"我经常在工位上打电话，沟通情况，对死亡看淡很多，并不畏惧，反倒是旁边常听到我电话内容的同事会感慨人生太惨了。"陆艳祥和而宁静，"理赔的人，有遇到放牛被牛踢死或者踩死的，溺水离开的也很多，还有小作坊里也常有伤亡，甚至还有因为卷帘门卡住被带走的。我们尽量争取能够让他获赔，钱虽然不多，但对客户家属来说真的是一个极大的安慰。"

这种对生命的理解与对客户的情感，让所有与保险打交道的中保农信人，都努力解决"投保容易，理赔难"的问题。

保险理赔是严格的，但凡有一点材料上的问题，都会被保险公司退回。分支机构面对的理赔客户，很多都是农村人，不幸罹难后，并不像城市里，手续都很正规齐全，该有什么证明就有什么证明。在村子里，常常是第一天离世，第二天就入土为安，当理赔时，几乎没有任何材料。所有的工作，都需要各个分支的客户经理们费心。经常会有这样的情况，一名内蒙古的客户经理驱车几百公里到客户家只为一份证明——上百元的油费已经远远超出当初客户投保的总金额。

这还不算最难的。

　　有一次，他们的一位客户，一家人晚上在家睡觉，突然间一辆满载的卡车撞上了房子，一家人不幸全部遇难。房子被撞毁了。因为全家离世，根本没人去告诉中和农信去保险理赔。还是客户经理听家里的亲戚提起后，主动去做理赔，到了现场才发现，没办法搜集死亡注销证明——因为这家没有人去开证明了，这家的亲戚们一时也不知道该由谁来负责开证明。没办法，和保险公司反复沟通后，只能是客户经理代替去搜集材料，才把钱理赔回来。

　　有的时候，客户经理太辛苦了，看着逝者家属那么伤痛，不忍心反复去催促家属，会觉得陆艳对材料要求太苛刻了，会有情绪。陆艳自己也会痛苦，也有情绪。但是，中和农信人都选择直面煎熬，扛过去，为了乡亲们。


## 12.3　小鲸护航

　　在这样的点滴努力和摸索中，刘冬文越来越坚定了做好保险业务的决心。乡村的保险需求是真实存在且巨大的，但少有人愿意去耕耘。高企的人力成本、繁重的客户教育、高比例的理赔、缓慢的商业节奏、熟人经济，都不适合这个追求快速成功的商业时代，但适合中和农信。几百家分支，几千名本土员工，扎实的工作风格，让一切化为可能。

　　2020年10月，孟繁锦加入了中和农信。同年，出于合规考虑，也出于对保险事业的重视，中和农信收购了一家保险中介公司。经过重组后，正式命名为"北京小鲸向海保险代理有限公司"，孟繁锦担任CEO。

人生的际遇其实很奇妙。孟繁锦当年高考所有的志愿都只填了一个专业：计算机。从武汉大学计算机科学学院毕业后的几年，也在从事技术工作。当时，外人看来，她和保险行业的距离实在有点远。

"我自己注重安全感。2000年，我大学刚毕业，刚有钱，就打电话给保险公司，说我想买一份保险。当时买了重大疾病保险和意外险两份保险，几乎是我一个月的工资。买完以后就觉得踏实了，可以自由出去玩了。"孟繁锦回忆。

站在保险公司的角度，客户主动联系保险公司，和客户经理首次见面就马上现金购买，不仅没有砍价，还因为随身少带50元，借钱后补上差价。多年后，她回忆起这件事情，仍然不由得感慨："我真是百年不遇的好客户！"

2003年，孟繁锦转入了保险行业。

这是一个对新人很不友好的行业，大多数人都需要从保险客户经理做起，每天都需要面对无尽的拒绝和冷落，还要保持职业的激情，挫败感如影随形，离职率自然惊人。

孟繁锦是少数的例外："我的成交率是非常高的，导致很多人自己开拓了客户后，叫我去一起成交，由我去跟客户讲。"

然而，随着时间推移，她的挫败感越来越强，也没有那么多成就感，甚至决定离开行业。"我不是被考核掉了，是对这个行业很失望。客户会感觉是你欠我的，很多业务员的做法我也不理解，很多主管们做法更甚。我比较理想主义者，也比较天真，所以我要离开这个行业。"

但最终她没有离开这个行业，而是离开了保险公司，进入保险中介公司，把财富管理理念、计算机技术和保险技能整合在一起，要给这个又爱又恨的行业带点变化。

隔行如隔山。很多人并不了解，保险行业有两类公司：一类叫保险公司。保险公司就像一个生产商，像苏泊尔、西门子这样的厂家，在自己擅长的领域设计生产保险产品，既有自己的直接销售人员，也会和保险中介机构合作。

一类叫保险中介。保险中介像是一个超市或者平台，比如天猫、京东，可以销售不同保险公司的保险产品。

"保险中介的核心就是服务。我们不用有那么多羁绊，必须卖自己公司的产品，而是真正地站在客户角度，真正地替客户着想，定制一套方案，方案由各家保险公司的拳头产品组合而成。在售前、售中、售后更好地帮助客户。"

2020 年，一位投资人朋友找到孟繁锦，希望她来中和农信，一起做点不同的事情。"朋友和我说，中和农信管理层和我很像，都是有很强的价值观、使命感的人。交流以后，发现的确如此。"

孟繁锦决定加入。


今天的农村保险事业，赶上了天时地利人和。中国农村的脱贫攻坚工作已经完成，下一阶段重点工作变成了乡村振兴。在这个进程中，还有一件重要的事情——防止返贫。

什么事会导致一个人或者一家人返贫？

对于收入不多、风险不少的农村人，生产、生活、身体等问题，都可能导致一夜返贫。

一场雨雪风灾、一次大病、一个操作失误，都可能带来严重的经济损失。

而保险，是解决不确定因素导致返贫问题最好的解决方法。

中国农村和城市是不一样的经济生态。城市的家庭只是一个亲情单元。但农村家庭不同，很多还是一个微弱的经济体，有自己的小作坊，有自己的种植养殖，甚至还要自己盖房子。而所有这些生产生活，方方面面都可以从保险中获得保障和支持。

即便如此，中国农村保险市场依然举步维艰。

中国农村面积广大，人口相对城市密度低，人均收入和受教育水平都不高。保险服务在农村普遍缺失，也缺乏专业化的流程。任何一家保险公司对比农村市场与非农村市场都会发现，在农村市场建立流程和提供服务的瓶颈更细、壁垒更高。

孟繁锦感受颇多："全国有200多家保险公司，有多少保险公司能够下到农村？下不去，很难下去，它有产品，有解决方案，但是下不去。大家都需要路，要想富，先修路，大家都需要路，要能下去才行。"

传统的保险行业，保险代理人流动性很强，少有任何专业服务。农村市场本来就非常依赖人和人之间的信任和背书，对保险不认可也自然在情理之中。

中和农信的优势恰恰就在此。经过多年的积累，中和农信有一支高素质的当地队伍，这是最大的优势。在众多项目区，中和农信都有自己的分支，且声誉颇佳，"庙在"。几乎所有的员工都生在当地、长在当地，不会跑路，"和尚在"。天然具有信誉优势。

而技术又让中和农信如虎添翼。"我们通过科技的手段，要搭建一个三位一体的体系——'科技＋专家＋售后服务'。让每位农民都能像城里人一样，享受保险专家一对一服务。按照这个路径解决整个全农村市场的保险问题，这才是我们在农村保险市场要做的事，而且一定是国家所倡导的。"

2020—2021年两年时间里，中和农信自主研发的技术平台相继上线。与此同时，在各地也陆续成立了分公司，满足合规和业务开拓的需要。

技术平台很重要的一个功能，就是根据实际情况，自动推荐真正适合当地农民的保险产品或产品组合。好的推荐，既需要有足够多的保险产品可供选择，又需要与保险公司沟通，对保险产品进行专门的优化。

对此，李霜露深有感触。她2016年加入中和农信，谙熟中和农信的文化和农村市场，现在在小鲸向海负责保险业务产品渠道以及营销活动。"我们会提出需求给到保险公司，在监管允许的前提下，对产品的条件进行一定优化，让产品更适合咱们的客户。希望在未来，我们能走向定制化，根据我们的服务区以及我们的项目区，销售专门定制的保险产品。"

新收购的保险中介公司，被命名为"小鲸向海"，名字里带着温柔与浪漫，倒显得不太像一家保险行业的公司。"我们是一家企业，虽然现在规模小，但是未来肯定会很大，很像一头小鲸。工商注册要求必须是四个字的名字，我们就说，那就叫'小鲸向海'吧，也代表了我们的志向。"孟繁锦说。

# 第十三章 乡村，数字化！

## 13.1 乡信的故事

2015 年，中和农信成立的乡信公司开发完成了 P2P 理财系统和 App，随后，面向农村市场的公益理财平台"乡信"正式上线。

易贤涛，2009 年离开中和农信，加入了一家互联网 P2P 公司。这家公司有一个很棒的想法——复制中和农信的乡村小额信贷模式，结合 P2P 业务的资金来源，实现业务闭环。

新的职业经历，让他发现中和农信远比自己加入的公司其实更适合 P2P 业务。新公司没有小额信贷的经验，更没有扶贫助困的基因与使命感，很难做好。

不幸被他言中，2013 年 3 月，这家公司停止运营。

这段 3 年多的经历，让他想明白一件事情——自己还是更喜欢在有社会使命感的公司干活。

2013 年 8 月，易贤涛重返中和农信，入职内蒙古区域督导，2014 年 5 月，成为新成立的合作金融部一员。

羁鸟恋旧林，因心有所属。易贤涛留在了中和农信，直到现在。

易贤涛并不孤单，不少中和农信人也都发现，P2P 业务和中和农信的业务有很强的互补性。在客户权益有保障和开发技术过关的基础上，我们为什么不试试？

全卫是开发团队的重要成员之一，她是中和农信技术领域第一位严格意义上的产品经理。她就是为了开发乡信系统而加入公司的："我是 2015 年 6 月加入了中和农信乡信金融技术部，担任产品经理。我们需要把整个 P2P 项目转化为计算机系统并安全上线，让客户可以充值，可以购买各种债权，可以提现退出。"

经过大家的努力，乡信系统最终在 2015 年 9 月上线。

现在说起 P2P，大家会联想到大多数项目爆雷，是高风险，其实 P2P 模式最初设计出来的时候，目的是通过平台，为借款人和贷款人两者之间搭建平台，促成海量的小额借贷业务，降低风险。

理论上，只要随时随地有海量的高质量的小额借款人，风险会很低。不过，理念永远是理想的，现实永远是复杂的。真到了现实世界，最大的问题出现了：几乎没有哪个平台能够随时随地找到海量的小额信贷需求，而且借款人还是高质量的。

但是，中和农信可以。小额信贷从创建之初，就天然满足条件。

就 P2P 而言，乡信跟市场上绝大多数 P2P 是不一样的。很多 P2P 只是一个网络平台，并没有足够的线下支持，去验证和跟踪贷款人，所以他们的放款大多是不知道放给谁的，对风险无从把控，只能依靠大数据。

这是很可怕的。不管是 P2P 还是小额信贷还是大额贷款，不管叫什么名字，只要涉及贷款业务，就有太多大数据覆盖和追踪不到的环节，就很容易爆雷。

而且，P2P贷款总体来说颗粒度很低，需要找到非常多的合格的贷款人。这点和小额信贷很像。对于一般的P2P平台，想完成这样的工作几乎是不可能的——没有人，没有经验，成本居高不下——就只能放弃这方面的努力。这几乎就是捂着眼睛过河，假装河水不存在，早晚会被河水带走。

但是，乡信的客户是明确的，就是小额信贷面对的客户由所在地的客户经理服务和跟踪，使得乡信始终能平稳运行。

中和农信最初的想法很简单，满足市场的需要。以国外小微金融机构为例。它们核心业务是四大业务：保险、理财、贷款、汇兑。当时，中和农信只做了一项小额信贷业务（汇兑业务，国内不需要，保险业务是后面开拓的），需要补足的一项就是P2P理财。

P2P理财做好了，第一个是解决当时优质客户和需求极多而小额信贷资金不足的问题，第二个是给已经摆脱经济困境的农村客户增加一个新的收入渠道。孟加拉国格莱珉银行，就是采用这样的做法，大家互相帮助，成为小额信贷的重要特点之一。

乡信项目经过了很多次优化，最终真正实现在保证资金安全的同时，客户随时可以提现。真正运营过P2P的朋友可能会理解，能持续地同时做好两点有多么困难。

一家公司的业务是否正规和健康，很重要的一点就是公司产品自己的员工是否会购买。一家面包厂的工人师傅如果从不吃自己家的面包，那么面包肯定有问题，如果他不仅自己吃，还推荐大家都尝一尝，那就是最好的品质背书了。

乡信做到了。中和农信刻意培育的透明公开的文化，让所有员工对自己公司非常了解。"我就在一线工作，还能不知道公司的情况？我们的信贷业务太健康了。"很多员工不仅自己投资了乡信，不少员工的亲友也投资了。

时间来到 2019 年，P2P 正常运营平台数量从高峰期的 5000 家下降至 343 家。乡信并不担心自己。严谨的操作、稳健的风格、高压线般的操守要求、优良的借贷客户和项目，完全符合规范。

2020 年，国家开始集中清退 P2P 项目。清退是一刀切式的，无论业务是否健康，所有公司必须一律关停 P2P 业务。

乡信平静接受，开始循序退出。按照清退的流程，监管部门进行了严格的审核。

监管部门在审核完成后感慨，处理了这么多平台，终于看到一家地道的 P2P 了。可惜要说再见了。

## 13.2  乡助，新乡助

乡信的发展过程中，一支小分队开始了新项目的研发。

最初"乡助"只是一份方案。

乡助，是相助的谐音，我们可以理解为农村版的水滴筹或者互助保险。乡亲们每个人存 10 块钱，如果有人生大病了，乡助可以给予支持，最多能支持 1 万元。

经过一段时间的研发后，2016 年，小额互助服务平台"乡助"登录手机端，通过低额的保证金，为农户提供个性化保障服务。

然后炸锅了。

2016 年 9 月，当时乡助互助平台刚刚上线半年，选择绥中、兴城、巴林右 3 家分支机构做试点。从产品设计和用户使用流程上，大家当时觉得是很通畅的，觉得没有什么问题。

试点 2 周后，窦华茂去绥中、兴城回访客户经理，看试点进展情况。第一站是兴城，会上，客户经理直接炸锅了，对使用流程抱怨声很大。到了第二站，与兴城一样。他马上订了一张火车票，就赶往了第三站，情况还是如此。

肯定是哪儿出问题了。窦华茂发现产品设计流程忽略了客户经理的实际操作难度，在回京的路上，就安排开发根据分支的反馈意见进行修改调整。

经过技术部门疯狂赶工，几天后新系统上线，业务量一下子就上来了。

事实证明，如果只是墨守自己过往的经验来做中和农信的"互联网 +"，肯定是走不通的，调整一定是常态。

乡助金额很小，一份只需要 10 元。客户经理很愿意推荐给小额信贷的客户。公司也专门为他们设计了话术："中和农信是个大家庭，我们全国覆盖了 × × 个县，已经有十几万客户了。你既然找中和农信借钱了，说明大伙有缘分，和十几万的朋友有缘分。这个家里面如果有一个人出事了，大家每个人出 1 毛钱，给人家赔个 1 万块钱，权当大伙资助一下他了。最好咱们自己别有事，但是如果有事的话，大伙也资助你 1 万块钱。收的钱不多的，你随 10 块钱就行，保你一年。"

对于农民来说，金额小能顶大用，如果自己健健康康，就权当随份子了。

乡助的客户数从 0 飞速发展到 26 万。

2017 年，国家对互助保险的监管收紧。各个互助保险平台陆续退出。

乡助选择退出。

刘丽美出生在河北承德市承德县的一个农村。从小到大的生活都波澜不惊，如果说有什么不同，就是刘丽美对公益事业情有独钟。上学那会儿她就投入了大量精力在公益活动中，在学校公益的小圈子里颇有些名气。2007年，刘丽美和同学撰写的一篇关注农村留守儿童教育的报告，获得了全国"挑战杯"三等奖。

站在大学毕业的十字路口，刘丽美面临着人生的重要选择。她学习的专业是统计学，10多年前，统计学是著名的"冷宫"专业，如果不转行，考个证踏踏实实做一名小会计是这个专业大部分人的选择。

可是刘丽美的热血早已被公益唤醒，自然不愿做个会计，于是决心来到北京。在历经多份工作后，2013年初，刘丽美加入中和农信。当时适逢中国社科院杜晓山老师把涞水和南召两家机构移交给中和农信。刚刚入职的刘丽美马上赶赴河北涞水，负责涞水分支的团队和业务转入，当年年底，她被调回北京做品牌营销工作。后来，她主管过乡信P2P平台，担任过市场营销负责人，后来又负责筹建新的乡助平台。"各种经历。什么活儿都干，直到现在，因为中和农信满足了我对一家好企业的所有期待，即使我们进行了一系列商业化改革，但根子里的公益基因一直都在，这也是我一直能留在这里的最大理由"。刘冬文曾感慨：我们搞招聘，就需要找到刘丽美这样的小额信贷的狂热粉丝。谁承想，这位"粉丝"一直在追着小额信贷之外的业务奔忙。

作为参与和见证过乡助一路变迁的老中和农信人，刘丽美深有感触：从乡信到乡助，一路走过来，她见证了中和农信的很多变化，但到底农村需要一个什么样的服务呢？无数次的思考和尝试，让她和同事们对这个问题的理解越来越深入。

2020 年，中和农信重启了"乡助"这个名字。之前的乡助是互助保险，而此时的乡助，则寄托了中和农信对未来的期望。

这正是中和农信人多年来心心念念要做的事情。信贷系统、乡信、乡助、农服、农品、乡淘……终于走到新"乡助"，一路走过来，坎坷不少，收获颇丰。

几个月后，吕韩莉也加入了中和农信战队。

吕韩莉是个拥抱变化的人。20 多岁裸辞大学辅导员铁饭碗，只身到北京闯荡，加入一家互联网国企从事运营，从一线编辑起步一路做到主编。工作之余，与人合伙陆续开了 5 所幼儿园。之后毅然退出，加入淘宝，深潜互联网运营至今。

是人弘道，非道弘人。她的加入，让中和农信互联网运营的实力大增。

此时的乡助已经升级为"三农"综合服务平台，代表着中和农信对"三农"领域数字化的更深理解，囊括了金融、生活、生产、公益等领域，包括了小额信贷、小额保险、农业服务、本地生活、乡助严选、乡课堂、农品直采等模块，以县域内用户需求为中心，采取"线上＋线下"的服务模式，提供综合性"三农"服务。

乡助，早已经不局限于手机 App，实现了全网域的覆盖，小程序、公众号、企业微信群、合作实体小店都能找到它的身影。

## 13.3　让技术在农村"贴地飞行"

2021 年初，长沙，中和农信中高层述职会。因为疫情防控的原因，北京的参会者远程参会。

一个对我来说很陌生的声音从线上传来，旁边有人告诉我"现在说话的人是赵占胜，花名叫江声，新上任的 CTO"。

赵占胜是一个健谈的人，和前任 CTO 余波的风格对比鲜明。

前任 CTO 余波拥有着科学家的风格，在专业领域极有造诣，意志坚定，做事有自己的节拍器，惜字如金但字字关键。赵占胜是典型的阿里人，更热情洋溢，在技术领域之外充满着对业务的热忱，对用新技术改造传统行业充满了兴趣。

无论是在支付宝聚宝、蚂蚁财富、金融业务等领域技术开发的赫赫战功，还是在印度 KTM 时对印度业务进行技术改造和印度技术团队的整合，他都成功实现了技术、行业、金融的融合和本土化改造，而且，能跨越不同的文化土壤。

"我们很幸运，每个阶段都能遇到最需要的人。"刘冬文很开心。

赵占胜提到了四个字"数字乡村"，用数字技术赋能乡村。

中和农信无疑是国内公益小额信贷实现商业化转型的典范，但即使如此，外界对中和农信商业前景的质疑或者说对所有做农村金融的质疑一直都在：中和农信这样的过度依赖线下的商业模式实在是太重了。

"重"的背后是因为"难"。

不仅是互联网时代，在任何时间，人们在选择商业模式的时候，人们会倾向于做轻资产、轻运营的事，站在成本端、内部运营视角去思考商业模式的选择。喜欢快速出成绩又不用付出太大的时间、精力成本，是人的天性。作为一个人，大概率都是喜欢做容易的事，而不是难的事。但是，农村金融一直是一个少人问津的领域，尤其"最后一百米"的农村金融，小而分散的贷款需求、难以把握的非标准数据、上千年的熟人社会机制、高昂的服务成本……无数的因素的堆积，让农村金融服务机构只能负"重"前行，因为这件事实在太难了。所以，中和农信的商业模式重，在某种意义上也是一个事实。但是，中和农信存在的意义是让这种重的模式要看到可持续发展性。20多年的发展历史和400多家分支机构就是最好的证明。多年来，中和农信以客户的需求驱动让品牌不断长大，通过标准化实现了业务快速复制。而标准化的基础支撑，其实是数字化。

现如今，中和农信的数字化已经从业务支撑逐渐发展为业务引领，而这也成为中和农信如今面临"商业模式不性感"时最大的底气。原本沉重的农村服务，如今有了一双"隐形的翅膀"。用赵占胜的话讲："我们希望让技术在农村'贴地飞行'。"

"现在国家讲乡村振兴，会带来新的机遇和挑战。咱们的农业产业，很多还是小农经济，数字化水平低，信息化数据化缺失，中和农信能考虑的就是帮助农民升级农业产业，更加标准化、规模化，把科技手段和数据手段用于农业的生产和农民个人能力的提升上。"赵占胜说，"对怎么用科技助力农业服务，我们也有思考。"科技化助力农业生产，推动农业装备智能化。中和农信紧跟农业科技进步，并积极部署相应能力，致力协助农民提升农业生产效率，包括飞防服务、植保项目监管、农田土壤生态环境监测与保护等。

另外，中和农信还在努力，通过数字化和上门服务，让客户足不出村就能获得金融服务。这里面工作量很大，既要对客户实施分层，满足客户需求、降低运营成本，又要基于数百万的客户基础，构筑县域熟人社会网络，做好业务发展和数字风控，还要对农业生产生活的全链路做过程拆解，让金融融入过程及场景之中，从而创造出更多元的金融产品。

乡助平台客户端提供农资产品、农业作物医院、小额农业贷款、农业保险、农技问答、智慧设备的全场景服务能力；乡助互助会员网络由客户经理、村级代表、乡助小店、线上社群紧密互动，并与乡助客户端实现线上线下联动；从乡助客户端的线上能力可延伸到农业的智慧生产指导，把信息采购、大田检测、经作管理、养殖监测等环节形成闭环。

其中困难也是有的。赵占胜坦言，农村有着不同于城市的发展阶段和竞争态势：群众文化程度相对偏低、人口分散、年轻人外流、老年人居多、客户信息较少、农业属深垂直领域等特点。但是，困难往往意味着机遇。"在未来，谁更理解农村客户、谁服务效率更高、谁的技术更贴近农业场景，谁就更可能胜出。"农村经济更贴近实体经济，有着追求供应链和价值链的整合、看重价值实现、倚重地推、决策复杂等特点。针对农村市场、农村业务和客户典型特征，中和农信技术团队将云计算、人工智能、大数据、物联网等先进技术要素应用至农村市场，思考技术与业务场景深度结合、打磨优化农民使用体验，落地了贴近农户的提效增收项目。而这就是让技术在农村"贴地飞行"。

中国也遇到了百年未有之大变局，既是机遇，也是挑战，中和农信将利用自身技术优势，结合深耕农村多年的丰富经验，逐步完善农村服务网络，用"贴地飞行"的精细化技术切实服务好我们的农业、农村和农民。

## 信 言　*XINYAN*

## 一体两翼，聚力前行
### ——多方合力推进小农户的现代化转型

刘冬文

大家下午好。

今天举办的中和农服"赋农2020"启动会很有意义。

中和农信的主营业务是提供小额信贷服务。我们的初衷就是想为农民在发展产业、增加收入的过程中，提供一些资金支持。后来我们发现，光提供金融支持是不够的，于是我们开始提供其他的辅助性支持，比如技术培训、市场信息等服务。但后来发现仅提供这些服务还是不行，因为农户还有生产资料采买、农产品销售等一系列问题。过去，我们也曾经引荐一些合作伙伴与农民合作，但发现仅靠引荐或推荐，仍然无法让农民享受到很好的服务。

于是我们想，能不能在信贷业务的基础上，嫁接一些增值服务，使我们的农户能够得到更好更全面的服务。于是，我们在今年年初，提出了"一体两翼"的发展战略。

中和农信的"一体两翼"战略，结合了农民的现实需求与中和农信的自身特点，当然也结合了中国目前农村和农业的发展现状。现在中国农业的发展，从大的方向上来讲，大家都想要"集约型"，比如经营主体的规模大一点的，规模化经营，向农业现代化发展。但在中国仍然分散存在着很多小农户，很多农民都经营着50亩以下的土地，要是在南方，可能只有5亩以下的生产规模，而中和农信恰恰是在服务这种小农户。

我这里提出的小农户概念，中央是有文件明确的。2019年2月，中办、国办下发了《关于促进小农户和现代农业发展有机衔接的意见》。文件很明确地告诉大家，中国的农业是以小农经济为主，我们未来的方向是要实现农业现代化，实现适度规模经营。但当前和今后，仍然有大量小农户以家庭经营的形式存在，这是一个客观事实。

那应该怎么服务这些分散在全国各地数量庞大的小农户？我们在农村待得比较多，我们知道农民最需要的就是种子、化肥、农药和资金支持。如果我们在这方面能给他们提供一些支持，就能在这些小农户实现现代化过程中帮助到他们，不至于让他们在实现农业现代化的过程中掉队。

党中央在充分鼓励发展多种形式适度规模经营的同时，也在完善对小农户的扶持政策，但很多政策落地困难。中和农信最擅长的就是把国家的一些政策转化为可以实际落地的措施，使农民能够真正地体会到、感受到、享受到实惠，正如我们做的普惠金融和精准扶贫。所以，我觉得这一块我们是有得天独厚的条件。

文件里也专门有一句话，"鼓励发展为小农户服务的小额贷款机构，开发专门的信贷产品。"农业农村部派人调研过中和农信，应该是希望中国有更多像中和农信这样专为小农户服务的小微金融机构。因为我们确实是专门为小农户服务的。

近年来，中国农民的生产生活条件和产业发展有了很大变化，随着国家精准扶贫政策的全面实施，中和农信近几年的工作重点也在发生些许变化。特别是在客户筛选方面，我们不再仅仅关注贫困农户。2013年中央提出精准扶贫之后，出现了"建档立卡贫困户"的概念。当时中和农信有两个选择：一是只做建档立卡户，完全按照精准扶贫的政策去做，政府兜底，只放款给建档立卡户，收取4.35%的基准利率，这其实是一个非市场化运作的方式；还有一种方式是可以不仅限于建档立卡户，走商业化运作，面向市场。中和农信选择了后者，采取了商业化。当时我们给自己的定位，是优先支持建档立卡贫困户，但重点关注那些还不能够享受扶贫政策、比建档立卡户收入略高一点的中低收入农户，这些农户是政府扶持的空白，也是金融机构扶持的空白，而中和农信正好可以补足这个短板。所以，在我们的客户中，有建档立卡贫困户，也有小规模的专业种养殖户，也有一些在本地创业的微型企业家，当然一些农户到县、市或者到稍微大一点的城市去打工创业，我们也提供资金支持。这是我们目前所涉及的四大客户类型。

还有一个变化，就是这几年农村贷款用途的变化。我们最早做小额信贷的时候额度非常小，农民贷款90%用作种养业，但是现在农民靠种养业已经不能完全支持自己的生产生活了。所以，现在我们的40多万贷款客户里，只有40%做种养业，也就是说，这40%的人是专业的职业农民，他们收入来源主要来自种养业。但对于大多数农民来讲，他们从事的是其他非农产业。

2018 年以后，我们开始尝试小额保险和涉农服务，也专门成立了保险代理、农服和农产品上行公司，分别去做保险和农村供应链金融。

今天现场都是我们来自基层的同事，包括从事农业领域的合作伙伴，你们对农村情况应该非常熟悉。关于小农户的特点，我想我们应该有共同的感受。

第一个特点是小农户居住比较分散、偏远，我们今天会议所在的扎鲁特旗，有 1.5 万平方公里，农户分布在各个角落，去一趟可能得几个小时。我们在内蒙古最远的客户，从分支办公室过去需要开车 300 多公里。第二是单户的种植或养殖规模相对较小。第三是效率比较低。因为没有规模效应。第四是一个很大的问题，随大溜。大部分农户养羊、种菜、种瓜果，其实对品种没有更多了解，只是看到隔壁种什么，他就种什么，听说种什么东西好，他就种什么东西。往往种出来之后产量高，但是卖不出去，因为大家都在种这个东西。

小农户在做小农经济的时候，往往都会面临这些问题，包括技术落后、成本偏高、产品销售困难、保险业缺失。在中国，保险也主要服务于富裕阶层，在城市比较多，在农村做保险则非常少。目前，农村里面见得最多的保险，一个是新型农村合作医疗；一个是农业保险，比如说玉米、大豆这样的大田作物，有政府补贴的保险业务。但是，真正适合单个农户的，或者有特色的小额保险业务，在城市里可能比比皆是，但是在农村享受不了，这是我们未来可以努力改进的方向。我们这两年在思考，能不能利用中和农信在各个旗县建立的服务网络，把外面的资源整合进来之后，形成一个链接平台。把农民，特别是小农户在实现现代过程中遇到的各种困难，都能解决掉，这是我们想做的尝试。

我们很清楚我们的优势是什么，我们离农民最近，我们的队伍长期驻守在基层，农户对我们也比较了解。而我们的缺点，是我们缺少上游资源和专业技能，也没有那么大的资本能够撬动更多的资源投向农村，所以我们采取的方式还是跟各种农业服务供应商合作。

去年，我们在摸索小额保险和涉农服务，取得了一些成效。今年上半年，原本我们想大展宏图，结果遇到了新冠疫情。新冠对农村还是有很大影响，特别是二、三月份影响最大。4月份我在项目区转了转，发现农民受的影响比较大，但是恢复得也很快。但即使在这样的背景下，我们的农服和农保两个团队，加上我们的主业小额信贷，应该说做得还不错。

比如说信贷业务，上半年发放40多万笔，76亿元小额贷款，刚刚追上我们去年的同期水平。其实我们在二、三月份下滑了50%的放款量，但是经过4—6月这三个月的时间，已经慢慢恢复过来，我们希望下半年放款量还是能较去年同期有所增长。小额保险较去年同期有增长，但没有达到我们的预期。我们在1—6月销售了43万单保险，保费约4000万，为2205户农户理赔1435万。我们的保险产品主要是意外伤害和重疾险。中和农服这块，上半年在内蒙古，主要跟中化和云天化两家企业合作化肥销售。我们在推销化肥的时候，借助了中化的技术团队，给农户做了一些线上的培训和讲解。当时，我们把农民组织起来去收看线上培训，其实这就是一个非常好的合作，你们有技术人员、有专业知识，可以提供讲师和课程，我们把农民组织起来上线参与。我们共组织线上培训33场，累计2万人次收听。在1—3月份，真正销售应该在3月份才开始，化肥交易额6100多万元，2万多吨化肥。4月份，最忙的是物流。因为我们第一次做这个事情，原来想象化肥都有现成的物流，比较简单，后来发现从厂家到县里不简单，从县里到村里更不简单。最后，我们说干脆把从县里到村里的物流，完全委托给分支机构，请他们想办法负责运下去，把化肥送到农户家门口。我们基层队伍的工作执行力超强，只要你把任务交给我，就会想方设法去完成。在短短不到1个月的时间里，我们为6300名农户送货到家，在这个过程中，农民收获了非常好的体验。你如果需要化肥，可以直接下单进行交易，下单的背后是类似赊销的过程，这里实际上就有中和农信的信贷支持。

我们的IT团队也很给力，做了一个专门的交易系统，非常方便。

此外，疫情防控期间，农产品上行团队为北京市场供应蔬菜、瓜果、羊肉，销售额1430万，涉及农产品1000多吨。

我想对于中和农信来讲，这些都是小小的尝试，但是我们在尝试的过程中看到了希望。看到农民在享受新增服务之后表现出的满意，我们也感到开心。我们希望在未来能够继续加大这方面的投入，在做好小额信贷业务的同时，充分利用当地网络，凭借小额信贷业务建立起跟农民的信任关系，不断推广我们其他的增值性服务，比如小额保险、生产资料供应、农产品销售等。我们诚挚地邀请相关领域的头部企业，跟我们一起，共同为农村小农户的现代化转型贡献力量。

　　术业有专攻，合作能共赢。中和农信也将发挥自己的长项，比如我们的服务网络，我们的本地化队伍、特色化产品、人性化服务。我们把应该在当地本土化完成的工作做完，比如组织培训、售后服务等，上游的工作就由合作伙伴来完成。今天在座的有六七家生产资料厂家，我觉得我们应该在这个方面加强合作：你们请专家鉴定各地适合种什么、种植什么未来销售情况会好，而我们就负责组织农户培训，给他们提供合适的化肥、种子、农药，以及养殖业的饲料。大家齐心协力来开展这个合作，将是非常好的选择。

　　中国有数以亿计的农民生活在农村，且大多数以小农户的形式存在。中和农信非常愿意和我们的合作伙伴，携起手来为农民，特别是为小农户服务。我们为他们提供方便快捷、经济实惠、安全可靠的农业服务，就是在为小农户实现农业现代化作出贡献。

　　　　　　　　（刘冬文在中和农服"赋农 2020"启动会上的讲话，节选）

# 第四篇

# 企业的社会使命

---

之所以会在一本记录企业历程的书中花很大篇幅写企业使命，是因为我两年多来的所见所闻。

在访谈时，几乎所有的中和农信人，都在向我解释小额信贷和小额贷款的区别，都在和我强调他们真的是在做扶贫助弱的事业。

真实的中和农信，是什么样？

两年多里，通过走访上百名中和农信人，上到公司董事长，下到一线员工，随机拜访了数十名客户，查阅了数百万字的公司、行业、政策资料，旁听了多次公司内部会议，还有幸看到了极多不对外公布的真实数据。最终，我选择了相信。

---

# 第十四章　企业的社会使命

中国人从骨子里就有一种天然的使命感。

《礼记·大学》有言："古之欲明明德于天下者，先治其国；欲治其国者，先齐其家；欲齐其家者，先修其身……身修而后家齐，家齐而后国治，国治而后天下平。"

这就是著名的"修齐治平"的出处。

一个人自我修养之后，才能照顾好家，照顾好家之后，才能治理好国家，治理好国家之后，才能使美德彰明于天下。

可以说，这是一种写在我们文化基因里的使命感，只要自己有一点条件，就希望对他人、社会、国家，乃至天下付出自己的一份努力。

骨子里有这样的使命感，也是中国人的福分。两千年来，中国社会无论多么动荡，我们总会有人站出来担当大任，让社会重新稳定，进而复兴。

如何用好这份使命感，对于和平时期的中国人来说，是需要智慧的。对于企业，更是如此。

## 14.1  段会长的感慨

2017 年 9 月 28 日，一篇名为《愿您今后多去喝茶唱歌，也常回来坐坐》的文章在公益圈里刷屏了。文中充溢着对同一天正式卸任理事长一职、光荣退休的中国扶贫基金会会长段应碧的感谢和祝福。

这篇文章发表于中和农信官方微信公众号，文中称段应碧为"一位有责任有能力、可亲可敬的长辈"，尽述他在履职期间的努力和尽责，文章跟帖评论者多为基金会内部的普通员工，他们从不同角度表达了对段应碧多年工作的肯定、赞赏和不舍之情。

段应碧，1940 年生，四川省万县五桥乡人，中国扶贫基金会第五、六、七届理事会会长。认识的人都叫他"段会长"或者"段老"。

上任中国扶贫基金会之前，段老有 40 多年的时间一直在国家决策部门从事农村政策研究工作，经历了农村改革开放的全过程，对我国农村的发展历程和政策演变过程有比较系统的了解，对农业、农村问题有比较深入的研究，参与了农村改革过程中的重大政策的调研和制定。

段老说话风趣幽默，没有一点架子，很直爽地聊起自己过往的经历。

1994 年，段应碧会长到印度出国访问，从印度再到孟加拉国进行考察。

当时有个插曲。在孟加拉国的行程中，有一天下午安排参观一个尤努斯教授的项目点。并没有人特别说要去参观格莱珉银行。

在去的路上，开车的孟加拉国司机对段老说："你们要去的这个银行很有钱，因为他们是放高利贷的。"

"利息有多高？"

"20% 的也有，30% 的也有。"

听完司机的话后，段老就没有过多关注小额信贷。

段老回忆道："我当时一听，心想这个项目怎么这么弄？那时我对小额信贷基本上不了解，而且从此以后形成了一个概念，就是研究农村问题我基本上对小额信贷就不感兴趣了。"这段插曲，段会长印象很深。

到了 2006 年，尤努斯因为格莱珉银行项目获得了诺贝尔和平奖，这让段老感到很吃惊——它那么个项目竟然能得个诺贝尔和平奖？

他开始认真琢磨此事了，这里面到底是怎么一回事？

"我决定好好地搞清楚。我找来大量的资料和书籍深入研究，直到那时我才发现，我原来的认识是不对头的，其实现在很多人和我过去一样，都是不了解小额信贷，就只认为它属于高利贷，那就会抵触。

"现在来看，小额信贷真的属于一种发明创造，它解决了普通银行嫌贫爱富的问题，解决了普惠的问题，解决了低收入和贫困农户的贷款问题，我觉得这真的是一条现实可行的路子。所以，我并不是站在支持扶贫基金会、支持中和农信这个公司的角度来说这个问题，而是要探索关于低收入和贫困农户贷款难的出路何在的问题。"

插曲只是插曲，实际上，段会长对于小额信贷和中和农信的贡献居功至伟。

自从 2006 年段应碧任中国扶贫基金会会长，十几年来，段会长自始至终大力支持小额信贷事业，从呼吁国家给予政策性支持为发展保驾护航，到与国开行等机构争取宝贵的资金支持，再到协调和对接各部门、各省扶贫系统，再到在各大论坛和会议上积极介绍和推荐小额信贷行业的社会价值……

可以说，如果没有这位老人，中和农信的发展道路绝不会如此宽广。

2017 年 2 月 26 日上午，中国人民大学—尤努斯社会事业与微型金融研究中心成立仪式暨中国人民大学社会创新创业论坛在中国人民大学国学馆报告厅举办。

成立仪式来了很多重量级的嘉宾，坐满了中国人民大学国学馆。其中，就包括格莱珉银行创始人、诺贝尔和平奖得主穆罕默德·尤努斯教授。他与中国人民大学商学院院长毛基业、中国普惠金融研究院院长贝多广、中国人民大学—尤努斯社会事业与微型金融研究中心主任李焰共同为中国人民大学—尤努斯社会事业与微型金融研究中心揭牌。

活动中有一个嘉宾对话环节，由贝多广主持。尤努斯教授、中国扶贫基金会会长段应碧、宜信公司创始人唐宁、蚂蚁金服首席战略官陈龙、瀚华金控股份有限公司董事长、重庆富民银行董事长张国祥参与现场讨论，主题涵盖普惠金融、社会企业、扶贫及社会发展等。

按照现在时髦的公共关系部门的做法，这是一个极好的打造自我品牌和机构形象的机会。说话一定是好事做一说万，糗事一字不说。

一个高朋满座的会场上，段老当着所有人的面，聊起了他那段孟加拉国之行。他不无遗憾地感慨，应当早点了解小额信贷。

段老说："没有想到，最近这 10 多年，我成了一个小微信贷积极的推动者，而且成了尤努斯教授的崇拜者。以前我在政府部门工作的努力方向之一，就是推动国有商业机构与国有银行向农村倾斜，尽量多放一些贷款。站在农业的角度，只要银行为农业增加一些贷款，我就满意了。

"后来到了基金会之后，我发现这个思路有点不完整。以前那么多的贷款，包括扶贫贷款给了谁了？不够精准。真正贫困的农民还找扶贫基金会来借。所以，我就转变了观念，开始投入支持扶贫基金会的小额信贷项目。2006 年，听说尤努斯先生获得了诺贝尔和平奖，我觉得他该得这个奖。我们错过了 10 多年，我们应该很好地向他学习。"

这位老人真挚的话语赢得了现场热烈的掌声。

## 14.2　利率问题

这次美丽的错过，并不是偶然的。一切的根源就在于一点：利率。

当初由于当地司机的一句"他们是放高利贷的"，让段会长与尤努斯教授及他的格莱珉模式擦肩而过。

小额信贷的利率偏高是不争的事实。中和农信根据贷款的额度和方式，实行梯度利率，哪怕是最低的利率也高于普通银行贷款，平均利率在 18% 左右。而格莱珉在孟加拉国的贷款利率更高。

年利率 18%？

初听到这个数字，相信很多人都会有疑问：

为什么会收这么高的利息？

这么高的利息，中低收入群体能承受吗？是在帮助中低收入群体吗？

尤努斯不知道已经多少次面对类似问题了。大学教授出身的尤努斯，用了"息差"（对外贷款利率－融资成本）的概念来解释。

一个机构，它发放的贷款，究竟是帮助中低收入群体，还是压榨他们，甚至摧毁他们，最重要的是看机构真实的息差。

尤努斯教授认为，就数据而言，当一个机构的息差小于 10% 的时候，它处于小额信贷的"绿色区域"，这应该是鼓励和倡导的。当息差在 10%—15% 时，处于小额信贷的"黄色区域"，虽然也在能够接受的范围，但是这样的机构最好要提高效率，降低成本，并进一步降低利率。当息差在 15% 以上时，便进入了小额信贷的"红色区域"。

换句话说，按照尤努斯的看法，当息差大于 15%，就不再是小额信贷了，而是标标准准的高利贷了。

谁都知道，对外贷款，利息越低越好。但一家可持续发展的机构，一定要考虑的是成本问题。如果息差只是 5% 的话，考虑上运营成本，任何一家真正的小额信贷机构都是无法自负盈亏的。

无法自负盈亏，意味着小额信贷机构最终会走向倒闭。一旦机构倒闭，本来能够支持到的客户群体，要么失去资金支持，要么只能转向去借高利贷。

12 年的公益之路，让段老成为小额信贷的坚定支持者。段老对小额信贷的认可，来自对大量真实案例的观察。

"贫困农民来贷款，如果是自愿贷款，他一定是算了账的。借的这个钱，利率是多少，是否还得了？还了贷款，还能不能赚钱？如果不能赚钱的话，农民是绝对不会来贷款的。但也有不同的情况，比如政府贴息贷款，不要白不要，那他可能会另外算账。所以，我觉得利率问题不应该成为关注小额贷款的人们过分关心的问题。

"此外，任何一个金融机构，无论是哪种类型，包括小额贷款公司，都要可持续发展，即要能够覆盖成本，实现财务平衡，而且多多少少还要有一点积累。应该根据这个原则来确定机构的利率，当我们看待利率的高低时，应该去分析是因为成本高还是因为赚的利润高。如果成本并不高，赚的利润却很高，这不是我提倡的。如果说虽然利率偏高，但是其实成本也偏高，企业实际上没有什么利润，或者有了利润但是并没有拿走分红，我觉得这个就是社会企业，是应该鼓励的。"

小额信贷的利率是一个非常靠谱的试金石话题。

刘冬文对此体会很深。

2008 年，中国扶贫基金会小额信贷部和辽宁省扶贫办一同考察辽东的小额信贷项目。从沈阳市清原满族自治县走到新宾县，了解机构情况，拜访贷款的农户，一路都是岁月静好，满满的正能量。

结果，不幸得很，一天下午，大家在考察的路上聊起了利率的事情。于是，同行的省扶贫办的领导和王行最互相争了起来。

两个人各执一词，一个说利息太高，扶贫的钱就应当没利息，一个说没有合理利息的话，机构亏损干不下去，农户干脆拿不到钱。两个人一路考察，一路辩论，几个小时后，终于都动了肝火。

从项目地回县城的路上，已经是晚饭时间，一行人马在路边找了个饭馆吃饭。菜都做好了，两个领导还在针尖对麦芒，一定要说出个一二三四你高我低，不然誓不罢休，绝不上菜。

跑了大半天的工作人员，又好笑又好气。笑的是，两位岁数加起来近百岁的中年男人一把年纪还这么血气方刚；气的是，明明闻到了厨房里美味的菜香，却只能捂着空肚子观摩战斗。

刘冬文极有耐心，揣着空荡荡的胃，闻着香喷喷的饭菜味，仔细地解释小额贷款的利率是怎么设定的，具体是怎么算出来的，农民的接受程度是什么样，等等。

双方并没有决出胜负，但是决定搁置争议，先把事情做好，只要农户受益就行。

终于，大家吃到了晚饭。眼泪汪汪。

有的争执，是为了更好地工作。中国的改革与发展之路，本就是一步步摸着石头过来的。大家有不同看法很正常，看法不同，不影响所有人拧成一股绳，做好一件事。

扶贫系统的同事们，虽然最初可能有不同看法，但是因为天天和中低收入群体打交道，有了一线调查的经验，会很容易接纳小额信贷模式。

相比之下，最难说服的，是银行界和投资界的同行们。

银行里的很多同人认为，中国各大银行、地方商业银行和农商行每年都会发放很多银行贷款，其中专门有一部分是给到农村的，贷款利息已经相当优惠了。你们这样的一家小额信贷机构，有什么存在的必要呢？你们怎么能说是扶持中低收入群体呢？这么高的利息，怎么可能有人贷款呢？贷了款的人，怎么可能赚回来呢？

投资界朋友的反应更有意思。

一部分人是业务狂魔，不放过任何有商业价值的信息。他们听到中和农信的贷款利率，再一问中和农信的业务增速，觉得这是一笔好买卖，是一只下金蛋的提款"鸡"。

另外一部分人是风控达人，平时对各种主流的金融业态谙熟于心。比起贷款利率，他们更关心的是风险贷款率。一看中和农信的不良贷款率，就觉得辣眼睛："总体风险贷款率不到2%，很多机构甚至是0逾期，竟然没有不良贷款！？肯定是假的。"

## 14.3　不同的视角

2020年，一部叫作《山海情》的电视剧火了。对于大多数中国都市人来说，也许这是除了新闻中脱贫攻坚的报道之外，少有的能了解到农村贫困和脱贫的机会。

我曾经认真地问过好几位扶贫系统的领导，到底中国扶贫的特点是什么？想了解中国扶贫，就需要先了解中国的贫困。

1995年，广西巴马瑶族自治县，世界银行项目区。

一位姓皮的世行项目官员吃完晚饭在县城里散步时，指着四周环绕的群山，对王行最说："行最，你看看这种地方脱贫致富，光靠发展农业你觉得有希望吗？"

"反正挺难的。"

"我看唯一的出路就是教育了。先上学，小学完了初中，初中完了高中，高中以后考出去，大学也好，中专也好，你就彻底离开了这个地方到外面去发展了，估计只有这样才能根本地摆脱贫困问题。"

王行最知道，这是外国朋友的心里话。

广西太难了，当地什么资源也没有，大山套着大山，深谷挨着深谷，依靠农业，能吃饱就不错了，谈发家致富真的是奢谈了。

个体想改变命运，最好的出路，无疑就是受教育，用教育改变自己命运，离开家乡到更好的地方去。

对于个体，离开家乡也许是最优解。

但是，对于像中国这样一个发展中大国，当初贫困人口数以亿计。大家肯定无法全部离开，要么面对家乡的贫瘠，忍受贫瘠的折磨，要么就改变它。

作为一个群体，我们无法逃避，必须直面困难，只有就地消灭贫困现象一条路。


中国的贫困问题有中国自己的特殊国情。国内和国外的贫困，有一个很重要的区别：很多国外的贫困指的是城市中的贫困，中国说的贫困主要是指农村贫困。

中国脱贫和振兴主战场必定是农村，有着数亿人口的农村。

不管消灭贫困的战场在城市，还是在农村，脱贫任务都艰巨。地球上能做好扶贫工作的国家很有限。世界范围内，最近几十年，能有效缩减贫困人口的国家寥寥可数。

能否消除贫困，背后最核心的原因，就在于一个国家是否真正重视扶贫工作。

郑文凯，中国扶贫基金会第八届理事会理事长，曾任国务院扶贫开发领导小组办公室副主任。

多年在扶贫系统的工作经历，让郑会长对扶贫工作深谙于心："国家把扶贫当作使命，一直是党的领导、政府主导、市场导向、全社会参与的扶贫格局，非常重视体系化和规范化，很重视有组织、有领导、大规模的扶贫开发。"

1996—1998 年，郑文凯挂职贵州省政府副秘书长，在贵州生活了 2 年时间。贵州山高沟深，当时交通条件奇差，看着近在咫尺，走起来费尽周章。只要是稍微远一点的地方，当天都回不来。一次去贵州黄果树出差，道路条件极恶劣，一路百转千折，万丈悬崖千尺深谷，搓板路炮弹坑泥池子。这次出差给了郑文凯难忘的回忆："我从来都不晕车，结果这次下乡都吐了，路太差了，根本没法走。"

随着扶贫工作的推进，贵州面貌发生了改天换地的变化。"现在贵州 88 个县全通高速了。"郑会长认为，像贵州的变化，不仅是当地人民辛勤奋斗的成果，更得益于党和国家对贫困地区多年来不遗余力的支持。

从政府的角度，扶贫济困不仅要考虑中低收入群体的就业和创收能力，还一定要"全面小康路上一个都不能少"。为了实现一个都不能少，中国做了巨大且持久的努力。

"新中国成立以后，我们就一直致力于让人民过上好生活，从改革开放以来，我国的扶贫基本上越来越成体系。"

体系这个词，普通人听起来很无感，但是落到现实中，就是一个跨度长达几十年的持续、艰辛的工作。

比如说"三西"扶贫。1982 年 12 月，国务院启动实施的甘肃河西地区、定西地区和宁夏西海固地区的农业建设扶贫工程。经过 30 年的努力，"三西"地区特别是定西、西海固地区告别了极端贫困状况，改善了基本生产生活条件和生态环境，改变了贫穷落后面貌，有力地促进了经济社会发展。

更重要的是，"三西"扶贫成为中国扶贫模式的试验田。它首开了实施区域性扶贫开发之先河，在改革单纯救济式扶贫为开发式扶贫、集中力量实施片区开发、易地搬迁扶贫、扶贫开发与生态建设相结合等方面所做的成功探索，所积累的丰富经验，对从 1986 年开始在全国范围开展有组织、有计划、大规模的扶贫开发，产生了深远影响。

还有就是"八七扶贫攻坚计划"，1994 年国务院发布《国家八七扶贫攻坚计划（1994—2000 年）》，这是新中国历史上第一次有明确目标、明确对象、明确措施和明确期限的扶贫开发行动纲领，从 1994 年到 2000 年，集中人力、物力、财力，动员社会各界力量，用 7 年左右的时间，基本解决全国农村 8000 万贫困人口的温饱问题。

到 2000 年底，八七扶贫攻坚计划目标基本实现，农村尚未解决温饱问题的贫困人口减少到 3000 万人，贫困发生率下降到 3% 左右。

在国际扶贫界，有一条惯例，一个国家的贫困发生率在 3% 以下，贫困问题接近于基本解决，扶贫就不再是该国最突出的问题。

但是对于中国，3% 就意味着 3000 万同胞还在贫困线下苦苦挣扎。这是不可接受的。

2001 年，国务院颁布了《中国农村扶贫开发纲要（2001—2010 年）》，也称第一个十年扶贫开发纲要。总结八七扶贫攻坚计划实施以来的成就和经验，研究部署新世纪头 10 年的扶贫开发工作。

紧接着，2011 年，《中国农村扶贫开发纲要（2011—2020年）》颁布，第二个十年扶贫纲要开始实施。措施千方百计，目的只有一个：到 2020 年，消除绝对贫困现象。

2015 年，中共中央、国务院发布《关于打赢脱贫攻坚战的决定》。扶贫力度达到了史上最大，各个贫困县的脱贫摘帽进程大大加快。"脱贫攻坚战"这个词在随后几年成为热词。

2020 年 11 月 23 日，贵州省宣布所有贫困县摘帽出列。贵州是最后一个宣布贫困县摘帽的省。终于，经过几十年的辛苦工作，中国 832 个国家级贫困县全部脱贫摘帽。

扶贫工作，是远远超过市场的力量的。在巨大的资金投入之外，还有无数的政府工作人员、扶贫工作者的汗水、泪水，甚至是生命。截至 2020 年底，1800 余人牺牲在脱贫攻坚一线。

一切，只为了一个都不能少。

作为扶贫系统的领导，郑文凯或亲身亲历，或亲眼见证的扶贫史，让他对中和农信的角色保持清醒的认识。

如果严格按照经济规律，凡是投入都要讲求回报，那么注定会有一部分人，因为自己的疾病、残疾、年龄、地理位置等原因，没有任何回本的可能，不可能得到资金支持——哪怕是小额贷款。如果这部分同胞得不到支持，就不是"一个都不能少"。

为了实现全面小康路上不落下一个人的目标，各级政府，包括相关的机构，在扶贫时，在面对需要帮扶的同胞百姓时，已经做好了只问付出、不求回报的决心。

因此，传统的做法中，他们真心觉得，给贫困农户的任何资助最好是白给，哪怕是贷款，也一定要给有贴息的优惠贷款。

而中和农信扶持的，是中低收入群体中的一部分，是可以依靠自己力量来增收、创收的群体。"补充、补缺、基于市场化的精准支持，这正是中和农信的作用。中国乡村最后一百米需要我们做什么，中和农信就做什么。"郑会长如是说。


2020 年，银行领域的《巴塞尔协议》一下子成为热点。

《巴塞尔协议》是巴塞尔委员会制定的在全球范围内主要的银行资本和风险监管标准。从 1975 年 9 月第一个巴塞尔协议到 1999 年 6 月《新巴塞尔资本协议》（或称《新巴塞尔协议》）第一个征求意见稿的出台，再到 2006 年新协议的正式实施，时间跨度长达 30 年。

《巴塞尔协议》的核心作用之一就在于银行业如何控制风险。从信用风险量化到核心资本充足率再到全面风险管理，协议都有严格的要求。

因此，一家正规银行，首要关心的并不是盈利水平多高，而是风险一定要可控。正因为如此，在所有的金融资产中，正规银行的存款都被列为最安全的资产之一。

为了保证金融风险可控，银行在给他人贷款时，标准高且严格。贷款人要有可以抵押的资产，最好是土地、厂房等不动产；还需要有担保人，贷款多的话，担保人得是资产众多的大老板，贷款少的话，担保人也最好是收入稳定的公务员；贷款人还需要有稳定且充足的流水收入，最好有贷款的良好记录作为参考。

很大一部分农村乡镇的农民、居民，按照上面的标准，是没有资格贷款的。尤其是农民，耕地是国家的，宅基地上的房子没有房产证，都没办法抵押，也没有合适的亲友做担保人，自家收入也不稳定。贷款标准没有一条够得着。

此外，银行严格的审批程序，带来另外一个副作用，就是贷款手续相对比较烦琐，从开始贷款到贷款下发的时间周期比较长。

农户普遍受教育水平较低。对于受教育水平较低的农户来说，一听到要填写复杂的表格，就直接被"劝"退了。农户，尤其是不发达地区的农户，居住很分散，到一趟银行网点需要很长的时间，而要办贷款的话，通常需要跑几趟。好不容易贷款下来，很容易错过了最佳的用款时间。

何况，在人情比较重的乡土社会，还有不少隐形的人情成本。

几番折腾下来，很多人干脆放弃了向银行贷款的打算。没有贷款的打算，也自然没有了贷款记录。如果一家机构，想给银行覆盖不到的人群贷款，而且还想控制资金风险的话，就要同时做到几点。

一是工作人员一定要下沉，下沉到村子，下沉到生产队，下沉到农户家里面。缩短金融机构和贷款人之间的距离。

二是人员一定要本地化，花大量的时间收集贷款人的各种信息，来弥补资产不足、记录缺失、担保人资格不高带来的无法还款的风险。

三是有强大的管理能力，从人员管理到信息系统再到风控管理，必须强而有力，没有短板。

四是要付出巨大的机会成本。

第四条，成为了银行下沉的最大心病。

前三条其实好理解，第四条专门解释一下。

什么叫机会成本？

机会成本是指企业为从事某项经营活动而放弃另一项经营活动的机会，或利用一定资源获得某种收入时所放弃的另一种收入。

作为商业机构，银行最主要的手段收入之一就是贷款利息。每年，银行必须贷出足够多的钱，才能实现自己的业务目标。

相比其他金融机构，银行是巨无霸一样的存在，资金规模可谓天量，是真的不差钱。理论上讲，只要贷款人满足贷款的标准，贷款是安全的，想贷多少钱，银行就能贷多少钱。

于是，就有了一个现实的问题——获得同样的经济回报，我们需要投入多大的成本呢？

一家企业客户，经营情况健康，手续齐全，资质过关，抵押物优良。这样的企业，肯定有财力聘任富有经验的财务人员专门对接银行贷款。一笔3000万元的贷款，对于银行来说，全程仅需1名银行信贷经理就足够了，15个工作日，坐在办公室里，喝着咖啡，谈笑风生间轻松搞定。而且1名信贷经理还能同时对接好几家类似的企业客户。

同样的3000万元贷款，如果是用小额贷款的方式，会是什么情况呢？

以中和农信为例，2020年放款金额是171.5亿元。

听起来很多是不是？

但是，171.5亿元是靠922000笔贷款完成的。

平均算下来，每笔放款额度只有1.86万元。3000万元，如果是小额贷款的话，至少需要 1600 笔！

也就是说，如果银行想做中和农信一样的事情，做 3000 万元的放款，至少需要服务 1600 个客户。服务内容包括且不限于：自带干粮型上门服务、走亲访友式信用调查、小学老师般教客户写名字填表格、亲生儿女一样教客户用智能手机……

这只是放款环节。

很多小额贷款是按月还贷的，客户根本没有"财务总监"替他们规划还款计划，都需要工作人员提醒。

好不容易银行把贷款发放完了，还得每个月一个一个提醒客户还款。

如此繁重的工作，一个信贷人员累吐血也干不完，至少需要几十位员工全职工作。

一位银行信贷经理，对接六七个大客户，轻松放款几亿元。

一群小贷客户经理，服务近 2000 个农户，忙死忙活放款 3000 万元。

借用四川话，小额信贷的成本高得飞起，干活累得很。


回到机会成本的话题。一群本来能够服务企业的银行人员，都去服务农户了。你得损失多少收入？

如果你是银行管理层，你会怎么选工作重点，你会倾向于为哪类客户服务？

如果把客户群比作森林。银行的客户就是巍峨高大的树木，小额信贷则专注于服务地面上的苔藓和小草。

两者是互补的关系。树木、小草、苔藓构成了完整的生态。

最近几年，形势有了新变化。政府的"一个都不能少"和银行的"不差钱"实现了融合。

在脱贫攻坚过程中，在政府的强力倡导下，全国各地的地方银行和农村商业银行也大力下沉，把海量的贴息贷款（政府补贴利息，贷款有时甚至是 0 利息）发放给了农户们。

著名的"530 贷款"就来自于此。"530 贷款"，也叫"530 金融扶贫贷款"，专门针对建档立卡贫困户，可以办理 5 万元贷款，期限为 3 年，期间利率 0 浮动，其中利息由当地扶贫办支付。

很多地方甚至是整村授信——村子里所有人都有了贷款额度。

有趣的是，中和农信发现自己成了银行审核客户资质时的重要参考。我在各地的访谈中，都听到一个说法：当地银行对中和农信的风险管理极有信心，只要是中和农信的客户，都会"一路绿灯，闭着眼睛放款"。要是有人质疑为什么给张三贷款，银行的回答很硬气："中和农信都给他贷款了，说明肯定没问题，我们为甚不敢贷？"

中和农信的员工们是既自豪又头疼。

中和农信感到了压力，很多老客户转身离开，从银行拿到了更优惠、金额也更大的无息贷款。

弱者面前压力带来的是退缩，强者面前压力带来的是进化。


通过我们上面的分析，能轻易得出一个结论。比起银行的贷款成本，小额信贷成本不是一般的高。最大的成本来自两块。

一块是资金成本。小额信贷机构不能吸纳储蓄，融资成本自然就很高。举个例子，银行活期存款的利息一般只有百分之零点几，一年期定期存款利息也才不到 2%。而中和农信历年的融资成本基本是 6%—7% 之间，已经是业内最低的水平了。

一块是人力成本。人力成本控制，是小额信贷行业世界级难题。你想啊，在内蒙古，去一个客户家单程 500 公里，得是什么成本？500 公里风雪路，对方就贷万把块钱，利息收入连油钱都不够。

有人做过估算，很多小额信贷机构，平均人力成本高达 20%—30%！中和农信花了十几年时间，拼了老命降成本提效能，也才勉强降到 10%。

哪里有什么暴利，都是妥妥的辛苦钱。

算过账后，业务狂魔发现没有暴利可图，于是偃旗息鼓。

至于风控达人质疑的 98% 以上的还款率嘛，真的，都是真的。如假包换，100% 的真实。

小本买卖，亏不起啊。

如果没有高达 98% 以上的还款率，一家小额信贷机构业务很难做到可持续，很难扛住意外的波动。

除非金主爸爸一直心甘情愿，支持无限亏钱。

请问在商业世界，这样的金主爸爸哪里有？

多年的经验，早已经教会了中和农信一个道理：银行和投资界的朋友是无法用语言说服的。

他们聪明、自信、见识广、口才棒，一旦有了自己的观点，就很难用语言说服。

想通过辩论来证明自己的清白，是不大可能的。

最有用的办法，就是拉着对方去一线看下。

请同行们看看遍布各地的分支机构，走访下如假包换的贷款客户。一圈下来，同行们看到事实后，自然可以颠覆他们自己之前的观点。

# 第十五章　真相是什么

## 15.1　致谢

经过了 1 年多的实地访谈后，我终于理解了小额信贷利率的合理性。

首先，感谢中和农信董事长刘冬文先生。他的一篇文章中提出了现金回报率的概念，让我有了全新的角度。

其次，感谢中和农信副总裁白雪梅女士。白女士专门花了大量时间为笔者讲解了小额贷款行业和小额信贷行业的区别，并且详细讲解了生产要素成本的问题，还提供了多篇文章方便参考。

还要感谢中和农信的诸位同事，一年里我四处走访了大量分支机构，大量的现实案例，让我确信本部分内容是真实可信的。

## 15.2　段家的猪崽

对于小额信贷机构来说，融资成本高、人力成本高、运营成本高都是事实。任何一家机构但凡想可持续发展，贷款利率就没法很低。一旦利率跌破成本线，机构倒闭关张就是必然。

虽然设置较高利率的理由很充分，但毕竟只是一家之言，只考虑了小额机构自身的需求。

市场上讲的就是两相情愿。只提一家的诉求，并不全面。你成本高是你的事情，我可以不选择你家，没必要在一棵树上拴死。

很明显，视角缺了一半——客户的视角。

人们常说事实胜于雄辩。现实中，每年仅仅中和农信就发放了上百万笔小额贷款，每笔不到 3 万元，大部分都是老客户贷款。如果说一家两家愿意贷款是个例、是特例，那么现在每年百万级的贷款，就不可能是个例了。

事实充分说明，小额信贷利率及小额信贷本身都是可接受的。众多的案例说明了一个道理：客户们愿意从小额信贷机构贷款，能够承担利率，并能够从中受惠。

在调研中发现，有很大比例的贷款金额是老客户再贷款。五贷（累计贷款五次）客户、六贷客户比比皆是，甚至还有十贷以上的客户。

客户贷款并不是拆东墙补西墙，而是良性的。大多数客户贷款的金额每年都在稳步增加，资产规模也都有了翻天覆地的变化。

这些农户为什么可以接受小额信贷较高的利率？

我们从一个真实的故事开始。

1953 年，段应碧考上了初中。

当时这是一件大好事，新中国成立才仅仅 4 年，段应碧能有机会上初中，以后就是妥妥的高级知识分子了，未来可期。

不过，他全家都在犯愁。

收到考上初中的条子（通知书）时，已经是1953年的夏天，8月份要去上学了。条子上写着要6块钱的伙食费，还有2块钱的杂费，要交8块钱。

段家都是贫农，去哪里找8块钱呢？

没办法，为了要上学，段应碧的老父亲只好赶着猪去卖。

农村人养猪有个特点，8月份入秋以后，就要好好喂养架子猪（肉猪），一直养到冬天，等猪长得白白胖胖了，才会宰杀。一部分自个儿吃，另外一部分或者卖掉或者做成腊肉。

所以很少有人8月份前去卖架子猪的，那是很吃亏的，会少卖很多钱。为了让孩子读书，老父亲实在没有办法，决心不杀肥猪了，只能忍痛把架子猪拿去卖。

走到村口，恰好碰到一个村里信用社的工作人员。当时信用社工作人员都是农民兼任，和村民都很熟悉。

"你赶着猪干什么去？"

老父亲说："我们家卖猪。"

"卖猪干吗？"

"娃娃要读书。"

"多少钱？"

"8块。"

对方从兜里掏出8块钱来，还掏出来一个条，写上段应碧父亲的名字、金额。又从兜里掏出一个盒子，让老父亲在条子上盖上手印。

段应碧的父亲贷到了宝贵的8块钱。

可以回家了，终于不用卖猪了。

"冬天把猪卖了，记得还钱哦。"

8 元钱，让段应碧的人生发生了天翻地覆的改变。67 年以后，当段老向我们讲述时，依然细节拉满，好像昨天发生的一样。

如果这件事情发生在当代，让我们算一笔账。

假设生猪 1 斤卖 10 元钱。一头猪，在夏天还是小猪，个小体轻，最多只能卖几百元钱。而经过几个月育肥后能长到 240 斤以上，冬天再卖的时候，就能卖到 2000 元钱以上。

请问收益能差多少？

冬天卖 2000 元以上，夏天卖几百元钱，差价 1000 多块钱，收益率差一两倍。

如果因为缺钱，一家农户忍痛提前卖猪的话，就要少赚 1000 多元。在农村，1000 元可以做很多很多的事情。

如果是用小额贷款渡过难关呢？贷款 1000 元，6 个月后还清，利息不到 100 元。

如果你是这家农户，会怎么看？

还能怎么看，肯定是贷款合适啊。


## 15.3　四大发现

有四点，能够解答为什么客户愿意接受小额信贷的利率。

◆ 第一，小额贷款的可及性好。

小额信贷的客户其实大多都不是银行的客户群体。银行贷款利率相对低很多，他们为什么不从银行贷款呢？

晋朝时，有一年发生饥荒，百姓没有粮食吃，只有挖草根，吃树皮，许多百姓因此活活饿死。消息迅速报到了皇宫，晋惠帝听完了大臣的奏报后，大为不解，问："百姓无粟米充饥，何不食肉糜？"（百姓肚子饿没米饭吃，为什么不去吃肉粥呢？）

唉，要是有肉粥吃，谁还会挨饿呢？这不是吃不上吗！？

很显然，晋惠帝不是一个暴君，他善良地提出了自己的解决方案，却忘了（或者不了解）现实的促狭。

比起银行来，小额信贷不仅重视客户的资产状况和信用记录，也重视客户本人的声誉、品行和经营情况，等等。评价标准不一样，评价结论也自然不一样。

很多客户没法通过银行贷款的审核。比如，他们没有可以抵押的资产，没有好的担保人，没有信用记录，年龄太大，等等。但是他们中间的很多人，能够通过小额信贷的审核，获得宝贵的资金支持。

一分钱难倒英雄汉。讲的就是朴素的道理：有时，资金的可及性大于一切。

◆ 第二，很多客户真正承担的利息并不高。

利率高，但利息并不一定多。原因是什么呢？

贷款时间短。

很多小额信贷客户真正承担的实际利息并不高，因为他们贷款不需要贷一整年，往往几个月就还清了。

拿种植业来说。华北地区玉米的生长周期在 100 天左右，东北地区冷一些，生长周期则需要 130 天左右。从播种、出苗、三叶、七叶、拔节、抽雄、开花、灌浆、乳熟、成熟，最需要花钱的地方，就是买良种、化肥、农药、人工等几个环节。贷款周期最长不过三四个月，短的话只需要一两个月就还上了。农户贷了一小笔钱后，到了收获季节，玉米一卖，就立马还完了。所有的资金成本，不过就是三四十天到一百来天的利息钱。中和农信的小额信贷没有提前还款罚息一说，所有贷款都严格按照实际使用时间计算利息。这一点很重要。

搞养殖更是如此。

白羽肉鸡42天左右就可以出栏，黄羽肉鸡出栏时间长一点，也仅需50—60天。你贷款买来小鸡仔和鸡饲料，做好防疫工作，每天勤打理鸡舍，准时准点喂水喂食，小鸡就会健康成长，最多两个月就能变成合格的肉鸡。卖掉换钱后，扣除贷款本金和2个月利息，剩下的钞票才是大头。

蛋鸡就更不用说了，只需要120天到140天时间，蛋鸡就进入了产蛋期，开启了下蛋模式。产蛋开始后的6到7周达到产蛋高峰期，持续长达6到8个月！每天都能为主人带来财富，简直是一台咕咕叫的印钞机。

养鸡如此，养猪也不例外。一头猪仔，只要喂养得当，远离疫病，就会茁壮生长，从买来到养成出栏，仅需要150—180天！在猪肉价格持续高位的年份，养猪的回报率极高。即使在猪肉价格不那么景气的年份，因为猪肉是老百姓的刚需，养殖户也不愁卖掉回笼资金。

以上两点很重要，但是最最最重要的是第三点和第四点。

◆ 第三，一定规模内，小额信贷客户现金收益率极高。

在实地调研中，我发现了一个令人吃惊的事实。如果只是算投入资金和实际产出的账，很多小额信贷客户的项目收益率很高。年收益率60%、100%、200%，甚至1000%的项目，我都见过，全国多的是。

估计会有人跳出来喊:"我信你个鬼哦。你告诉我,现在哪儿有 60% 收益,还安全可靠的项目啊?我现在账上就趴着 100 万、1000 万、1 个亿,要有的话,我当天就投资,我投给他!"

对不起,真的有。

但是,你投不了。

准确地说,你越有钱,越投不了。

一个老阿婆,投资 50 元,以 5 角钱一袋从批发市场买来 100 袋小零食,自己小推车运到学校边,下午放学时,以 1 元一袋的价格卖给学生娃。1 小时内全部卖光。

顺利拿到了全天的生活费,还有一点钱可以攒起来。

请问收益率多少?单日收益率 100%!

妥妥的财富神话啊!股神巴菲特在 100% 的单日收益率前都黯然失色。

请问,同样一位老阿婆,假如有一天突然想发大财了,一次性投资 1000 元,买了 2000 袋小零食,当天收益会怎么样?

大概率还是只能卖 100 多袋。

一所学校的学生数量是有限的,想吃零食的人数量是有限的,其中想吃老阿婆零食的人更有限。

阿婆发大财的梦想破灭了,还积压了不少存货。

很多小本生意,收益率往往较高。但是,高收益只限于一定规模之内,一旦规模过大,收益就直线下降。

带来高收益的原因,规模只是其中一个,最核心的原因是第四点——生产要素成本的不均衡。

◆ 第四,生产要素成本是不均衡的。

生产要素成本不均衡才是小额信贷受欢迎最根本的原因。

要素成本指企业在生产经营过程中，为生产商品所发生的各项要素费用。如消耗的各种材料、燃料、动力，计入生产费用的职工工资、折旧费、大修理费和日常设备维护费、利息支出、其他支出等。

也就是说，要素成本，就是生产者为了购买各类生产要素产生的成本。

那么，什么是生产要素呢？

生产要素指进行物质生产所必需的一切要素及其环境条件。在进行社会生产经营活动时，生产要素指所需要的各种社会资源，是维系国民经济运行及市场主体生产经营过程中所必需具备的基本因素。

生产要素有多种分类。有人分四类，有人分五类，有人分六类。按照六类的分法，生产要素分为土地、劳动力、资本、技术、经济信息和经济管理等六种。

## 15.4　六个要素

生产要素乍一听不大好懂，我们用例子说明。

比如，张三要在自己院子里养猪的话，有哪些生产要素呢？

1. 土地要素。土地不仅包括其本身，还包括地下的矿藏和地上的自然资源。对于张三养猪来说，猪圈的场地、为饲养人员管理人员技术人员提供的吃饭睡觉的场地等都算是土地。猪在吃饲料之外，还需要再吃一些玉米粒、地瓜蔓，等等。那么，种植玉米、地瓜的田地也是土地要素。有的跑山猪还要散养，顺带着吃野菜猪草，那么用来散养的土地，地上的野菜、野草也算是土地要素。

2. 劳动力要素。包括体力劳动者和脑力劳动者。张三养猪时，劳动力要素指的是养猪时投入的全部人力。如果张三决定养猪时还没有猪圈或养猪场，需要建设，那么也要包括盖猪圈时的人力。如果猪吃的玉米是自己种植的，那么还要包括种玉米的全部人力。对了，运输玉米、运输化肥农药、运输饲料……也都需要劳动力。简言之，一切人工。

3. 资本要素。包括资本货物、金融资产。资本货物，包括了张三养猪时用到的机器设备、猪圈、宿舍等建筑物，还有各种饲料、小猪仔，等等。金融资产一般指股票、债券和借款等。如果张三借了小额信贷，那么金融资产也包括了这笔小额的贷款。

4. 技术要素。包括文字、表格、数据、配方等有形形态，也包括实际生产经验、个人的专门技能等无形形态。对于张三，他自己养猪的经验、饲料的配比方案、防病防疫的技术等，都是技术要素。

5. 经济信息要素。是指与产品生产、销售和消费直接相关的消息、情报、数据和知识等。去哪里买猪仔，到哪里卖生猪，猪饲料哪家价格和付款方式最合适，等等信息。

6. 经济管理要素。又称为生产组织要素或企业家才能要素。

对于绝大多数小额信贷客户来说，他们的各个生产要素成本是不一样的。有的需要花钱，有的不需要，有的则成本极低。

还拿张三养猪举例说明：

1. 土地要素，几乎为零！在农村，张三养猪场地——猪圈，要么是建在自己的地上，要么是建在没人管的土地上，没有土地费用。张三家里自己养猪，所有工人食宿的场地就是张三家，而张三家建在自己的宅基地上，同样不需要花钱。种植玉米、地瓜的土地就是自己的田地，不需要花钱。跑山猪的场地就是荒山或者荒地，要么不花钱，要么就是张三以本地人身份承包的，承包价极优惠。野菜和猪草，本来就是地里野生的，不需要张三花钱购买。（我就问大家一个问题，在中国，如果你做生意，土地、厂房、住宿、商铺都免费的话，赚钱容易不容易？）

2. 劳动力要素，不计入成本。小额信贷扶持的养猪户规模都不大，张三和张三媳妇就是最主要的劳动力。养猪的人力、种植玉米的人力、运输的人力都是张三和媳妇两个人。张三如果经验丰富的话，连兽医的活都能兼职干。人力就更省了。简言之，一切劳动力要素，就是夫妻要素。

3. 资本要素，只需要一点成本。张三用的猪圈是自己的，去年就盖好了，今年免费用。玉米不需要外购或只需要再买一点补全差额，花钱很少。小猪仔，如果第一年养猪是外购的，以后基本都是自己繁殖，不花钱。农户养猪，买饲料是花钱的大头，自己钱不够的话，可以从小额信贷机构借款购买。

4. 技术要素，随货赠送。张三自己养猪的经验、饲料的配比方案、防病防疫的技术等，都是技术要素。技术要素大多能够从政府组织的技术专家下乡、邻居讲解、各类机构的技术培训（中和农信、饲料厂商、兽药厂商等）中免费获得。技术要素在张三计算成本时，一般不用单独考虑。

5. 经济信息要素，这也要钱？去哪里买猪仔？问隔壁邻居，成本是一句"谢谢"。到哪里卖生猪？问邻村养殖大户，成本可能仅仅是一根香烟。饲料哪家价格和付款方式最合适？饲料贩子会自动给你讲解，成本没有。

6. 经济管理要素，绝对不要钱。经济管理要素又叫企业家才能要素。张三就是自己的企业家，就是自己的管理者，就是自己的贵人。很明显，以张三家庭养猪的规模，不需要计算经济管理要素的成本。

读到这里，相信很多读者有点蒙。我们小结一下：今年，村里的张三养猪，生产要素的成本是怎样的呢？

土地要素：自己的地，不用花钱或费用极低。

劳动力要素：自己和媳妇，不用花钱。

资本要素：大部分不花钱，饲料需要花钱，小额信贷需要还本付息。

技术要素：全部或绝大部分不花钱。

经济信息要素：基本不花钱。

经济管理要素：张三自己做自己的贵人，不花钱。

如果张三手头没有现钱，就可以从小额信贷机构申请借款。六大生产要素里，其他五大要素不怎么花钱，一下子就把小额信贷的利息摊薄了。

养猪、养鸡、种地、种藕、乡里搞个小磨坊、镇上摆个早点摊……张三可选的项目种类也许不计其数，但是背后道理都是一样的。

生产要素成本的不均衡，直接导致了投资收益和贷款利息不对等。

农民的投资收益和农民贷款支付的利率究竟是什么关系？

不对等。

投资额和贷款额是不对等的。

假设有一位张三，做一个项目需要总投资 5 万元。张三贷款只需要 1 万元，也就是其他 4 万元可能是自有资金或不需要成本（自家的土地、院子、房屋、自己和家属的辛勤双手，等等）。

总投资额需要 5 万元，张三此时只有 4 万元。但是如果没有 1 万元贷款给张三的话，那 4 万元没法发展生产，因为不足以支撑起整个项目。

于是张三从中和农信贷款 1 万元。

假定投资收益是 20% 的话，5 万元投资的收益就是 1 万元。也就是说，哪怕 1 万元贷款利率是 30%、40%，利息是 3000 或者 4000，张三也是能承担得起的，因为还有赚头。

"用经济学的话讲，假设需要贷款的部分占项目总投入的 20%，剩下的 80% 不需要贷款。那么即使贷款利率是 100%，总项目利润率也只要达到 5% 就可以平衡了。高出 5% 利润率以外的，都是自己赚的。"白雪梅解释。

实际上，小额信贷利率基本都在 20% 以下，而绝大多数小额信贷客户的项目利润率都远超 5%。


所以，我们在给农民算账的时候，心里得搞清楚大家是不是算的同一本账。

农民算的是现金投资回报率——我放 1 元钱现金到项目里，回报率是多少。按照这种算法，中和农信有过估算，农民普遍平均现金投资回报率大概 60% 以上。

60%，吓人吧？

刨去贷款后，还是很挣钱。

为啥人家愿意借小额信贷的钱呢？为啥人家欢天喜地借钱呢？为啥人家把客户经理当亲人。

这不明摆着嘛。

## 15.5　道破天机

2021年，中和农信上榜《财富》杂志中国最具社会影响力的20家创业公司，位列第四。

前三名中，康希诺生物因为与陈薇院士合作研发新冠疫苗的缘故，位列榜首。从无人机业务起步，以"提升全球农业生产效率"为使命的智慧农业科技公司——极飞科技，位列第三。

《财富》编辑部是如此解释榜单的：

> 随着人类社会进入数字科技时代，很多创业公司在获得商业成功的同时，也改变了我们的世界。这些企业与其领导者以其科技创新或商业模式创新为支持，解决了困扰世界的难题，展示了它们无与伦比的社会影响力。
>
> 《财富》中国最具社会影响力的20家创业公司就是为这些企业而设立的榜单。
>
> 我们将关注那些"do well while doing good"的公司，它们有可能来自教育、健康（卫生、医疗）、人工智能及电子商务等诸多领域。

能够在这一榜单上获得肯定的企业，首先应该已经被证实在商业上是成功的。同时，其商业路径和业务内容本身就已经包含社会责任的要素，或者可以说，这些企业的经营行为本身就是在履行某种社会责任。它们获得利润以及利润的增长，代表着它们推动世界改变的成功以及这一成功的延续。

好一个"经营行为本身就是在履行某种社会责任"！
一语道破了天机。
《财富》对每一家上榜公司都有一段精辟的评价，对中和农信也不例外：

中和农信是一家服务农村小微客户的综合助农机构，提供技术培训、小额信贷、小额保险、农资直销、农品直采和紧急救助等服务。通过无须抵押、上门服务的方式，中和农信努力打通农村服务最后一百米，帮助有劳动能力和创业激情却难以获得融资支持的农村中低收入群体，通过自身努力摆脱贫困。

至2020年底，该公司的小额信贷业务覆盖全国20个省的400多个县，超过720万农户从中受益。在贷客户中80%为农户，47%为妇女，78%为初中及以下文化水平，18%为少数民族。同时，该公司还建立了一个覆盖多个层面的培训体系，包括金融教育、健康教育、农技培训、小镇妇女创业培训、小微企业管理等，为农村地区人口进行多维度的普适性的培训和教育。

一家天然带有社会使命的企业，它的业务本身就应该实践其社会使命，才能更容易实现真正的知行合一。

企业发展越好，利润或规模越大，为社会做的贡献越多，就越践行了自己的企业使命。

"它们获得利润以及利润的增长，代表着它们推动世界改变的成功以及这一成功的延续。"

# 第十六章 汇聚善良（中和基金）

## 16.1 中和基金的诞生

2021 年，对于大多数中国人来说，记忆中最深刻的可能是新冠疫情。但是，对于内蒙古赤峰市巴林右旗 60 岁的乌力吉达来说，无疑是自己妻子的病情。

年已花甲的乌力吉达的妻子身患重病，每天忍受着病痛的折磨，乌力吉达为了给妻子治病，已经累计花费了 30 多万元，本不富裕的家庭已经是捉襟见肘。更加雪上加霜的是，自己的孩子大学刚刚毕业，就赶上了新冠疫情，迟迟找不到工作。

我们经常会说"躺平"这个词。有人说过，躺平其实是一种幸福，因为你可以躺平，就拿乌力吉达来说，他没法躺平，选择了坚持。在很多人已经可以开心每月领取退休金的年龄，为了拼生活和给妻子看病，60 岁的乌力吉达还在努力。中和农信也为他提供了小额信贷的支持，支持他渡过难关。

看着这样困难的家庭情况，很难让人不生起同情和理解。

"咱们看能做点什么，多少帮一帮这个老汉"，中和农信巴林右分公司的一位客户经理问自己，乌力吉达是他的客户。

他站了出来，为这位客户做了一件事情——申请一笔公益基金的援助。

最终在他的努力下，乌力吉达拿到了一笔援助金。金额虽然不大，但是多少减轻了一点乌力吉达的生活压力。

这笔援助金，来自中和基金。

屈指一算，中和基金已经诞生十几年了。

当时，中和农信的业务只有小额信贷。于是，客户经理们常被誉为山水间的财神爷，给大家带来贷款，让大家发财致富。

"山水间"三个字，看起来很浪漫，实际上代表着工作条件的简陋与艰辛。中和农信人以极大的毅力，跋山涉水，穿过草原、沙漠和河滩，将资金送到客户手中。他们既需要耐心地与客户交流，又需要在"一把年纪时"坚持学习智能手机和电脑，跟上公司要求。

然而，他们不是铜皮铁骨，也没有金刚不坏之身，更不是齐天大圣，一根金箍棒保护周围的人平安长乐。他们冒雨给顾客送钱，第二天也会感冒。他们穿过草原沙漠和河滩去放款，皮肤会被太阳灼伤。他们的爸爸妈妈会老，他们的儿子女儿要读书，他们的亲戚朋友可能会出意外，他们可能自己都会遇到这样那样的困难。

他们只是一群能把希望带入大山、自己也会受伤的人。当他们遇到困难时，所有中和农信人希望能够更爱他们一点。

中和基金就是出于这样简单的初心成立的。

2010 年 2 月，中和农信 2 家分支机构由于员工遭遇家庭困难，向总部申请援助，为此公司研究后决定设立公司内部员工互助基金，名为"中和基金"。

经过筹备，2010 年 3 月 29 日，"中和基金"正式成立。

## 16.2　让善良聚沙成塔

2010 年 4 月，公司推出月捐行动，号召员工每月捐固定的资金到基金中来。

最初的中和基金，只是一个员工互助基金，大家每月自愿捐一点，公司再 1:1 配捐，援助对象仅限于中和农信的员工——很像是互助保险。

后来，每日行走乡间的中和农信人，看到农户遇到的意外与苦难，感同身受。大家就渐渐形成一个共识——中和基金还可以做得更多。

在中和基金成立仅 1 年后，2011 年 4 月 4 日，经全体员工大会通过，确定将中和基金的援助范围从员工扩大至客户，所募集的款项全部用于为项目区内遇到疾病、意外、灾害等临时性困难的家庭提供 1000—5000 元不等的资金援助。

援助可能不多，但其意义在于传递温暖，为困难中的家庭带去坚持的动力、重新开始的希望。

我们在生活中，常常会完美主义作祟，把行善的门槛抬得很高，并以此来苛求他人的善举，各种挑剔对方的善举不完美。但这样的行为，并不会让世界更美好。古人常说，不以恶小而为之，不以善小而不为。让世界更美好的，不是对他人的挑剔，而是坚持善举。善意的沙粒，只要不停累积，最终会积聚成一座奇迹的宝塔。

在善良的驱动下，中和基金一点点在发展。

2011 年 4 月，得到由中国扶贫基金会一名负责人提供的 10 万元捐款。

天灾对于农业来说，影响极大。中和农信的业务，让同事们对于洪水、干旱等给农户带来的伤害感同身受。2012 年 7 月，唐县、涞源、岫岩发生洪灾，中和基金面向员工发起专项捐款，给三地共捐助 18.3 万元，救助客户 258 户。从这一年开始，为自然灾害严重的地区捐助成为公司的惯例。

2013 年初，中和农信的同事们正在筹备公司年会。这是公司一年一度的盛会，由公司承担路费，全公司的同事从祖国各地的乡间赶来①，齐聚一堂，相互认识，增加情谊，交流经验。在策划中，灵感袭来，大家组织了一个网络购买年会奖券的活动，收取象征性的奖券费用，所有购票款项一分不少，全部捐入中和基金。活动效果奇佳，从此就作为公司的一个传统保留下来。

2015 年 11 月 18 日，是中和农信司庆日。从秦巴项目算起，小额信贷的希望之火不知不觉已经燃烧 19 年了。中和农信人发起线上、线下爱心拍卖活动，所有拍卖所得都捐入了中和基金。

于是，每年的年会和司庆日，中和基金都会通过员工捐款、公司配捐、奖券拍卖等方式募集善款。

---

① 因为公司人员越来越多，近年来改为部分员工参加。

## 16.3　中和基金的蜕变

2017 年，中和农信与中国扶贫基金会签署合作协议，在中国扶贫基金会成立公募性质的企业基金——"中和农信中和基金"。

这是一次蜕变，标志着中和基金的正规化。

中和基金托管给中国扶贫基金会后，继续传承其公益使命与精神，为中和农信业务覆盖项目区域内遇到临时性困难的家庭提供紧急救助，同时基金的各项管理也更加规范。

紧接着，中和基金通过中国扶贫基金会开设月捐平台，员工可以自愿选择每月定期捐助善款。截至 2021 年 11 月，中和农信人累计开通月捐账户超过 7000 个，高达 47% 的员工开通了月捐。

在农村，任何一场疾病、意外、灾害对一个家庭的打击都可能是致命的。中和基金借助中和农信分布全国的服务网络，第一时间可以发现这些遇到临时性困难的家庭，为他们提供援助。每当遇到突发情况时，中和基金总能挺身而出，利用自身优势及时制定援助措施，开辟绿色救助通道，为更多遇到困难的群众及时提供援助。

中和基金像春雨般帮助了来自四川、山西、河北、内蒙古、河南、甘肃、云南、广东、山东、辽宁等地 2000 多个遇到临时性困难的家庭，为受助人带去坚持下去的动力和重新开始的希望。

2020 年，新冠疫情暴发，中和基金第一时间制定了《疫情防控时期救助准入条件及审批细则》。对于因疫情致病或产业受到损失、遇到临时性困难的家庭，中和基金开通了线上救助绿色通道，提供紧急性捐助，24 小时线上优先审批，并特别将因疫情导致经营受损的种养殖户纳入捐助范围。

2021 年"99 公益日"，中和农信开展"三天万分爱，温暖你我他——'99 公益日'中和基金公益行动"的活动。一群人，一条心，一起拼，一块儿做好事！9 月 7 日、8 日、9 日三天时间里，累计捐款过万笔，把上万份的爱传递给了中和基金的受助人们。

截至 2021 年底，中和基金累计募集善款 487 万元，拨发资助款 348 万元，帮助了 2250 个家庭。中和基金已成为汇聚爱心，传递关爱，体现中和农信人公益情怀和友爱互助精神的重要纽带。

一路走来，每当乡亲们遇到困难，总能看到中和基金的身影，刻在骨子里的公益基因也让中和基金在困难面前迎难而上。中和基金利用所获捐赠持续为中和农信项目区内遇到疾病、自然灾害、意外等困难的低收入家庭提供资金援助，同时也将继续为更多有困难的群众提供援助。

愿中和农信人把这份爱和温暖传递下去，让爱再多一点！

## 16.4　乡促中心来了

2021 年 7 月，暴雨、大暴雨侵袭了河南新乡地区。2021 年 7 月 23 日 15 时，受灾人口近 129 万人，农作物受灾面积 12 万公顷。

一方有难，八方支援，各地的同胞们开始自发捐款捐物，援助河南的老乡们。

一个新成立的非营利性机构，也迅速做出了反应，对接社会捐赠物资，组织中和农信受灾地区员工加入志愿者团队参与救灾。

新机构直接管理的中和基金开启了洪灾绿色通道，加快审批流程，为生活出现困难的受灾群众提供一笔无偿救助型资金帮助他们渡过难关，并且为河南灾区的农户捐赠了可供 1260 亩土地耕种的蔬菜种子。

这个新成立的机构就是中和乡村发展促进中心（以下简称乡促中心）。王行最担任理事长、张雅静任秘书长、易贤涛任副秘书长。

不错，乡促中心的负责人，正是王行最。此时的他，辞别了工作了多年的中国扶贫基金会，担任中和农信副总裁、中和农信乡村发展促进中心理事长。

20 年一轮回。当初西部中心的一干老兄弟们精心呵护小额信贷的火种，平安带到了中国扶贫基金会，孕育出了中和农信。多年后，王行最离开中国扶贫基金会，来到了乡促中心，继续他的公益守护之旅。

命运就是如此美妙。

"乡促中心是一家面向全国、专注农村发展领域实践、研究及交流的非营利组织。宗旨就是围绕乡村振兴战略，创新'三农'服务体系，促进公益与商业的有机融合，让中和农信更有温度。"

王行最对中和农信的公益未来做了展望，"未来，乡促中心的主要工作分为三大板块，即公益关爱、创业赋能和研究分享。公益关爱包括中和基金和紧急救援；创业赋能包括农村集体经济组织赋能和农村环境综合治理，促进双碳减排；研究分享是组织业界专家学者，将公司的经验、方法总结好、提炼好，开展各类交流，讲好助力乡村振兴的故事。"

乡促中心的成立，标志着中和农信的公益事业进入了新阶段。

## 16.5　公益系统化和组织化

乡促中心的出现，帮助中和农信的公益行动更加系统化和组织化。

回到 2021 年的河南灾区。

水灾过去后 20 多天，豫北大地各个村庄重新喧闹起来。洪水退去，生活还要继续，灾后重建刻不容缓。中和农信各个分支"本地人"们因为更了解乡村，迅速投入灾后重建工作中，帮扶当地乡亲。

新乡辉县吴村镇落安营村的乡亲离开灾民安置点，回到村里。

回家的感觉真好，可是家里真乱。

村子里到处都是淤泥和垃圾。

7 月 28 日，一直盯在辉县灾区的乡促中心工作人员，通过辉县分公司分布在各个村庄的"本地"客户经理们，了解到吴村镇洪水已退，于是迅速联系中国扶贫基金会的工作人员，一同前往距离县城 50 多公里的落安营村调研。

调研的目的，是为了开展项目。

用自己的劳动，重建美丽家园，这是中国扶贫基金会在河南灾区紧急启动的"重振家园行动——灾后以工代赈家园清理项目"。每个村能够获得 10 万元资金支持，通过劳务补助的方式组织村民开展村庄清理、公共服务等家园清洁工作。

村民们回到村里参与清淤、扫除工作，让村子逐渐恢复灾前的面貌，同时那些参与清淤、走上街道扫除垃圾的乡亲们也可以获得一些经济补贴。

一举两得。

"现在还没有通电，变压器全泡坏了，现在有的人已经开始回来清理自己家东西，查看损失了，但是还不能住，没有（干净）水，我们的水都是打的井现在不能用……"村支书陈元明向调研人员介绍了村里的受灾情况。

不仅如此，除了家具、生活物资损毁严重，一些不太结实的砖房、土坯房已经被洪水冲塌了，"那是很多人一辈子的积蓄啊，都没了，但是也万幸，人都还好好的。"

及时充分的一线调研，让工作效率提升很多，中国扶贫基金会的工作人员随即上报，落安营村就成了"以工代赈"项目实施的620个项目村之一。

落安营村是一个缩影。在这次灾后重建中，中和农信依托更了解乡村的优势，快速完成了项目区内的村庄调研，按照受灾程度，帮辉县、卫辉87个村争取到了"以工代赈"名额，让村民不用外出打工就有一定收入，还能参与重建家园工作。

不仅如此，很多受灾村没有专业的清淤设备，比如铲车、装载机等，中和农信员工迅速深入乡村统计需求，帮助这些村庄申报中国扶贫基金会"清淤设备项目"，申报成功的村庄可以获得1台装载机和1台挖掘机。完成灾后重建，这些设备就留在村集体合作社，收益也归村集体所有。

洪灾之所以可怕，不仅在于肆虐的洪水，还在于洪水过后的各种可能的传染病。

为了防止灾后出现传染病、缓解地方卫生组织消杀资源紧张的问题，中和农信及乡促中心协调各种社会资源，联系外部专业团队，做好防护措施后入村进行消杀工作，部分有过医务、救援经验的中和农信员工也积极担任志愿者，参与其中。

侯兴斌，一名区域督导，和很多同事都在现场奋战。高温酷暑下，他们穿着不透气的防护服，进行工作。"很辛苦，但是想着能为灾后重建出点力，大家也很积极，我们有能力就多做一点。"

通过本次全程参与救灾，中和农信人有了很深的感触，也积累了宝贵经验。"今后遇到类似突发情况，我们仍要继续参与，充分发挥中和农信各个分公司'本地人'优势，积极配合外部救援机构，快速推进救灾工作，提升效率，让受灾群众能尽快获得帮助。"王行最总结了中和农信的优势和经验。

于是，救灾结束后，中和农信在新的公益项目"在乡村·公益关爱计划"中，增加人道救援部分，与中国扶贫基金会等具有救灾宗旨的慈善组织签订了人道主义救援合作协议，灾时迅速投入人力物力，参与救援。

邢利群，中和农信河南区域管理部副总经理，河南水灾时组织员工参与救灾工作，对这次救灾记忆犹新："河南区域的员工积极投身救灾工作，协助中国扶贫基金会深入灾区一线了解灾情及受灾群众的物资需求，组织人员和车辆将救灾物资及时送达重灾乡镇的受灾群众手中，积极参与热餐供应项目、重建家园项目和消杀项目的实施，同心协力成功完成价值2000余万元的公益项目执行工作。"

2021年国庆节前，内蒙古乌兰察布市四子王旗乌兰花镇第六小学，一场特别的"爱心"发放仪式。

仪式上，孩子们眼神欣喜而纯真，领到了价值百元的"爱心包裹"，包里不仅有基础的文具，还有大量美术学习用品，漂亮的画笔，缤纷的彩纸……许多学习工具都是同学们第一次见到。关于美好未来的梦想正默默生根，一颗颗爱的种子在悄悄发芽。

这些爱心包裹，来自中和农信。

"我们募集了价值 10 万元的 1000 份爱心包裹，在国庆节前后，投放到四子王旗地区的 4 所小学，四子王旗乌兰花镇第六小学、四子王旗乌兰花镇第五小学、四子王旗蒙古族小学和红格尔蒙校。"乡促中心秘书长张雅静介绍。

在总部发起通知的那一刻起，中和农信四子王旗的全体员工也迅速行动起来，利用休息时间，组织人力，落实物流接应、库房安排等工作，保证包裹及时发放到同学们手中。"为爱心活动贡献自己的力量，是我们的责任也是荣幸。"当地同事这样说。

2022 年 3 月 5 日，是我国第 23 个"中国青年志愿者服务日"，这一天对于中和农信人来说也是一个特别的日子。

中和农信联合乡促中心共同发起的"中和志愿者"行动正式启动了。

中和志愿者招募面向中和农信覆盖的 20 个省 400 多个县域的全体员工展开，员工通过提交申请、签订《中和志愿者服务契约》等方式登记成为"中和志愿者"，并拥有唯一的志愿者专属编号。

刘冬文和王行最分别成为 00001 号和 00002 号志愿者。

刘冬文讲了自己的初衷："无公益不中和，公益精神本就是中和农信的文化基因之一，中和志愿者们以乡情为纽带，积小善，递乡爱，引领中和农信在服务农村最后一百米道路上不断前行，助力农村弱势群体平等发展，添乡村振兴之力量，达共同富裕之梦想。"

四川绵竹的李加英，多年来一直热心公益事业，在中和农信和绵竹公益界都颇有名气。2021年，当得知中和志愿者开始报名，她第一时间就提交了加入申请，成为00007号中和志愿者。

她分享了自己成为志愿者的理由："2008年汶川大地震时，我们绵竹也是重灾区之一，那时候全国各地的志愿者来到绵竹，给予危难中的我们无私帮助，也是从这个时候我开始做公益，用自己微薄的力量帮助、感染更多人。今天，中和农信的志愿者服务活动开始报名，我第一时间就签订契约书，提交了加入申请，成为00007号中和志愿者，这是属于中和农信人的独特荣誉，也是对我10多年热心公益事业的高度肯定。今后，我会继续坚持做公益，坚持做志愿服务，用爱心温暖更多人，帮助更多人。"

# 第十七章　女性就是半边天

## 17.1　母亲的眼泪

在看到眼前这位母亲的眼泪后，从"大地方"北京回到甘肃的朱杰再次被感动——原来自己的工作是如此的重要。

一次下乡中，他和同事们发现一座山头上只有孤零零一户人家，就专门爬上去做宣传。气喘吁吁上去后，发现女主人在院子里干活。大家就一边和女主人聊天一边做宣传。当聊到自己的孩子考上大学时，女主人当场哭了——从这么穷苦的地方，孩子好不容易考上大学，但家里一时钱不够，孩子没法去上学。

读大学真的是改变农村穷孩子命运最重要的道路了。任何一位母亲都不想因为自己的无力，让亲生骨肉失去摆脱贫困的机会，像自己一样一辈子饱受辛劳。这位母亲很伤心，终于有人能够听她倾诉了，积攒已久的内疚和当下生活的煎熬化成了眼泪，像是决堤的洪水，无法停止。

当听到5个妇女就能一起贷款（当时是五户联保的小组贷款），还能上门办理时，这位母亲反复问"真的吗，真的吗，真的吗？"

即便把大家送走时，仍然半信半疑。

　　母亲决心试试，为了孩子。几天后，她找齐了 4 位同乡女性，组成了小组，贷到了人生第一笔小额信贷。签小额信贷的协议时，她不会写字，中和农信的同事们就现场教学，怎么拿笔，怎么写横，怎么画竖，每个字长什么样子……

　　终于，这位母亲艰难地写下了自己的名字——人生中第一次，她知道自己名字长什么样子，学会该怎么写。

　　放完款后，这 5 位女性激动得泪流满面，感谢所有在场的中和农信人。

　　在乡土间，母亲们艰辛地活着，少有人重视过她们，想有点资金支持，一直难如登天。遇到了中和农信后，才发现竟然这么容易。

　　在甘肃，小组贷款的时代，100% 的主借款人是女性，进入了个贷时代后，中和农信仍然实现了两个 90%，即 90% 的借款人是农户，90% 的主借款人是妇女（特殊说明，夫妻双方都是借款人，都承担了同等责任，主借款人意味着钱是靠谁借来的，更多体现了权力）。

　　甘肃的案例是中和农信的一个缩影。因为中和农信，无数的农村女性，成了主借款人，人生第一次学习写自己的名字，第一次主导与家庭外机构的"业务洽谈"，第一次感受到自己在家庭之中的地位。

　　中和农信是偏爱女性客户的，更愿意由家庭中的女性担任主借款人。无数业务的经验都表明，女性勤俭持家，更顾家，有着传统勤劳的美德，少有赌博、酗酒等恶习——恶习往往是家境败落的源头——她们的信用状况往往优于男性。

妻子常常会把自己放在家庭的最后一位，她前面排的首先是她的丈夫和孩子，才会考虑自己。这意味着女性会努力地管理好家庭中的财务，不让家庭陷入不好的状况中，也很少出现偷偷贷款自己恶性消费的情况。

从中和农信的经验来看，也确实如此：丈夫想贷款，老婆不一定知道，但是老婆贷款，基本都会告诉丈夫。

多年以来，中和农信始终重视女性客户群体。在业务支持外，还开展了"她能量"小镇妇女创业培训课程及"创之道"小微企业扶持项目。此外，公司还组织开展"她计划"慢病管理、赞美新时代女性顽强精神的"铿锵玫瑰"等活动。

因为扎实的工作，中和农信得到了亚洲开发银行、世界银行等组织机构的信任。亚洲开发银行 2016 年为中和农信提供了第一期5000 万美元的低息贷款支持，2021 年又给了第二期 4000 万美元低息贷款支持，用于支持妇女发展。2020 年世界银行提供了 7500 万低息贷款支持，专门支持甘肃妇女发展。

"很有感触，还得好好干，还有大把的人根本享受不到这个事情。我们还要拼命跑。"回忆起 5 位母亲得到小额信贷后喜极而泣的眼泪和感谢声，朱杰声音微微颤抖。

## 17.2　女性的力量

吕怡然，负责中和农信的 ESG 工作。ESG 全称为环境保护、社会责任和公司治理，是环境（Environmental）、社会（Social）和公司治理（Governance）的英文首字母缩写。投资者可以通过观测企业 ESG 绩效、评估投资行为和投资对象（企业）在促进经济可持续发展、履行社会责任等方面的贡献。在此之前，她是联合国资本开发基金数字金融顾问。担任顾问期间，吕怡然撰写了一份可持续发展报告，在女性员工部分，专门提到了中和农信的女性员工。字里行间，充满了对这家公司和其女性员工的肯定。

在甘肃康乐县，我遇到了康丽霞、石丽霞和马桃。

2015 年，客户经理康丽霞差点被辞退："2015 年是我入中和农信的第一个瓶颈口，我的逾期特别多。走出这一年确实离不开主任和这一帮兄弟姐妹的帮助。为了帮我降低逾期，整个服务社（分支）的兄弟姐妹们都在帮我。不然那一年我早就走掉了，是真的坚持不下去了。"

她坚持了下来。如今，康丽霞被同事戏称为康乐一姐，业务能力优秀，所负责项目区将近两万多人口，近 70% 的人都认识这位中和农信人。如此之高的覆盖率，靠的就是多年如一日细致而扎实的工作。

"爱出者爱返，福往者福来。"接受过大家真心支持的康丽霞，如今会无私给新入职同事分享自己的经验，充当他们的师傅。

"我的第三代徒弟也都出师了，干得很不错。"她骄傲地告诉我们。

石丽霞是康乐分支的督导，对自己工作非常满意。"她现在的家庭地位越来越高，是因为她工资越来越高，比她老公挣得都多。"康乐主任石勇刚说。

在工作机会稀缺的偏远地区，中和农信是妥妥的高薪岗位。很多家庭里，丈夫辛苦工作后，每月能赚到 5000 元，就已经是相当高的收入了。而中和农信的女员工工资能达到七八千，甚至过万元（注意，是税后！），成为整个家庭收入的顶梁柱。

不仅收入高，而且做的还是助农助牧促进发展的好事，一到项目区，大家都高看一眼。地位怎么可能不高？

"唉，就是一点可惜了。领导和我说了几次，想让她去隔壁的临洮县当主任助理，历练一下。未来等我退休了，她也能接班。结果，这个女同志比较顾家，不想去。"片区经理、康乐分支主任石勇刚，提起自己这些同事时，并没有一丝责怪的味道，语气反倒像极了慈祥的老父亲。


马桃的父母各自给了马桃最好的礼物。

马桃的姥爷是学校校长，马桃的妈妈是同龄人中少有的接受过教育的女性，一名光荣的人民教师。过去，当地的女性不被鼓励受教育，老一代女性大多数是文盲。

有了妈妈家庭重视教育的传统，马桃也避免了同龄女孩子的命运。她的女同学们，大多都只读到小学五六年级，完成识字后，就退学回家闺中待嫁，依循父母的心意，一两年内就成为人妇。马桃小学、初中、高中一路顺利完成，接受了高等教育，毕业后，和自己自由恋爱的大学学霸同学走到一起。

马桃的爸爸这边，亲戚们继承了当地人善于做买卖的传统，互相支持着，西藏、新疆、西安、上海……家族生意在祖国各地落地开花。从小在这样的环境中成长，自然地，马桃对各种生意有所了解，和生意人也不陌生，愿意和他们聊天、打交道。

2017 年，经过一番艰辛的努力，马桃终于平安度过了考核期，成为中和农信的一名客户经理，专门在当地县城里做小商户的小额信贷业务。马桃的舅舅在当地信用社工作，深知中和农信的工作艰苦且压力大，很吃惊外甥女竟然坚持了下来。

20 多岁的马桃对控制风险很有经验，知道什么样的客户更靠谱："有的老店我从小看着它开起来，它的稳定性强。县城里新开的衣服店、服装店等，我都会一直观察，很清楚它生意好不好。大楼的商户不好观察，但是我家亲朋好友多，四处打听一下，也就清楚了。"

一天下午，马桃带着笔者一行人拜访了她的一位女性客户。这位大姐有个小小的店面，售卖各种回族妇女的头巾，头巾上刺绣异常繁复，点缀着各种装饰，样式很精美。

在我们和客户了解情况时，爱美的马桃已经对着镜子，兴致勃勃地试戴。当我们和客户告辞离开时，她已经挑好了喜欢的头巾，付款带走。年轻的脸庞上，洋溢着心满意足。

在甘肃，女性员工比例近 20%，成绩异常耀眼，每个人业绩都是所在机构前五名。迄今为止，所有女员工都少有严重违规，工作相当稳当。

她们珍惜这样的机会，不仅提升了自己的家庭地位，还因为不用离开自己的家乡，可以与家人在一起。

"在当地，除了公务员，也就是我们了。"她们很自豪。

最好玩的数据来自四川。中和农信在四川省的各个分支机构中，大部分员工都是女性，且有极高比例的分支主任是女性。

极高比例是多高呢？100%！

妇女能顶半边天。在四川，妇女几乎扛起了中和农信的整片天空。

上文提到的李加英是一名来自四川绵竹的客户经理。

这位优秀的客户经理，最广为人知的故事是围绕一场天灾发生的。

2008 年汶川大地震时，绵竹是重灾区之一，绵竹市汉旺镇几乎被夷为平地。当时，全国各地的志愿者来到绵竹，给予危难中的绵竹人民无私帮助。李加英被他们的善举感动，决心和志愿者们一起工作。于是，还在周围人悲叹命运时，她已经与志愿者共同义务工作长达半年时间，"所有人都在帮我们，我们自己也没有理由继续颓废下去了。"

不过，半年后，最初的困境已然渡过。李加英开始思考下一步怎么过日子，她需要一份工作。

此时，虽然余震频频，但是灾后重建已经刻不容缓。中和农信也派出了精干力量，抵达绵竹当地，招聘员工，决心开始新分支，帮助绵竹同胞更好地进行灾后重建工作。

6 个月全身心投入公益事业，让李加英的能力大幅提升，眼界也逐步开阔。看到中和农信的招聘信息，她感觉这是最适合自己的机会。既能满足公益情怀，又能赚钱提高生活质量。

李加英报名，成为公司一员。十几年来，她走过无数山路，深夜出门更是家常便饭，客户有了需求，谁家有了困难，只要一个电话，李加英就会上门服务。

虽然辛苦，但十分满足，看着自己帮过的人越过越好，李加英的日子也充满了阳光。

## 17.3　没有天花板的企业

中和农信是少有的五好雇主：有情怀、工作正规、作风正派、收入相对较高、男女一视同仁。

北京和长沙（中和农信的双总部所在地）都是大城市，相信能同时满足这一点的公司一定很多，中和农信的优势并不突出。但是，到了小县城里，能提供中和农信这样工作岗位的公司就不多了。

一线的中和农信人，无论是在辽宁还是在海南，是在福建还是在甘肃，当被问起这家公司有什么优点时，他们总会不约而同地提到下面的话：这家公司真的不错，有五险一金，有年假，有免费体检，起薪和工资都挺高，哪怕有一天不干了，离开时还能领一笔诚信基金。

在整个中和农信，高达47.11%的员工为女性，在同类企业中，这个比例绝对是少见的。她们分布于中和农信的各个职级、各个岗位，并没有所谓的职场天花板。

在职场中，有个不得不提的话题，就是生孩子。

生儿育女，本来是女性神圣的天职，在商业社会中，却异化为了压力。很多公司因为种种原因，会对招聘生育期的女性员工充满了顾虑。

"公司对女员工真的很友好，尤其是生孩子这件事，大家们不用有多余的担忧。公司也从来不会因为咱们员工有宝宝了而差别对待。"高鸽，一位孩子的母亲，中和农信的老员工，品牌部的负责人，在访谈时很真诚也很自豪，说："请一定把这点写下来。"

中和农信的高级管理层中，女性角色是丰富而多元的。沉静如李真、儒雅如白雪梅、热情如吕韩莉、坚韧如孙晓琳，她们并没有戴着面具出现在世人面前，而是真情实感，有血有肉，优秀而坦诚。

这才是一家好公司该有的样子。

## 信 言　*XINYAN*

### 使命偏移乃最大风险

刘冬文

中和农信面临的最大风险是什么？不同的人有不同的答案。有人说，信用风险是最大风险，比如客户欺诈或信用违约。也有人说，操作风险是最大风险，比如员工欺诈或系统崩溃。这些风险的确是中和农信目前面临的一些主要风险，但还不是最大最致命的风险。因为这些风险往往是可以直接感受到的风险，且大都属于局部性或偶发性的表层性风险。此类风险也许会持续存在或不断爆发，但只要处理得当，其损失和影响还是可控、可承受。全球小微金融行业的实践证明，使命偏移才是导致小微金融机构失败的最大风险。

所谓使命偏移，是指小微金融机构的实际运营背离了初衷，偏离了使命。从全球范围来看，诸多成功小微金融机构的宗旨使命在表述方面虽有不同，但在实质内容方面并无差异。

即以市场化可持续的运营方式，为那些无法享受传统金融机构服务的低端客户群体提供可获得、可承受、可持续的金融服务。发生使命偏移主要有两种情况：一是机构运营偏离市场化运作模式，二是服务对象偏离目标客户群体。

小微金融机构如果不能坚持市场化运作模式，其规模必然无法扩大，其长远发展自然也无从谈起。中国曾有300多家小额信贷机构，目前尚能真正存活并继续发展的寥寥无几。最根本的原因就是大多数机构并没有实行市场化运作：既无专业化技术，也无职业化人才，更无市场化资金。这些机构或销声匿迹，或苟延残喘，但因其规模较小，倒也引起不了大的社会风险。

有些小微金融机构虽然成功地实现了市场化可持续运营，但为了追求更高的运营效率或投资回报而逐渐远离目标客户，抑或放弃小额分散的基本法则，从而导致机构操作走样或客户过度负债，最终导致风险爆发，机构消亡。2010年印度小额信贷危机的全面爆发，就是因为当地一些小额信贷机构的使命发生偏移所致。当时，印度小额信贷行业的发展势头很猛（其中以SKS公司的成功上市为标志性事件），机构之间的市场竞争非常激烈。一些机构为了抢夺客户、抢占市场，竞相放松贷款条件，使不少非目标客户（大户或富裕群体）也成为小额信贷机构的客户。与此同时，宽松的贷款准入以及过分追求经营绩效的冲动也使许多贷款客户过度负债（单笔贷款额度上升过快或单个贷款客户同时拥有多笔贷款）。当时，不少印度小贷机构实际上并不具备管理大额贷款的能力，许多客户也不具备偿还大额贷款的能力，结果许多小贷机构的贷款质量迅速下降，坏账剧增，最终导致整个行业的重大危机。而只有那些坚守机构使命，坚持小额分散法则的小贷机构得以继续生存与发展。

近年来，有不少小贷公司因为发放大额贷款且回收困难，导致经营惨淡，举步维艰。为数不多的小贷机构（包括中和农信），因为坚持了小额分散的经营规则，在整体经济形势下行和整个行业不景气的氛围中并没有受到太大的不利影响。但是，我们必须清醒地意识到，在中和农信内部，实际上也存在着使命偏移的倾向和苗头。比如说，我们的笔均贷款额度上升很快，小额度贷款的占比逐年减少，客户帮贷和垒大户的现象不断增多。这些情况的出现，很有可能是因为我们把贷款变相给了大户或富裕户。即使这些客户属于我们的目标客户，那也是一种非常危险的信号，因为这极可能会造成客户的过度负债。

中和农信的特长是服务农村小微农户，而且我们的产品和风控体系设计主要是针对小微农户的需求和特点来设计的。如果我们把这样的贷款变相贷给了非目标客户，则我们的风控效果就会大打折扣。过去20年，中和农信有无数惨痛的教训：拖欠贷款的往往都是那些大户。事实证明，在中和农信的贷款体系中，额度越小，风险越低。还是让咱们回归到"一元起贷"的时代吧：我们不嫌弃任何小额度的贷款，因为小的就是美的（给最小的客户带来最大的支持），尤为重要的是，小的更加安全。

这令我想起了美国的迈克尔·乔丹。他本来是NBA的篮球巨星，后来却非要改行去打高尔夫球，结果成绩不佳，不得已又返回篮球场。弱水三千，只取一瓢。中和农信在农村小额信贷市场具有非常明显的竞争优势和发展能力，咱们必须始终坚守服务农村中低收入农户的宗旨使命绝不偏离，才能真正地长久立于不败之地。记住：使命偏移乃最大风险！

（《和信》2019 年 6 月刊）

# 第十八章　资本也有感情吗

《增广贤文》有句话叫"慈不掌兵，义不掌财"。中国人很早就知道，财富的增值有自己的规律，不能感情用事。

对于投资人来讲，更是如此。投资人作为一个职业存在的核心目的只有一个，让资本最大化增值，合理利用有限的资源，投资企业，为资本取得最大的收益。每个人都期待找到下一个阿里巴巴、下一个腾讯、下一个财富神话，实现一本万利。

但是，投资不止于此。随着社会的进步，还有一类投资渐趋成熟，源自于希望通过投资的帮助，让企业为社会和大众的利益做出更多贡献。

这就是影响力投资。

为了了解更多，我请教了贝多广，中国人民大学中国普惠金融研究院院长。

当坐在贝院长面前时，他送给我一本自己的新著作——《金融发展的次序》当礼物，副书名叫"从宏观金融、资本市场到普惠金融"。

这位 1957 年出生的长者因为刚刚经历过眼底手术，在交谈中他会偶尔调整眼镜和滴眼药水——用这样的方式缓解术后的疼痛，但语言却依然精确，举止优雅从容。

这是一个受过良好教育且拥有极度自制力的人——一个声音在我脑海中响起。

贝多广职业生涯十分耀眼——先后任财政部国债司副处长、中国证监会国际业务部副主任、JP 摩根北京代表处首席代表。1998年，他加盟中国国际金融有限公司，担任上海地区的负责人和投资银行业务的董事总经理。同时，贝多广有着极高的学术造诣。在宏观经济、资本市场诸多领域成果颇丰，曾获过孙冶方经济学论文奖。

新千年后，他研究重点逐渐转向普惠金融。

2014年，贝多广在母校中国人民大学校领导的支持下，正式创建了中国人民大学小微金融研究中心，任中心联席主席。2016年8月，中国人民大学"中国普惠金融研究院"正式挂牌，贝多广任联席主席兼院长。

小微金融研究中心成立不久，贝多广受邀在重庆参加了小额贷款领域的一次行业论坛。当时小贷行业非常火爆，论坛参会者们几乎都能领到奖项，一派"锣鼓喧天、鞭炮齐鸣"的场景。

然而，早已嗅出行业危机的贝多广，在台上直言不讳地说："你们的好日子已经到头了，准备过紧日子吧。你们现在搞的不是普惠金融，商业模式是不可持续的。"

很难想象，邀请贝多广的主办方，当时脸色是啥样的。

贝多广一语成谶。几年后，随着国家对于金融风险管控的重视，整个行业几乎被冰封，大量小贷公司烟消云散。

这里说明一下，在国内对于小额信贷的定义比较宽泛，上百万甚至上千万的贷款都可以被划入"小额"信贷。要是按这个说法，中和农信的小额信贷业务，其实应该改名为"微贷"业务。小贷与微贷的商业模式和规律，迥然不同。对于小额贷款机构做如此大额的信贷业务，贝多广一向不认为是个好生意。

不过，看衰小额信贷行业的贝多广，却一直很看好中和农信。

贝多广与刘冬文相识已久，对他和中和农信都甚为认同。中心成立后的第一场活动，是贝多广主持的小微金融工作坊，面向北京市高校和MBA学生。刘冬文作为行业专家和机构管理者，受邀在其中一场活动中，与贝多广共同答疑解惑。

2016年，刘冬文联系贝多广，说公司要增资扩股，希望贝老师能介绍一些投资人。

于是，一段简洁如禅宗公案的对话出现了。

贝多广问：我可以投一些吗？

刘冬文答：那当然欢迎！

一拍即合。

结果皆大欢喜。因为贝多广的背书和示范效应，中和农信也被纳入更多优秀的投资机构视野之中。

贝多广投资中和农信的原因并不复杂。

"第一，作为研究者，我想离产业和公司更近些，成为股东是很有效的方式。第二，我认为实际上小额信贷市场空间非常大，中和农信有足够的发展空间。第三，冬文包括他底下的管理班子，都是一批干事的人。第四，公司做好了，对老百姓有好处，也能帮助到很多的人。"

用嘴巴投票很可能是假客气，用身家投票才肯定是真认可。贝多广对中和农信的看重可见一斑。在贝多广看来，小额信贷等各种形式的普惠金融有利于有效配置金融资源，有利于调整经济结构，有利于消除金字塔型社会并向橄榄型社会转型，避免掉进"中等收入陷阱"，是充满了正能量的"好金融"。这次，成为中和农信的股东之一，甚合心意。

不过，贝多广还是有些可惜："2016 年才投资中和农信，时间还是晚了。"

确实，在此之前，已有人捷足先登了。

## 18.1　明星股东

红杉资本中国基金的创始人沈南鹏是一位名副其实的人生赢家。1999 年，沈南鹏从一名银行家转型为一名创业者。当年沈南鹏创立携程旅行网，任董事长、总裁及首席财务官。4 年后，率领携程在纳斯达克上市。2002 年，他创立了如家连锁酒店，任创始人及联席董事长，又是 4 年后，带领如家在纳斯达克上市。

2005 年，他和朋友一起联合成立了红杉中国，成为职业投资人。随后的故事堪称传奇。2010 年之后，12 家超过 100 亿美元估值的独角兽中，红杉中国捕捉到 9 家。2018 年中国独角兽数量达到181 个，而红杉投资的独角兽数量达到 50 家。到 2021 年，红杉中国在中国已经投资超过 500 家企业，投资组合中已上市公司的总市值超过 10 万亿元！

因为卓越的投资业绩，沈南鹏获奖无数，几乎拿到了华人圈能拿到的各种"最佳"称号。

辉煌的投资经历，让沈南鹏见惯了太多的优秀公司。不过，最让沈南鹏骄傲的投资是一个不那么明星的企业——中和农信。"有一家企业让我们特别引以为豪，它的名字叫中和农信，他们给中低收入的农民提供小额贷款等服务，帮助这些农民发展产业，增加收入。"

中和农信的历史上，类似的投资人不少。他们的目的大多不在于投资回报的最大化，而是希望通过投资给社会带来回报。作为中和农信，一直都是敞开大门欢迎优秀的投资人，希望借助投资的力量，放大善的事业。

于是，我们叫此类投资为"影响力投资"。

"影响力投资"，也被称为"公益创投"或"社会投资"，影响力投资主要目标是为了改善社会中低收入群体的民生或者通过投资行为实现正面的社会和环境效应。而投资的对象往往是能够带来正面社会或环境效应的营利性企业，就行业而言，这些企业主要集中在与民生息息相关的环境、住房、基础教育和健康产业。

在中国扶贫基金会的支持下，刘冬文坚定地发起了中和农信拥抱影响力投资。对于一家服务"三农"的企业，中和农信打开格局，吸引更多的资金和社会力量，才有可能实现服务农村最后一百米的使命。

2009 年的春节刚过，沈南鹏委托渣打银行联系刘冬文，希望能一起聊聊。

起因挺简单。

当时红杉中国成立没有多久，沈南鹏去美国参加红杉资本总部的年会。年会上，他看到了一个印度 SKS 公司的案例，而 SKS 正是一家小额信贷公司，在印度业务做得非常成功，并成为红杉资本的成功案例。

他山之石，可以攻玉。沈南鹏在投资界被戏称为"鲨鱼"，商业嗅觉极其敏锐。回到国内，第一时间他找来了部下，让他们找找国内有没有类似的商业机构可以投资。

今天的中国，扶贫助贫、乡村振兴、共同富裕早已经成为社会热点。在当时，关于农村的一切并不在"主流"商业界的法眼之内，沈南鹏的两位部下四下找了一圈也没有收获。

一则报道给了他俩线索。报道里说，当时渣打银行刚刚给一家叫作中和农信的小额信贷公司提供了 2000 万元的贷款。报道里还大概介绍了中和农信的情况。

我们不认识中和农信，还不认识渣打银行吗？于是，在渣打银行北京分行的牵线下，红杉中国联系到了中和农信。一位红杉中国合伙人，约着刘冬文一起"楼下喝喝咖啡"。

渣打银行的牵线是无偿的，没有任何商业的企图。愿意义务牵线的背后，是对中和农信的认同。一个纯商业的圈子里，大家做事往往是为了利益，但是中和农信所从事的事业以及透明公开的风格，让接触的人愿意无所求且踏实安心地提供支持。

渣打银行北京分行的郭行长和刘冬文开玩笑，"你得感谢我们渣打银行（引荐了投资人），还得给我中介费"，马上被顶了回来："行啊，给你中介费，那银行贷款我们就不还了。"两个人是老相识。当初渣打银行想设立村镇银行时，郭行长下大力气试图挖走刘冬文，不过后者志在扶贫，实在是挖不动。从此以后，两人成了朋友。

楼下的咖啡到底是什么滋味，早已没有人知道。但是喝咖啡时的交流，还有之前做的功课，让这位合伙人和红杉中国很看好中和农信，认为在中国，也只有中和农信能类比印度的 SKS，很值得投资。

不过最终的决定，还得沈南鹏亲自决策。沈南鹏需要再见刘冬文一面。

见面地点约在一家餐厅。见面前，刘冬文还专门做了准备，上网搜了一下沈南鹏，了解一下对方，然后带来了一份年报。餐厅很高档，菜单上的价格死贵死贵，刘冬文什么也没点，见面的目的不是为了吃饭，沈南鹏看完年报后，开始提问。1 个小时后，大家聚餐结束，散伙。还没等刘冬文走到停车场，好消息传来——沈南鹏决心投资。

股权融资和明星股东的加入，对于一家公司来讲，是非同小可的工作，需要真正的胜任者。

李真说话时的语气总是沉静谦和，时时让人忘记她的"中和农信高级副总裁""股权融资专家"等高大上的头衔。

2008 年，她加入小额信贷部时，中国扶贫基金会专门做了特批，给出了全部门最高的工资——6000 元 / 月，远超刘冬文。

即便如此，月薪也比她在银行和事务所的工资低很多。"我本计划就要到企业中长期发展。面试时，有一件事印象很深，刘总跟我提到，这家公司马上就改制独立出来，未来要走市场化的道路，在全国拓展，发展路径非常清晰，很有信服力。此前，我也在银行工作多年，对信贷业务比较了解，很认可公司小额分散的信贷模式。这是一个可持续的模式。"李真踏实留了下来，担任财务总监。

一开始，整个中和农信人员很少，李真分管过很多部门，甚至还管过一段时间 IT 部门。随后，她专注于更细化的条线管理，"更聚焦一些。公司财务是一直由我负责，对外融资也是我主管，比如股权融资和债权融资。后面债权融资业务渐渐常规化后，我们组建一个专门的团队负责。我只需要负责股权融资。"

还有一项极重要的工作。从 2011 年起，李真被委以重任，一直担任董秘，负责维护董事会，与各位股东对接。

2010 年，红杉中国入股中和农信。同一年，著名的金融机构 IFC 也已经投资了中和农信。IFC 是国际金融公司（International Finance Corporation）英文首字母的缩写，是世界银行的几大附属机构之一，1956 年 7 月 24 日成立。IFC 的宗旨是：辅助世界银行，通过贷款或投资入股的方式，向成员国特别是发展中国家的私营部门提供资金，以促进成员国经济的发展。

IFC 和中和农信缘分很深。多年前就开始支持中国的小额信贷事业，为很多中国小额信贷机构提供了资金支持。从中国扶贫基金会小额信贷部开始，IFC 就一直是重要的资金和技术支持方，提供极低利率的贷款，帮助小额信贷部的发展，为中国贫困地区的农户提供更多更好的服务。2008 年，中和农信成为独立的商业公司，有条件以股权投资的方式向社会募集资金，于是合作进一步升级。

这就是中和农信首次融资的故事，简单纯粹。

中和农信是中国获得影响力投资最多的小微金融机构，是名副其实的"中国影响力投资标杆"。类似的故事也发生在蚂蚁金服、天天向上基金、TPG、仁达普惠基金的投资中。

香港天天向上基金成立于 2010 年，基金创始合伙人是应琦泓，以建造包容性社会这一基本承诺为向导，致力于将资本投入到为全世界所最关切的社会或环保难题寻找创新解决方案的优秀企业。"天天向上基金的投资标准有三个，最重要的一点，是该公司的使命与追求一定要对社会有积极影响。在此基础上，公司追求的社会价值应该与企业盈利是同步的，而非实现盈利后才从利润中分配出一部分专门去做公益。最后，这个公司要有实际的产品和服务，而不完全是依赖管理和运营来实现社会价值"，中和农信很吻合应琦泓的标准。

TPG 也叫德太投资，成立于 1992 年，是全球最大的另类资产管理公司之一。另类资产，这个词比较少见，指的是传统的股票、债券和现金之外的金融和实物资产，如房地产、证券化资产、对冲基金、私人股本基金、大宗商品、艺术品等。TPG 以长久不衰的全球投资、与众不同的团队和独具特色的投资文化而闻名。

TPG 也是最早进入中国市场的全球私募投资公司之一，覆盖金融服务、医疗保健、消费零售和科技、传媒以及科技、媒体、电信（TMT）等多个行业。TPG 旗下有多个投资平台，其中影响力投资基金"睿思基金"（The Rise Fund）正是 C 轮的领投者。TPG 旗下的睿思基金规模超过 20 亿美元，致力于在全球范围内投资兼顾社会效益和财务回报的项目，对中和农信的投资反映了 TPG 对于普惠金融的高度重视。

"作为中国规模最大、覆盖范围最广的农村小额信贷平台，中和农信既产生极大的社会效益，也在商业上获得成功，这与睿思基金的投资策略完全吻合。"TPG 中国区管理合伙人孙强说，"中和农信的小额贷款大多数放给中国最贫困的农村地区，是那里很多农户家庭取得贷款的唯一渠道。"

仁达普惠是仁达普惠（北京）咨询有限公司联合浙江北大协同创新投资管理有限公司发起设立的专项投资基金，致力于推动和支持中国普惠金融和科技金融的发展，挖掘行业内更多的具有成长潜力和投资价值的新兴金融科技企业作为合作和投资的对象。中国普惠金融研究院院长贝多广教授说："我们关注和深入调查中国和全球的普惠金融机构，探寻普惠金融服务模式和打通中国普惠金融服务最后一公里的渠道与实践，中和农信是多年来根植并深耕中国农村，服务最小微的农户和农村家庭，并实现了可持续发展和好金融好服务的典范。"

余芳，从中国扶贫基金会加入中和农信，经过几年的债权融资工作后，进入董事会办公室，协助李真工作："我们的股东对我们主要是支持为主，不会强制性地对我们有财务或者业绩上很商业的要求。现在股东也没有要求我们分红，公司在目前快速发展阶段，我们的股东在这方面还是挺支持我们的。"

## 18.2　赋能于善

在中和农信所有的股东中，影响最大最深远的股东，无疑是中国扶贫基金会。中国扶贫基金会酝酿和孵化了中和农信，注入了扶贫助弱的基因，选拔出了卓越的管理团队，护航了中和农信的成长和壮大，塑造了中和农信的向善底色。

还有一位股东也给了中和农信很多支持，就是蚂蚁金服。蚂蚁金服用技术赋能了中和农信，在关键的节点为中和农信输出了包括CTO在内的宝贵的人才支持，大幅度提升了机构的数字化能力与运营效率，丰富了服务手段，助力中和农信进入信息时代。

蚂蚁金服战略投资中和农信的过程，是一系列故事的串联。

故事要从印度的一顿饭开始。早些年，中和农信由刘冬文带队，在印度考察小额信贷的同行们，拜访了在印度开展业务的富登小额信贷。富登小额信贷隶属于新加坡淡马锡的富登金融控股公司，而富登金融也和中国银行合作成立了中银富登村镇银行。相互交流之间，富登金融一位叫作陈嘉轶的小姑娘，对中和农信有了深刻的印象。

随后，她成了一名"红娘"。几年后的2015年，陈嘉轶已成为蚂蚁金服农村金融高级专家，再次面对农村市场。顺理成章地，她找到中和农信，看有什么能合作的领域。

在交流中，刘冬文问："我们正在引入战略投资，为什么你们不投一点呢？"

陈嘉轶随即引荐了蚂蚁金服负责投资的同事宗吾。宗吾很认同中和农信："中和农信的工作做得挺好，一家未上市的公司年报，公布的信息比上市公司还要多。"

他有所不知，公开透明一向是中和农信的传统。作为一家有扶贫职责和公益机构基因的企业，中和农信天然有打开门来办事情的习惯，一直以来，所有重要信息一定会在当年年报中清晰列出。论年报的全面性、准确性和完整性，确实超越绝大多数企业。

2015年5月20日，由阿里巴巴集团主办的首届"全球女性创业者大会"在浙江省杭州市举行。刘冬文和俞胜法共同参加了同一个圆桌论坛，交流了对小额信贷的看法。大家感觉良好，于是第三天又专门做了沟通。随后，负责蚂蚁金服投资的副总裁韩歆毅去左权分支进行了调研，进一步推动投资的工作。

2016年6月，在外出差的刘冬文接到电话，电话那头的同事告诉他一个出乎意料的消息，彭蕾马上要到顺平分支了。

彭蕾当时是蚂蚁金融服务集团董事长。此时，她突然考察中和农信保定市顺平县的分支机构，让所有人都措手不及。但显然对方是早有计划，彭蕾并不是一个人考察，而是带来众多高管造访了顺平。蚂蚁高管们，阅历丰富，看尽项目，早就练成了火眼金睛。现在想想，突然造访也许是希望看到真实的中和农信的样子。

中和农信从不担忧任何人看自己真实的样子。对于投资人来说，对中和农信实体调研确实要轻松很多，中和农信提供的信息都是没有修饰的，你不需要为了识别哪些是真实情况、哪些是美化修饰绞尽脑汁。

无论你是明星投资机构，还是小投资机构，只要需要，可以去全国任何一家分支机构，访谈任何一名员工，拜访任何一位客户，想待多久就待多久。

实地调查带来了积极的效果。

顺平之行，加速了双方合作的进度。按照平常的惯例，都是蚂蚁金服的下属催着彭蕾审批投资项目，对中和农信的投资，则是蚂蚁金服投资项目里少见的，下属被彭蕾亲自催促加快投资流程的项目。

2016年12月，赶在新年来临前，蚂蚁金服正式入股。于是，蚂蚁金服成为当时仅次于中国扶贫基金会的第二大股东。国际金融公司IFC这次也增加了更多的投资，用真金白银表示了对中和农信的认可。

2016 年 12 月 20 日，致力于为小微企业和个人消费者提供普惠金融服务的蚂蚁金融小微服务集团有限公司在北京召开农村金融战略发布会，宣布蚂蚁金服以战略投资者身份入股中和农信项目管理有限公司，正式成为当时继中国扶贫基金会后的第二大股东。

这一消息很快在公益圈传开。

公益机构"遭遇"资本的光顾本是值得庆幸的好事，但舆论还是出现不同声音。最大声音是担忧：资本入股是否会动摇公益属性呢？

但刘冬文觉得，机构最大的挑战并不在此。面对日渐强大的机构，真正需要担忧的，是机构自身能力建设是否能适应和管控机构发展的规模，"最担心的是，机构大了，虽然抗风险能力会加强，但面临的危机也会越大，团队管理、风险控制、贷款质量都是问题。做不好，社会和股东都不认可，那才是真正的困难。自身能力建设将成为我们未来工作重点，也是保证中和农信基业长青的根本。"

蚂蚁金服以战略投资者身份入股中和农信，使得以公益使命存在的中和农信的治理结构有了很大提升。

"中和农信非常欢迎和信任蚂蚁金服，他们作为战略股东，可以帮我们进一步优化公司治理结构。我们之间还有很强的业务协同，在互联网化进程中可发挥他们的技术优势和资源优势，在业务方面可发挥他们的运营优势和资金优势。商业机构入股后，中和农信在治理结构、人力资源、运营模式和激励考核方面会发生一些变化，这也是一个非营利性组织向商业化机构转型的必经之路。"刘冬文说。

蚂蚁金服的投资，加速了中和农信的发展。2017 年成为中和农信重要的发展节点，一年之内中和农信新开了近 60 个分支机构，整个区域人员在 2017 年也开始快速增加。分支和区域人员的增加，让整体业务规模有了飞速发展。

转眼已是 2021 年，盘点过去几年，蚂蚁金服为中和农信带来了什么呢？

我得到的回答极具中和农信特点：简明真实，质朴不夸张。

一是进一步改善了公司的治理结构，引入了更先进的现代企业管理制度，改善了运营效率。

二是提升了中和农信的声誉，在吸纳投资、促进合作、吸引人才时，蚂蚁金服是一个重要的加分项。

三是与网商银行合作，增加了发放贷款的资金来源。

四是最重要的，就是 IT 建设。蚂蚁金服支持中和农信搭建了先进的 IT 系统，让中和农信拥有了对 IT 系统持续不断升级更新的能力，让全公司向数字化转型。当一家公司业务是几个亿、十几亿时，数字化转型的好处不太明显，当规模达到上百亿后，真正先进的 IT 系统带来的帮助是革命性的。

## 18.3　新篇章

中和农信的快速健康发展，吸引了越来越多的影响力投资基金的关注和加入，成为"中国影响力投资标杆"。

2021年，中和农信完成10亿元人民币股权融资。

本次融资由加拿大安大略教师退休金计划（OTPP）旗下科创投资平台（TIP，Teachers' Innovation Platform）领投，ABC World Asia跟投。

OTPP的资金规模巨大，所以旗下有很多投资平台，各个投资平台的重点不同，其中TIP专注于投资具有颠覆性的科技创新或商业模式创新企业。而ABC World Asia致力于通过影响力投资创造正面的社会和环境效益。

OTPP亚太区高级董事总经理陈伟敏表示："乡村振兴战略是中国重点发展方向之一。农业、农村的现代化建设，包括农村人口的消费升级，必然为畅通国内大循环作出重要贡献，未来会发挥潜在的巨大消费能力。之所以选择中和农信是因为公司与我们的投资理念吻合。我们相信中和农信会以创新的业务模式来助力农村就业、扶贫和发展，并且充分把握高速发展的农村市场机遇。"

ABC World Asia创始人兼首席执行官邢增成表示："随着越来越多的人使用手机和互联网，数字技术可以为服务短缺的社区提供可负担、有效和安全的金融服务。我们在中和农信的投资可促进数字和金融普惠，对经济和社会产生正面的影响。我们非常乐意支持公司为推动经济价值和社区发展制定的成长发展计划，同时为中国的可持续发展目标作出贡献。"

OTPP的投资，其实也和红杉资本密不可分。

OTPP有一位投资官，曾在红杉工作，恰好见证了红杉资本对中和农信投资的全过程。有了这样的基础，他对中和农信的业务、管理层、财务状况都异常了解，也非常认同。于是，当OTPP在选择投资对象时，他第一时间推荐了中和农信。

有贵人推荐固然重要，但中和农信也需要符合 OTPP 投资风格。

OTPP 要求投资的公司要对所在行业有创新和突破，用数字化或者科技能力在改造所在行业，也会希望企业符合影响力投资的考量。而且，OTPP 希望企业业务不一定要高回报、高增长，但一定要稳健和安全。真是天造地设，每一条都符合中和农信。

此轮融资后，中和农信补充到了资金，有足够的底气去探索更加有效的助农服务模式，助力乡村振兴。

## 18.4  影响力投资

中和农信是中国影响力投资的典型案例。

这不是我说的，是一份报告里写到的。

2021 年 11 月 25 日，以"影响力投资的中国探索"为主题的 ESG 投资前沿论坛召开，国内外专家学者云集，交流分享影响力投资在国内的发展情况。

论坛上，由南南合作金融中心联合国内外专家学者撰写的中国影响力投资研究报告《影响力投资：历程与实践》正式发布。

中和农信作为中国影响力投资典型案例被写入了报告中。

整个报告分为三个部分：国际影响力投资的发展历程、特征及趋势；中国影响力投资的发展历程与特征；以中和农信为案例对中国的影响力投资进行了研究分析。

一份报告，中和农信占据三席之一，重要性可见一斑。

在论坛上，刘冬文结合报告内容，总结了中和农信 20 多年的实践中最为重要的两条经验：一是如何坚持机构的使命不偏离，二是机构在发展过程中要深度结合并利用好不同时期的政策、社会、经济发展的趋势与工具。

回到本部分最初的那个话题，实现社会使命，解决社会问题、服务好目标客群的同时，一家机构能实现商业可持续吗？

可以的。

中和农信做到了。

无论是融资从捐赠到商业投资，还是机构运营的数字化转型，还是现阶段公司正在进行的从单一的金融服务到农业综合服务的转变，中和农信始终坚持服务农村中低收入群体的使命不偏移。

一直在变，从未改变。

## 18.5　关于融资，给创业者的一点参考

作为一家企业，中和农信在融资领域，可以说是比较成功的。毕竟对于大多数公司来说，中和农信的几个明星股东是可望而不可即的。

中国人是天生的企业家。哪怕是年景很不好的时候，也有众多的年轻人想开创自己的事业，期望得到明星投资机构或投资人的青睐。

那么，作为过来者的中和农信，有什么经验可以分享呢？

一般投资者都是从这三个部分考虑。

1.无论是谁最后成为你的股东都是有诉求的。对方一旦投资给你，一定是追求安全且要有增值。如果你能说服人家，让对方相信投到我这里是安全的，也是能增值的，人家就会去投。所以，你得把这个事先要做好。商业模式、整个市场空间，具体市场的选择，有没有成长的空间等各方面，一定要在现实世界中经得住审视和考验。

2.你的商业模式是不是能够在这个市场里处于领先地位。

3.你的团队执行力的问题。

了解投资机构的风格也很重要。各个机构的基金投资策略不一样。有些投早期，比如天使轮、A 轮，玩的就是风险投资。有些属于稳健型，就只投稳定成长且处于成熟期的。有些基金只投上市前的公司，也就是 Pre-IPO。有的基金专门投二级市场，专等公司上市后再投资。不同的阶段，不同的风格，风险策略也会不同。还有一些投资机构会有自己的投资理念，比如红杉中国，采用赛道理论，每个赛道我都投，每个赛道都只投前三名。想得到红杉的青睐，那就必须挤进前三名。

你必须用业绩或者过往成功经历来说话。一般来说，你只能用你已经干的业绩证明自己团队是可行的。明星的创业者，可以拿既往的经历募资，告诉投资人我在这里创业已经成功，现在募款是想做另外一个项目。如果你既不是明星创业者，也没有像样的业绩的话，当下唯一的选项就是先做。如果做下沉市场，就先做成 100 个县，再和风投机构谈就很有吸引力，当做成 300 个县时，你就有实力和稳健型的基金过招了。

## 小资料 *XIAO ZILIAO*

# 什么是影响力投资

◆ 口号

义利并举、公益与商业相融合。

◆ 定义

影响力投资，也被称为"公益创投""社会投资""可持续投资"，已经有二三十年乃至更久的历史。影响力投资是义利并举、公益与商业相融合的投资，在追求一定的财务回报外，在社会和环境影响力方面也有量化的回报指标。瑞士信贷认为，影响力投资是以创造可测量的社会影响为主要目的且具备财务增值潜力的投资。

◆ 目标

影响力投资的主要目标是为了改善发展中国家社会底层的民生或者通过投资行为实现正面的社会和环境效应。影响力投资的最终受益人群是"金字塔底端"（BoP：base of the pyramid）。而投资的对象往往是能够带来正面社会或环境效应的营利性企业，就行业而言，这些企业主要集中在与民生息息相关的环境、住房、基础教育和健康产业。

◆ 区别

1. 与风险投资相比。影响力投资依然追求财务回报，但和主流的风险投资相比，对回报的方式和收益率的要求更为灵活，投资回收期也更长，所以也有"耐心资本"（patient

capital）一说。

2. 与社会责任投资相比。影响力投资虽然通常也称社会投资或可持续投资，但它又和社会责任投资并不完全相同。社会责任投资比较注重对负面事件的预防，而影响力投资指的是能够积极地把资产投入基金来获得社会上更好的影响。

# 第五篇

# 未来在脚下

---

想搞明白到底中和农信有多少个分支机构，是个困难的事情。

当我 2020 年开始了解时，拿到了一张表格，标注了中和农信所有分支机构及其成立时间（截至 2019 年初），一共 313 家。当我 2020 年 6 月再看时，发现数字已经变成了 362 家，除此之外，还有 22 家在设立中。当我 2021 年底再看时，已经超过了 420 家。

传说中，凤凰只会栖息在梧桐树上。想知道凤凰在哪里，你不需要会飞，只需要找到梧桐树。中和农信的分支分布，好像一根线索，顺着线索，你可以找到中国发展的一部分特点。

---

# 第十九章 看·趋势

## 19.1 中和农信的版图

中和农信的扩张、新分支的开设，有较高的门槛。所有人员一定要在项目所在地就地招聘（你负责哪几个村子，就一定是这几个村子里的人），单这一条就大大提升了招聘难度。而且还得经过几轮考试和面试，竟然其中还有类似智商的测试。能力只是其中一项，公司对所有工作人员的职业操守和社会信用有极高的要求，甚至还会确认他们家人的态度，愿不愿意让他加入中和农信。

人员搞定后，还有就是巨大的资金需求。一家机构想实现盈亏平衡，在以往以小额信贷为主的时候，至少需要两三千万元的信贷资金。现在中和农信的业务是"四驾马车"时代，信贷业务比重略有下降，但是因为经济发展的原因，资金需求量只多不少。

有了资金，并不是就 OK 了。只有着急赚投资人钱或者割韭菜的初创企业才会不惜代价盲目扩张。一家分支在不出任何大毛病的情况下，至少需 3 年时间才能成型，大家才能放松一点——这家分支成活了。

如此高的门槛，中和农信还在快速地发展，而且风险控制极佳。想想有点不可思议。

截至 2020 年 6 月，中和农信在全国设有 362 家分支机构，同时有 22 家分支机构在筹备设立中。

已设立的 362 家分支机构，由 8 个事业部分区管理。8 个事业部分别是成都事业部、呼市事业部、太原事业部、石家庄事业部、泉城事业部、长沙事业部、兰州事业部以及城乡融合事业部。

8 个事业部管理的分支机构分布在重庆、四川、云南、贵州、内蒙古、辽宁、河南、青海、甘肃、山东、河北、山西、江西、湖南、湖北、广东、福建、海南等 18 个省市自治区。从分支机构所在省份能够看出中和农信分支机构分布的特点。西南地区、西北地区、东北地区、中部地区是大头，东南地区也有分布，长三角地区一个都没有。

传说中，凤凰只会栖息在梧桐树上。想知道凤凰在哪里，你不需要会飞，只需要找到梧桐树。中和农信的分支分布，好像一根线索，顺着线索，你可以找到中国发展的一部分特点。

整个西部区，确实还不很发达。不过，比起西南来说，西北地区的不发达程度更甚。

甘肃不论是人均 GDP，还是人均可支配收入，几乎都是全国垫底的。好不容易有点地可以建个房子、拼个县城，也着实不富裕。在甘肃漳县，我看到了什么叫凋零。漳县隶属于甘肃省定西市，也曾是国家级贫困县，2019 年才摘帽。

相比之下，西南、中部的经济情况就好了很多。四川、重庆、湖南、湖北虽然也有中低收入人群，但是人口众多、商业发达，当地人头脑灵活，有了更多的选择，附近城里打工、做小生意、扩大生产。中和农信遇到的挑战，主要是两个：一个是应对同行之间的竞争；一个是激发当地同事创造更大的业绩的热情。

不到东北，不知道人的口才有多好。

辽宁之旅，让我深深地见识到了这一点。哪怕是田间地头的农民大爷，都非常有亲和力，初次见面时都好像认识很久的样子。乐观、开朗、有闯劲、沟通能力强，是我对东北老乡最深的印象。

不过，每年近 7 个月的霜冻期，是山海关外发展最大的困境之一。但这并不是影响当地经济发展的最重要因素。真正影响一个地区发展的，可能还是观念：当地人是不是持之以恒地想做事业，主政者是不是广开思路心中无我助推当地发展。

如果有了这两点观念的全面加持，就容易转变思想，放弃关门打狗割韭菜的"胡子"（东北话土匪的意思）做法，转变为商业社会的发展观。

为什么有这种信心，源自我对中和农信在当地业务的观察。实际上，辽宁很多地区虽然不富裕，但是到处都是富有企业家精神的老乡，从种地的老哥、种中药的老妹，到中药材种收一体的小哥，再到屡败屡战的蘑菇种植户大嫂……人人都充满了战天斗地的精气神——我总是感慨，作为个体，他们身上天然有着开拓者精神。

只要多一些中和农信这样的真正服务于当地的机构，当地政府再多一些支持，假以时日，相信会有大不同。

中和农信适合发展的土壤是什么样的呢？答案不一而足。

业务发展良好的河北、内蒙古、山西情况各有不同。众多的人口、政府的理解与支持、丰富的土地资源、勤俭勤劳的风俗，蓬勃发展的当地经济、强而有力的一线团队，都可以是实实在在助力企业发展的因素，也为中和农信带来施展空间。

此外，相对于经济活动更活跃的南方，北方地区服务于农村和中低收入群体的金融与助农机构还在发展之中。天高任鸟飞，海阔凭鱼跃。同行之间竞争压力小，也是很重要的原因。

还有一个很重要的原因，就是中和农信多年来形成的管理风格和产品结构，貌似更擅长推动北方地区业务的发展。

对于一线部门和人员，中和农信非常重视执行力。这样的管理风格产生有多种原因。小额信贷业务，精密的管理由总部负责，一线最重要的是不怕吃苦、耐心细致和职业操守。三者都需要执行力作为保证。"小额信贷起辽东"，大批的管理层都来自北方，大家天然有共识。"方法给了，只要给压力，就一定能出成绩"。


当战场转换到广东和海南，就有了新的情况。

广东、海南都属于岭南文化圈，两者有很多相似之处，比如对于早茶的重视，全中国无出其右。不过，相似之外还有很多不同。

广东沿海地区极其发达。北上广深，四大一线城市，广东独占其二。但是广东的内陆又是崇山峻岭，有很多经济不发达区域。中和农信的分支机构大多就在崇山峻岭环绕的不发达地区里。因为挨着中国最发达的地区，年轻人和人才都外出打工，公司的薪酬没有太大的吸引力，让招聘优秀员工成了大困难。其次，比起湖南、四川，当地商业经济更发达，金融业竞争激烈，也给中和农信带来挑战。再次，想做好当地业务，就一定要真正理解当地，理解当地特点、理解当地员工，中和农信已经在补课了。

海南情况非常特殊。我咨询过海南区域经理詹道明。他是一名土生土长的海南人，放下了投资公司高管的职位和丰厚收入，加入中和农信，决心为家乡作些贡献。

詹道明告诉我，作为中国的一颗南海明珠，海南拥有全中国农民最羡慕的气候条件——农作物一年里可以收获三次。只要你想务农，海南可以给尽机会。海南出产的各种经济作物、热带水果产量高品质好，而且真的是独此一家，别无分号。作为海岛，海南有独特的岛屿文化，很多当地老乡知足常乐。

不过，海南对于中和农信来说，更多的记忆是苦涩。在海南，中和农信已经耕耘多年，但还在摸索中。当地游走于法律边缘的金融代理机构猖獗，粉饰包装不合格的客户，骗取小额信贷，让中和农信吃尽了苦头。此外，独特的海岛文化和岛内文化，也需要公司提供更本土化的产品组合和管理方式。

"海南太特殊了！"彭亚曦来自河北，是詹道明的副手，已在海南坚守几年。

我问过中和农信，为什么长三角几省一家分支机构也没有呢？回答是，那里经济太发达了，发展得也很平衡，当地人做事如果用小钱的话，可以随手借到，我们没必要去。

小额信贷天然偏向于帮助中低收入者。

短短两三年间的几次考察，只能是管中窥豹。

现在的中和农信已经有了400多家分支机构，哪怕每天去一个，一年之内也没法全部看完。

当你以为在看一家公司时，实际上，你在看的是众多的文化族群。中和农信扎根于当地，对本土化的要求远远超过其他企业，它必须要积极面对各地人文经济的特质。

中和农信不同于大银行，小额信贷、农业技术服务、农产品上行需要了解当地的产业，需要脚踩泥土去了解每一个客户，还需要招对人。小额信贷还需要控制风险，做好内部管理，防范风险，避免操守出问题。

## 19.2　历史与趋势

做成一件事情容易，持续地做成事情，很重要的一点就是总结与反思经验和规律。

但是，无论我们是否去总结，历史经验都在那里。

中国的扶贫事业确实值得回顾研究，也值得往前看，立足于现在，前瞻性地做一些思考。

存在决定意识。根据现在的实践进程，你会有新的思考，越细细琢磨就越有新的思考。

减少贫困本身就是实现人类对美好生活的向往。实际上，减贫事业是人类最大的公约数之一。消除贫困，是人类发展的共同理想。

脱贫过后，会怎样呢？实现全面小康后，我们会怎么做呢？

## 19.3　新命题：乡村振兴

2022 年 6 月，经农业农村部、国家乡村振兴局、民政部批准，中国扶贫基金会更名为"中国乡村发展基金会"。

1989 年，中国扶贫基金会正式成立。

一晃眼，已经 34 年。

中国扶贫基金会从未懈怠。34 年来，扶贫济困、守望相助，创设了 100 余个的扶贫项目，开展了一系列公众广泛参与的公益活动，与数十万名志愿者、数万家合作伙伴和数亿人次的社会公众携手同行，助力中国慈善公益事业发展。截至 2021 年底，中国乡村发展基金会累计接受捐赠扶贫资金和物资 92 亿元，5714.83 万人次通过各类项目受益。

即使在国际同行中，这样的成绩也是卓越的，为中国同胞摆脱贫困作出了杰出贡献。

不过，忆往昔，虽然峥嵘岁月稠，看今朝，仍须迈步从头越。新的时代，基金会有了新的使命。

改名后，中国乡村发展基金会的使命发生重要变化：

◆ 将围绕巩固拓展脱贫攻坚成果和全面推进乡村振兴实施项目，推进乡村可持续发展；

◆ 广泛汇聚资源，促进共同富裕；

◆ 参与国际减贫合作，助力构建人类命运共同体。


新使命，已是人类命运；新目标，已是星辰大海。

中国人说，扶上马，送一程。由此看来，乡村振兴的这一程，要送很远了。

和 5 年的脱贫攻坚不同，乡村振兴会是一个很长的过程，不能靠短期的行政推动，第一个 5 年只是过渡期。比起精准扶贫，乡村振兴的经济体量更大，不可能纯粹依靠政府补贴来完成。在一些市场没法起到资源配置作用的地方，政府的有形之手是主导。在一些市场可以起作用的地方，更多是依靠市场经济的无形之手来完成。

以扶贫贷款为例，在过去 5 年中，中国政府为农村尤其是贫困地区的农村提供了大量的扶贫贷款，也被称为"530 贷款"。"530 贷款"的意思是每人 5 万元贷款额度，3 年时间，而且零利率！贷款资格的评定也很宽松，常常是整村整村授信，人人能贷款。能拥有如此优厚的条件，正是因为背后是有形的政府之手。进入新的过渡期，扶贫贷款就会自然而然地告别零利率，也告别甘霖普降，走向更精准发放和收取低利息。

转型的逻辑，和小额信贷的理念暗合。

中和农信最初的诞生，就和发展客户自身能力密不可分。中和农信本就是中国扶贫基金会根据世界银行外资扶贫小贷项目发展而来。从创建那一天开始，小额信贷就不是简单地发放资金，而是"输血"和"造血"有机结合，让贫困人口积极散发出内生的动力，而不是"被躺着"和"被搀扶"。随着中和农信的发展，服务的人群变为中低收入人群，但是重视能力发展的理念从未改变。无论何时，人的因素都是最重要的，人的能力得以开发，才能在乡村形成人才、土地、资金、产业汇聚的良性循环。

整体发展过程中，政府是绝对的主力军，提供了保底的功能。如果把经济社会中的百姓比作游泳池里的选手，那些落在后面，精疲力竭甚至要沉底的选手，政府会出手，拉一把，捞上来，不让淹死。

对于能靠自己游泳的选手，才是市场化力量大显神通的对象。

对于中和农信来说，农户，就是自己要拉一把的人群。这里的农户，不光指农民，还包括个体工商户。他们勤奋上进、吃苦耐劳，对于改善生活条件有强烈的愿望，重视信誉和口碑，只要一点点资金支持就能带来大大的变化。因为种种原因，他们被金融机构边缘化，贷款难是常态。同样的道理，各个小县城里的个体工商户，也是中和农信要服务的对象。

无论东西方，银行业的出现都是为了服务富裕的商人们。在中国，银行的前身是票号，融汇天下的货币，方便了往来的商旅。在西方，最初的银行主要是为富裕的商人们储存黄金。与银行相比，小额信贷无疑草根得多，发起于地头，奔波于山野，服务于民间，少些锦上添花，多是雪中送炭。

正因为这样，无论最终中和农信的小额信贷利率多少，只要本色不变，就一定有一点和传统银行绝对不一样——服务方式。

中国有句话，行商坐贾。商是小商贩，贾是大商家。小商贩是小本生意，必须走街串巷，上山下地，终日奔波，才能养家糊口。大商家实力雄厚，商誉满满，拥有最好的客户，哪怕安坐一方财源也能滚滚而来。在当下，银行可以坐贾，中和农信必须行商。乡村在哪里，百姓在哪里，资金需要在哪里，服务需求在哪里，中和农信就必须马上到哪里。"一个电话，上门服务"的背后，不只是服务的承诺，更是一家小额信贷机构生存的法则。所有的业务开展、利润产生、风险控制、品牌营造、坚守初衷与实现愿景，都发生在永不停歇的奔波中。

作为一家企业，中和农信的小额信贷业务不同于各个银行和国家的贷款机构，不能直接融资，需要向市场融资。进入市场融资后，就有一个现实的问题：市场融资的成本要更高，为了覆盖成本，小额信贷只能较高利率。不过，塞翁失马，焉知非福。在前面提到过，较高的利率，如果还要小额信贷的高质量，就必须面对中低收入群体（只有他们才是部分生产要素贷款）。而各种银行、金融公司垂涎三尺的中高收入人群，能拿到更好利率的资金、单笔贷款额过高，反而并不在小额信贷的客户清单中。

也就是说，当中和农信坚守自己的初衷时，机缘巧合中，只能为全天下的中低收入同胞提供服务。

不过，如果成本降低一些自然更好，没有人不喜欢更低的利率，可以让企业少些负担，让客户少些支出。经过多年的努力，中和农信用技术手段、改善经营、产品设计种种方式降低成本，让利率在持续下降。

一花独放不是春，百花齐放春满园。

对于小额信贷业务来说，只有一个中和农信显然是远远不够的，很难快速扭转社会对于小额信贷业的刻板印象。

社会大众对于小额信贷的误解，大多来自小额贷款公司的胡作非为（实际上，小额信贷和小额贷款差异极大，完全可以看成是两个行业）。而主管部门对于小额信贷的各种顾虑和谨慎的态度，也说明了主管者的担忧：小额信贷政策一旦被滥用，可能会带来极大的金融风险，甚至会影响金融安全。

国家和国民对一个行业的认可和支持，需要全行业整体的提升和发展，也需要龙头企业的示范。作为小额信贷业中的翘楚，20多岁的中和农信逐渐得到了国家更好的认可和支持，也在努力用多种路径降低融资的成本。

新的时代，催生了新的做法。从一枝独秀到"一体两翼"，再到"四驾马车"，再到"多驾齐驱"，中和农信在小额信贷之外也在为农户、农村提供综合性的更有针对性的业务，服务农村的"最后一百米"，帮助大家"造血"。

拿农业服务来举例子。

农业服务业的发展壮大是实现以小农生产为主体的农业经营方式和以规模化、市场化为基本特征的现代农业的有效对接方式。

良种选购、农技支持等在当下的中国都有很大的缺口，需要有人去做。

现在中国农民面临的最大问题之一是选种子。选种子的重要性异乎寻常。选种子就是选市场，你种了一种庄稼，就是看好这茬庄稼的行情，赌它成熟后好不好卖。选种子就是选品质，普通人可能想象不到，当代育种业有多么发达。就拿我们经常吃的西红柿来说，种类就多达上百种。含糖量、含酸量、颜色、大小、形状……都可以通过育种来控制，简直神乎其技。选对了好种子，收入轻轻松松超越其他同行；选错了种子，付出一样的努力，收入就少了很多。

到了春天，农民看到各种种子就犯难，从选种环节就开始问题多多。大家实在不知道种什么。两腿泥的农民伯伯，在选种子的时候，对他们的要求，要和粮食期货交易中心的资本大鳄们一样高。

"到底今年种什么"成了玄学，要么隔壁种什么我就种什么，要么"我猜今年什么最好卖"。即使选对了种植种类，如果选错了种子也白搭，种的品种不适合市场需要或者供大于求，到了丰收季，送到市场卖不上价，烂在地头卖不出去，真是两眼泪水。

从选购种子到选购肥料再到选购农具，情况都差不多。

农业技术支持，也是一个很大的缺失。农业技术在日新月异地更新，但是农村的农业技术支持体系没有更新。很多先进且实用的技术、设备诞生以后，苦于无用武之地，束之高阁，而村子里还是靠当地的"土郎中"给一些初级的指导。

土郎中常常是当地开农资店的乡民，或者是农资销售公司的业务员。他们单兵作战，大多半路出家，专业能力有限，知识更新缓慢，很多认识往往停留在十几年甚至几十年之前，明显跟不上现实需要。

目前，我国农业生产性服务业进入一个快速发展的黄金期，预计仅市场交易规模将达万亿元以上[①]。空间之大，可想而知。

中和农信的农业技术服务业务，在乡村振兴时期，正当其时。

我们必须看到，乡村振兴和城镇化是中国同时存在的两大趋势。中国走的是城镇化道路，和传统意义的城市化不同，城镇和乡村不是割裂，不是老死不相往来，而是要促进城乡的融合。

从 2010 年到 2020 年，短短 10 年时间，乡村人口下降了 1.6亿人，下降的人口，无疑都到了城镇之中。

变化背后，是社会发展后，人民对于更好生活的渴望。

根据农业农村部数据，在中国，户均 10 亩以下耕地的小农户，占了农户总数的 90% 以上。很多人口密集的农村，人均耕地甚至只有几分地。人多地少，是中国的国情。几亩薄田，别说发家致富，连自己温饱都是问题。离开土地，另谋生路，是唯一的选择。小农户的土地会租赁给愿意留下种地的乡民，然后改变自己祖祖辈辈的生产方式，或者进城打工，或者成为季节性的产业农民，有能力的还会自主经营。

---

① 王帅杰、范亚旭：《农业生产性服务市场规模将达万亿元》，《农民日报》2021 年 1 月 11 日。

新一代接受教育的农村子弟，在完成教育后，会理性地比较城乡的差异。因为生活环境、工作机会、发展前景等原因，大多数也会选择不返回乡村，留在城镇工作。

还有很多原本在乡村生活的村民，为了让配偶、孩子或老人享受更便利的生活，或者接受更好的教育，也会选择在城镇里安家。

于是，在以十年计的历史进程中，中国农村的土地资源渐渐集中，农业大户、家庭农场和农业公司越来越多，越来越规模化和集约化。告别农业生产的村民们，则会选择在城镇、乡村里做事。

无论前者还是后者，都是中和农信服务的对象。

我曾经问过刘冬文，中和农信在新的历史时期，最大的风险是什么？他的回答很确定：使命偏移。

中和农信，从创始那一天起，其命运就和中低收入的同胞紧紧捆绑。无论是过去现在，中和农信都不是为了自身利益最大化而存在的。正因为这样，它才能在行业监管的惊涛骇浪中稳步前行，在无数竞争对手都无法存活的市场里逐渐壮大。

中和农信的事业绝不只是给发放几千元的小额贷款或者送几包化肥，而是实实在在解除农民的痛点、难点，帮助他们"造血"，实现可持续的良性循环。从这个意义上讲，是在解决一个大的社会问题。

守住使命，就是赢得了天时地利与人和，中和农信的事业就能一直长青。偏移使命，就失去了凝聚天地人的力量。

只要中和农信坚守初心，在全面乡村振兴、实现共同富裕的历史进程中，一定前途光明和宽广。

## 19.4  碳中和的努力

碳达峰，是指在某一个时点二氧化碳的排放不再增长达到峰值，之后逐步回落。碳达峰是二氧化碳排放量由增转降的历史拐点，标志着碳排放与经济发展实现脱钩，达峰目标包括达峰年份和峰值。

碳中和，简单地说，就是一个组织在一年内的二氧化碳排放通过二氧化碳去除技术应用达到平衡，也叫净零二氧化碳排放。

碳达峰与碳中和一起，简称"双碳"。

"3060"目标的提出，让碳达峰、碳中和成为社会"热词"，也为农村产业发展转型带来新的机遇。

很多人可能认为双碳只和燃烧煤炭、天然气、石油等化石能源有关，实际上，农业生产是仅次于化石能源的第二大二氧化碳来源。根据联合国发布的《气候变化与土地特别报告》中提供的数据，农业、林业和其他类型的土地利用占人类温室气体排放量的23%。2020年中国碳排放的100亿吨总量中，汽车排放量在6亿吨，而农业碳排放为20亿吨，一直是碳减排里的老大难。

那么，怎么才能在土地领域减少温室气体排放呢？

通过更可持续的土地利用，减少过度消费和浪费粮食，消除毁坏和焚烧森林，防止过度采伐薪材，并减少温室气体排放。

也就是说，在保护森林和消费之外，农业生产领域需要通过利用新模式、推广施肥新技术来避免土地利用不当和化肥使用过量。

为此，国家提出了"减肥增效"的号召。

这些正是中和农信一直在努力作出贡献的地方。

一般来说，农村贫困地区往往是生态环境比较脆弱的地区，防控环境污染的成本高、任务重、压力大。如何在防控污染的前提下，支持农村地区发展可持续、可循环的绿色低碳产业至关重要。

中和农信的项目区主要集中在中西部欠发达的农村地区，对此深有体会，所以从业务开展以来，一直有双重的目标：帮扶农户发展生产和防止环境恶化、减少环境污染。

这不是一句空话。


◆ 绿色金融。中和农信的金融业务很早就制定了绿色信贷政策，有明确的禁入清单，杜绝向污染严重的小微企业或生产活动提供资金支持。

中和农信始终把环境和社会风险管理、环保要求等纳入客户授信业务的全流程管理，严格限制高耗能、高污染和过剩产能行业授信，引导信贷资金投向绿色环保领域，加大对绿色经济、低碳经济、循环经济的支持。

在信贷活动中，把符合环境检测标准、污染治理效果和生态保护作为信贷审批的重要前提，重点支持如清洁能源、循环经济、生态农业等环保企业发展。2020 年度，中和农信发放用于环保相关行业的贷款 4000 余笔，贷款余额近 3 亿元。

与此同时，公司对于信贷业务实施全流程绿色监管，确保客户对于信贷资金的使用符合公司绿色信贷理念、符合环境保护要求。

◆ 理念赋能。中和农信和壳牌基金会推动了"创之道"小微企业扶持项目，旨在鼓励和倡导发展环保型和可循环发展型的小微企业。两年来，已经为近 20 位从事生态农业、循环经济等相关产业的企业主创业培训，让这些致力于建设家乡、打造绿色乡村的有志青年在创业路上走得更顺畅。

在中和农信人的日常宣传、业务推广过程中，还通过引导农户使用有机肥、科学种植方法来改善土壤土质，提升农作物碳储存能力，引导农户从高污染、高风险行业转移至低碳环保行业，实现"低碳化"。

◆ 制度保障。中和农信还成立了专门的 ESG 工作小组（E 代表环境绩效、S 代表社会绩效、G 代表公司治理），主抓公司的非财务绩效管理，还制定了 ESG 发展战略目标，节能减排也成为评价公司非财务绩效的重要内容之一。

◆ 减肥改土。据统计，在传统生产经营模式下，中国大多数耕地都在采用化学农业的方式耕作，大量化肥、农药、除草剂的使用，使得现行农业生产成为碳排放的"贡献者"，而非吸收者，不仅引发农业面源污染，更伴随着能源过度消耗与温室气体的大量排放。

在种养环节上，不是不施肥、不打药，而是推进化肥农药减量化、使用无碳或低碳的有机肥料或农药。选种植品种时，选择具有广适性、强抗性、高氮素利用效率的品种。

这样，才能从源头上减少农业生产过程对化肥、农药等化学投入品的依赖，促进减肥增效，减少碳排放。

以蒙东地区为例，中和农信主要与中化农业及吉林云天化展开合作，引入其适应大田作物的有机肥料。以无水区为例，技术专家根据蒙东地区土壤的实际情况，为农户科学配置化肥施用方案，施用量较之前下降 9%，而化肥利用率则提高了 12%—20%，作物的最终产量较之前增加 15%—20%。短短两年时间，公司为农户提供化肥共计 12 万吨，预计实现农业减肥达 1.1 万吨以上！

其次，改善土壤环境。

中和农信给合作的客户提供免费土壤监测服务和改良方案，提高客户对土壤检测的认知，从而有效解决农村土质恶化问题，持续改善土壤质量。

四川省汉源县的樱桃种植户就切切实实地感受到了土壤改良带来的好处。

张小川，农技服务、土壤测量和护土改壤领域的专家。2021 年春天，樱桃种植户们心急如焚，他们不少樱桃树得了在当地较普遍的根腐病，叶子干、蔫、黄。经过张小川团队的治理，开沟、改土、施肥、旺根，土壤酸化、不透气等问题得到了有效解决。土壤治理很快见效果，樱桃树的新芽长出来了。

截至 2021 年 10 月，中和农信共为农户提供土壤调理剂 3500 吨，覆盖土地亩数达到 10 万亩以上。

这只是一个开始。

◆ 科技手段应用。此外，在农业经营模式上，科技手段的应用则见效更快，推进适度规模化、机械化生产，可提高生产效率，实现农业生产节能减排，推进绿色可持续发展。

中和农信携手农业无人机企业极飞，在内蒙古粮食种植区引入无人机植保服务，通过精准化、智能化的技术手段改变传统农业的生产方式。

◆ 可持续发展。中和农信在电商业务板块，重点推进电取暖设备、光伏发电设备和电动车等低碳或无碳产品在农村地区的推广与应用。此外，公司还成立专门的光伏事业部，推进光伏下乡，既能降低碳排放，还能为农户提供稳定持久的发电收益，改善经济状况。

从长期看，节能减排不仅是中和农信的企业目标，也是对中和农信人的要求，需要每个人从身边小事做起。基于业务特点及区域战略规划，中和农信从自身开始，自源头把关，积极推动企业低碳化、绿色化发展。

于是，中和农信专门下发了《关于践行节能减排、启动绿色办公倡导系列活动的通知》，明确提出将持续从业务发展、客户赋能、风险管理和日常运营等多方面践行节能减排，把绿色发展理念融入企业运营的方方面面。

一方面，中和农信积极借助数字化技术，鼓励大家采用远程办公、电话会议和无纸化办公等技术，通过电子合同、智能客户、数字云服务等一系列线上化改革，切实减少碳排放。

另一方面，中和农信坚持绿色运营、低碳办公，提升员工低碳意识，鼓励低碳办公理念，倡导绿色消费习惯。

为了将节约资源能源、减少污染物排放的理念融入公司日常运营中，中和农信面向全体员工发起绿色办公倡议，号召大家一起行动，践行节能低碳，共建美丽乡村。根据员工日常办公特点，绿色办公倡议聚焦五个主题：节约纸张、节水节电、减少塑料废弃物、回收和循环利用和绿色出行，确保员工在不影响正常工作和生活的前提下，随手一个小改变，将绿色办公落到实处。

不仅如此，行走山水间的中和农信人身体力行，各个分支机构开展了很多环保公益活动。通过组织"守护美丽乡村"垃圾捡拾、环保宣传等方式，以身作则参与到环保事业中，也把绿色低碳的发展理念传达到田间地头，影响业务区内数以百万计的农户，以点带面促进美丽乡村建设。

　　这些扎实的工作有目共睹。

　　2021年，中国国际服务贸易交易会（简称服贸会）在北京成功举办。在9月4日举办的2021服贸会服务示范案例颁奖活动中，中和农信因为服务"碳达峰""碳中和"目标以及全面推进乡村振兴战略等生态文明建设方面的突出表现，获评"绿色发展服务示范案例"。

　　2021年11月19日，由人民网、中华环保联合会、生态环境部宣传教育中心共同主办的第二届绿色经济发展论坛通过线上直播方式举办。在论坛上，经专家集体审议、公示后，产生25个"碳中和典型案例"，中和农信因助力乡村绿色发展实践，从200余家申报案例中脱颖而出，荣获该奖项。

　　白雪梅受邀线上演讲，传递中和农信的决心："展望未来，中和农信将不忘初心，发挥自身扎根农村覆盖面较广的优势，在持续完善服务体系、丰富服务内涵的同时，通过接地气、有实效的绿色实践，把可持续发展理念继续传递下去，扎扎实实为实现农村地区的碳中和目标贡献中和农信的力量。"

# 第二十章　追·技术

## 20.1 Hello, Chongho, Hello, 新时代

中和农信公司名称中的"中和"取自于《中庸》，"中也者，天下之大本也；和也者，天下之达道也。致中和，天地位焉，万物育焉。"当初取名"中和农信"，意在追求平等包容社会，缩短城乡、贫富间的差距。

随着业务茁壮发展，中和农信规模越来越大，在业内也越来越有名气。此时有个现实的需要，就是起一个正式的英文名字。

2018 年 11 月 18 日，中和农信的 10 岁生日。在湖南长沙，中和农信举行了"十至名归，化茧成蝶"中和农信市场化运营 10 周年庆典暨 2018 文化节。

在庆典上，刘冬文和总裁办团队共同推出了中和农信新的英文标识——"CD Finance"，也吹响了奔向下一个辉煌 10 年的胜利号角。

短短几年后，改名迫在眉睫。

中和农信的业务早已不局限于金融业务，英文标识中的 Finance 显然已经不能涵盖，反而会造成误解。而 CD 两个字母，又没法与中和农信的中文名称遥相呼应，辨识度不够。

2022 年初，随着中和农信战略转型的初步完成，中和农信新英文名称 "Chongho Bridge" 也正式投入使用。这也标志着中和农信完成了从 "农村小额信贷机构" 到 "农村综合服务机构" 的品牌升级，为公司新一轮发展拉开了帷幕。

Chongho，王行最想出的一个好名字。

这个单词是为了中和农信专门造出来的，之前并不存在，辨识度很高，别无二家。单词开头的 CH，也是 CHINA 的头两个字母，一看就知道是中国公司。

新名字还有一个最重要的优势——99% 的老外不会读 Zhonghe 这个拼音，新名字更接近老外的发音方式。

大家全票通过。

改名背后，是中和农信对于未来国际化拓展的酝酿。

对于国际化，汪小亚看得更加清晰。

汪小亚，清华大学中国农村研究院学术委员、研究员，博导。曾长期在金融系统任职，兼任清华大学国家金融研究院特邀研究员、西南财经大学博士生导师。

读万卷书，行万里路，见万种人，经万般事。

汪小亚的关注重点中，有一项贯穿始终——农村金融。她多年从事农村金融政策研究，主持过多项国家重大课题和央行的重点项目，在农村金融体制改革、农村金融产品创新、农村信用合作组织等领域有深入研究。

"中国改革开放最大的特点，就是把国外的经验和中国的实际相结合，创造出我们自己的、符合中国情况的创新的经验，这是能推动我们发展的特别重要的动力。其中，21 世纪初的十几年探索过程，我们在农村金融上已经超过了国外同行，形成了自己的一套中国经验，中和农信正是其中一个重要部分。未来我们可以向国际上输出更多的中国农村的经验。"

在中和农信的众多经验中，汪小亚高度认可数字化的努力："中和农信一定要往数字化方向全方位转型，把数字化变成资产，最终形成一套现代模式来做小微农村金融服务和助农服务。数字化是中国农村的优势，也是中和农信的优势与机遇。"

实际上，基于数字技术基础上的综合助农系统（包含小额信贷服务、助农技术服务、助农生活服务），中和农信已经拥有丰富的经验和长期的积累。

不过，中和农信并没有盲目乐观，坚持长期主义和积极面对变革，才是中和农信的一贯风格。

## 20.2　新挑战

第一波挑战首先来自中和农信人向来引以为豪的信贷。

内蒙古科左后旗大姐包高娃曾经靠着在村里给别人放牛为生，在中和农信贷款前，她家里没有一只牛羊。2014 年，她申请了 8000 元贷款购买了自己人生中的第一头母牛，一边饲养，一边用做工收入还款。接下来的 7 年，包高娃每年都从中和农信贷款买饲料与牛犊，额度从 8000 到 1 万、2 万、5 万，最后上升到了 8 万元，其养殖规模也从最初的 1 头牛变成了 140 头。包高娃如今已经成为当地脱贫致富的典范，这位曾经贷不到钱的蒙古大妈也已经成为银行的"座上宾"，但她仍和中和农信保持着联系。她说，如果没有中和农信那 8000 块钱和一直以来的陪伴，她可能还在给别人放牛。"这份恩情，我永远都记得。"

同样是来自内蒙古的客户，敖汉旗的王坦大哥祖辈一直以来都是以种地为生，但自家几十亩地的收入只能勉强维持生活。8 年前，他思来想去，觉得自己只懂得种地，就和家里商量承包些土地，做规模种植，希望借此增加收入。但是，家里的钱只够承包土地和购买种子，后期的机械、水肥、人工开支却没有着落。亲戚朋友都借了一遍，还是差一点儿，去银行贷款吧，自己没有担保人、银行流水、征信记录，而且借款额度也太小，去一趟旗里也是成本。最终，是中和农信的客户经理主动上门，发放了一笔 1.5 万元的小额贷款，帮助他解决了这个大难题。后来，王大哥的种植事业步入正轨，规模越来越大，缺钱可以直接找银行了，"三五十万都不在话下"。王大哥以为和中和农信"缘分已尽"，没想到 2021 年，自己又一口气在中和农信下单了 300 多亩的化肥，"专门的农资贷款，免息半年，质量好，没想到，我又从中和农信贷款啦"。

近年来，国家出台了一系列政策持续引导国有银行特别是大行在普惠金融领域发挥带头效应。很长一段时间，许多人觉得这只是"周期性"的政策下沉，但是随着乡村振兴的全面实施，截至 2021 年末，全国普惠小微贷款余额 19.23 万亿元，其中 6 大行的余额合计为 6.45 万亿元，约占总量的 34%。一方面，实体经济与普惠群体享受到了更为丰富的金融资源；另一方面，原本看似"空白"的"市场"也迎来了新的竞争者——即使是沉在乡村最基层的中和农信，也开始有了切身感受。

许多基层员工同事反馈，很多优质客户被"掐尖"挖走了。"许多客户只要有中和农信的贷款记录，马上就能获得大额度、更低利息的贷款。"据说，很多国有银行在下沉过程中对普惠业务是不设置利润考核的。"本身银行的成本就低，这么一来其价格的优势就更大了。"

其实，中和农信一直有一句话叫"扶上马，送一程"，就像前面提到的客户故事一样，一个农村客户如果没有征信记录、没有抵押，的确是难以获得银行贷款，而他正是中和农信的目标用户——这也是中和农信业务存在的基础逻辑和机构的最大价值。而这样的农户在获取了最初的启动资金后，拥有了征信记录，产业规模也不断发展壮大，自然而然就会成为银行的"座上宾"，这样的例子在中和农信客户群体中屡见不鲜。所以，银行下沉的压力对中和农信而言并不是新奇的事。

面对这样的情况，中和农信人的第一反应是"为客户高兴"，据不完全统计，即使客户有了更多更好的贷款选择时，仍然会从中和农信贷款。山西左权的一位种植数百亩果园的王大哥也是一个例子。7年前，他开始搞苹果种植，项目起步时却因为7000块钱差点夭折，"当时就是中和农信救的急。"时至今日，王大哥无论资质，还是产业规模都可以直接从银行获取到数十万的贷款，但时不时还会从中和农信周转。"一个是银行的钱虽然额度不小了，但还是不够，特别是一些用钱的旺季；另一方面是中和农信确实是方便！当然，这么多年的合作，我对中和农信也有信赖，大家也会有感情的因素在里面。"

情分并不能让人心安理得地躺平。那么，中和农信面对银行下沉竞争，就一点儿都不会焦虑吗？一些分支同事也坦言，大量银行通过低贷款利率来轻松"掐尖"优质客户，确实增加了机构的竞争压力，但中和农信业务基本盘还在。在市场中，乡村振兴的范围极广，也存在着众多不同类型的服务客群，有基建项目、龙头企业，也有家庭农场和大量的小农户，他们的需求特点和服务方式差异巨大，任何机构都不可能做到一家通吃，这也为多层次、多元化的市场服务主体提供了广阔的市场空间。"对中和农信而言，我们一直将自己定位为补充衔接的角色，强调服务那些需求未得到充分满足的、乡村中的小微客户群，所以中和农信还是在结合自身的特点发挥优势，努力修炼内功，而不是一拥而上搞同质化竞争。市场本身就是有竞争的，合理的竞争反而会促进机构的健康发展。这也是中和农信为什么布局多元化业务的一个原因。客户的需求是多样的，信任关系建立起来，他可能会因为其他需求不会流失，而多元化业务的协作，又可以提升我们信贷业务的差异性与竞争力。中和农信近年来也在信贷的基础上孵化了农业生产、保险、光伏、电商的新业务，同时不断强化了我们离小微客户最近、服务质量最好的差异性优势。所以，只要你的核心竞争优势还在，你就不会害怕竞争，当然我指的是良性竞争，有序竞争。"刘冬文如是说。

除了同行业的竞争，更让人觉得危险的反而是来自互联网的挑战。在2020年，没有被互联网思维深度颠覆过的领域太少了。乡村商业，恰恰就在其中。随着移动互联网的普及、农村网民的增多、乡村基础设施的完善、农户人均收入的提高，为互联网业态进入乡村铺平了道路。而越来越昂贵的流量成本、越来越红海的互联网竞争，让诸多互联网企业都抬起头来，盯上了乡村这块最后的处女地。

乌云压顶，是机遇，是风险，还是劫难，只有战斗以后才能说清楚。一场血战在所难免。

在甘肃靖远，一座小县城，我看到了一张贴在电线杆上的招聘启事。兴盛优选在招募当地团长，月薪4000，全员五险一金。在当地，薪酬水平已属于中高收入。2020年、2021年，社区团购都是公认最大的投资风口之一，而始创于2017年仅仅4岁的兴盛优选正是社区团购中的最强者之一。

除了众多的社区团购初创企业，还有紧随其后的互联网巨头美团、京东等，裹挟着大量资金杀入了县域市场、下沉到乡镇甚至乡村。它们的进入，颠覆了对乡村市场的传统做法。

互联网的打法跟过去传统的模式完全不同。大家过去一直认为农村应该是慢节奏的，传统模式也因此节奏偏慢，注重乡俗，注重熟人市场，强调精耕细作。而互联网小子们好像野蛮人，用融资的钱卷成大棒，直接抡圆，要砸碎旧模式的房子。就像滴滴打车当年做的事情一样，互联网企业用烧钱的方式启动市场和培育用户习惯，让大家习惯在平台的场景下消费。

一旦大家对平台有依赖，互联网企业就会从消费场景走向金融业务。

几乎所有的互联网模式概莫能外。互联网模式里，一旦消费者使用的场景固化下来，比如在一家互联网平台买菜稳定买了1年多了，接下来就会收到系统提示或者推送：平台可以给你贷款5000元、可以贷款1万元，不需要你面签，在线申请就可以，而且利率不高。

所以，江湖上流传着一句话：所有行业都会走向互联网，所有互联网都会走向金融业。

但凡是电商场景都会走向金融。于是京东发育了京东金融，打造了京东白条。社交场景会走向金融，于是腾讯有了财付通和微信支付。打车的滴滴开发了滴滴金融，电商新贵的拼多多也有了拼多多金融。

当这些互联网企业下到乡村，业务模式一旦场景固化，那么开展金融业务就顺理成章。它们就会变成中和农信的竞争对手。"友商"才是真正的搅局与颠覆者，需要如临大敌。

历史无数次演示过，当互联网企业涌入某个行业，开头一定是三板斧：先是不计代价地拉新，然后是不计代价地补贴，最后要么耗死其他对手自己成为"剩者"，要么就留下一地鸡毛挥挥手离开。

对于中和农信，可能会带来危机。

一般地说，互联网模式一旦杀入某个行业，配合前期海量的资金和高速的扩张打法，会迅速影响整个行业生态，对原有的玩家带来极多不利。

原有的农村征信体系可能会受损（不计代价的拉新补贴阶段可能让大批用户冲动性贷款，后期由于难以还款，影响个人征信），辛苦培养的客户心智习惯可能会被打破（"贷款是一件严肃的事情""信用是很宝贵的""量力而贷""贷款是为了可持续发展而不是超前消费"等），客户和客户经理间的人际关系会淡漠（这个倒是正常，贷款路径多了，客户经理对客户的重要性就会下降）……

野牛狂奔时，总会有动物受伤。当野蛮人到来，原来商业生态中的成员们恐怕就不只是受伤了。很可能发生的情况是，大批的企业和商家被挤出市场，失去生存的可能。

如果中和农信坐视"野蛮人"来袭，却丝毫不做反应，谁能保证下一个消失的不是它。


## 20.3　弄潮人

当海潮袭来时，没有人喜欢大潮的冲刷，但是不能因为不喜欢就扭过头去，假装看不到。既然不可避免，那就勇敢面对。强者会顺势而为，"弄潮儿向潮头立，手把红旗旗不湿"。

优秀的管理层团队，20多年艰苦奋斗和持续改进的管理风格，5000名优秀的一线客户经理，近400个县的分布，是中和农信最强的力量所在。面对互联网浪潮，中和农信要做的，就是把自己的长处用到极致，以顶层设计完成互联网革新，用科技力量去指导客户经理。


如果说纯互联网的打法是从场景走向金融。那么，中和农信恰好反向而行，从金融走向场景。

也许有人好奇，农村人不都是自己种菜吗？他们怎么也会互联网买菜呢？

非常好的问题。原因很简单：农村里，很多人的生产和生活方式发生了变化。

在中国，县域及以下的市场分布太广太散了。大多数生产厂家和品牌商不可能有足够营销预算覆盖消费者，很多在大中型城市中百发百中的打法往往失效。县域及以下的消费者和周围人的关系非常紧密，大家经常互相交流在哪里买东西，也习惯于相互推荐，有天然的社交属性。电商平台之所以能够迅速走红，就与此密切相关。一旦客户看到身边的亲朋好友在社区团购，自己有亲身体验在社区、社群中买了又好又便宜的东西，就很快会转变原有的消费行为，愿意在上面买任何东西。大家不仅会在社区、社群中买菜，还会买农药化肥，甚至还会买拖拉机。

这场转型已经持续几年，不是被迫之举，也不是仓促应战。经过几年的转型，中和农信已经从一家小额信贷机构发展为"一家专注服务农村小微客户的综合助农机构"，业务也从单一的扶贫小额信贷拓展到小额信贷、小额保险、农资电商、农品直采、技术培训等内容。看似多元化的业务，却固守了助农主题和同一批县域客户群，天然适合走向场景化。

场景化后，对于一线的客户经理，最大的挑战来自自身角色的定位变化。过去，他们工作辛苦而单一，只要做好客户服务、熟知小额信贷业务就行。服务客户数量相对有限，以直接服务为主。现在客户经理为了做好客户服务，需要熟知小额信贷、小额保险、农资业务、农品直采等业务，需要完成众多的资质考试，持续学习成了做好工作的刚需。在近在咫尺的未来，客户经理甚至需要具备管理能力，负责运营管理区域内的团长、社区、社群网络。

如此剧烈的转型，对于管理者，对于一线同事，都无疑充满挑战，但是必须去做。在互联网浪潮中，企业一旦躺在过去的成功回忆中消极被动，会迅速陷入经营困难。就像撞上冰山的泰坦尼克号，众人匆匆跳船离开，企业终被遗忘。而积极应对的企业，则会从中获得更大的市场空间，有实力提供更有竞争力的薪酬，留住自己优秀的员工，汲取友商的骨干，让场景化体验更好，让社区、社群之网更大，从而形成良性循环。

不过，转型并不容易，不会像吃饭睡觉一样轻松。转型的过程，势必会带来很多不适应甚至是苦痛，也会有人因为各种原因中途离开。


中和农信采用了北京—长沙双总部制。技术部门人员近 200 人，已经是总部人员最多的部门，而且仍然保持着每年 50% 以上的人员增速。

长沙实在的房价、友好的落户政策、众多的企业，成为"攻城狮、程序猿"最理想的安家城市之一。在我访谈的时候，中和农信有很多技术专家，之前都在北京、深圳、广州工作，有过百度、阿里等大厂经历的员工比例很高。

我问过所有人同样的问题：你为什么来长沙，为什么来中和农信？

回答朴实得让人落泪。

他们并不畏惧拼搏进取，只是厌倦了无意义的"996"和无休止的加班，不想年纪轻轻让生命熬干榨尽。他们不堪流动人口"头衔"下的漂泊和歧视，不想被称作"新生代的农民工"，希望有自己一个堂堂正正的户籍身份。他们租够了超一线城市里老破小的房子，不想拖家带口寒冬腊月里被房东逼着搬家，希望给妻儿一个自家的大房子。

他们同样需要事业。他们充满了激情，希望能够用专业能力做一番大事。他们 IT 技术强悍，充满了求知欲，希望能与技术高超的同事共同工作。他们上有老下有小，需要一份有竞争力的薪酬和向上发展的机会。

中和农信提供了适合的平台。各位英雄好汉于是齐聚中和农信，让一家围绕乡村工作的企业拥有了业内最强的技术力量，终于有了和各路"野蛮人"掰手腕的基础。公司业务蓬勃发展，薪酬也有比较优势，企业文化正直透明善良，管理规范，人际关系简单，技术牛人多。

中和农信已经加速了社群的打造，数千名客户经理，在全国近400个县域市场里，用企业微信构建众多微信群。我微信好友中，有众多的客户经理，所以也常常会收到加入微信群的邀请。中和农信计划用1年时间迅速达到1000万—2000万真实成员的规模。当社群完成后，在总部赋能下，一个分支机构的十几位同事，就会有能力覆盖数十个村子，可以联结到数千人甚至数万人。

如此庞大的社群，未来可期。

面对数量庞大的客户群和越来越精细化的工作要求，客户经理承受的压力可想而知。不过，压力不会让客户经理独自承受。整个技术人员也在改变原有的开发思路，找到更好的路径来帮助客户经理，想办法让客户经理效率又高又轻松。有很多现实的技术问题需要解决：几万名客户怎么管理，黏性更好？怎么用一个人来管理？客户回访怎么自动安排？潜在客户怎么识别？……有了好的技术支持，优秀的客户经理就能如虎添翼。

中和农信的决策层还有一项严峻的挑战，就是供应链。

互联网思维也好，技术浪潮也好，市场下沉也好，私域流量也好，都是偏重于需求端的，短时间内可以带来大量用户和购买量。但是，如果想做长久发展的正经生意，如果想在生意上赚钱，那么供应链才是必杀技。淘宝的兴起，本质并不是因为买东西更方便，而是买东西更便宜。拼多多的成功突围，并不是因为拼团更方便，而是拼团更便宜。

中和农信需要整合各种供应链、分支机构、社群节点，变成一个精密高效的体系，融入到自己的业务流程中。无论是从厂家到农户的农资电商（下行），还是从农户到市民的农品直采（上行），都需要中和农信打通链路，尽可能压缩中间环节，让效率变得最高，让成本降到最低，才有条件把利润省出来分给客户，再留一点给自己。在全世界，农村的供应链是个难题，不过国家已经把路铺到了每个村子，而中和农信早已经把根扎到了村子里，相信只要给一点时间，努力就能见到成效。


如果说互联网思维和互联网模式，只是一种商业模式的改进，是"软创新"，那么在农业技术服务上，技术则会带来实实在在的进步。

在传统的观念中，农业是一个古老得有些落后的行业。千百年来，农民根据代代相传和个人经验来判断自家的土地适合种什么、怎么种、什么时候种。经验本身并不系统，也很有限。一位70岁的老农，种了几十年玉米后，熟知自家每一寸土地，但没有办法判断土壤成分，也就谈不上改良土壤。自己的土地一旦改种水稻，老农的经验就瞬间失灵，需要从头来学。

实际上，如今的农业，很多时候已经变成了技术行业。变化背后是现代农业技术的进步。

我们可以测量土壤成分，然后通过无人机精确施肥。如果土壤本身出了问题，比如土壤板结、酸化或盐碱化、微量元素缺乏，我们还可以进行土壤改良和修复。

所有的作物，从种到收，都有一套完整的数据采集系统，帮助农民决定什么时候播种、什么时候施肥、什么时候撒药、什么时候浇水、什么时候收割。

这就是"土壤医院＋作物医院"。

限于种植规模小的问题，中国农民很难独自完成现代化农业的升级，而中和农信作为联结千百万户农民的机构，天然有优势提供低成本高收益的农业技术服务。

关于未来，还有一点猜想。

在未来，更多中国企业会走向国际，采购全世界、服务全世界、销售全世界。历史给了中国企业机会，机会属于有准备的强者。

如果有一天，作为一家综合性的助农机构，中和农信需要走向海外，那么最有价值和竞争力的长板是什么呢？

我想就是技术支持下的助农体系了。

经过不懈的努力，中和农信有可能在未来会打造出整套的智慧助农体系。体系里集成了农民"能力建设（人）＋小额信贷（财）＋智慧农业（产）＋农品直采（销）＋农资电商（购）＋保险保障（险）"等诸多板块。当体系成型后，综合发挥的作用会远远超越各个环节简单的叠加，真正助力农业增产、农民增收和农村发展。

# 第二十一章　守·初心

## 21.1　中和位育

中和农信为什么叫"中和农信"？这 4 个字似乎并不好记，而且容易混听——我们曾经不止一次听到一些不熟悉中和农信的农民朋友把"中和农信"误记为"中信农和"，甚至是"中农信和"。而在互联网时代，公司起名都将"通俗易记好传播"奉为法旨，所以涌现了一大批诸如大象、小猪、蚂蚁、猎豹、小米、大米——包括中和农信自己的保险公司小鲸向海——类似的品牌名。去一趟商标局，你会觉得仿佛一时之间所有的动物、植物名都被抢注了。而中和农信这个名字始终未曾更改，这 4 个字究竟代表着什么？

"农信"好理解，农村市场，信贷业务。中和呢？乍一看，可能会联想到"中和反应"，引申一下，可以联想到这家公司是想像"酸碱中和"那样消除"贫富差距""城乡差距"。这种联想不能说毫无道理，但并未切中"中和"的底层含义。而这个含义在中和农信北京总部一进门的显要位置早已经写得清清楚楚：

中也者，天下之大本也；和也者，天下之达道也。致中
和，天地位焉，万物育焉。

——《礼记·中庸》

历史已经证明，尽管现代化起源于西方，但西方现代化道路既
不是唯一的，也不是唯一正确的现代化道路。其暴露出来的诸多问
题使人类不得不反思其合理性，一些曾经被西方边缘化的现实路径
与智慧资源逐渐被照亮，甚而人们发现它们的真理普遍性。这其中
最有说服力的就是中国。2021 年，习近平总书记在庆祝中国共产
党成立 100 周年大会上指出："我们坚持和发展中国特色社会主义，
推动物质文明、政治文明、精神文明、社会文明、生态文明协调发
展，创造了中国式现代化新道路，创造了人类文明新形态。"而拥
有悠久历史传统且历经千年而不衰的中华文明，无疑是中国式现代
化的独特沃土。正如习近平总书记指出的，"我们开辟了中国特色
社会主义道路不是偶然的，是我国历史传承和文化传统决定的。"
数千年来，中华优秀传统文化从未中断，始终作为基因而延续，并
无声、无形地发挥着作用。

费孝通（1910—2005），江苏吴江人，当代著名学者。作为
中国社会学和人类学的奠基人之一，他对中国乡村的一系列研究
至今仍被学界奉为圭臬，其中最负盛名的莫过于《乡土中国》。费
先生的这本书对中国基层社会的主要特征进行了理论上的概述和
分析，全面展现了中国基层社会的面貌，被学界公认为中国乡土
社会传统文化和社会结构理论研究的重要代表作之一。费先生引

进人类学田野调查方法来研究社会学的研究路向，打破前人划定的社会学、人类学与民族学的界限，开创了社会学中国学派的先声。读者沿着作者的思路，可以一窥中国基层社会的运作机理。虽然事过境迁，但费老透视社会的眼光、观察社会的方法，仍然充满活力。

费孝通之所以探出新路，除了天资以外，与其继承、发展前辈的学术精神为自己使命的意识是分不开的。如果说他的外国老师芝加哥学派创始人派克、人类学家史禄国与马林诺斯基在具体知识与研究方法上给予费孝通以影响，那么他的中国师友则在社会学学科的中国品格上影响了他的研究，其中重要的一位就是潘光旦。潘光旦与费孝通做邻居近20年，在费孝通眼里，学识渊博的潘光旦是"活智库"，他有什么问题总会到隔壁找潘光旦，而潘光旦都会不厌其烦地直接回答，或找书作答。在潘光旦去世后，费孝通说："我竟时时感到丢了拐杖似的寸步难行。"

潘光旦喜欢利用历史文献分析，其学术旨趣里贯彻着鲜明的社会改革意图，在社会思想的阐释里面也力图利用现代科学来重新诠释中国传统思想中的某些规范性原则。其中最重要的便是"中和位育"，而这也深深影响了费孝通的学术研究。

清末，西方演化论传入后，国人最初是将adaptation翻译为"适应"或"顺应"，潘光旦认为，"适应的现象原有两方面，一是静的，指生物在环境里所处的地位；二是动的，指生物自身的发育。地位和发育的缩写，便是'位育'"。学贯中西的他将优生学、遗传学和进化论思想与传统儒家思想结合起来，在当时西方进化论之中国理解"物竞天择，适者生存"几成公理的背景下，逐渐形成了独树一帜的"新人文史观"，一种"以人为本的社会学"。其中，"中和位育"是其核心洞见。潘光旦解释为天地万物各处其位、繁育滋长之意。他认为"安所遂生"即"位育"，为"一切生命的大欲"。而"中和"则是实现"位育"的方法，是天地万物的"化育"之道。在潘光旦的阐释中，"位育是一切有机与超有机物体（生物与社会）的企求"，"位育就等于二事（物体与环境）间的一个协调"。经济方面，他根据孟子的"物之不齐，物之情也"引申"物不齐"即"自然之不平等"理论，提出应当以"公道"代替西方经济理论所倡导的"平等"概念，认为真正的平等是按人的才能与机会匹配，此谓"公道"而非"平等"；在社会中人人生而平等，但不意味着不区分才智德行而用。

中国传统文化兼容并蓄，而以儒家文化为首；儒家思想包罗万象，而以中庸为核。中庸之道，不仅是讲求人对自我的修炼，更是阐释了人与人、人与社会包括人与自然的大道。这个大道的核心要意其实也是那四个字——"中和位育"。

"中和位育"源于《礼记·中庸》中的"中也者，天下之大本也；和也者，天下之达道也。致中和，天地位焉，万物育焉。"朱熹《中庸集注》曰："位者，安其所也；育者，遂其生也。"所以，中和位育就是以中和之道，实现万物的安所遂生。

"中和位育，安所遂生"的思想早在《周易》中就已经奠定了。《周易》的世界观是天、地、人三才，其中乾坤两卦象征天地："天行健，君子以自强不息。"（《周易·乾卦第一》）"地势坤，君子以厚德载物。"（《周易·坤卦第二》）天刚健有为，运动不已；地厚重宽广，容养万物。"天地设位，而《易》行乎其中矣。成性存存，道义之门。"（《周易·系辞上传》）

天地既在，才有万物与人。《礼记》曰："万物本乎天。"（《礼记·郊特牲》）生命本源于天地。天地虽无言，但"四时行焉，百物生焉。"（《论语·阳货》）天地运行的终极规律与最大恩德、功德是一切生命得以可能的根据，那便是为万物和人类提供生生不息的环境——"天地设位"，按照《周易》的道理，"天地设位"于前，人效法天地以"自强不息""厚德载物""成性存存"于后，前者为"位"，后者为"育"，可谓位育思想之内核已然清晰明确。天道变化，生育万物，每一事物都有其独特的生命与本性、位置和存在的价值，若能协调并济，就能大吉大利。正所谓"保合太和，乃利贞"。

其中的"位"，或者说是"安其所"，实际上就是各得其所，各得其位，资源、条件等一切基础就位。而"育"，则是在其位各尽所能，实现万物的繁荣共生，持续发展。

举一个简单的例子，为什么中国自古以来强调耕者有其田，农民要有自己的土地，这就是一种"位"和"安所"，只有有了地，农才能"生"。这里的"地"具有承载、生发的价值。对农民而言，"位"既是确定的出发基础，也是可以回归的安全依靠，更是稳定的、可期待的"生"的可能性集合。

中和农信的企业文化内核正是源自于此。对于乡村中的众多小农户而言，面对前所未有的城乡融合大趋势以及浩浩荡荡的时代发展潮流，他们怎样才能安所遂生，实现发展，还是需要中和之道。如果一个人生来就在乡村，起手就没拿到一副好牌，那么他要如何"育"？如何发展？或者说，当千千万万的小农户限于地域、规模、资质能力而不得其"位"时，有没有一种好的运作模式甚至是体系使其就"位"而得"育"？从小额信贷开始，再到多元化农村社会化服务体系，中和农信一直在探索。

《孟子》曰："苟得其养，无物不长。"小额信贷的成功证明了贫困农户只是缺少一个机会，而其中的根本逻辑就在于"中和"——公平、包容、可持续。而当一个金融机构秉持公平、包容的理念，专注于满足那些角落中的小微农民微小而具体的客观需求时，它一定是不负"中和"之名；当几千几万的小额贷款和数百万自强不息的乡村实干家交汇在追求美好生活的愿景中的一刻，"位育"就成了一个个真实可感的故事，呈现在我们眼前。

此外，"万物位育"不是"万物位一"，因为"位"是有限的、不同的，所以"育"也是多样的。这也解释了中国农村不会衰败、消失的原因。那里拥有全国94%空间资源，有幅员辽阔的土地、山水和数亿的人民，这种广阔的生存空间怎么会容不下人的生存呢？中华优秀传统文化强调的"共生"是差异性共生，尊重和包容基于不同历史条件"生长"出来的多样性、差异性，或者可以反过来说，中华文化蕴含着这样的一种观念，多样性、差异性是生命永续的前提和基础——"物之不齐，物之情也。""我见过很多农户，他们在家乡过得很好——或者承包了土地，经营着农场，有年轻的'90后'，也有返乡的打工人，他们的生活并非像很多人想象的那样没有希望，反而是很自在、很幸福。"刘冬文说，"我们每个人所了解的世界都相当有限，比如我们常按照某种城市的观点去看待，假定了一个前提，比如中国14亿多人只有不到10%的人可以上大学，剩下的人的人生是不是就都没希望了？城里的生活条件好、资源多，那生活在农村的人就完了？实际上，幸福是主观且多样的，一个人只要找到适合他的道路、适合他的所在，能够得到必要的资源支持或者一个机会，完全可以过得很好，无论在城市还是在农村。而中和农信就是为乡村中的创业者提供这样的机会。"

"中和位育，安所遂生"理念，不仅是一种社会哲学或社会学，而且是基于生命的价值论的统一，体现了中国人的宇宙观、发展观，强调以人为中心的整体系统、自然协调、相互成就、中正和谐、适所宜人和永续发展。这一理念作为传统文化主干的儒家文化的统摄性思想，涵盖传统文化的方方面面，集中体现了"中华文化的精髓"。这一经过中华民族漫长历史实践检验的理念和"百姓日用而不知"的文化本能，是中华民族哲学意义上的重要精神标识，也成为中和农信渊源深厚的文化基因与源泉。

当然，关于中和农信的名字还有一句阐释——"中情于农，和美于信"。在这里，"中情"不仅仅是"钟情"的谐音，它的本意是"内心的思想感情"，在某种语境下也用来表示"内心真诚"——全心全意、真心实意地为农民着想，为农民服务，最终实现和美乡村的美好愿景。当然，这里的"信"已经不仅仅是"信贷"了，而是"信任"——一种真正根植于《易经》和《礼记》的优秀传统文化沃土中的、践行费先生和潘先生"乡土中国"和"位育理论"中的"信"，一种中和农信的"信"。

我们是服务者。我们为农民服务。农民去哪里，我们就去哪里。"党指引了方向，社会各阶层都要跟上。我们是属于社会各阶层的一部分。不光政府部门要跟上，企业也要跟上，无论是大型企业还是小型企业。我们就往这个方向去，根据社会的变迁，跟随需求，给农民做服务。"

归元无二路，修行有多门。最终，大家都百川汇海，为实现小农户的农业农村现代化作出各自的一点贡献。

方向有了，如何面对毛毛雨一样众多的服务领域，避免挑花眼，做出好选择，是一项硬功夫。

制定企业战略是一种能力。

2021年初，中和农信中高层述职会。刘冬文分享了中和农信未来做战略决策考虑的三个方面。

第一，党和国家的大势。如果企业做的事情不符合党和国家的政策方针，哪怕有市场需求，你也不能去做。比如，放高利贷你也可以去做，可能利润也很高，但是你不能去做这个事情。很多人在城市里拿贷款去做房地产，但这不是党和国家倡导的长期方向，我们肯定不能做这个事情。

第二，要满足客户的需求。对中和农信来讲，因为这个机构本来就是有一个特定的客户群体，就是农村。过去更聚焦，就是贫困户，后来说中低收入农户也有这个需求，我们就扶持中低收入农户。现在来看，这两个群体很大程度已经被政府和社会保障体系托了起来，那么我们就去服务小农户或者说县域以下的农村群体，他们有很现实的需求。只要你能给他们提供方便、快捷、经济、实惠、安全、可靠的服务，是能够满足客户需求的。

第三，机构的能力。你也不能什么都去做，你要做的话，要考虑你机构资金的实力、技术的实力，包括员工的能力，这些综合在一起，如果你能够提供这个服务，你就去把它做精、做细、做强。

中和农信综合考虑这三个方面，我们觉得可以往这个方向去努力。所以，我们做的任何一个决定、做的任何一个选择都是基于这三个大方向做的一个选择，我们选了一个交集。

为此，中和农信之前几年就已经做了大量准备工作。站在2021年，回头看2020年，中和农信转型不能说圆满，但总体让管理层比较满意。艰难时刻需要齐心协力。在明确清晰地知道了公司的战略方向和政策调整后，无论是总部还是分支机构，强有力的执行让效果比较理想。

最典型的是新业务。

比如，农资和农品，在2020年第四季度到2021年1月份间，因为疫情和春节受到了影响，但市场表现依然不俗。以农民必需的化肥为例，中和农信2020年全年只销售了1亿元化肥，2021年头两个月销量就达到了2亿元以上，而旺季甚至还没到。农品业务，以县域为服务对象后，牛刀小试，销售大米，结果供不应求，1个月内销量达到2000吨。

为农民服务，在中国，是一条异常宽广的赛道。

背后，是农民的现实需求。

第一，解决农民的痛点。从农民的角度来讲，中国农民大多是小农，种植也好，养殖也好，瓶颈太多。小农没能力去做生产规划，也很难去预测未来产品销售市场的行情或者是紧俏程度，更没有参与定价的话语权，只能随大溜。出产的农产品，赶上某一个特殊事件或者情况可能卖得很好，也可能卖得很差。

于是，我们会看到农民水果烂在地头，呼吁大家去帮助的报道。报道背后，就是一家人甚至是一批农民的经济危机。

最大的不确定性来自产品销售，这是农民最大的痛点之一。需要对症下药。

中和农信的初衷是借助公司的资源进行整合，至少能帮助自己的客户或者想扶持的农民，让他们的产品销售出去。

在这一过程中，发现农产品销售背后是产量和品质。产量决定有多少产品可以销售，品质则决定有人愿不愿意购买。品质是系统工程，和品种选择、土壤质量、种植环节、养殖环节、生产资料的供应、田间管理都是密切相关的。

当你找到了农民的痛点时，你就会发现，你做任何事情农民都会欢迎。

第二，如果一家公司能够很好地管理好痛点，把解决方案整合起来，就有了一个聚合效应，就能够把小农户的需要聚合成大的需求。比如，购买化肥，每个农民可能只买1万元化肥，毫无议价能力，也没法控制化肥质量，当聚合1万个农民时，就有1亿元的需求，可以和厂家议价，可以专人运输上门，品质也有了保证。聚合效应，适合中国国情，可以帮助小农经济转变为一个规模化的农业生产模式。

为农民服务，不是一个口号，背后需要扎实的调研。农业生产资料下行及农产品上行过程中，传统模式是怎么样的？目前运行过程中还有哪些困难、痛点？哪些环节给客户、农户增加成本，阻碍了他们去获取优质的生产资料，阻碍他们拿到一个很好的农产品销售价？……都需要一一给出解决方案。

总体来讲，当一家机构进入这个行业时间足够长、足够耐心，就能抓到农民的需求，抓到行业现有或者是传统服务的痛点，就能形成新的业务模式，然后形成新的业务增长。

理想很丰满，现实总是很骨感。农民业务最大的风险还有一个——农业生产是异常繁杂和非标准化的，会带来时间成本的风险。

农业相关方必须要深耕细作，和时间做朋友。

这可能是习惯了"简单粗暴的产品模式—金钱加速收割用户—快速推高估值"的互联网巨头们很难适应的。

恺撒的归恺撒，农民的归农民。

在农村，每一个创新业务都有一个从探索到成型，从量变到质变的过程。

中和农信保险业务，经历了替客户买保险、送保险给客户，到互助保险，再到代卖保险的探索过程。农资销售也是一样。2019年在陕西洛川，中和农信用新模式卖了1000多万元肥料，直到现在还有四五百万没收回来。

一帆风顺只是传说。

为农民服务不是平均用力。

中和农信并没有妄想齐头并进，并不想"赢得时间"，而是选择先从监管最为严格、对人员要求最高的小额信贷入手。

为什么这样做呢？小额信贷业务的要求很高，高要求的业务带来的是高素质的员工。各地分支机构往往因此可以雇用到当地次好的人才——仅次于公务员。

人才就是生产力。

想成为中和农信的客户经理，首先要成为一个合格的信贷员。如果你能够成为一个合格的信贷员，就说明你素质过硬，具备基本的综合素质、人脉资源、学习能力和职业素养。

有了这样的素养，再加上中和农信系统的培训体系和数据化的管理方式，一名中和农信的员工，再成为一个保险销售人员、成为一个农资销售员、成为一个农产品销售人员相对来说就更简单了。

客户经理不是孤身作战，也不必要求自己成为专家。公司总部有专业的人员和团队，做好后台工作。总部把品种选好，把价格谈好，用物流拉到客户家门口，客户经理要做的只是按照培训材料、按照标准说法向农民介绍和服务。

中和农信在2021年提出了隐形冠军的目标。在"四驾马车"（小额信贷、小额保险、农资服务、农品直采）每个行业选择一个对标的目标，努力成为行业内的翘楚。

实际上，在笔者看来，"四驾马车"，各有不同。小额信贷，中和农信已经是国内冠军，如今要对标的恐怕是跨界打劫的巨头们。小额保险，在农村市场开辟了蓝海，可能也是冠军，但是远不如小额信贷完善，还需努力。农资服务的对手大多小、散、乱、慢，难度不在于市场需求，而在于自身能力是否完善。农品直采领域，尤其是上行市场，早已是强手林立，中和农信独辟蹊径，回归农民自身需求，未来可期。

不同的阶段、不同的市场、不同的对手，让对标工作异常重要。

四个服务背后逻辑是一致的，是一套体系。散是满天星，聚是一团火。"四驾马车"都可以用一个平台——乡助来实现，而且业务间相互辅助，相互促进，相互镶嵌。做好一个，另三个就自然跟上了。

一切都需要时间来完成。

## 21.2　灰度·城乡融合

在黑与白之间的灰度，不是调和，不是折中，而是真实世界的客观体现。

城乡融合，是城也是乡，非城也非乡，听起来情理不通，实际上这才是真实世界。城是地理概念，乡是身份特征。

说的就是进城农民和"新时代农民工们"。

"城乡融合这个事情我探索了很多年，我是为未来准备的。"刘冬文保持着未雨绸缪的习惯，"现在我们只有8个分支机构做城乡融合业务，是因为我们看到了在中国有一个特殊的现象，就是农民工现象。"

中国的城镇化进程让农村人口向城市快速流动。更多的农村人口就流到了省会城市或者地级市。有些曾经流动到一线大城市的，最终因为户籍、安家成本、子女教育等综合原因可能也回流到了省会城市或者是地级市。

也就是说，如果光指望在农村解决农民的问题其实是不完整的，未来更行不通。按照中国现有的发展水平和发展速度，现在一个普通县城的发展水平，在10年之后，可能相当于一个地级市的发展水平。经济发展本身是复利式的，只要时间足够，变化之快远超我们想象。

中和农信应该如何应对未来10年的变化？

面对未来，回顾历史有时是最好的老师。

20年前，中和农信的前身，以格莱珉的小组贷款模式起家，在农村发展迅速、服务方便快捷、口碑极佳。小额信贷的模式很适合成片的小农户、小养殖户。可以说，小组贷款是小额信贷行业的LOGO（标志）、Slogan（口号），甚至被很多从业者看成就是小额信贷本身。

但是，随着乡村经济发展，刘冬文发现，小组贷款可能很快就会不匹配中国农村的实际情况。公司必须要拥抱变化，提前转型，由小组贷款模式转为个人贷款模式。

提前转型，需要找到符合要求的试点进行摸索。试点要满足两个条件：它需要和中国乡村几年后的经济结构类似，它的潜在客户需要和中国农民几年后的样子类似。

县级市被选中了。

于是，2008年在部分县级市，中和农信开始摸索个人贷款的信贷服务模式。在摸索的同时，公司还专门学习了国外个贷的先进技术，最终形成了完整的个贷流程。

几年后，果然如刘冬文所料。农村市场中，小额信贷客户原来90%都是种养殖户，随着经济结构的快速变化，10年时间种养殖户比例就降低到了40%以下。

提前做好准备的中和农信无缝转型。全公司2015年开始推广个人贷款模式，2019年全部停止小组贷款。预先的摸索、转型的渐进，让小额贷款业务平滑过渡，没有产生大的信贷问题。

"如果我们当年不去琢磨个人贷款怎么去做，不去琢磨怎么给一些非农业的个体工商户、小微企业去提供小额贷款支持，我们公司早已经要解散了。"

同样的道理，为了迎接下一个10年的变化，中和农信已经开始城乡融合的提前布局。利用中国从东到西逐步发展的自然演进，中和农信能够进行迭代和前瞻性的探索。"首先在东部发达地区做一些尝试，筛选出好的业务模式、产品组合及具体做法，未来5年在中部地区就可以使用了，再过5年，可能西部地区可以接着用了。"

城乡融合实验的作用是多元的。

首先，摸索模式。中和农信组建了专门的城乡融合队伍。公司提供一些特殊的产品，给它一些特殊的机制，让城乡融合队伍去琢磨，在地级市或者是在一些不太发达的省会城市，尝试开展小额信贷业务，包括小额保险业务。未来不断会有更多农民到类似城市工作，中和农信要找出适合的服务模式、服务工具。

其次，培育人才。中和农信的基因大多来自乡村，而未来的县域和乡镇发展水平可能会比肩如今的地级市或者是省会城市。为了避免过去的旧船票登不上未来的新船，城乡融合很重要的功能就是储备人才，更重要的是找到一套员工培训的方法，反哺回公司，完成所有员工的进化。

前瞻性的布局和探索，是需要付出代价的。

城乡业务本身为公司贡献利润很小，要投入的资源、精力却很大。没有人知道到底要几年才能出成果，也许最终会没有成果。

刘冬文早已习惯，"我们依然坚持做这个事情，是因为我需要用这块市场来探索未来的发展。同时也是为那些农民进入地级市和省会城市提供一些切实的支持。如果未来我在这个地方做得很好，我可以逐渐扩大规模到更多的地级市去做，这样使农民有了更多的选择。"

社会是不断演进的，我们只能推测其趋势，但没有人能完全测准。"以现在这个社会发展的速度，都不足以让任何一个机构去清晰地告诉你 5 年以后它自己是一个什么样的机构"，但是不确定之上，还有确定的部分，"中和农信在 3 年、5 年以后肯定是一个综合助农的服务提供商，这是肯定的。而且我的目标是，我们只要做一项业务就应该做到农村领域的隐形冠军，这是肯定的。"

## 21.3　不变的趋势

中和农信每年都会做一个"三年滚动计划"，对未来 3 年的公司业绩做一个财务预测与规划。

面对未知的未来，时间越长，预测越模糊。2021 年初，公司可以很清晰地告诉投资人 2021 年能够达到多少收入规模，利润水平是多少，大约组成是什么。但是对于 2022 年和 2023 年，就只能预测收入总数和大趋势。

无论预测多么模糊，中和农信进化的大趋势是不会变化的。

趋势一，数字化信贷产品的比例会越来越高。

趋势二，多元化的农业业务比例会越来越高。

趋势三，智能化的农业服务比例会越来越高。

公司进化的趋势，是基于农村趋势的判断。

从就业角度来讲，未来从事农业的职业农民会越来越少，从事非农业的人口会越来越多，也就是说，是一个城镇化、非农化的过程。进程中，农用土地等生产资源也会更加集中，为现代化大生产奠定基础。

从现代化水平来讲，现代化生产程度会越来越高，先进农业机械会推广应用，新型的农业生产模式和生产方式会持续不断地出现。未来的农业生产会成为技术性工作，未来的农民其素质将不低于甚至高于很多城市居民。

从数字化水平来讲，整个农村数字化水平会进一步提升，数字化生产生活方式一定会改善。数字化是智能化的基础设施，数字化水平的提高，势必引发农村智能化生产生活的浪潮。

对于中和农信来讲，大势之下，会不断地去完善服务，提升能力。在保持和加强现有一线员工力量的基础上，中和农信一定要向一个科技化企业、智能化企业，为未来县域以下的客户提供智能化的服务，成为农村、农民接入数字化生活的首选平台之一。

在描绘蓝图之余，刘冬文保持着一贯的坦诚和理智："从市场规模看，我们的增长不是没有上限的。拿小额信贷来说，我们的业务颗粒度极小，如果规模到达1000亿，要服务几百万客户。在这个万亿级的市场，像我们这样的机构能够做到千亿规模就很了不起了。

"全国2000多个县，我们已经在400多个县有分支机构，在覆盖600个分支前，还会比较顺利。当你做得越来越大时，看到你的人会越来越多，你就没法隐形了，资本会蜂拥涌入，肯定会有第二个、第三个中和农信出现的。"

刘冬文很淡定："我们肯定不能一家通吃，是吧？"

信　言　*XINYAN*

## 与时俱进，愿景使命再升级

刘冬文

2021 年 2 月 25 日，随着国家脱贫攻坚表彰大会的圆满结束和国家乡村振兴局的门牌揭幕，标志着国家支持"三农"发展的重点由"脱贫攻坚"向"乡村振兴"全面转型。当年以扶贫助农为起点的中和农信，在这历史转折时期，自然也面临着重大转型升级。去年底，我们明确提出要"守望乡助，服务'三农'"，意在响应党和国家的号召，将工作重心转向服务乡村振兴和农业农村现代化。根据农村客户需求和自身服务优势，我们制定了建立乡助会员网络，推进信贷、保险、农服和农品等"四驾马车"齐驱的发展战略。目前，四项主营业务均取得良好开局，稳健起步。

与此同时，经过多次头脑风暴和集思广益，我们对公司的愿景、使命和价值观等进行了升级更新，以更好地引领我们在新的发展时期行稳致远，基业长青。

### ◆ 愿景——让乡村生活更美好

脱贫攻坚任务完成之后，国家农村工作的重点就是要全面推进乡村振兴，加快实现农业农村现代化。作为扎根农村服务农民的专业机构，中和农信应当在乡村振兴的大背景下，整合资源，发挥优势，为农业农村现代化进程贡献力量，使乡村百姓的生产更加便利，生活更加美好！与原来的愿景"山水间的百姓银行"相比，新愿景的内涵更加包容，目标更加清晰，也更能体现以客户为中心，替客户着想的理念。

◆ **使命——服务农村最后一百米**

中和农信，和而不同。我们将继续关注农村地区的小微散户，拾遗补阙，润物无声。新的使命陈述，去掉了"打通"二字，意在强调自身服务，更好地体现了中和农信自信、包容和协作之精神。

◆ **价值观——诚信至上，客户为尊，守正出奇**

1. 诚信至上。中和农信因诚信待客而生，也因诚信经营而得到政府及社会各界的持续支持，可谓"得道多助"。因此，诚信就是中和农信的座右铭和通行证。一旦诚信丢失，则中和农信毫无生存之能力，更无存在之意义。因此，我们务必坚守"诚实守信，简单务实"的经营理念，始终对客户、政府和社会以诚相待，以信示人。

2. 客户为尊。无论是金融服务，还是农业服务，中和农信始终把充分满足客户需求放在首位，始终坚持为客户"量身定制，精益服务"。这与我们之前的价值观"公开透明、平等互利"系一脉相承，一以贯之。

3. 守正出奇。中和农信始终坚持"做正确的事"，"正确地做事"以及"把事做正确"，正所谓"笃信好学，守死善道"。在坚守善道的同时，中和农信也不断地拥抱变化，推陈出新。正因为我们一直以来的"坚守创新"，才使得中和农信能牢牢扎根农村，贴心服务农民，且在服务能力和质量上持续保持业内领先地位，独占鳌头。未来，中和农信依然要继续"笃行正道，持续创新"。

2021 年，恰逢中和农信成立 12 周年。按照中国农历年的说法，新的年轮即将开始。2021 年，也是中和农信全面转型服务乡村振兴的第一年。我们期待，全体中和农信人在新的愿景、使命和价值观的引领下，既要勇于面对新时期的挑战，更要善于抓住新时期的机遇，与时俱进，坚守创新，使中和农信在乡村振兴的时代浪潮里有所作为，有所建树，为实现农业农村现代化和创建乡村美好生活作出更多贡献。

## 21.4　角落里的奋斗者们（一）

一家公司之所以能够存在，一定是用商业的方式满足了社会的需求，为某类群体提供了产品或服务。

选择服务什么样的群体，是一个大学问。

选择可以是出于顶层设计，以使命、愿景为北极星，如早期阿里巴巴的使命——让天下没有难做的生意。使命一出，服务群体自然显现：各类企业。也可以出自市场调研，市场规模、竞争对手情况、我方特点，再结合蓝海、紫牛、利基……最终得出一个本小利大的服务群体，这个模式可以复制，很多创业公司即是如此。当然，也可能是浪花淘尽始见金，企业多次尝试后，终于选定了最终战场，很多老企业或转型企业常常就是这样。

对于中和农信来说，无疑就是第一种。这是一家因愿景、使命而设的企业。无论是早期的"助力基层百姓实现梦想，打通农村金融最后 100 米"还是现在的"让乡村生活更美好，服务农村最后一百米"，它的服务群体都从未发生过偏移，异常明确：农村基层百姓。

2021 年，我终于找到了自己 40 年来一直在寻找的人——我的榜样、我的偶像、我内心力量的来源。

吴艳仿。

这是他的名字。

"一个人可以被毁灭，不能被打败。"比起美国小说家海明威《老人与海》与鲨鱼搏斗的老人，吴艳仿更配得上这句话。

第一次听到他的名字，是从一位中和农信品牌部小姑娘那里，"每次遇到事情，自己想不开的时候，就会想到吴艳仿。人家那么难都过来了，我有什么过不去的？"小姑娘东北口音掩盖不住她对这个人的钦佩。

2016 年 6 月 19 日早上 4 点，湖南平江县三阳乡兴阳村，54 岁的吴艳仿和往常一样，从幽静的借住的旧屋内醒来，收拾然后挑着担子出门，下地收拾他的六七亩菜地。一天收了近 200 斤的豆角，两块一斤卖给了照顾他生意的一所中学食堂。还有黄瓜、茄子、玉米、辣椒等作物也在一个个瓜熟蒂落。

种菜是重体力活，一年到头都无法休息。吴艳仿一个人干所有的农活儿，辛苦可想而知。不过，比起过去的生活，现在很安定，也有盼头。

看起来苦难重重的生活终于露出一丝甜头。

吴艳仿以为人生终于有一段平路可走了。

然而并没有。

1978 年，吴艳仿 16 岁，离开了湖南平江县三阳乡兴阳村，一个贫瘠的小村落。

想法只有一个，我不要挨饿了。出去打工，可以吃一口好饭，有个好生活。

80 年代末，他南下广州。

小学文化，没有特殊技能，他只能干一些体力活。

在码头上当一名搬运工人，

在工厂中做勤杂工，

在工地里做泥瓦小工，

……

没有什么财富梦想被实现，也没有神奇经历发生，更没有穷小子遇到老板女儿的事情。八九十年代，在中国，体力劳动者是最不稀缺的人力资源。一天到晚地辛苦工作，换来的只是微薄的可怜的工资。

1992 年，一个消息传来，广东一块山地，老板正在雇人开山种树护林，工资一个月 400 元。

400 元！对于吴艳仿来说，妥妥的高收入。

吴艳仿跟着去了。

到了那里才发现，这是一个与世隔绝的地方。

大山深处，密林之中，好像世界的尽头。

和偏僻一样难熬的，还有从早到晚的劳碌。

这些，30 岁的吴艳仿都忍了，为了能有好的生活，为了能多带些工钱回家看看自己老迈的爸爸妈妈。

刚开始，一切风平浪静，老板每月只支付一点生活费，说离开时再一起结算工钱。

3 年的连续工作后，思乡心切的吴艳仿想回家了。

"老板"露出了狰狞的嘴脸。

没有工钱。过去没有，现在没有，未来也不会有。

吴艳仿被强行困在了这里。

在人生最宝贵的年龄，吴艳仿丧失了自由，变成了一名奴隶。

一年365天干活，伙食不如猪狗，没有一分钱工资，长期失去人身自由。

即使这样，还是会常常遭受恐吓、辱骂，还有拳头、棍棒的毒打。

无尽的黑暗，没日没夜的折磨。

很难想象，这样的事情，竟然发生在我们这片土地上。

人性的恶，总是会打破我们的底线。

吴艳仿没有认命。

他决心逃跑。

前两次努力都失败了。

这里地处深山老林，他身无分文，没有任何交通工具。每次逃出去，走不了多远，就被抓了回来。

然后就是毒打，一次比一次残忍。

吴艳仿没有放弃。他决定装病。绝食，几天几夜不吃东西。

长期遭受劳累、毒打、营养不良，他的身体就像风中的烛火。饥饿让烛火飘摇不定，吴艳仿意识模糊，看上去随时会离开人世。

奴工老板怕死在自己的林地里，就把骨瘦如柴的吴艳仿装进麻袋，拉到一条公路边扔在地上，扬长而去。

有人会疑惑，为什么残忍地把好多人都关在林地里，囚禁、奴役、毒打，黑工老板都没觉得害怕。为什么会怕一个人病死饿死在林地里？

违法收益很高，违法成本很低。这让有的不法分子不惜丧失人性，奴役同胞。

随着最近几年来的司法改革，对不法分子形成了强有力的震慑。

深夜的微风中，吴艳仿渐渐清醒过来，爬出了麻袋。沿着这条不知其名的公路，一路走去。

心中只有一个声音：回家。

甜蜜的家，我来了。

然而，回家的路是艰辛的。

现实中的吴艳仿，骨瘦如柴，衣衫褴褛，身无分文。他只能一边问路一边走，打零工换一点路费和饭钱。

终于，经历了漫长的旅途后，2011 年，吴艳仿回到了平江县兴阳村。

然而，他没有回家。因为他没家了，命运又给了他致命的连击。

牵肠挂肚的父母，在对儿子的苦苦期盼中，都已经相继去世，从此阴阳两隔。

唯一的亲妹妹，也早已不在家乡。

那座看着自己长大的老宅子，早已经坍塌，变成了废墟。

童年时的玩伴大多也都离开了贫穷的村子，各奔东西。

村子里人都惊讶他的"复活"。

支持一个人的所有信念，在一瞬间都破灭了。

父母、朋友、家、房子，都成了梦幻泡影，无法给自己支持。所有的财产，只有两套破衣烂衫。

经历了 19 年的非人折磨后，谁能想到，等来的竟然是这样的结局。

不，这不是结局。吴艳仿没有放弃。

一位住在外地的本家，偶然得知他的情况后把家里的老房免费借给他住。

一座 40 年的老屋，给了他一个容身之所。

他艰难地撑了下来。他开始打零工，挣一点口粮，养活自己。

吴艳仿不想就这样终老。

没有钱租地，就用双手在老屋边开垦了一小块荒地，可以种一点蔬菜卖钱。

继续开垦，用双手继续开垦。

2015 年，他终于有了 3 亩薄田，但开支仅勉强够温饱。

"吴艳仿需要帮助，"声音里充满了期望，"也只有你们能帮他了。"

电话这头，是兴阳村村支书。电话那头，是中和农信的客户经理钟幼萍。

吴艳仿需要借一笔"大钱"，5000 元。

随着开荒出来的地变多，吴艳仿的困难也变多了。一个人徒手种地的他，现在即使一天只睡几个小时，地里的活也干不完。种子、化肥都需要用钱买，可是钱从哪里来成了难题。

没有钱，就没有种子化肥，没法播种和收获。

没法播种和收获，就没有钱买种子和化肥。

一个死循环，真实发生了。

他想借钱，一部分买种子化肥，一部分想买个电三轮车去卖菜，但根本就没有人愿意借给他。

一个农村的老单身汉，在当地无亲无故无产业，大家看他可怜，接济一点饭食可以，但是借钱给他——真的是难上加难。

无住房、无资产、无资金、无技术、无工资，根据贷款审核资质的流程，任何一家农村银行和信用社，都不会给这样的人贷款，哪怕1毛钱。

钟幼萍是犹豫的。

上门3次了解吴艳仿的情况后，她内心充满了纠结。

一个人在经历了这么多以后，仍然还在努力辛勤劳作，中低收入，人品过硬，这正是中和农信最标准的客户画像。不支持这样的人，咱们支持谁？

可是，一旦吴艳仿再出状况，举目无亲、家徒四壁的他用什么来还小额贷款呢？

只能回去和平江分支主任田翠商量。

"贷给他，这就是咱们公司要的客户。如果出了问题，大不了咱们几个同事分担了。"田翠有着湖南女性的爽朗和朴素正义感。

一锤定音。

很快，一笔钱进入了吴艳仿的账户。看着到账的5000元，吴艳仿很感激。20多年来，第一次看到这么多钱，第一次有人愿意借钱给自己。

"这不是帮助，这不是怜悯，这是对你事业的支持。你不需要谢任何人，你要谢就谢自己。中和农信能贷款给你，靠的不是我们，靠的是你自己的辛苦劳动和信用。"

钟幼萍会对每一位客户这样说。

每一天，遍布全中国的中和农信人都会对自己的客户们这样说。

伟大的善意，并不来自于悲悯本身，而是来自对他人的平等与尊重。

自胜者强，自强者胜。

不到一年时间，吴艳仿用这笔资金开出近 10 亩土地，豆角、茄子、辣椒……越来越多的菜从这片土地里长出来，充满生气。

2016 年初，吴艳仿还完了 5000 元贷款，还给自己添置了些新东西，一辆电动三轮车，还有一辆手扶翻地机。

最重要的是，他还有了 2 万元的存款。

一步一个脚印，迈向自己理想中的生活。

故事并没有结束。

他生病了，很重。

没法干活了，必须看大夫。

一年的治疗后，终于治好了病。

积蓄，20 多年来，唯一一次积攒的，属于自己的，没日没夜苦干才换来的积蓄，都花光了。

2017 年，吴艳仿重整旗鼓，再次从中和农信贷款 2 万元。

这次他决心搞蔬菜大棚，可以减少季节影响，一年四季都出产，用一小块地种出更多的蔬菜。

全新的钢制蔬菜大棚是非常昂贵的，动辄十几万。对于吴艳仿来说，这是天文数字。

湖南盛产竹子。吴艳仿上山砍毛竹，扛回家里，用刀破开，变成一根根竹条，然后放在火上一根根手工烤制，变弯后做成大棚的支架。

买不起蔬菜大棚的新塑料布，吴艳仿就买来二手的，自己一点点修补好破烂的孔洞。

一个人扣大棚，一个人翻土地，一个人种菜苗，一个人浇水，一个人施肥。

吴艳仿感动了所有人，但是没有感动 2017 年的天气。

2017 年 6 月到 8 月，3 个月里，全湖南连降暴雨，湘江、资江、沅江的水位全线暴涨。

7 月 2 日 20 时 20 分，湘江长沙站水位达到了 39.49 米，比 1998 年出现的历史最高水位还高出了 0.31 米。

整个平江所有的农田被洪水按在地上摩擦、摩擦又摩擦。

吴艳仿种下的所有蔬菜、庄稼都被淹了。

一年辛苦，在大雨与洪水中，眼睁睁看着清零。


叹口气，继续种地。

2018 年、2019 年，命运和他相安无事，终于有了两年安稳的日子。

早 4 点起床，干活到夜里，一天两顿饭。

他竟然有了电视和衣柜，还有了一部便宜的智能手机。

就这样宁静地过日子，也行啊。树欲静而风不止，2020 年 1 月，新冠肺炎来了。吴艳仿的蔬菜出路瞬间受到影响，附近定点送菜的几个餐饮点生意骤停。一脸菜色的菜贩子来收菜，价格低得可怜。

2020 年 6 月、8 月，洪水一年之内两次拜访平江县。他再度血本无归。

吴艳仿没有被打败。他又一次向中和农信贷款 1 万元，再次出发。

2021 年，我们拜访吴艳仿。4 个竹子骨架的蔬菜大棚已经重新支起。

59 岁的吴艳仿腼腆地和我们打了招呼。当我们唏嘘他的际遇时，他有点不好意思："人活着就有希望，再难也总比我以前日子好过，我还干得动就不怕！你看你们还总帮我……"


## 21.5  角落里的奋斗者们（二）

2021 年，一个词突然火热得烫手——躺平。朋友圈里，各路神仙互相转发着躺平的文章，调侃要不要加入其中。

我突然感到一丝幸福，能够讨论是不是要躺平的人生，其实已经是赢家了。

很多人的词典里没有"躺平"二字，不是因为不想，而是因为不能。只要生活在挥舞着皮鞭，我们就只能前行，无法躺平。

很多人的词典里没有"躺平"二字，不是因为不能，而是因为不想。只要太阳还从东方升起，我们就继续前行，选择奋斗。


——王英

王英一家人就是这样。

30 年前，儿子刚满 2 岁，她和老公开着一辆蹦蹦车（农用三轮车），装着全家的家当，从黑龙江齐齐哈尔到内蒙古额尔古纳。

600 公里的路，全家走了整整三天。到了目的地后，三轮车引擎巨大的"突突突"的声音，好久后才从脑子里消失。

若不是无可奈何，谁愿背井离乡？

王英一家三口，在齐齐哈尔只分到了 4 亩地。一年 7 个多月非霜即冻，只有 4 个月时间能种点庄稼。4 亩地的粮食连自己吃都不够。

眼看孩子越来越大，再不想办法，就得挨饿了。

到了额尔古纳，只为这里有希望。

希望，就是土地。

土地，是农民的根。

额尔古纳地广人稀，有大量的土地资源。

王英和老公初到额尔古纳，干遍了各行各业。

王英清楚地记得每份工作的工钱，饭店帮厨一天 6 元，餐厅服务员一天 8 元，替人看摊一天 10 元……老公也是各种体力活、工地活不停流汗。

两口子省吃俭用好几年，终于攒够了 8000 元，在额尔古纳郊区买到了几十亩最便宜的烂田。

说是烂田，已经是恭维了。

这就是一片沙地。

以前城里施工盖房，在这里挖土取沙，于是地里深坑遍布、乱石裸露，一眼看去像是被德国重炮炸过的诺曼底海滩。

想要种地只能燃烧血汗钱，用泥土填上深坑。于是自己用车拉土，请人开车填土，不知几年时间，拉了无数车后，总算有了块能种东西的平地。

有土地在，就感觉真正扎根了。

额尔古纳纬度很高，一年八个月秋冬季，种庄稼产量低，想多挣钱必须搭大棚种蔬菜。

最开始试着搭了一个大棚，后来一点一点地扩建到 7 个大棚。转眼 10 多年已经过去，王英终于有了些家底。

2010 年，市政府号召农户做产业升级，于是王英家掏出积蓄，投资 20 万元盖起了木头大棚。

2017 年，王英因为自己的弟弟在中和农信贷款，做起了担保人，这才认识了客户经理马艳玲，了解到中和农信的贷款政策和前世今生。

当时，从来都自强自立的王英，从来不认为自己需要贷款，"我绝对不贷款"。

说时迟那时快。

2018 年冬天，已经用了 9 年的木头大棚垮了。

由于木头受潮腐烂，大棚一瞬间轰然倒塌，差一点将王英拍在棚下。

来不及感叹人生。大棚是家里的经济来源，必须马上重建。把所有的钱扒拉一下，还差 5 万元。

面容慈眉善目的王英，内心天生要强，宁肯贷款，也不愿意向亲戚朋友借钱。

可是，谁会给我贷款呢？

她想起了中和农信。

之后的 3 年，王英年年都找马艳玲贷款，"绝不贷款"成为历史。

现在，王英拥有 13 座大棚，占地 15 亩，已经全部升级成了钢制大棚，高大、明亮、干净。每天有超过 1000 斤的西红柿、黄瓜、豆角、芹菜、辣椒、苦瓜等当季蔬菜被采摘和售卖。

还有几十亩的土地种了各种庄稼。

美丽的乡村故事，并不意味着轻松。

全家人凌晨 3 点起床，开着农用车，把头一天摘好的蔬菜拉到城里，一部分送给合作的商家，其余拉到早市售卖到中午 11 点。

收工回家，吃点东西。

下午两点，开始打理大棚和农田，采摘第二天需要销售的蔬菜。采摘工作辛苦而漫长，还要分类放好装车。

一天忙碌结束后，已经是夜里 11 点。

终于可以休息了，4 个小时后，又要出发了。

还好，一家人工作，能互相照应着，补补美容觉。

在旺季，这样的节奏会持续四五个月。

生命不息，劳作不止。

"咱（从黑龙江）出来干哈？不就为了多挣点儿，让生活好点嘛！中国人就是能吃苦。"

52 岁的王英，已经是奶奶了。

眼角皱纹里，藏不住幸福。


——卢红

让王英无法躺平的力量，来自拒绝挨饿和渴望富裕。而让卢红继续前行的，是对于家人的责任。

10 年前，响应国家易地扶贫搬迁的号召，40 岁的卢红从甘肃会宁县来到了甘肃靖远县刘川镇金川村。

一起搬来的，还有自己 70 岁的父母、妻子和孩子。

比起老家会宁县，虽然靖远也是山区，也很干旱，但是土地资源充足得很，能够支撑起全家更好的生活。

卢红和妻子两个人扛起锄头，采用最原始的方法开垦荒地。在山沟沟里经营多年后，终于有了 20 多亩的耕地，攒了一点辛苦钱。

甘肃土壤贫瘠，气候干旱，种地靠天吃饭，庄稼产量极低。农村人想手里多几个活钱，光种地是不够的。

两个人开始搞养殖，搭猪圈，搭羊圈，养土蜂。

生活水平以肉眼可见的速度变好。

不幸发生了。妻子突发疾病，送到医院诊断出来，发现是脊髓炎。

拖垮一个家庭很容易，只需要一场大病。为了给同甘苦的妻子治病，卢红花了将近 30 万元。所有积蓄荡然无存，还欠了亲戚朋友的债。

卢红没有选择，必须想办法多挣些钱，继续给妻子治病，还要还上外债。

当下可行的办法，就是努力搞好养殖。多养母猪母羊，多繁殖小猪小羊，可以多卖钱。农村有句话，养殖和种地不一样，张嘴的牲口一睁眼就得花钱。想养好牲口，就得买饲料买粮食。可是，对于卢红来说，到哪里去找钱呢？

卢红有个记账的好习惯，猪和羊要吃多少钱的饲料、妻子每年康复治疗费用要多少、大儿子上学费用要多少……

记得越清晰，心里越无力。

一分钱愁倒英雄汉。

一吨的同情，比不上一斤及时的支持。

关键时刻，2019 年卢红找到了中和农信，获得了 1.5 万元的贷款。

全家渡过了最难时刻，这口气续上了。

小猪小羊顺利长大。

2020 年，卢红遇到了更多的困难——因为人手紧张，喂养小羊小猪的玉米没有着落。

中和农信没有袖手旁观，客户经理陈希金为他申请了 3000 元的中和基金救助金。

又续上了一口气。

转眼 2020 年底，15 头猪、20 只羊、20 多箱土蜂，一年下来，六口之家终于能有五六万元的年收入了。

撑起了卢红家全部的希望。


——李德成

有人大病初愈，有人浪子回头。

后者说的就是四川大哥李德成。

2008 年汶川地震前的李德成，自己都承认自己是个懒人。没有正经工作，喝喝小酒打打牌，没有积蓄，有时候还得借钱。不过，自我感觉还算安逸，巴适得很。

一场地震改变了一切。

破罐子没有破摔，四川娃儿决定要雄起。

他决定改变过去的自己。

灾后重建的风口上，脑瓜灵活的李德成想买拖拉机运建材赚钱，苦于没人肯借。紧急关头，中和农信为他提供了 2 万元贷款。一举扭转乾坤。

你还别说，这个当初信誉差得很的懒人，此后连续贷款十几年，从来没有过一次逾期。

两年后，灾区重建工作基本完成。正赶上猪肉价格高涨，于是，李德成决心转行养猪。

按说农村人养猪是轻车熟路，不过这位大哥过去晃荡了多年，从没有养猪的经验。最开始时，猪仔死亡率奇高。再这么干下去，别说发财了，估计老本都得贴进去。

关键时刻，中和农信为他推荐了专家，也介绍了其他养猪客户传授秘诀。

科学技术是第一生产力，真实不虚。

短短几年时间，李德成养殖规模迅速扩大。从当初一个土猪圈变成了可以同时容纳 500 头猪的养殖场。

甚至，为了养好猪和多赚点钱，李大哥的婆娘还雇人种了 600 亩粮食地。

拜访他的猪场时，有一件事情让我很吃惊。

这么大的一个养殖场，居然从始至终只有他自己一个人负责。从喂食到猪舍打扫，再到母猪接生，没用任何帮手。

整个猪场，地面比我家里还干净，空气中没有一点异味。

他身上的衣服虽然陈旧，但一尘不染，

这可是一个养几百头猪的男人。

真勤快啊！

不敢相信，这个人当初是个懒汉。

人类的复杂性，不能再神奇。


——付少容

同样经历 "5·12" 汶川大地震，付少容的经历一波三折。

自己和老公都在外摆摊卖水果，幸运地躲过地震伤害。

夫妻两人急忙赶回家中，路两边倒塌的房屋和幸存者抱着逝去亲人痛哭的惨状让他俩有了不祥的预感。

果然，回到家里，发现房子倒塌了。

自己唯一的儿子和老人都被埋在了废墟下。

那一刻，惊慌万分。心里亿万次问自己，如果老人孩子都没有了怎么办？怎么办？

天大的幸运发生了。孩子和老人都被救了出来，竟然都只是轻伤。

从此一个答案刻在脑海中。什么是世间最宝贵的财富？

一家人能在一起。只要能在一起，就有希望。

生计还得维持，一家几口等着吃饭。水果摊很快就恢复了营业，每天开摊最早，收摊最晚。哪怕深夜已经没有行人，水果摊也会坚持，只为有机会能多卖一两个客户。

人生至苦，莫过于生老病死。

重新让生活回到常规的付少容一家遇到了连续的伤病。

几年内，先是丈夫遭遇车祸，紧接着儿子遭遇车祸，再然后付少容腹痛不止，大夫查出她得了严重的肾结石，必须经常去医院。

多年的积蓄，瞬间掏空。

什么是世间最宝贵的财富？一家人能在一起，只要能在一起，就有希望。

人生最大的美德之一，就是保持希望。

付少容一家熬了过来。丈夫和儿子从车祸的伤病中逐渐恢复，开始打工赚钱。她自己的病情也开始好转。

在中和农信的资金支持下，水果摊升级了。晴天不防晒、阴天不挡雨的小摊摇身一变，变成了水果店。

看着店里的顶棚和四面墙壁，付少容很开心。终于不用顶着烈日和大雨了，小商贩变成了店主。当老板的感觉，真好。

## 21.6  角落里的奋斗者们（三）

——翟石柱家（蒙古族牧民）

第一次见翟石柱，让人印象深刻。眼窝深入、鼻梁高挺、身材修长，很像北欧人，脚踩一双蒙古靴，说话时却是一嘴东北话，顿时感觉有趣得紧。

翟石柱是额鲁特蒙古族。额鲁特蒙古族是蒙古族一个部落，分布在新疆、青海、内蒙古等广大的地区。他的祖先，在很久以前从几千公里外的新疆一路迁徙，最终到了呼伦贝尔草原。

呼伦贝尔草原是世界四大草原之一，地域辽阔，河流延绵，草原莽莽，也被称为世界上最好的草原。有一首歌《呼伦贝尔大草原》，歌颂的就是这里。

作为牧民，翟石柱是幸福的。

地广人稀的呼伦贝尔，给了当地牧民最宝贵的资源——土地。他的家庭牧场拥有 7000 亩的草原。

有了足够大的草场，就可以养足够多的牲畜。1000 多只羊就在自家草场上悠闲地成长着。按照时价，差不多能有 100 万元，这是翟石柱全家人几乎所有的财富。

100 万元听起来很多，但我们不必太羡慕。

羊群并不是房子，是非常脆弱的财富。

一场突发的疫情，都可能带走所有的羊儿。夏天的呼伦贝尔草原看起来青草肥美，但是每年长达 7 个多月的霜冻期里，枯草地上的食物非常有限，如果没有及时囤积草料，饥饿会很快拖垮羊群。冬天如果下暴雪，羊群可能会冻死；如果不下雪，羊群又会被渴死……

最令人恐怖的是冬天的严寒。呼伦贝尔草原最低气温可以达到零下40多度，足够轻松熄灭世界上绝大多数的生命之火。

努力几十年，归零可能就是一夜之间。

为了和大自然抗争，保护自己的羊群，翟石柱需要不停地劳作，提前做好安排。打青草做储备，购买饲料，购买玉米，赶着羊群转场，搭建能加热的暖棚对抗冬天的严寒，母羊生产的时候给羊羔接生、定期打疫苗、处理简单的牲畜疾病……管理好一个家庭牧场很不容易。

一个问题反复出现，总是困扰着牧民们。

牧场一年四季都需要不停地支出，但是牧民只有冬天才能卖羊。吃了一夏天青草的大羊们，10月份开始贴秋膘，在年底的时候体重达到顶峰，才能卖出好价格来。

于是，一年里的大部分时间，牧民资金都很紧张。一旦有什么情况，临时需要钱时，就变得非常尴尬。如果提前卖羊，损失惨重；如果不卖羊，就没钱可用。

2019年，中和农信伸出了援手。一笔10万元的贷款给了他很大的支持。一座800多平方米的暖棚建了起来，当年冬天，母羊生小羊羔的时候，终于不用再经受严寒的考验。

牧民们一般会在夏天收割极多的牧草，存放起来，冬天的时候，喂给自己的牲畜。2020年的呼伦贝尔草原，降雨稀少，牧草长势不好，稀疏低矮，大家没法存够足够的牧草过冬。

按照常理，羊群可能要度过一个艰难的冬天。

翟石柱很淡定。新的贷款让他可以从容面对当下。天冷以后，他计划雇卡车把羊群运到黑龙江省一处更暖和些的地方，在那里已经租好了一处场地。只要照顾到位，羊群会长得更好，也不容易生病，冬天就能卖个更好的价钱。

手里有粮，心中不慌。"草原不可能一直干旱的，以后还是要靠自家的牧草。现在大家牧草都在室外放着，下雨以后总会坏掉一些。我以后要建个储草库，把收割的牧草都存起来，多余的还能卖钱。"翟石柱开始思考更远些的未来，"储草库要建很大很高，就跟大房子一样高。"

说完以后，翟石柱笑了起来，自信帅气，全然不像一个 55 岁的人。


——福荣家（蒙古族养殖户）

不是每一个内蒙古人都有草原的。

实际上，整个内蒙古，因为常年干旱，大多数地区是半荒漠草原、戈壁滩甚至是沙漠。大多数人都得靠山吃山、靠啥吃啥。

福荣就是这样。

福荣和丈夫住在内蒙古库伦旗库伦镇的养畜牧东嘎查。这个地名很特别，养畜牧东是名字，嘎查是蒙古语，我们可以理解为牧民的村子。养畜牧东嘎查气候条件恶劣，降雨稀少，到处能看到明晃晃的沙丘。

福荣家中只有两亩薄田，靠着这点土地勉强生活。2010 年前后，库伦镇连续 3 年自然灾害，到了 2013 年，老两口已经连基本生活都难以维持了。

怎么办呢？种地这条路明显走不通了。养牛养羊的话，当地都是放养，需要每天走很久的路，自己和老伴年龄已经不小，明显不合适。

　　一天晚上，跟儿子打电话时，儿子聊到晚餐是红烧肉。

　　一语惊醒梦中人。

　　我们可以养猪啊。

　　一来适合自己家庭情况；二来自己种的粮食可以直接作为饲料，减轻成本；三来还能避免和市场上其他养牛羊的农户竞争，不用为销路发愁。

　　说干就干。

　　买好材料，请来工人，搭起猪场，买来仔猪。活蹦乱跳的小猪，让老两口心里充满了希望。

　　但成功的路上总是充满坎坷。

　　由于缺乏经验，在长膘的最关键时期，夫妻俩没把握好喂食的节奏，耽误了仔猪长大。

　　等到出栏时，猪的个头偏小，并没能如福荣所期待，卖个好价钱。

　　拿起算盘算一下，发现赔钱了。不仅没挣钱，还贴了不少。

　　下一步怎么办？

　　福荣家本指望靠养猪翻身，现在是骑虎难下。

　　说不干吧，这一年多的精力投入，加上建养猪场的成本，就相当于血本无归了；说干吧，万一又赔了本怎么办？

　　真是赔不起钱了。

　　把猪养好不就行了？一番商量后，下定决心。第二批仔猪又入了圈。这次，福荣严格控制好饲料喂食。果然，猪崽们不负所望，以肉眼可见的速度迅速长大。

　　这样下去，到年底猪定能长得膘肥体壮。

新问题来了。

和翟石柱一样，他们遇到了养殖户的共同特点——季节性缺钱。

在生猪卖掉之前，养殖需要不断购买饲料。本就瘪瘪的腰包很快见底，夫妻俩手里的钱已经不够买饲料了。如果这时候断了粮，到了年底，他们将再次迎来亏损。

去年的悲剧可能再次重演。

只能去借钱了，可惜借不到。

嘎查里的亲友经济条件都不太好，谁家也没富余的钱。

高利贷倒是肯借给他俩，可是听说利息还的比本金还多，谁敢要？

一筹莫展时，一位邻居带来了关键信息——有一家机构，专门给农户提供资金支持。

于是，福荣给莫日根打了一个电话，咨询怎么贷款。

莫日根是中和农信库伦分支的客户经理。

出乎福荣的意料，第二天莫日根就开车近20公里来到她家里，经过一番考察和介绍，仅3天，福荣就收到了1万元小额贷款。

一个电话，上门服务。无论距离多远，客户多小。

1万元改变了故事的走向。

当年冬天，第二批"二师兄们"个个都肥头大耳、活蹦乱跳，受到了收购商高度好评。福荣不仅收回了投资，还清了贷款，还有了闲钱改善家庭条件。

紧接着，福荣贷款2万元改良品种。再下一年，在3万元贷款的支持下，原始的猪棚摇身变成了两个现代化猪圈。

品种好了，环境好了，饲料跟得上，养的猪数量由最开始的十几头很快增长为近 80 头。

"小弟啊，我家明天杀猪，过来吃饭吧！"每年猪出栏时，福荣都会给莫日根打去电话，虽然每次都被婉言谢绝（公司不允许员工接受客户请客吃饭），但福荣盛情不变。

当地杀羊杀猪，很少会邀请血缘关系以外的人做客。"没有莫日根，没有中和农信，就没有我们家的今天！他对于我来说，就像家人一样亲近！"福荣笑容舒展。

富裕如同果实，成熟了，味道很甜。


——欧新寿（连家船民）

当我们徜徉在霞浦县的小渔村时，有一个奇怪的现象：当地不少老人都弯着腰、屈着腿，走在路上或坐在家门口晒太阳。

当地工作人员告诉我们，他们就是连家船民。

连家船民？啥意思？我一脸茫然。

千百年来，福建沿海生活着一个特殊的困难群体——以船为家、终日漂泊的船民，他们被称为"连家船民"。他们过去祖祖辈辈漂泊在海上，以打鱼和讨小海为生，受人歧视，生活十分困难。

连家船民一辈子都在船上。大海很宽，小船很小。船长不过七八米，船舱高只有 1 米多，一个成年进到船舱里也感觉空间逼仄，但当初哪怕一家有七八口人，也只能挤在这样一艘小船里。

船上出生，船上长大，船上结婚生子，船上与世长辞。

这样的生活并不浪漫，充满了艰辛。

常年潮湿逼仄的生存空间，淤泥里弯腰"讨海"的劳作方式，导致了船民们十有八九都患有风湿病、关节炎，腰腿都很难直得起来，身体变形严重。在旧社会被蔑称为"曲蹄"，到了现在也依旧有人把这样的特有体态称为"曲梨腿"。连家船民受尽歧视和欺凌。

"一条破船挂破网,祖孙三代挤一舱,捕来鱼虾换糠菜,上漏下漏度时光。"居无定所、老无所依、无学可上、有病难医,这是过去闽东连家船民的真实生活写照。

因为贫穷,闽东曾经流传"有女莫嫁船上汉"的俗语。船民的婚姻因此出现了"三多":近亲结婚多、童养媳多、姑嫂换亲多。

因为贫穷,长久以来,连家船民饱受歧视,不被允许上岸定居。旧社会甚至有"曲蹄爬上山,打死不见官"等说法,极尽轻蔑之能事。

感慨连家船民悲惨过去之余,同行人提醒我:"你有没有别的发现?"

细细一看,老人大都弯腰屈腿,中年人腰背没有那么佝偻,只是有着罗圈腿,青年人则是腰背挺直,步伐矫健。

三代人的体态,是福建沿海地区连家船民的"进化史"。

进化的背后,是人民共和国对于贫困同胞的持续扶持。

没有人应该天生受苦,何况是我们的同胞。

上世纪 80 年代末,福建宁德市启动了"造福工程",包括霞浦在内的宁德 5 县市共 2.3 万连家船民上岸定居,住进了统一规划建造的渔民新家,改变了他们的命运。

20 世纪 90 年代末至 21 世纪初,福建省将"连家船民搬迁上岸"和山区茅草房改造搬迁纳入全省为民办实事项目,强调要让所有的连家船民都能跟上全省脱贫致富奔小康的步伐,实实在在地过上幸福生活。

如果没有上岸,霞浦县浒屿澳村的欧新寿可能也驼背了。

1967 年出生的欧新寿,是连家渔民中的一员,在海上漂了

30 多年，与海水为伍，与淤泥滩涂为伴，也有着令人难堪的"曲梨腿"。

在国家的支持下，欧新寿的家搬到了岸上，终于拥有了自己房子。但是离开大海，生活怎么继续呢？

连家船民搬迁，不是把房屋盖起来那么简单，得让他们有出路，挣着钱，才算真正上岸、定居。

2004 年，欧新寿在中和农信霞浦分支获得了人生中第一笔 1000 元的无抵押小额贷款，开启了自己的养殖发展之路。

由于长期生活在海上，老欧对于气候、水质、潮汐非常敏感，第一年靠贷款种植的龙须菜，便大获丰收。

此后几年间，在中和农信的资金支持下，经验、信心大增的欧新寿一步步扩大承包面积，开始尝试养殖虾、蟹等技术性更强的海鲜，每年的收入也呈倍速增长。

2019 年，欧新寿在中和农信的年贷款额已经涨到了 8 万元，他的海带、虾塘养殖规模也已经达到 15 海亩，每年收入可观。

靠着养殖赚来的钱，儿子娶妻、生娃都在岸上，小孙子也白白嫩嫩，健康活泼，没有了风吹日晒的痕迹。现在他们一家住在岸上无比踏实。

"我们这代船民没有文化，现在好了，孩子们都上学，说的都是普通话。"欧大哥对现在的生活无比满意。

欧大哥的儿孙们终于可以昂首挺胸，迎接更好的未来。


——老马和常海吉车夫妇（回族）

在甘肃，有些地方，按照当地风俗，家里的女孩子基本不允许读书。即使个别女娃有机会读小学，到了五六年级，完成了文字扫盲后，家人也会要求退学，必须回到家里。

回家干什么呢？

一两年内，找个婆家，嫁人。

小小年纪，十三四岁，不能学习，嫁作人妇，不能离家。

如果你是一个女孩儿，出生在这里，再努力又有何用？

老马和常海吉车的两个女儿是真正的幸运儿。

她们的父母坚信，女孩子也一样有受教育的权利。

正是父母的坚定支持，两个孩子才获得了机会，小学、中学一路走来，终于先后考上大学。

如同沙漠中盛开的鲜花，奇迹背后，是地下根系的奇迹。

老马和常海吉车就是培育奇迹之花的根系，他们是真正改变自己孩子命运的人。

2013年夏天，喜讯传来。大女儿考上了大学，成为了周边村落里唯一一位考上大学的女孩。

伴随着喜讯的，是一个现实的难题。

钱不够了。

丈夫老马已经64岁，他每年的收入都来自树胶。先在周边收购零散的树胶，然后卖给来收货的外地商人，全年收入不过万元。妻子吉车一年到头打零工，到手也就是八九千元。

如果把仅有的积蓄都供大女儿读书，那么就没有收集树胶的本钱，自然就少了一大半收入，家里四口人的生活马上就无以为继。

怎么办？

是成全女儿学业然后断粮断炊，还是牺牲女儿学业保全家中生活？

这是多么残忍的二选一。无论选哪个，都是生命不可承受之痛。

老马很坚定："村子里没有考上大学的女娃，尤其在我们这，女娃基本上都不让读书，即使有条件，也不让读。但咱不能耽误孩子，我是支持她们读书的，要不也不能坚持这么多年。"

当务之急，是找到解决之道。既不能断了孩子的未来，也不能断了家里的生计。

方法只有一个：借钱。

太难了，找不到愿意借钱的人。

在两个人犯难的时候，刚好遇到来村里做宣传的中和农信客户经理，满怀希望地提出了贷款的想法。

当时，他们全家人住在一座摇摇欲坠的土房子里，家具破旧，光线昏暗。客户经理上门调查时，也有些担心老两口的还款能力，但了解了他们的贷款用途后，毅然为他们提交了贷款申请。

8000元贷款，给了全家不做二选一的自由。

不过，老马还是决定逐渐淡出老行当。树胶一袋90斤，需要攒齐六七百袋后，用三轮车运到收货商手里。老马当时已经60多岁，体力一年不如一年，重体力活干不动了。

体力不够，智慧来凑。

为了让大女儿能够顺利完成学业，也为了让全家生活更好，头脑灵活的老马不断尝试，从收集树胶渐渐转移到了贩羊、种植玉米和养殖牛羊，经营内容越来越多。

几年后，二女儿也考上了大学。

开销变得越来越大，不过老马和常海吉车很淡定。几年来，在中和农信的支持下，自己的产业渐渐扩大，收入稳步增加，供孩子上学虽然有压力，但是已经不需要做二选一了。

转眼已是 2020 年。8 年时间一晃而过，老马和吉车在中和农信累计贷款仅仅是 11.8 万元。

8 年里，年年贷款，累计贷款才不到 12 万元，折算到每年，平均不到 1.5 万元。对于富裕地区的人，可能会觉得"这点钱能干啥"。

对于老马一家，这点钱作用太大了。

老马和吉车搬进了新房子。新房就盖在老屋南边，高大敞亮，墙壁雪白。

他们还养着 8 头牛，十几只羊，种植了十几亩地。

最重要的，老马和常海吉车突破了村子一代代的习俗，两个女儿不仅读书了，还成了大学生。

大女儿毕业后返回家乡，考上了乡里的公务员，工作之余，还能就近照顾父母。二女儿也在 2020 年毕业，参加"三农一支"考试，立志成为农村工作者，建设家乡。

命运的枷锁就此打破，只因这两位了不起的父母。


——唐阿妹（瑶族）

我真的能贷款吗？当时，唐阿妹只想确认一件事。

她过够了，过够了没盼头的穷日子。

上有老，下有小，都需要自己一个人养活。

可拿什么养呢？几十只家禽，一丁点儿鱼塘，几亩菜田。

钱少嘴多，收入真的只够糊口，一点额外的花销也不敢有，一年下来存不下几毛钱。

即便这样，也没法维持了。

孩子在长大，上学了，需要钱。老人上岁数了，各种生病，需要钱。

再不想办法多挣点，真的要过不下去了。

外出打工并不现实，老人和孩子都离不开唐阿妹的照料。为今之计，只有一条：扩大种养殖规模。

出路好想，但不好走。无论是种植还是养殖，想扩大规模，是需要花钱的。

本来因为没钱才想赚钱，但是赚钱的前提是你必须先投钱。陷入了死胡同。

去跟别人借钱？广东连南县历来是个穷地方，跟周围人借钱并不现实。去和银行贷款？当时，想办银行贷款十分困难。唐阿妹在村里生活半辈子，没有任何征信记录，是个"白户"。去了几次银行，发现需要的手续实在是太庞杂，即使如果能通过的话，额度也会很低。

我能贷款吗？当时，唐阿妹只想确认一件事。

站在她面前的，是中和农信的客户经理，风尘仆仆，正好在村子里宣传小额信贷。

碰了太多钉子的唐阿妹，遇到了一丝希望。

"无抵押、门槛低、上门服务"的中和农信，存在的目的，就是为了服务唐阿妹们。

她们勤劳、善良、撑起了家庭的重担，以绵薄的力量照顾着家人。终年劳作，却总是在温饱边缘打转。

她们需要支持，需要机会。

不到3天，唐阿妹的账户上多了5万元，贷款下来了。

这是雪中送炭的5万元。

没有丝毫耽搁，全家出动，猪圈盖起来，仔猪买回来。

在资金和辛勤的加持下，唐阿妹隐藏的经营才能有了施展空间。养猪当年回本，贷款全部还清，竟然还有赚头。

在资金的支持下，命运的飞轮开始旋转。唐阿妹年年从中和农信贷款，每年都在扩大产业规模，承包柚子林、扩大鱼塘、组建养殖场……

到了2020年，唐阿妹拥有了上百亩的柚子林、一座鱼塘和一座养殖场。柚子林需要有人照料，她优先雇用了贫困户和同自己一样没法外出打工的妇女们。

6年，从全家生活无法维持，到年收入数十万元，还拥有了自己的产业，唐阿妹仅仅花了6年。

6年时间，年年贷款，全部累计贷款才25万元。

不过，客户经理的心情有些复杂。2020年开始，唐阿妹已经不需要贷款支持了。

对助人者最大的奖励，莫过于对方不再需要你。

扶上马，送一程。祝一路顺风！


——刘金堂和郎宪英夫妇（俄罗斯族）

恩和绝对是个度假的好去处。

额尔古纳河挨着小镇缓缓流淌，大兴安岭遥遥在望，莫尔道嘎国家森林公园近在咫尺，四季如画的龙岩山相伴而居。

恩和，一个仅几千人的小镇，被茫茫无边的森林青山草原环抱，像是巨人掌中的一颗宝珠。

仅有的两条主街纵横交错，并不宽阔。街道两边都是俄罗斯风格的房子，一座座原木建成，窗框和门边都是彩色的漆绘，饱含着俄罗斯风格。

白桦圆木或木板栅栏遍布房前屋后，围成一座座院落，院内各色鲜花缤纷盛开。

漫步街道，脑海中会自动涌出旋律。唯有《莫斯科郊外的晚上》或者朴树的《白桦林》才能般配眼前景象。

热情的当地人一个个深目挺鼻、皮肤白皙、眸色蓝灰、金发褐眉。

你会很恍惚，会问自己，这是哪里？

只有冒着大碴子味儿的东北口音，才能瞬间把你拉回到现实空间——这里是内蒙古呼伦贝尔市额尔古纳市恩和乡，中国唯一的俄罗斯民族乡。

俄罗斯族大叔刘金堂和妻子郎宪英就住在恩和，经营着一家家庭旅馆"玛莎之家"。从百年前的曾祖开始，他们就定居在这里，语言早已经全然是汉语了。

十几年前，游人们发现了恩和。独特的异域风情和壮美的自然景观，俘获了无数人的芳心。每年5月到10月，来自祖国各地的游人络绎不绝，漫步、喝酒、骑马、钓鱼、荡秋千、赏月、看星星。

如同云南的大理和丽江，火热的生意，让更多向往自由，也向往财富的人涌入了恩和，纷纷开起了旅店。竞争之下，游客有了更多的选择，也给了"玛莎之家"压力。

2017年，刘金堂一家决定扩建"玛莎之家"，增加更多的俄罗斯小屋。两个人用全部积蓄扩建了一排俄式木刻楞小屋，也趁机加固翻修了老房子。

房子修好，即将开门迎客时，夫妇遇到了一个绕不开的困难：所有可用的积蓄，都用在扩建装修上，没有足够的钱进货和运营。

郎宪英需要钱，让"玛莎之家"为客人提供更好的服务。

53岁的郎宪英，制作传统俄式"列巴"时，像是一位执着的艺术家。泡打粉、酵母粉这些现代社会常见的原料，她一概不用，在她看来，加了那些东西，就失去了灵魂，也失去了列巴本来的味道。几十年来，她坚持只用纯牛奶、鸡蛋、列巴花这些天然材料和面，自然发酵。

自然，电烤箱也是没有灵魂的。如果客人没有特殊要求，烤制时也一定要用自己垒砌的原始土炉。

王伟到了玛莎之家。他不是来住宿的，也不为这里的食物。他送来了急需的贷款。

土炉才是有灵魂的，只有拥有灵魂的炉子才能给列巴以灵魂。面包炉炉火暗红发光，袅袅炊烟飘上天空。鼻子里只有桦木燃烧的清香味，还有扑鼻而来的列巴（俄式面包）的香气。

四五个小时的烤制后，桦木柴淡淡的清香均匀沾染在每一个"列巴"上，终于出炉了。列巴外皮香松酥脆，内里甜香柔软。

2018是个好的开头。中和农信从此每年都会为刘金堂夫妇提供经营生产资金。"服务非常贴心。用钱的时候打个电话王伟就来家里了，跟自己家人一样。"刘金堂的欧洲面孔上挂满了认可。

木屋之中，苏伯汤、格得列的、蓝莓果酱、俄式奶茶、大列巴、俄罗斯大饼、俄式肉饼、俄罗斯红肠、俄式牛排等特色饮食，主人都已备好，任随远方的客人品尝。

郎大妈的坚持也没有被辜负。冬天旅游淡季的时候，游客们离开了"玛莎之家"，但列巴的生意却没有断过，不少住过玛莎旅馆的客人还会打电话回来订购列巴。

"我们现在的关系更像是好朋友，互相帮助，一起成长。"因为办贷款结下的缘分，王伟也格外珍惜，平时亲朋好友要来恩和游玩，都会把他们介绍到玛莎旅馆居住，品尝郎宪英大妈做的特色列巴。他自己偶尔到了恩和也会被热情的老两口叫到家里坐坐。

本章案例的主人公来自农村或者乡镇。他们以普通人的血肉之躯对抗贫穷，与之作战。

与贫穷的战争，是生死相搏。

赢了，就能告别窘迫，让生命舒展；输了，只能回归现实，咬牙忍耐贫穷的折磨，期待下次的战斗。一个蹉跎，可能就是几年的光阴付诸东流，几个蹉跎，可能就是一生。

我们的同胞，真的太坚强、太不容易了。

这样的故事，很难轻松讲述。

——李静

在中国任何一条高速公路上开车，都会看到各种标语。其中有一条标语的曝光率堪称王者：绿水青山就是金山银山。

在李静看来，这句话是货真价实的财富密码。

李静，文质彬彬，神采奕奕，言谈举止间充满了文人气息。多年前，他从阿拉善沙漠的一个沙窝子里，以优异的成绩考入了内蒙古大学，改变了自己命运的轨迹。大学毕业后，事业顺风顺水，从文做过记者，从商当过总经理，从政兼任过村干部。

而现在，他是一个农民。

很少有人会选择李静的后半生，但这正是李静的高人之处。

内蒙古阿拉善左旗哈什哈苏木图兰太嘎查。

这是李静的家乡。

阿拉善，蒙古语里是五彩斑斓之地。当你到了阿拉善，才发现，这里大多数地方没有五色，只有一种颜色，那就是沙漠色。骄阳之下，苍茫的腾格里沙漠中，除了一望无际的黄沙、偶尔冒头的干枯骆驼刺，几乎难见别的色彩。

生态荒凉，地广人稀。27万平方公里的阿拉善，占国土面积的3%，人口却不到万分之二。是全内蒙古人口最稀疏的地方。

一片死寂，生命的迹象，在这里仿佛戛然而止。

毕业后，经过多年拼搏，李静已经升到了一家公司的总经理。在别人看来，妥妥的人生赢家。

有人星夜赴考场，有人辞官归故里。

李静回家了，回到这荒漠之中。

见过了世面的李静，理由非常简单："外面再有成就也始终是给别人打工，不如回家做点事，说不定比在城里强。"

不是每一个总经理都是世界500强的CEO。公司给的平台不大，倒不如自己做自己的平台。

道理想明白，做事就果决。

2012年，李静被选为图兰太嘎查主任（嘎查相当于村，嘎查主任相当于村主任/村长）。上任后，他信心满满，立志用平生所学带领大家，为家乡创造经济收入。

但结果收效甚微，干劲十足的李静的工作多次碰壁，撞了满头的包。他终于明白了一个道理：乡亲们发展经济的最大障碍，就是荒漠化。

图兰太嘎查所在的哈什哈苏木（念的时候，你舌头有没有打结？），现在地处荒凉的沙漠之中。在很久以前，哈什哈其实是一片绿洲，水草丰茂，景色秀美，当地人的先辈们才定居这里。

斗转星移间，岁月过去多年，随着气候的变化，降雨逐渐变少，而牧民的过度放牧又加剧了当地生态的恶化。干旱和大风带走了生机，带来了沙漠。沙漠以每年两公里的速度迅速扩张，一切位于沙漠扩张线路上的生机，都会被吞噬，不再重生。

这就是荒漠化。

荒漠化让图兰太嘎查的经济发展陷入了恶性循环。

荒漠化让草场变差，牛羊吃不饱，牧民不得不承包更多的草场和过度放牧，而过多过度放牧助推了荒漠化的加重，让草场变得更差更少，从而导致更多草场的荒漠化。

一个小雪珠，从雪山顶滚下，会越滚越大，引发雪崩。一粒沙子，在荒漠化的加速下，变成了一片沙漠，一群瘦骨嶙峋的牛羊，还有满眼无奈的牧人。

做生意，讲的是顺势而为，最低的成本最快的速度，追求尽可能高的收益。

做事业，讲的是循道而为，哪怕暂时艰难，但可以成就长青的基业。

李静既然回到图兰太，要的就是做事业。

经过调研，李静有了思路。

既然荒漠化是赚钱的罪魁祸首，那么我们想发财，就一定要克制荒漠化。

现有的模式是"放牧受益——破坏草场——环境恶化——转移放牧——放牧受益——……"的恶性循环，一看就是不可持续的，也没有"钱"景。

只要转变旧模式为"种植收益——沙漠治理——环境改善——收益增加"的良性循环，那么图兰太嘎查无论是自然环境还是经济状态都将发生翻天覆地的变化。

心思缜密的李静，不打无准备之战。早在回乡的第二年，李静就曾经尝试过沙漠种植，并研究过成活率。种的榆树、沙枣树全都死了，不在考虑之列。倒是梭梭树，生命力旺盛，只要有一点水源的支持，就能活下来。

梭梭树活了，就有了一系列的收入。

决心种植梭梭树后，李静并没有一飞冲天，而是用了一年多的时间摸索种植经验。这一年多里，他经历了两次失败。

第一次批量种植后，很快就发现梭梭树全部都枯死了。经过总结经验，半年后又种植了一批梭梭树，发现效果依旧——树苗还是没有存活。

经过复盘，李静找到了失败的原因：两次种植规模太小，一小片梭梭树林无法抵挡住狂沙，一次风沙袭来，就全军覆没，只有足够面积的林地才能防风控沙，让树林活下来。

听起来有点像歌词里唱的：一根筷子轻轻被折断，一把筷子折呀折不弯。

道理果然是相通的。

李静咬咬牙，拿出全部家当，一次种植了3000亩。

不懂行的亲朋好友为他担心，但是李静很坚定。

对当地生态环境有着清楚了解、也有丰富科学知识的李静，第三次试验成功了。他种下的3000亩梭梭树成活率达到了80%。

一旦梭梭树成林，后面再扩大面积就变得容易很多。乘胜追击之下，2014年，他将梭梭树的种植面积扩充到了1.5万亩。

周围的牧民们终于从他身上看到了期盼已久的希望。越来越多的牧民效仿李静，转身成为植树造林者。

有人会问，种梭梭树有什么收益，难道是砍树卖木材吗？

朋友，梭梭树挣钱的路子可多了。

收益来自三个点：

1. 由于沙漠种植能够起到明显的沙漠治理作用，政府对于从事该行业、种植成活率达到一定程度的人士，会给予一定补贴。这就相当于你给国家打工，国家给你发工钱。

2. 梭梭树的种子、花棒（另一种植物）的种子、茎、叶都有极高的药用价值，价格很高，只要植物本身还活着，这项收入就源源不断！这是真正的摇钱树！

3. 内蒙古特产的锁阳、苁蓉等名贵药材都依附着梭梭树、花棒这类沙漠植物生长，广泛种植梭梭树，为锁阳、苁蓉这类药材提供了有利种植条件，而这些药材市场价格不菲。这就是林下种植，让一块地产出了好几块地的收入！

这样的林地，李静竟然有上万亩，而且还在扩大规模！

比起城里收入有限的总经理，不香吗？

不过，李静也有李静的烦恼。2017 年，投资种植了 2 万亩花棒之后，李静遇到了危机：购买树苗花费的资金远远超出了预期，流动资金捉襟见肘，没钱给工人发工资了！

俗话说，一分钱难倒英雄汉。何况工人工资并不是个小数，大家还都急等着工钱回家养家。

手头没现钱，只能先借钱。和谁借呢？

向银行借吧，贷款周期太长，工资势必拖欠，工人的情绪一旦受到影响，种植速度肯定下降。

问熟人借吧，熟人顾虑重重，毕竟不是小数目，李静多少带着点文人的柔软，特别不忍心看到熟人为难的表情。

左不成，右不就。怎么办？

从家里的垃圾里，抢救出了一张中和农信的宣传单。这张纸，李静是路边随手接过来的，当初根本没有在意。情急之下，他还是决定问问。

看到宣传单上的"一个电话  上门服务"的口号，李静哑然失笑，自己住在沙漠深处，距离县城 500 多公里，他们还真能上门服务？

500 多公里，花的油费估计比利息还多。

接下来的故事有点传奇。

接电话是白明本，中和农信阿左旗分支的客户经理。李静讲了讲情况，告知了自己的地址和方位，然后听到了一个极其肯定的回复："我们明天到您家里，上门服务。"

李静有点蒙，对方是不是听错了地方？这么痛快地答应上门？从县城到自己家，几百公里的路，开车快的也需要半天，稍微开得慢就得一整天时间，完事还要再回县城，一两天就这么没了！

真的有公司愿意花这个时间精力来谈一个不知道能不能成功的客户？当第二天中午，白明本站在了李静家门口。李静蒙了。

要知道，从县城来到图兰太嘎查，是需要穿越腾格里沙漠的！

腾格里，蒙古语为"天"的意思。腾格里沙漠，是中国第四大沙漠。到图兰太嘎查的路上，沿途几百公里，没有信号，没有标记，甚至没有道路！即使当地人，也很难顺利穿越，眼前的这哥们儿是怎么来的？开飞机吗？

看到李静脸上的震惊和疑惑，白明本解释道，虽然现在居住在一个小镇，但自己其实是土生土长的图兰太嘎查人，自小在沙漠中长大，不仅方向感极强，沙漠驾驶，也是轻车熟路。

何况，加入中和农信以后，他习惯了这么跑了。

习惯了。

了解过李静的贷款需求，白明本又详细询问了他的种植计划，还亲自去看了刚刚扩大的梭梭树林。

经过半天的考察，白明本连夜将调查资料带回了分支。

也就是说，深夜之中，白明本第二次穿越腾格里沙漠。

开会讨论之后，李静的贷款申请得到了批准。

第3天，白明本与分支督导再次来到李静家中，为他放款。

这是白明本第三次穿越腾格里沙漠。

放款结束后，两人就匆匆回返。

这是三天里第四次穿越腾格里沙漠。

我要是腾格里沙漠，肯定会骂娘的——好歹我也是中国第四大沙漠，就这么随便穿来穿去的，你们也太小看我了！

驱车上千公里，上门服务，光油费就得好几百。不喝一口水，不吃一口饭。

这么好的服务态度，见多识广的李静心里犯了嘀咕——一分价钱一分货，估计会有额外的收费。

结果，除了正常的贷款利息，一分钱也没多收。

李静彻底蒙了。

拿到贷款的李静马上给工人们发了工资，余下的钱还用来购买了几桶柴油，种植工作又顺利开展起来了。

满血复活！


一篇文章里，这么记录着李静的情况：

2018 年，是李静从事沙漠种植的第 7 个年头。

他承包的沙漠面积达到了 5 万亩。这 7 年来，他成为这片沙漠的守望者，每天都默默耕耘，用心血与汗水灌溉在这片荒漠，梭梭树的青翠颜色在这里蔓延开来。

李静相信，总有一天脚下的荒芜会重新绽放生机！

"绿水青山就是金山银山"这句随处可见的标语，用在他这里，格外应景。

感动之余，我们敲一敲黑板，最后一次提示重点：

绿水青山就是金山银山。

如果你有条件凭借荒山、沙漠、滩涂开创一番事业，那么李静就是极好的榜样。

金山银山在等着你。

# 后　记

本书的写作始于2020年，3年来笔者寻访了中和农信全国十几家分支机构，亲眼见证了"服务农村最后一百米"的艰辛与喜悦；也见到了许许多多勤劳质朴的农民朋友，他们如此平凡，却充满着一种令人感动的"希望的力量"。由于一些客观原因，许多原计划的走访最终未能成行，导致中和农信还有许多关于奋斗与希望的生动故事未被发掘；而中和农信的价值支点——本土服务团队、多元业务组合以及科技赋能体系，在书中虽见雏形却未达到理想中的"准确完整"。

除了个人笔力有限，实在是中和农信的发展速度太快。动笔前，我了解的中和农信是一家农村金融服务机构；写到半程，公司提出了"一体两翼"战略：小额信贷为体，小额保险和农业服务是两翼；几个月后，公司战略又调整为"四驾马车"：小额信贷、小额保险、农业服务和农产品上行。而当本书定稿时，笔者又"惊喜"地得知，中和农信新开拓了光伏新能源等业务。当前，中和农信已经发展成为一家专注为农村地区小农户及小微经营者群体可持续发展提供综合服务的现代化企业，业务涵盖小额信贷、保险代理、农业生产、乡村电商、户用光伏及公益赋能等多个领域，真可谓"忽如一夜春风来，千树万树梨花开"。

中和农信快速变化中，也有其始终不变之处——中和农信的"根"，仍扎在了中国农村"最后一百米"；其服务对象也一直是那些最平凡的小微农户。无论中和农信的商业版图如何扩大，商业成绩如何亮眼，"义利并举"的理念始终历久弥新，"中情于农，和美于信"的情怀也依然屹立如初。这些"不变"，早在中和农信出发时就已经写定，无须再改。

成书过程中，中和农信总经理刘冬文先生的众多文章（包括笔者频繁摘引的"信言"）让我受益良多。感谢中和农信副总经理白雪梅女士专就小贷行业发展及生产要素等内容给予的指导建议。出版过程中，中国言实出版社曹庆臻老师给出了许多宝贵建议，在此深表感谢。最后，感谢所有中和农信同事及客户朋友的大力配合与支持，篇幅所限，恕不一一具名。

是为后记。

杨译杰

2023 年 9 月